차 한 잔의 사상

이어령 전집

17

차 한 잔의 사상

사회문화론 컬렉션 1
칼럼_신문칼럼의 역사를 바꾸다

이어령 지음

21세기북스

상상력과 흥의 근원에 관한 깊은 탐구

박보균 | 문화체육관광부 장관

이어령 초대 문화부 장관이 작고하신 지 1년이 지났습니다. 그러나 그의 언어는 여전히 우리 곁에 남아 새로운 것을 볼 수 있는 창조적 통찰과 지혜를 주고 있습니다. 이 스물네 권의 전집은 그가 평생을 걸쳐 집대성한 언어의 힘을 보여줍니다. 특히 '한국문화론' 컬렉션에는 지금 전 세계가 갈채를 보내는 K컬처의 바탕인 한국인의 핏속에 흐르는 상상력과 흥의 근원에 관한 깊은 탐구가 담겨 있습니다.

선생은 우리 시대를 대표하는 지성이자 언어의 승부사셨습니다. 그는 "국가 간 경쟁에서 군사력, 정치력 그리고 문화력 중에서 언어의 힘, 언력言力이 중요한 시대"라며 문화의 힘, 언어의 힘을 강조했습니다. 제가 기자 시절 리더십의 언어를 주목하고 추적하는 데도 선생의 말씀이 주효하게 작용했습니다. 문체부 장관 지명을 받고 처음 떠올린 것도 이어령 선생의 말씀이었습니다. 그 개념을 발전시키고 제 방식의 언어로 다듬어 새 정부의 문화정책 방향을 '문화매력국가'로 설정했습니다. 문화의 힘은 경제력이나 군사력같이 상대방을 압도하고 누르는 것이 아닙니다. 문화는 스며들고 상대방의 마음을 잡고 훔치는 것입니다. 그래야 문화의 힘이 오래갑니다. 선생께서 말씀하신 "매력으로 스며들어야만 상대방의 마음을 잡을 수 있다"라는 말에서도 힌트를 얻었습니다. 그 가치를 윤석열 정부의 문화정책에 주입해 펼쳐나가고 있습니다.

선생께서는 뛰어난 문인이자 논객이었고, 교육자, 행정가였습니다. 선생은 인식과 사고思考의 기성질서를 대담한 파격으로 재구성했습니다. 그는 "현실에서 눈뜨고 꾸는 꿈은 오직 문학적 상상력, 미지를 향한 호기심"뿐이었다고 말했습니다. 그는 마지막까지 왕성한 호기심으로 지知를 탐구하고 실천하는 삶을 사셨으며 진정한 학문적 통섭을 이룬 지식인이었습니다. 인문학 전반을 아우르는 방대한 지적 스펙트럼과 탁월한 필력은 그가 남긴 160여 권의 저작물로 남아 있습니다. 이 전집은 비교적 초기작인 1960~1980년대 글들을 많이 품고 있습니다. 선생께서 젊은 시절 걸어오신 왕성한 탐구와 언어의 발자취를 따라가다 보면 지적 풍요와 함께 삶에 대한 진지한 고찰을 마주할 것입니다. 이 전집이 독자들, 특히 대한민국 젊은 세대에게 문화 전반을 아우르는 교과서이자 삶의 지표가 되어줄 것으로 확신합니다.

100년 한국을 깨운 '이어령학'의 대전大全

이근배 | 시인, 대한민국예술원 회원

여기 빛의 붓 한 자루의 대역사大役事가 있습니다. 저 나라 잃고 말과 글도 **빼앗기**던 항일기抗日期 한복판에서 하늘이 내린 붓을 쥐고 태어난 한국의 아들이 있습니다. 어려서부터 책 읽기와 글쓰기로 한국은 어떤 나라이며 한국인은 누구인가에 대한 깊고 먼 천착穿鑿을 하였습니다. 「우상의 파괴」로 한국 문단 미망迷妄의 껍데기를 깨고 『흙 속에 저 바람 속에』로 이어령의 붓 길은 옛날과 오늘, 동양과 서양을 넘나들며 한국을 넘어 인류를 향한 거침없는 지성의 새 문법을 만들기 시작했습니다.

서울올림픽의 마당을 가로지르던 굴렁쇠는 아직도 세계인의 눈 속에 분단 한국의 자유, 평화의 글자로 새겨지고 있으며 디지로그, 지성에서 영성으로, 생명 자본주의…… 등은 세계의 지성들에 앞장서 한국의 미래, 인류의 미래를 위한 문명의 먹거리를 경작해냈습니다.

빛의 붓 한 자루가 수확한 '이어령학'을 집대성한 이 대전大全은 오늘과 내일을 사는 모든 이들이 한번은 기어코 넘어야 할 높은 산이며 건너야 할 깊은 강입니다. 옷깃을 여미며 추천의 글을 올립니다.

시대의 언어를 창조한 위대한 상상력

'이어령 전집' 발간에 부쳐

권영민 | 문학평론가, 서울대학교 명예교수

이어령 선생은 언제나 시대를 앞서가는 예지의 힘을 모두에게 보여주었다. 선생은 한국전쟁이 끝난 뒤 불모의 문단에 서서 이념적 잣대에 휘둘리던 문학을 위해 저항의 정신을 내세웠다. 어떤 경우에라도 문학의 언어는 자유가 되어야 한다는 신념으로 문단의 고정된 가치와 우상을 파괴하는 일에도 주저함 없이 앞장섰다.

선생은 한국의 역사와 한국인의 삶의 현장을 섬세하게 살피고 그 속에서 슬기로움과 아름다움을 찾아내어 문화의 이름으로 그 가치를 빛내는 일을 선도했다. '디지로그'와 '생명자본주의' 같은 새로운 말을 만들어 다가오는 시대의 변화를 내다보는 통찰력을 보여준 것도 선생이었다. 선생은 문화의 개념과 가치의 중요성을 일깨우고 그 새로운 방향을 제시하면서 삶의 현실을 따스하게 보살펴야 하는 지성의 역할을 가르쳤다.

이어령 선생이 자랑해온 우리 언어와 창조의 힘, 우리 문화와 자유의 가치 그리고 우리 모두의 상생과 생명의 의미는 이제 한국문화사의 빛나는 기록이 되었다. 새롭게 엮어낸 '이어령 전집'은 시대의 언어를 창조한 위대한 상상력의 보고다.

일러두기

- '이어령 전집'은 문학사상사에서 2002년부터 2006년 사이에 출간한 '이어령 라이브러리' 시리즈를 정본으로 삼았다.
- 『시 다시 읽기』는 문학사상사에서 1995년에 출간한 단행본을 정본으로 삼았다.
- 『공간의 기호학』은 민음사에서 2000년에 출간한 단행본을 정본으로 삼았다.
- 『문화 코드』는 문학사상사에서 2006년에 출간한 단행본을 정본으로 삼았다.
- '이어령 라이브러리' 및 단행본에서 한자로 표기했던 것은 가능한 한 한글로 옮겨 적었다.
- '이어령 라이브러리'에서 오자로 표기했던 것은 바로잡았고, 옛 말투는 현대 문법에 맞지 않더라도 가능한 그대로 살렸다.
- 원어 병기는 첨자로 달았다.
- 인물의 영문 풀네임은 가독성을 위해 되도록 생략했고, 의미가 통하지 않을 경우 선별적으로 달았다.
- 인용문은 크기만 줄이고 서체는 그대로 두었다.
- 전집을 통틀어 괄호와 따옴표의 사용은 아래와 같다.
  『　』: 장편소설, 단행본, 단편소설이지만 같은 제목의 단편소설집이 출간된 경우
  「　」: 단편소설, 단행본에 포함된 장, 논문
  《　》: 신문, 잡지 등의 매체명
  〈　〉: 신문 기사, 잡지 기사, 영화, 연극, 그림, 음악, 기타 글, 작품 등
  '　': 시리즈명, 강조
- 표제지 일러스트는 소설가 김승옥이 그린 이어령 캐리커처.

차례

스푼으로 떠낸 하루하루의 사상

4·19 직후 자유당이 붕괴하고 새로운 정부가 들어서게 되자 언론인 석천昔泉 오종식 선생님이 《서울신문》을 맡았다. 그때 선생님으로부터 논설위원으로 들어와 칼럼을 전담하지 않겠느냐는 부탁을 받게 되었다. 나와 동갑내기들이 아직 신문사 견습기자로 일하고 있는 처지에 논설위원이라니 말도 안 되는 파격적인 인사였다. 당시 논설위원이라고 하면 주요한, 이항녕 선생 등 교과서에 등장하는 논객들로서 그분들 책상 옆에 앉는다는 것은 상상조차 하지 못한 일이었다.

그런데도 나는 그때까지 칼럼을 써본 적이 없었고 언론인이 아니라 문필가와 대학교수를 꿈꾸고 있을 때여서 쉽게 석천 선생의 제의에 답하지 못했다. 그러나 내 평문들이 대학교수로 있는 문인들의 비위를 건드리는 일이 많아, 좀처럼 대학에서 자리를 얻는다는 것이 쉽지만은 않은 일이었다. 그때 형편으로는 아카데미즘보다는 저널리즘 쪽이 훨씬 개방적이고 자신의 실력만 발휘할 수 있다면 별 장애 없이 내 뜻을 펼 수 있다는 판단이 내려졌다. 그래서 약관 20대의 나이로 고색창연한 논설위원이라는 자리에 앉아 칼럼니스트로서 첫발을 딛게 된 것이다. 칼럼 이름을 '삼각주三角洲'라고 짓고(글머리에 역삼각형의 약물을 붙였기 때문에 그 모양을 따서 지은 이름이다) 매일 하루도 거르지 않고 시평을 써갔다. 대체로 그 칼럼 형식은 고사나 일화를 통해서 현실의 정치, 사회, 그리고 문화를 비평한 것으로 누구나 쉽게 읽고 감동을 받을 수 있는 아포리즘도 구사했다. 당시의 칼럼은 대체로 미니 사설로 용장도冗長度가 높고 딱딱한 분위기였는데 삼각주의 칼럼 양식은 유니크하다는 평을 받게 되었다. 《서울신문》이 경영난으로 거의 신문의 명맥을 유지하기 어렵게 되었을 무렵 《한국일보》의 장기영 사장으로부터 당시 홍승면 씨가 써오던 인기칼럼 「메아리」의 필자로 스카우트된다. 이렇게 해서 본의 아닌 칼럼니스트로서의 언론인 생활이 시작되고 대학교수가 된 뒤에도 겸임으로 줄곧 《경향신문》의 「여적」, 《중앙일보》의 「분수대」, 《조선일보》의 「만물상」의 담당자로서 칼럼을 써오게 된 것이다.

칼럼은 하루살이다. 하루를 살고 죽는다. 매일 쓰고 매일 죽는다. 그래서 수천 편의 글을 써왔으면서도 나는 칼럼집을 따로 내는 일이 없었다. 있다면 『차 한 잔의 사상』과 그 뒤에 다시 그것들을 정리하여 『오늘보다 긴 이야기』라는 책명으로 간행한 일밖에 없다. T. S. 엘리엇Eliot은 "나는 나의 생生을 커피 스푼으로 쟀다"라는 시구를 남기고 있지만 나는 커피 스푼으로 내 사상을 하루하루 떠낸 셈이다. 그래서 '차 한 잔의 사상'이라는 이름으로 그 단명한 하루살이들의 집을 지어준 것이다. 이제 다시 '이어령 라이브러리'로 기존의 책들을 총정리하면서 여기저기 흩어져 있던 칼럼들을 한곳에 담아 새로운 단장으로 다시 간행하기에 이른 것이다.

2003년 5월
이어령

I
생활의 서정시

창을 열어라

달력과 신년

신년 기분을 돋우는 것은 아무래도 캘린더가 제일일 것 같다. 누렇게 퇴색한 묵은 달력장을 떼어내고 그 위에 잉크 냄새가 아직 향기로운 새 캘린더를 걸어두는 맛은 망년회 못지않게 개운한 데가 있다. 생활이 새롭고 마음이 시원해지는 느낌이다. 캘린더라는 것이 없었던들 인간은 세월의 변화를 감각할 수 없었을 뻔했다.

선물에도 여러 가지가 있지만 받고 부담을 느끼지 않고 마음이 한결 즐거운 것은 역시 캘린더이다. 캘린더 선사받고 수회죄收賄罪로 걸려들었다는 사람은 아직 없으니 얼마든지 안심하고 받을 수 있는 물건이다. 주는 측도 생색이 난다. 웬만한 물건이면 받을 때 그뿐이지만 캘린더란 1년 내내 두고 보는 것이라 그 정표도 오래간다.

원래 캘린더란 말은 라틴어로 금전출납부를 의미했던 것이다.

그런데 옛날 로마에서는 금전의 대차貸借관계를 매달 삭일朔日에 청산하는 풍속이 있어서 결국 금전출납부가 '달력'을 의미하는 말로 전용케 되었다는 것이다.

그러고 보면 현대에도 '캘린더'와 '금전 대차관계'는 서로 밀접한 관련이 있는 것 같다. 월말 계산이니 연말 계산이니 해서 빚진 것을 갚고 손익계산을 따지는 습속이 그것이다. 속담에도 그런 것이 있지만 '빚은 해를 넘겨서는 안 된다'는 통념이 있다. 그래서 연말이 되면 누구나 빚을 청산하기에 바쁘고 또 돈을 거두어들이는 데에 혈안이 된다. 여기에서 이른바 연말 경기란 말이 나오기도 하고 보너스 타령이 생겨나기도 한다.

헌 달력장을 떼어내고 새 캘린더를 벽에 걸어도 어쩐지 마음이 개운해지지 않을 경우도 있다. 금전의 대차관계뿐만 아니라 정신적인 부채를 갚지 못한 채 신년을 맞이한다는 것은 아무래도 꺼림칙한 일이다. 묵은 달력장을 떼어내버리듯이 그렇게 모든 문제를 청산하지 않고서는 참된 송구영신送舊迎新의 기분을 맛보기 어려운 까닭이다.

'캘린더'가 '금전출납부'에서 파생된 말임은 생각할수록 의미심장하다. 사실 하루를 살아간다는 것이 금전출납부의 숫자를 메우기 위한 행위처럼 느껴질 때가 많다. 새 캘린더에는 근하신년이라고 씌어 있지만…….

과연 몇 사람이나 새해를 새해답게 맞이할 것인가?

봄 이야기

누가 봄 이야기를 하는가? 목덜미에 바람은 차고 강물은 언 채로 흐르지 않는데 누가 귓전에서 봄 이야기를 하는가?

나목裸木은 잠들어 있다. 까치집은 아직도 엉성하게 비어 있다. 흙을 밟으면 발밑에 부서지는 얼음장 소리—찬 눈발 속에 갇힌 골짜기마다 겨울이 누워 있다. 그런데 누가 봄 이야기를 하는가?

겨울은 우울하였다. 식어버린 재를 헤집고 한 점의 불씨를 찾기 위해서 동상凍傷의 손을 비비던 시절, 눈을 감아도 북풍의 눈보라가 마음을 얼린다. 골목마다 위험한 발소리.

대문에 빗장을 지르고 홀로 핫옷 사이에서 몸을 녹이며 생각해 본다. 겨울의 고난은 언제까지나 계속하는가를……

밤마다 강물에 얼음이 풀리고 죽은 대지가 푸른 눈을 뜨고 일어서는 꿈을 꾸었다. 가난한 날과, 불신의 눈초리와, 슬픈 폭력과, 동면冬眠하는 양심의 이 골짜기에도 과연 봄은 다시 오는가 하고…….

그러나 눈을 뜨면 닫혀진 창마다 성에가 끼어 있었다. 뜨락에는 얼어 죽은 작은 한 마리의 새가 또 떨어져 있다. 누구도 노래를 부르지 않는 계절이기에 봄은 이 땅을 잊었나 보다. 그러나 누가 봄 이야기를 한다. 은밀하게 귀엣말로 지금 봄이 오고 있다고 누가 말하고 있다. 바람이 차고 얼음이 겹겹으로 쌓여 있지만, 봄의 어린 이파리들이 눈보라 속에서 흔들리며 깨어나는 봄이 온다고 말하고 있다.

아! 남루한 벽 위에 입춘立春의 소식이, 달력장을 넘긴다. 골목에서 뛰어노는 애들의 목소리가 한결 따스해진 것을 보고 창을 연다.

탁한 방 속에서 수묵水墨의 향원香源을 맡으며 '입춘대길立春大吉'이라고 붓글씨를 쓰는, 먼 옛날 조상들의 그 마음을 우리는 아는가? 춥고 괴로워도 봄을 기다렸던 습속이 있어, 우리도 겨우내 때가 낀 옷소매를 걷어붙이고 입춘의 문자를 대문 앞에 써 붙인다.

> 냇가에 섰는 버들 삼월동풍三月東風 만났도다
> 꾀꼬리 노래하니 우줄우줄 춤을 춘다.
> 아마도 유모풍류柳暮風流를 입춘에도 씻더라[1]

옛 시조 가락으로 지금 찬바람 속에서 누가 봄 이야기를 한다.

비를 기다리며

봄비가 적시는 것은 비단 얼어붙은 땅이나 메마른 나뭇가지만

---

[1] 김진태金振泰 작. 조선 영조 때의 가인. 자는 군헌君獻. 경정산 가단의 한 사람으로, 때 묻지 아니한 선경을 노래하였다. 시조 26수가 『해동가요』에 전한다.

은 아니다. 봄비는 사람들의 폐부까지도 적셔준다. 나직한 목소리로 빗방울 소리는 봄 소식을 전한다.

'이제 봄입니다. 묵은 외투 자락을 거두고 어깨를 펴십시오. 그리고 눈뜨고 일어서는 푸른 대지의 숨결을 들으십시오'라고. 자연을 사랑한 탓일까?

유난히도 한국인들은 계절 감각이 예민하다. 지붕 위에 떨어지는 빗방울 소리 하나에도, 식탁에 오르는 푸성귀 한 잎에도 계절의 변화와 그 감흥을 맛본다. 편지글을 보아도 그런 특성을 찾아볼 수 있다.

우리나라 사람들은 으레 편지 글 첫머리에 절후節候의 이야기를 쓴다. 우수雨水라든가, 꽃이 피었다거나, 봄비가 내리고 날씨가 따스해졌다거나……. 학생들의 작문을 봐도 대부분이 계절 타령이다.

그러나 서양 친구들의 편지글엔 계절보다도 인간들의 생활풍속이 더 많은 관심거리로 적혀 있다. 요리 이야기, 세금 이야기, 파티 이야기……. 자연감각보다는 사회감각이 앞서 있다.

사실 그들은 계절을 정복하며 살고 있기 때문에 환절의 감각이 신기할 게 없다. 어디 가나 난방장치는 따스한 봄 기분을 들게 한다. 냉장고에서 나오는 음식은 늘 겨울의 서늘한 미각을 맛보게 한다. 그뿐 아니라 여름에는 피서避暑, 겨울에는 피한避寒……. 넓은 지역이라 여행을 하는 것으로 언제나 춘하추동을 찾아다닐 수 있다.

봄비에 젖은 풍경을 바라보면서 생각해본다. 인공의 시대 속에서 살고 있는 그들이 행복한 것인지, 원시적인 생활이라 해도 자연을 느낄 줄 아는 우리가 행복한 것인지?

그러나 분명히 말할 수 있는 것은 우리가 너무 오랫동안 자연 감각만 가지고 세상을 살아왔기에 변화해가는 역사의식엔 그만큼 둔감했다는 사실이다.

봄의 입김은 느낄 줄 알아도 인간의 입김, 사회의 입김, 역사의 새로운 그 입김을 모르는 사람이 많은 것 같다.

정치를 봐도, 문화를 봐도, 경제를 봐도 구세대의 망령들이 춤을 추고 다닌다. 그렇다. 봄이 오면 겨울 외투를 벗을 줄 알면서도, 새 시대가 오는데도 아직 구시대의 낡은 사고를 걸치고 다니는 사람들이 너무 많지 않은가?

우리가 진정으로 기다리는 것은 바로 역사의 봄비 소리여야 한다.

꽃 타령

두보杜甫의 시에 '이월이파삼월래二月已破三月來'라는 것이 있다. '2월은 이미 가고 3월이 왔다'라는 평범한 뜻이지만 그 표현은 매우 힘차다.

'파破' 자를 썼기 때문이다. 즉 2월을 허물어뜨리고 3월이 왔다고 했으니 마치 적진을 부수고 돌진해가는 군마의 위세를 느끼게 한다. 과연 봄은 녹색의 갑옷을 입은 군졸들을 거느리고 그렇게 하루하루 북진해 올라가는 것인지도 모른다.

하룻밤 내린 봄비로 푸른 싹들이 한 치씩이나 자랐다. 신문을 펴봐도 꽃 소식이 한창이다. 얼마 안 있어 서울에도 개나리나 벚꽃이 필 것이다. 인심은 변하고 사회는 바뀌어도 꽃은 언제나 같은 모습으로 핀다. 그러나 꽃을 보는 인간의 마음은 구름처럼 자주 변한다. 꽃은 꽃이되 부자 사람이 보는 꽃과 빈자貧者의 헐벗은 눈으로 바라보는 그 꽃은 서로 의미가 다른 것이다.

그것처럼 역사에 따라서 꽃을 보고 느끼는 사람의 감각은 결코 같은 게 아니라는 것을 우리는 안다. 시절이 어수선하면 꽃이 피는 것이 반갑지 않고 도리어 슬퍼진다. 그것이 아름답고 향기롭고 가냘플수록 눈시울이 뜨거워지는 법이다. 만약 전쟁터에서 문득 한 떨기 피어난 야생화를 본다면 사나이라 해도 눈물이 맺힐 것이다. 잃어버린 평화의 감각, 잠재되어 있던 사람의 감정이 눈을 뜨고 일어서는 까닭이다.

올봄의 꽃들은 선거의 열풍 속에서 필 것이다. 자칫하면 언제 꽃이 피고 시들었는지조차 모르는 사이에 봄이 지나쳐버릴지도 모른다. 물론 국가의 대세를 결정짓는 선거 시즌에 한가로운 꽃타령을 할 수는 없겠다. 다만 우리가 궁금한 것은 우리의 정치가

들 가운데 정녕 꽃의 의미를 아는 사람이 몇 사람이나 될 것인가 하는 의문이다.

　돈이라면, 감투라면, 여자라면, 그리고 술이라면……. 모두들 일가견을 갖고 탐하려 들 테지만 평화의 꽃, 사랑의 꽃, 그 풍속의 꽃에 그윽한 시정을 원하는 정객들은 그리 흔치 않은 것 같다. 올해에도 꽃은 필 것이다. 그러나 선거로 피맺힌 살벌한 정객들의 마음은 꽃 한 송이 들어설 자리가 없는 호지胡地처럼 황량할지 모른다.

　두보의 시로 시작했으니 '감시화천루感時花濺淚'라는 두보의 또 다른 시구로 끝을 맺자.

　"고된 시절을 느끼니 한 송이 피어난 꽃에도 눈물을 쏟는다."

　아무래도 올해는 봄을 모르며 봄을 그냥 지나칠 것만 같다.

3월과 소리

　3월에는 '소리'가 있다. 침묵 속에서 움트는 소리가 있다. 얼음이 풀리는 강의 소리와 겨울잠에서 깨어난 짐승들의 포효—햇살처럼 번져가는 생명의 소리가 있다. 지층을 뚫고 분출하는 3월의 소리는 죽은 나뭇가지에 꽃잎을 피우고 망각의 대지에 기억을 소생케 한다.

　3월에는 '빛깔'이 있다. 프리즘처럼 가지각색 아름다운 광채를 발산하는 빛깔이 있다. 우울한 회색에의 혁명이다. 푸른색이 있고 붉은색이 있고 노란색이 있고……. 산과 들에 크레용으로 낙서해놓은 것 같은 색채의 향연이다. 오랫동안 감금되어 있던 금제禁制의 빛깔들이 크나큰 해일처럼 넘쳐가고 있다.

3월에는 '움직임'이 있다. 화석처럼 고착되어 있던 정지된 율동이 제어할 수 없는 힘을 가지고 용솟음치는 움직임이 있다. 동면은 끝나고, 새들의 날개깃은 풀리었다. 구름이 굴러가듯이, 바람이 소용돌이치듯이 가없는 대지를 향해 내닫는 율동의 3월이다. 바위도 아지랑이 속에서 떨린다.

3월에는 '분노'가 있다. 겨우내 참고 견딘 굴종과 인내의 끈을 풀고 생을 절규하는 분노가 있다. 모욕당한 사랑과 짓밟힌 평화와 구속된 자유와……. 겨울의 그 폭군을 향해 도전하는 분노가 있다. 어디를 보나 생명을 가진 것이면 노여운 얼굴을 하고 일어서고 있다.

그러나 자연들이 합창하는 3월의 소리와 3월의 빛깔과 3월의 움직임과 3월의 분노를 다 합쳐놓아도 따르지 못하는 보다 우렁찬 소리가 있고, 보다 찬란한 빛깔이 있고, 보다 용맹한 움직임이 있고 그리고 또 보다 뜨거운 분노가 있음을 안다.

그것은 3월 초하루, 천지를 뒤덮던 이 겨레의 만세 소리였다. 군화 밑에 짓밟혔던 우리의 희망과 자유와 평화가 눈을 부릅뜨고 소생의 소리로, 빛깔로, 움직임으로, 분노로 나타났던 민족의 신화였다. 아! 그 '소리'를 지금 우리가 듣는다. 그 피의 빛깔을 지금 우리가 바라본다.

그 거대한 율동과 분노에 찬 선인들의 얼굴을…… 3월이 되면 해마다 가슴속에 그려본다.

한국의 3월에는 소리가 있다. 빛깔이 있다. 움직임이 있다. 분노가 있다. 이 영원한 신화의 부활을 보아라.

봄의 정치학

영어로 3월을 '마치March'라고 한다. 이것은 로마 신화에 나오는 군신軍神 '마르스Mars'란 이름에서 생긴 말이다. 그러고 보면 3월은 어원 그대로 전투의 달이라고 할 수 있다. 봄을 평화의 계절이라고 생각하는 것은 아무래도 로맨틱한 견해인 것 같다. 현실적으로 따져볼 때 봄은 만물이 선전포고를 하고 생존의 경쟁 속으로 돌입해 들어가는 투쟁의 계절인 것이다.

'마치'란 월명月名이 아직 영국에서 사용되고 있지 않았던 옛날에는 그것을 'Hlyd-monath'라고 불렀던 모양이다. 그 뜻을 풀이해 보면 'noisy month', 즉 '시끄러운 달'이란 뜻이 된다. 결국 이리 보나 저리 보나 3월은 전투적이고 부산스럽고 좀 들떠 있는 달이라고 정의할 수밖에 없다.

우리나라에서도 3월은 '꽃샘' 철에 해당하는 달이다. 피어나는 꽃을 샘내는 추위가 마지막으로 등쌀을 떤다는 계절, '꽃샘추위'라고 하는 것이 바로 그것이다. 그래서 '춘래불사춘春來不似春'이라는 말도 있다. 어쨌든 좀 불안스럽고 혼란하며 안정되지 못한 분위기가 3월의 무드인지도 모른다.

더구나 요즈음은 그 정치 바람까지 겹쳐 마음마저 산란하다. 당이 채 만들어지기도 전에 탈당 소동부터 일어나는가 하면 파벌부터 싹터 벌써 주먹다짐까지 벌어지고 있다. 악명 높던 구舊정객들의 그 기개도 대단한 바 있어 바야흐로 3월은 전투의 달이요, 시끄러운 달이다.

그런데 한편 박의장은 제1야전군 사령부를 시찰한 자리에서 "혁명 정부가 차기 민정을 구정치인들 손에 맡기려고 한 것은 과거와 같이 정치적인 추태를 부리거나 국민에게 해독을 끼치며 구악적 요소를 지니고 있는 그 얼굴, 그 인물이 나와서 정치를 해달라는 것은 아니다."라고 언명하였다. 그리고 정치적인 혼란에 대해서 방관하지 않을 것을 시사한 바 있다.

구정객들이 풀려나오기는 풀려나왔으나 앞으로 건너야 할 수많은 강이 있을 것 같다. 원래 정치란 것은 청렴한 선비들이 바둑을 두는 것처럼 조용한 것은 아니다. 원래 민주정치란 시끄러운 정치다. 비판이 있고 파당이 있다. 분쟁이 없을 수 없다. 그것은 본질적으로 정치적인 혼란과는 구별되어야 한다. 그러면서도 또 그구별이 어렵다. 여기에 앞으로의 정객들의 고민이 있을 것 같다.

지금은 정계도 3월. 옛 시조의 한 토막이 생각난다.

매화 옛 등걸에 봄빛이 돌아오니
옛 피던 가지에 피엄직도 하다마는
춘설이 하분분하니 필동말동 하여라[2]

지금 구정객들의 심정이 아마 이와 같으리라.

무슨 일인가

만약 이런 일이 좀 없을까?

시장한 어느 오후에 말이다. 호주머니를 뒤집어봐도 겨우 교통비밖에 남아 있지 않을 때, 그래도 용기를 내어 중국집에 가서 국수 한 그릇을 시켜 먹는다. 그러다가 갑자기 돌을 씹어 뱉어보니 오색영롱한 진주. 놀랍게도 시가 1백만 원이 넘는 흑진주란다. 그러나 이건 좀 싱겁다. 그리고 중국집에서 소유권을 주장하고 나서면 귀찮다.

아니, 이런 일이 있다면 또 어떨까?

겨우내 묻어두었던 김장독을 캐내다가 삽 끝에서 요란한 소리

---

[2] 매화梅花 작. 조선시대 평양 기생. 애절한 연정을 읊은 시조 8수가 『청구영언』에 전한다.

가 울려온다. 그래서 말이다, 흙을 털고 자세히 들여다보니 황금빛에 번쩍이는 천 년 전 대종大鐘. 고고학자가, 신문사 기자가, 그리고 사람들이 몰려오고 사진을 찍고……. 지금까지 발견된 국보 가운데 제일 귀중하고 희귀한 것이란다.

아니, 그런 것은 공연히 시끄럽기만 하다.

무슨 좋은 일이 좀 없을까?

그렇다. 어느 날 말이다. 갑자기 누가 문을 두드린다. 우편배달부……. 그가 던지고 간 편지에는 발신인의 낯선 이름이 씌어 있다. 묘령의 아가씨로부터 사모한다는 사연이 적힌 연문戀文인 것이다. 그녀는 중세 때의 공주처럼 아름답다. 손은 백랍白蠟 같고, 눈은 가을 호수처럼 깊고 맑다.

아니, 그건 좀 구식이다.

그녀는 재벌의 무남독녀로서 파리에서 돌아온 지 몇 주일이 되지 않는 편이 좋다. 늘씬한 캐딜락을 몰고 다니고, 미니스커트를 입고, 행동파고, 비틀스의 팬이고……. 요컨대 벚꽃이 피는 거리에서 아름다운 로맨스의 꽃이 피는 거다.

하지만 누가 그랬다.

"사랑은 환상의 아들이며, 환멸의 아버지"라고.

그런 것보다는 남성적이고 영웅적이고 힘찬 것이 좋다.

그렇다. 광장에는 수천수만의 청중들이 모여든다. 대통령 입후보자가 된 자신이 단壇 위에 올라가면 폭포 같은 박수가 터져나온다. 열광, 환호, 존경, 선망 그리고 영광—거기에서 민족의 자유를, 부흥을, 희망을. 그리고 웅비雄飛하는 역사의 청사진을 전개한다.

그러나 이것도 시시하다.

정치란 보기 좋은 하눌타리, 터지기 쉬운 풍선, 떫은 열매, 공작새의 날개 같은 것.

무슨 일이 좀 없을까? 봄날에 놀랍고 신기한 무슨 기적 같은 일이 없을까?

만우절의 거짓말 같은 꿈이 아니라, 따분하고 시시한 이 생활에 소나기처럼 쏟아지는 희열의 물방울들……. 무엇인가 움트고 아우성치는 것 같은 봄 거리. 바라다보면 공상이 일루미네이션처럼 날개를 편다.

춘몽春夢—.

아! 4월인 것이다.

한국의 보리밭

반 고흐의 이름과 그 죽음 때문일까? 보리밭이라고 하면 어딘지 좀 비장한 색채가 있다. 말년의 고흐는 아를Arles의 태양 밑에 물결치듯 타오르는 보리밭을 그렸다. 〈해바라기〉보다도 더 광열적이고 비통한 삶을 느끼게 한다. 고흐는 대낮의 바로 그 보리밭에서 자살하였다. 〈오베르 쉬르 오아즈 교회L'église d'Auvers-sur-Oise〉의 배경인 한촌寒村의 오베르 성을 넘으면 보리로 뒤덮인 광대한 고원高原이 나선다. 그는 그 한복판에 누워 권총의 일발을 가슴에 겨누었던 것이다.

그리고 슈베르트의 전설적인 비극의 영화 〈미완성 교향곡〉에도 보리밭이 나온다. 황지荒地와 같은 보리밭, 그리고 마리아의 입상 역시 낭만적인 풍경이었다. 외국뿐만 아니라 한국의 보리밭도 아름답다. 그냥 아름다운 것이 아니라 가슴을 쥐어짜는 것 같은 향수, 그리고 이유 없는 외로움이 물결치는 아름다움이다. 보리밭의 길목에 피는 잡초의 이름 없는 꽃들도 인상적이다.

그러나 한국의 보리밭은 고흐의 그것과는 다른 현실적인 비극이 숨어 있다. 가난한 농촌, 맨발 벗은 아이들, 구릿빛으로 타고 이지러진 소박한 농부의 얼굴, 시골 초가의 토벽처럼 초라하면서 구수한 것이 바로 우리의 보리밭 풍경이다. 그러나 그 보리밭을 미적인 대상으로 바라보는 사람이 몇이나 될까? 그 보릿고개의 굶주린 눈앞에는 오직 "보리 이삭아, 얼른 자라라"라는 현실적인 소망밖에 없다.

보리 농사가 예상보다 2할이 감수減收되리라는 우울한 소식이 있다. 계속되는 일기 불순으로 작년보다 파종 면적이 늘었음에도 불구하고 그 수확은 도리어 줄어들 것이라는 관측이다. 모진 비바람으로 보리밭은 2할이나 3할가량이 도복倒伏되어 결실이 어렵게 된 까닭이다. 도복을 방지하려면 새끼줄을 쳐야 하는데 그 비용이 보통이 아니어서 당국자들도 그냥 방관할 수밖에 없는 모양이다.

그런데 오늘도 비가 내리고 있다. 보통 비가 아니라 근년에 보기 드문 홍수 같은 비가 쏟아지고 있는 것이다. 때아닌 물벼락으로 보리밭이 많이 상했을 것이다. 가뜩이나 우울한 우중 풍경인데 시골의 보리밭 생각을 하면 가슴이 뼈근해진다. 하늘만 믿고 사는 사람들인데 어쩌면 요렇게도 무심할 수 있는가? 작년의 벼 농사도 시원찮은데 보리 농사까지 망치게 되면 어떻게 될까? 이번 비로 피해가 얼마나 컸는지 궁금하다.

고흐의 보리밭은 그래도 사치스러운 것이 있다. 헐벗은 우리의 농촌 보리밭은 눈물 같은 것, 한국의 비애가 젖어 있다. 어디선가 "비야 비야 오지 마라……." 하는 시골 아이들의 구성진 민요가 들려오는 것 같다.

하나의 나뭇잎이 흔들릴 때

고故 노천명盧天命 시인은 그의 시 가운데 5월을 '계절의 여왕'이라고 부른 일이 있다. 달마다 특유한 계절 감각이 있어 그 우열을 비교한다는 것은 어려운 일이지만 대체로 5월이 어느 달보다 신선하고 아름답다는 의견이 지배적인 듯이 보인다. 4월은 '꽃의 달'이지만 5월은 '잎의 달'이다. 물론 꽃의 아름다움은 아무도 부정하지 않는다. 그러나 나뭇잎에는 꽃에서 맛볼 수 없는 새 맛이 있다.

더구나 5월의 신록新綠이 그렇다. 하나의 나뭇잎이 흔들릴 때 우리는 우리의 생명을 느낀다. 그렇게 푸르며 그렇게 싱싱한 생명의 율동을 생각한다. 우울하고 슬픈 날에도 나뭇잎이 트이는 신록을 보고 있으면 살고 싶다는 욕망이 가슴을 뻐근하게 한다. 꽃은 화장한 여인들처럼 화려하기는 하나 깊이와 무게가 부족하다. 꽃이 우리에게 주는 감상은 다분히 관능적인 것이지만 나뭇잎은 좀 더 정신적이다.

하나의 나뭇잎이 흔들릴 때 우리는 거기에서 우주의 비밀을 본다. 창조의 눈초리와 사랑의 웃음과 영원의 음악을 듣는 것이다. 바람과 나뭇잎—영원 속에 던져진 인간의 생존이 거기에 있다. 생의 욕망이 바람 속에서 나부끼고 있는 것 같은 신비한 우주의 한 촉수를 느끼게 한다.

나뭇잎을 사랑하지 못하는 사람들은 '생生'도 사랑하지 못할 것 같은 생각이 든다. 태양을 향해서 그 녹색의 눈을 뜬 이파리의 아름다움이야말로 그대로 생명의 시詩가 아닌가 싶다. 이파리에서는 코를 찌르는 것 같은 향취도 없고 마음을 들뜨게 하는 화려한 빛깔도 없지만 수수한 그 몸차림이 한결 다정한 것이다. 죽어있던 대지, 회색의 비탄에 싸여 있던 숲은 그 푸른 잎들로 하여 비로소 강렬한 삶의 지대로 변한다.

5월은 잎의 달이다. 따라서 태양의 달이다. 5월을 사랑하는 사람은 생명도 사랑한다. 절망하거나 체념하지 않는다. 권태로운 생활 속에서도, 가난하고 담담한 살림 속에서도 우유와 같은 맑은 5월의 공기를 호흡하는 사람들은 건강한 생의 희열을 맛본다.

5월은 계절의 여왕, 한숨을 거두고 피어나는 저 이파리들을 보자. 따분한 정치, 빈곤의 경제, 너절한 욕망을 잠시 덮어두고 저 푸른 잎들이 합창하는 삶의 노래를 들어라.

비의 이미지

거리에 비가 내리듯
나의 가슴에도 비가 내린다

폴 베를렌Paul Verlaine의 첫 번째 감상적인 시구는 너무나도 유명하다.

기억 속에서 비가 뿌린다.
가신 님들이 흐느끼는 소리로 비가 뿌린다……

그다음 시구는 회화적인 독특한 활자 배열로 일약 세인世人의 화제를 끈 기욤 아폴리네르Guillaume Apollinaire의 것으로 널리 회자膾炙되었다.

비가 시의 소재로 쓰인 것은 한두 편이 아니다. 유행가 가사로부터 하이 블루한 현대시에 이르기까지 비에 대한 묘사가 곧잘 나온다. 한편 비의 이미지도 여러 가지다. 어느 때는 구제救濟의 상징이 되기도 하고 또 어느 때는 죽음의 상징이 되기도 한다.

T. S. 엘리엇이 「황무지The Waste Land」라는 장시長詩에서 마지막 그려준 비는 인류의 구제를 뜻한 것이며, 영국의 여성 시인 시트웰Edith Sitwell의 시 가운데 그려진 비는 생명을 파괴하는 전쟁(죽음)을 상징한 것이다.

고대의 신화 가운데 그려진 비가 선신善神으로 그려지기도 하고 또 악신惡神으로도 표현된 것을 보면 비야말로 인간 생활에 있어서 가장 패러독시컬paradoxical한 존재다. 생명의 젖인가 하면 죽음의 독약이기도 한 비의 부조리는 요즈음에 와서 더욱 더 심해진 것 같다.

소련에서 핵실험을 재개한 후로 비는 완전히 공포의 대상이 되어버렸다. 축대를 무너뜨린 가을비가 이제는 방사능진을 뿌려 어떤 재화를 가져올지 의문이니 빗소리만 들어도 가슴이 선뜩해진다.

요즈음 비에도 허용량을 돌파한 방사능진이 낙하하였다는 사실이 발견되었다는 소식이 있으니 구름 낀 하늘처럼 마음이 불안하지 않을 수 없다. 비는 이제 시정을 돋우는 것이 아니라 공포심을 일으키게 된 것이다.

생각할수록 소련의 핵실험에 울화가 치민다. 비의 낭만을 잃었다는 그 정도의 이유에서가 아니라 앞으로 인류에게 어떤 큰 화를 뿌릴지 모르겠기 때문이다.

거리에 비가 내리듯
나의 가슴에도 비가 내린다

베를렌의 시는 이제 구식이 되어버렸다. 그보다는 시트웰의 시가 훨씬 현실적인 이미지를 갖게 된 것이다. 어서 날이 개었으면 좋겠다.

창을 열어라

여름은 개방적이다. 닫혀진 창이란 없다. 모든 것이 밖으로 열려진 여름 풍경은 그만큼 외향적이고 양성적이다. 북방 문화가 폐쇄적인 데에 비해서 남방 문화가 개방적인 이유도 거기에 있다. 여름의 숲은 푸른 생명의 색조를 드러낸다. 그리고 그 숲 속에는 벌레들의 음향으로 가득 차 있다. 은폐隱蔽가 없고 침묵이 없는 여름의 자연은 나체처럼 싱싱하다.

그러기에 여름은 비밀을 간직하기 어려운 계절이다. 수줍은 소녀들도 여름의 더위 앞에서는 흉한 우두 자국을 감출 수 없다.

고독을 취미로 삼고 있는 우울한 철학도 복중伏中의 무더위 속에서는 밀실의 어둠을 버려야 한다. 육체도 사색도 모두 개방시켜야만 하는 것이 여름의 생리다.

도시 사람들이 이웃의 생활을 엿볼 수 있는 것도 바로 여름인 것이다. 창과 문을 열어놓고 살기 때문에 그 내부의 생활 풍경을 감출 수 없다. 아무리 발을 치고 커튼을 드리운다 하더라도 생활의 비밀은 밖으로 새기 마련이다. 문을 처닫고 부부 싸움을 하던 겨울철과는 사정이 다르다. 웃음소리, 코 고는 소리, 심지어 수박 먹는 소리까지 이웃으로 흘러 나가기 마련이다.

그러기에 여름철은 타인의 이목을 한층 더 예민하게 느끼고 살아야 한다. 북방인들은 생활 태도가 내부 지향적인 데에 비해서 남방인들은 타인 지향적이란 평이 있는 것도 무리가 아니다. 여름은 우선 무엇보다도 '소리의 관제管制'가 필요한 것 같다. 무더운 여름밤, 열어젖힌 창문으로 흘러들어오는 것은 한줄기의 시원한 바람만이 아니다. 그 바람 소리를 타고 온갖 잡소리가 염치없게 기어든다. 〈황성 옛터〉의 19세기적 유행가와 나이트클럽을 연상케 하는 밥재즈, 때로는 소란한 행진곡과 장엄한 심포니가 여름밤 공기를 칵테일한다. 물론 이웃집들의 라디오, 전축, 텔레비전 들이 태평연월太平烟月을 구가하고 있는 까닭이다.

그것은 확실히 여름밤의 딜레마다. 지휘자 없는 여름밤의 칵테일 음악에 지쳐 창문을 닫으면 이번엔 내장까지 찌는 듯한 더위가 엄습한다. 창을 닫을 수도 없고 열 수도 없는 '사느냐 죽느냐(To be or not to be)'가 계속된다. 그와 마찬가지로 옷을 벗고 창문을 닫느냐, 창문을 열고 옷을 입느냐의 고민도 없지 않다.

여름은 개방적이고 타인 지향적인 계절이다. 그러므로 항상 자기보다 이웃을 생각해야 하는 계절이다. 전축과 라디오의 볼륨을 겸손하게 낮출 것이며 열린 창이라 하여 들여다볼 것이 못 된다. 여름의 모럴moral은 결국 창의 모럴—자기 창을 열었거든 남의 창도 열게 하라.

머귀 잎 지거야 알와다

가을인 줄을

세우청강細雨淸江이 서늘업다

밤기운이야 천리의 임 이별하고

잠 못 들어 하노라

—정철

가을의 시

전선에서는 벌써 월동 준비에 바쁜 모양이다. 섭씨 10도를 오르내리는 쌀쌀한 날씨라고 한다. 한 열흘이 지나면 이제 추석…… . 전선이 아니라도 머리맡의 벌레 소리가 차갑다. 정말 믿을 것은 계절의 운행뿐인가 싶다. 땀띠투성이의 그 삼복더위를 생각하면 어디 조석으로 부는 이 찬바람을 상상이나 할 수 있었을까? 자연의 역사는 인간의 역사보다 한결 정직하다.

그러나 수풀보다도, 곡식보다도, 과실보다도 그리고 가을을 우는 그 벌레보다도 한결 계절에 민감한 생물은 아무래도 인간일 것만 같다.

옛날에는 시인들이 가을 소리를 먼저 들었지만 이제는 상인들—단풍이 지기 전에 벌써 연탄 값이 오르고, 추석의 과일들이 무르익기 전에 그 대목을 노린 물가가 먼저 부풀어오른다. 이젠 계절도 상품이 되어버린 시대인 것 같다.

시인이 노래하던 그 계절은 지나고 주판 위에서, 시장 위에서 계절은 운행되어 간다. 그만큼 가을의 마음도 변모해간다.

가을에는 누구나 성숙한 생의 의미를 느끼게 된다. 시인이 아니라도 일기장이나 편지글 들에는 단풍 같은 사색의 아름다움이 물든다. 그리고 겸허하게 생의 내용을 결산한다. 외부로 쏠려 있던 시선은 안으로 잦아든다. 그리고 자신을 향해 자기가 살아온 봄의 열정, 여름의 탐욕, 그리고 그 분주했던 행동에 대해서 조용히 물어본다. 그것이 바로 가을의 언어인 것이다. 그래서 가을에 만나는 사람들은 어딘가 의젓한 그 생의 깊이를 간직하고 있는 듯이 보인다.

이젠 가을이 되어도 사람들은 사색하지 않는다.

푸른 하늘이 있고 벌레의 울음소리가 있어도 그것을 보고 들으며 느끼는 사람들은 그리 많지 않다. 식당의 메뉴가 좀 바뀌고 요정의 술과 안주가 좀 달라져갈 뿐, 가을은 소문처럼 그대로 사라져버린다.

　　계절이 지나가는 하늘에는
　　가을로 가득 차 있습니다
　　나는 아무 걱정도 없이
　　가을 속의 별들을 다 헤일 듯합니다

시인 윤동주尹東柱는 노래하고 있지만 지금은 가을의 별을 세는 사람보다 지폐장을 세기에 바쁜 사람들이 우글거리는 것 같다.

해마다 오는 가을이라고 늘 같은 가을은 아닌 것이다.

추석과 달의 선물

한국의 추석. 저녁이면 둥근, 참으로 둥근 가을달이 떠오를 것이다. 그리고 으레 달과 함께 연상되는 하얀 동시童詩 같은 갈대와……. 아이들은 때 묻은 옷을 벗어던지고 추석빔으로 곱게 단장할 것이다. 노인네들은 툇마루에 앉아 옛날 저 달과 함께 즐기던 추석 이야기를 하며 향수에 젖기도 할 것이다. 농부들은 그들이 가꾼 가을의 수확을 말할 것이며 오랫동안 살림에 쪼들린 아낙네들은 송편을 빚으며 이웃 간의 정을 나눌 것이다.

추석의 미풍美風이 있는 가을은 저 아름답고 푸른 하늘과 함께 한국인이 누릴 수 있는 최대의 행운이다. 굶주렸던 사람은 먹을 수 있고 헐벗은 사람은 입을 수 있고 시름이 있는 사람도 이날 하루는 그 시름을 잊을 수 있는 날이다. 생활이 어려우면 어려울수록, 일이 고되면 고될수록 이런 명절은 눈물겹도록 즐거운 법이다.

그러나 한편으로는 단 한 번밖에 없는 이 명절도 그렇게 지낼 수 없는 사람들이 있다. 그리하여 추석을 아름답고 즐거운 명절로 생각할 수 없는 것이 우리의 현실이기도 하다. 아무리 달빛이 곱고 푸를지라도 어둡기만 한 가슴을 눈물로 적셔야 하는 외롭고 가난한 사람들이 많기 때문이다. 남이 즐거워하는 때이기 때문에, 남이 잘 먹고 놀 수 있는 날이기 때문에 도리어 이날이 원망스럽고 한스러운 날이 되어야 하는 음지의 그 권속들 말이다.

추석빔을 해 입히지 못하는 가난한 지아비의 가슴은 어떨 것인가? 그래서 소위 중추가절仲秋佳節의 명절이라고 하는 추석은 많은 강도를 낳기도 한다. 추석을 앞두고 돈에 쪼들린 끝에 모의수류탄을 가지고 강도질을 한 청년이 있는가 하면 귀향할 노자가 없어 절도질을 한 철없는 소년도 있는 것이다. 모두 저 가을 찬란한 만월의 향수가 빚은 아이러니컬한 사건들이다.

옛날 청빈했던 백결百結 선생은 남의 집 떡방아 소리를 듣고 탄식하는 아내를 달래기 위해서 흥겨운 방아타령을 지어 불러주었다는데 이러한 풍류는 고인古人들에게만 통했던 낭만인가?

가을이 되고 그리고 추석이 되어도 배고픈 사람아! 너무 서러워할 것은 없다. 저 추석 달만은 그대들 머리 위에서도 창창히 빛나고 있지 않은가?

달의 미학

"달아 달아 밝은 달아 이태백이 노던 달아."

우리의 이 민요는 달 그것처럼 언제나 새롭다. 우리의 할머니, 할아버지도 달을 보며 이 노래를 불렀다. 그리고 오늘 또다시 저 귀여운 아이들이 똑같은 노래를 부르고 있다.

그러나 달도 노래도 옛날의 그것이지만 인간의 세태와 마음은 무척 많이도 변하였다. 이 민요의 마지막 가사를 들으면 특히 그렇다.

"양친 부모 모셔다가 천년만년 살고지고……."

참으로 애절한 기도, 소박한 소원이다. 얼마나 지상에서 살기 어려웠으면, 얼마나 양친 부모가 정다웠으면, 달나라의 계수나무를 은도끼, 금도끼로 찍어 초가두옥草家斗屋을 짓고 그 달나라에서 영원히 영원히 어버이와 함께 살아가고 싶다는 노래가 흘러나왔겠는가?

그러나 오늘도 무심코 이 구절을 구슬픈 가락에 맞춰 부르고 있는 사람은 많지만 과연 저 초가삼간 속에서 부모와의 영원한 삶을 진심으로 누리려는 사람은 몇이나 되겠는가? 현대인들은 초가삼간이 아니라 멋진 문화 주택을 꿈꾸고 있을 것이며, 달나라가 아니라 미국의 워싱턴이나 파리의 번화한 주택가를 상상하고 있을 것이다.

아니 그것보다도 '양친 부모 모셔다가…….' 하는 생각은 조금도 흉중胸中에 없을 것이다. 현대의 에고이스트들은 대부분 양친 부모가 아니라 '사랑하는 애인과 함께 천년만년 살고 싶다'고 할 것이다. 날이 갈수록 부모에 대한 효성과 애정은 식어가고만 있다.

젊음과 생활을 즐기는 데에 노부모를 모신다는 것은 참을 수 없는 일종의 고역이라는 생각을 하고 있다.

요즈음 신문을 보면 정신 이상에 걸린 자기 친어머니를 구타치사케 하고 암매장까지 한 불효자의 이야기가 게재되어 있다. 이번만이 아니라 근년에 이르러 자기 친족을 살해하고 학대하는 사건들이 여러 번 발생하였었다. 이것도 세태의 한 변화라고 생각할 때 현대에 산다는 것이 어쩐지 자꾸 무섭고 슬프게만 생각된다.

옛날 초국楚國의 노래자老萊者는 늙은 양친을 즐겁게 해드리기 위해 70의 나이에도 색동옷 같은 아이 옷을 입고 그 슬하에 누워 어린애처럼 어리광을 피웠다고 하며, 한漢나라 왕상王祥은 두꺼운 얼음장을 체온으로 녹여 잉어를 잡아 병상의 계모 주씨朱氏에게 바쳤다고 한다. 그리고 한말漢末의 어수선한 세상을 피하여 어머니를 모시고 홀로 노산盧山의 고적한 땅에서 서러운 해를 보냈다고 전한다.

우리 모두 세상이 아무리 바뀌고 인심이 아무리 모질게 변한다 하여도 저 달의 노래만은 잊지 말기로 하자.

"양친 부모 모셔다가 천년만년 살고지고……." 이렇게 따듯한 마음속의 노래를.

국화를 보며

한 송이의 국화를 본다.

추억 같은 그 잔향殘香부터가 어딘지 귀족의 후예를 대하는 맛이다. 점잖고 고고하고 처절한 데가 있다. 확실히 동양인들이 좋아할 만한 꽃이다.

국화야 너는 어이 3월 춘풍 다 지내고

낙목한천落木寒天에 네 홀로 피었나니

아마도 오상고절傲霜孤節은 너뿐인가 하노라3)

이런 때는 현대시보다도 옛날 병풍 색처럼 고색창연한 시조 한 수가 격에 맞는다.

왜 하고많은 철을 두고 모든 잎이 지며 꽃이 이우는 늦가을에 국화는 피는 것일까? 생각할수록 신비하고 갸륵하기만 하다. 서릿발이 차고 햇볕은 무디다. 나비도 벌도 축복의 날개를 접고 자취가 없다. 나뭇잎은 섧게 지며 마지막 계절을 울던 벌레도 그 소리를 거두어 잠잠하다. 조락凋落, 침묵, 황량……. 그러한 죽음의 상황 속에서 홀로 외롭게 피어나는 국화를 보면 눈시울이 뜨거워지는 정을 느낀다.

국화야 무슨 뜻이 있으랴마는 그를 대하는 우리의 마음은 마냥 무심할 수가 없다. 비정의 계절을 선연한 그 빛깔과 그윽한 향기로 채우는 국화, 새삼스럽게 사람이 그리워지고 그같이 고절孤節을 지켜나가는 벗들이 아쉬워진다.

세상은 많이 변하였다. 권력을 좇아서 다정했던 옛 친구들은

3) 이정보(李鼎輔, 1693~1766)작. 조선 후기의 문신. 사륙문에 뛰어나 시조 78수의 작품을 남겼다. 이 시는 『청구영언』, 『해동가요』, 『가곡원류』, 『병와가곡집』 등에 실려 있다.

모두 떠나버리고, 시류를 따라 믿고 지내던 형제들이 자취 없이 사라져가고 있다.

그러나 이따금 국화처럼 차가운 서리 속에서 홀로 절개를 지키며 피어나는 사람도 없지 않다. 손을 붙잡고 실컷 울어보고 싶은 사람—지나친 감상 같지만 요즈음처럼 삭막한 현실 속에서는 조금도 쑥스러울 것이 없겠다.

나뭇잎이 지듯이 모두들 떠나가고 있다. 동면의 굴을 파는 파충류처럼 은둔처를 마련하는 사람도 있다.

그러나 우리에게 정말 위로와 믿음을 주는 자는 국화처럼 계절을 거슬러 사는 사람이다. 남들이 다 잠들 때 홀로 깨어 있는 사람은, 남들이 다 떠날 때 홀로 남아 있는 사람은, 그리고 남들이 모두 침묵하고 있을 때 홀로 노래하는 사람은 우리에게 더 많은 용기와 사랑을 남기는 자들이다.

국화를 보며 오늘을 생각한다.

서리가 내려도 향기를 잃지 않는 국화처럼 생긴 어느 벗들을 생각해본다.

한국의 크리스마스

옛날—150년 전 그 옛날의 크리스마스이브였다. 독일의 성聖 니콜라스 교회에는 성탄 예배를 보기 위하여 많은 사람들이 몰려

들었다.

밤은 깊었고 흰 눈이 내리기 시작했다. 니콜라스 교회는 스키장의 명소 알베르크Alberg 부근에 자리하고 있었기 때문에 그야말로 화이트 크리스마스의 절경을 이루고 있었다.

그러나 뜻밖에도 교회의 오르간이 고장이 나버렸다. 그날 밤 연주하려던 계획이 깨지고 만 것이다. 당황한 목사 요제프 모어Joseph Mohr는 교회의 오르가니스트 그루버Franz Xaver Gruber에게 기타 반주곡을 즉석에서 작곡케 하고 그 노래에 자작시를 붙여 임시변통의 연주회를 가졌다. 장중한 오르간 곡이 아니라 가벼운 기타 반주의 노랫소리였지만 사람들은 색다른 감흥에 취하였다. 그리하여 1818년의 니콜라스 교회에는 마치 기적처럼 새로운 찬송가 하나가 탄생케 된 것이다.

그것이야말로 매년 크리스마스 시즌마다 우리가 귀 아프게 듣고 있는 "고요한 밤 거룩한 밤……"의 바로 그 노래인 것이다. 오르간의 고장 때문에 임기응변으로 만들어낸 그 노래가 도리어 현재에는 전통적인 크리스마스 캐럴이 되었다는 것은 참으로 흥미있는 일이다. 그날 밤 연주 계획이 뜻대로만 되었더라도 아마 "고요한 밤 거룩한 밤……"의 그 아름다운 멜로디는 생겨나지 않았을는지도 모른다. '전화위복'이었다.

뜻대로 되지 않았다 해서, 계획대로 되지 않았다 해서 너무 서러워할 것은 없다. 그 옛날 니콜라스 교회의 크리스마스이브처럼 사고가 때로는 창조의 계기가 되는 수도 있다. 이 우연과 사소한 기적이 있기 때문에 인생은 살아갈 만한 보람이 있는 것이다.

불행이 그리고 실패가 도리어 아름다운 멜로디를 만들어내는 것, 그것이 인생인지도 모른다.

크리스마스이브가 되면 누구나 아름다운 플랜을 설계한다. 아이들은 산타할아버지의 아름다운 선물을, 하이틴은 또 그렇게 아름다운 사랑의 해후를……. 그리고 번잡한 생활에 쫓기는 모든 시민들은 꿈의 기대에 사로잡힌다.

그러나 막상 크리스마스이브가 지나면 사람들은 대개의 경우 실망하게 마련이다. 꿈과 현실에는 언제나 거리가 있기 때문이다. 그렇다고 너무 서러워하지 말자. 고장난 오르간이 울리지 않는다 해서 '미처 못 부른 노래'를 안타깝게 생각하지 말자. 도리어 그 실망 속에 뜻하지 않은 새로운 멜로디가 흘러나올지도 모를 일이다.

동화처럼 흰 눈은

삭막한 겨울, 헐벗은 숲과 얼어붙은 강, 그리고 미끄러운 길. 겨울의 추위는 비단 기온에만 있는 것이 아니다. 자연의 풍경, 그리고 매연과 굴뚝에 싸인 도시의 모습도 한결같이 싸늘한 시각을 느끼게 한다.

그러나 백설白雪만은ㅡ동화처럼 쏟아지는 겨울의 그 흰 눈송이만은 아름답고 포근한 마음을 준다. 눈이 없다면 겨울은 얼마나 쓸쓸한 계절일까?

그런데 일요일에 눈이 왔다. 푸짐한 함박눈이 온종일 쏟아졌다. 첫눈이 내리던 그날만은 길을 걷는 사람들의 표정도 동심에 젖은 듯 순수해 보인다.

"눈길을 걸으면 발밑에서 개구리 우는 소리가 들린다"는 것은 김삿갓의 감각적인 표현이다.

한겨울 길목에서 개구리 울음소리를 듣고 낙엽이 진 죽은 나뭇가지에서 때아닌 백화白花를 보듯 눈이 오면 오욕汚辱의 현실도 환상의 천국으로 바뀐다. 눈은 일상사의 조그만 기적인 것이다. 내리는 눈송이를 보며 세상일을 생각해본다. 순수한 백설, 때묻지 않은 눈송이가 날리는 것을 볼 때 문득 우리는 착한 이웃들과 아이들의 운명을 느끼게 된다.

오예汚穢를 준 대지로 떨어진 무구한 설편雪片은 깨끗하기 때문에 고결하기 때문에 금세 짓밟히고 녹아버린다.

더러운 진흙발로 밟혀야만 할 백설의 운명처럼 이 나라의 현실에선 언제나 순수하고 착한 사람과 어린이들이 짓밟혀갔다. 그것은 얼마나 짧고 얼마나 허망한 순결이었던가?

탐욕한 자들의 구둣발 밑에서 눈송이처럼 밟혀간 우리의 이웃들ㅡ눈이 내리고 녹는 것을 보면 티없이 더럽혀져간 무수한 아이의 얼굴들이 명멸해간다.

그러나 비록 짧은 생명이라 하더라도 살벌한 이 오욕의 풍경에 눈송이는 다시 날려야 할 것이다. 짓밟히고 녹고 진흙 속에 사라진다 하더라도 흰 눈은 동화처럼, 옛이야기처럼, 동정녀의 기도처럼 그리고 아이들의 꿈결처럼 삭막한 이 공간 속으로 날려야 할 것이다. 그래서 문득 죽은 나뭇가지 위에 꽃을 피우고 얼어붙은 길거리에서 개구리 울음소리가 들려오는 환청幻聽의 기적을 보여줘야겠다.

겨울의 고독에 위안을 주는 눈송이들……. 이 각박한 현실의 땅 위를 순수한 자들의 마음은 눈송이처럼 오라. 그대의 때묻지 않은 결백한 눈짓으로 불의의 무리들이 어질러놓은 이 땅을 고요히 덮어주라.

크리스마스

크리스마스이브—포인세티아의 붉은 꽃잎처럼 공연히 설레는 저녁. 지나고 나면 공허하지만 그래도 또 한번 작은 기적을 꿈꿔보는 밤이다.

이날 밤만은 남루한 현실을 잠시 외면하고 크리스마스카드의 그림처럼 신비한 동화 속에 취해보고 싶다.

굳이 종교적인 뜻을 찾지 않아도 좋다. 아쉬움 속에서 한 해를 보내는 사람들, 똑같은 거리, 똑같은 직장에서 무엇인가 색다른 기분을 맛보고 싶은 사람들. 이것이 크리스마스이브의 낭만이다.

조용하고 경건하게 크리스마스를 맞자는 운동이 전개되고 있다.

지당하고 지당한 말이다. 그러나 365일 중에 하루만이라도 해방된 날을 갖고 싶다. 억누르는 도덕에서, 현실에서, 체면에서, 습관과 법칙과 물질에서 하룻밤만이라도 미칠 수 있는 시간이 있었으면 좋겠다.

생활을 하려면 하수도가 있어야 한다. 마찬가지로 억압된 감정의 배설구는 있어야 한다. 크리스마스이브가 좋지 않다면 다른 명절을 정해서라도 한번쯤은 국민이 동심으로 돌아가, 춤추고 마시고 밤을 지새울 수 있는 개방된 날을 마련해야 한다. 조용한 크리스마스이브를 새우자는 사람들은 으레 외국의 예를 들춰낸다.

하지만 그들에겐 카니발(carnival, 사육제)이 있는 것이다. 일주일 동안 광란 속에서 권태와 슬픔과 고독을 발산시키는 축제가 있는 것이다.

유럽에선 정초에 낳는 아이들 중에 10만 명 가까운 수는 모두가 사생아들이다. 카니발 때 사고를 저지른 처녀들의 아이다. 그래서 그 아이들을 카니발 사생아라고 부른다. 물론 좋은 일이라곤 할 수 없다.

그러나 365일 중에 하루쯤 마음껏 감정을 발산할 수 있는 무질서를 인정한다는 것은 나머지 364일의 질서와 평화를 지켜가려는 노력이기도 하다. 즉 364일의 평화와 질서를 위해서 하루의 광적인 축제는 용서받아야 할 것이다. 특정한 날의 무질서를 너무 욕하는 사람은 사회의 심리학을 모르는 자이다.

우리나라를 봐도 고대로부터 예외적인 날이란 게 있었다. 팔월 한가위나 단오날 밤에는 남녀유별男女有別이라는 엄한 유교의 도덕률 속에서도 처녀 총각이 어울려 놀 수 있는 자유를 마련해주었던 것이다. 그러니 통금 속의 생활에 갇혀 있는 국민들이 하룻밤을 떠들고 놀았다고 해서 너무 흰 눈으로 흘겨보지 마라.

크리스마스이브가 좋지 않다면 섣달그믐이라도 좋으니, 놀고즐길 수 있는 그런 기적의 밤을 누릴 수 있게 해야 한다.

제야의 날에

세상에서 가장 정직한 것은 시간이라고 한다. 세상은 또 공평하고 평등해서 특권과 편애를 용서하지 않는다. 부귀영화는 사람에 따라 천차만별이지만, 시간 속에서 탄생하여 시간 속에 죽어갔다. 욕망도 허영도, 그리고 희열도 슬픔도 따지고 보면 시간의 강물 위에 떴다 사라지는 한 방울의 수포水泡에 지나지 않는다.

세상을 정복한 알렉산드로스Alexandros 대왕도 시간의 흐름 앞에서는 목 놓아 울었다고 했다. 부하와 씨름을 하다가 대왕이 땅

위에 쓰러지는 순간 그의 눈앞에 스쳐 지나간 것은 황제의 권한으로도 어찌할 수 없는 '시간의 얼굴'이었다.

"내가 죽으면 지금 누운 사방 6척의 이 땅밖에는 필요치 않구나! 그렇다면 내가 정복한 그 넓고 많은 땅이 무슨 소용이 있겠는가?"라고.

그리고 또 희로애락을 드러내지 말라던 공자님도 흐르는 강물을 보고는 슬피 울었다고 전한다. "인간도 모두 저 흐르는 강물과 같구나!" 잠시도 머물지 않고 흘러 사라지는 강물 앞에서 공자는 시간의 무상함을 느꼈던 것이다. 영웅도 성자도 세월 앞에서는 한낱 범부凡夫의 마음과 다름이 없었던가?

이 해도 오늘로 마지막이다. 제야의 종이 들리고 먼동이 트면 영원히 이 한 해는 과거의 골목으로 돌아서버린다. 비록 남루하고 외로운 생활일망정 가는 해의 사연들은 정에 맺힌다. 이 고별의 플랫폼에는 기적도 없고, 흔드는 손수건도 없고, 다시 돌아온다는 언약도 없다. 다만 그렇게, 그것은 아쉬움과 서글픔을 남기고 묵묵히 사라져가는 것이다.

움직이는 우주의 질서에 한 점이 찍혀가려고 한다. 역사에 작은 종지부 하나가 지금 막 찍히려고 한다. 이 도도한 시간의 흐름 앞에서 잠시라도 좋으니 자기의 모습을 돌아다볼 일이다.

결코 영원할 수만은 없는 화폐, 석화石火에 불과한 권력의 보좌寶座…… 그것은 대체 다 무엇인가? 시간은 그것을 재로 만든다.

기우는 한 해의 건널목에 서서 조용히 자문해보자.

그대가 가지고 있는 것들을, 그대가 믿고 있는 것들을, 그대가 집념하고 있는 것들을. 그러면 제야의 종소리는 말할 것이다.

"모든 것은 무無. 시간을 아는 자는 오만할 수 없노라"고…….

그 종소리는 세월 앞의 양심을 말할 것이다.

자연이 그립다

번갯불 딱따구리

전화에 대한 농담을 추려보면 사람들은 과히 그 문명의 이기에 대해 호감을 갖고 있지 않은 눈치다.

미국의 조크북에도 전화를 정의한 풍자들이 많다.

첫째, 독신자가 화장실에 갈 때마다 벨이 울리는 물건(즉 받기 곤란할 때만 묘하게 걸려오는 귀찮은 방해자라는 뜻이다).

둘째, 악마의 발명품—전화가 발명되고부터 보기 싫은 자도 피할 수 없는 세상이 되었다.

셋째, 연애편지의 낭만을 **빼앗아간 산문가**(散文家, 전화가 없었던 시절에는 애인에게 달콤하고 긴 편지를 썼다. 그런데 요즈음엔 애인의 전화번호만 알면 작문 연습을 할 필요가 없다).

그중에서도 전화요금이 제일 반감을 일으키는 요인이 된다.

어떤 신사가 장거리전화로 아내와 통화를 했다. 대부분의 아내들이 다 그렇지만 이 경우에도 남편은 말할 기회를 얻지 못하고 그저 수다스러운 아내의 말만 듣다 전화를 끊었다. 그때 그 신사는 통화요금의 청구서를 받자 반액으로 깎아야 한다고 주장했다는 것이다.

"여보시오, 나는 듣기만 하고 말을 하지 않았으니까 왕복이 아니라 편도요금밖에 못 내겠소."

그것이 그 신사의 변명이었다.

그러나 따지고 보면 문명의 이기는 대체로 이기적인 현대의 산물이지만 전화만은 그렇지가 않다.

냉장고든 TV든 자동차든 그것은 자기 혼자 소유해도 그 기능이 100퍼센트다. 도리어 남이 안 가지고 있을수록 그 값어치는 높아진다.

유독 전화만이 예외다. 자기 혼자만 가지고 있어서는 용도가 없다. 가입자가 많아져 남들도 다 가지고 있어야만 비로소 전화는 '현대인의 입'으로 제구실을 한다. 그런 의미에서 우리 형편은 전화가 너무 많아 원망하기보다 전화기를 가진 사람이 한 사람이라도 더 늘어야 할 입장에 있다.

상상해보라. 만약 전국 가가호호家家戶戶에 전부 전화가 매여 있다면 세상은 얼마나 편할 것인가. 그런 나라가 없지도 않다. 스위스 같은 나라는 교환 중계 없이 전국 어디서나 다이얼 하나로 자동식 통화를 할 수 있다.

현재 월 300원의 전화 사용 기본료가 내년부터 300퍼센트나 인상되고 그 가설료도 두 배로 오른다고 한다.

위정자들은 전화를 무슨 금싸라기라도 낳는 거위 같은 것으로 알고 있는 모양이다. 전화세, 전화 기본요금 인상, 가설료 인상……. 정신을 차릴 수 없다.

한때 한글학자들이 전화를 '번갯불 딱따구리'라 부르자고 했다지만, 아무래도 이제 그 이름을 '세금 착취기' 정도로 고쳐야겠다.

전기기구와 등급

전기기구란 단순한 생활 필수품이 아니다. 한국 가정에서는 부(富)를 상징하는 척도이기도 하다. 목장이나 요트나 자가용 비행기 같은 것으로 개인의 재산을 과시하고 있는 미국의 경우와 스케일이 다르다.

우리나라에선 그가 어떤 전기품을 소지했느냐로 생활수준의 등급이 분류된다. 가장 가난한 최하위 서민층은 전기의 혜택조차 받지 못하고 있는 사람—시골 같으면 화전민 같은 산간벽지의 사람들이며 도시 같으면 번지수 없는 판잣집촌의 주민들이 그에 해당된다.

다음 단계는 전깃불을 켜고 사는 사람—형광등 정도를 켜고 살 만한 여유가 있는 가정이 보통 일컫는 서민층이다.

그런 상태에서 전기 다리미나 곤로를 살 수 있게끔 되면 프티 부르주아의 문턱을 향해 숨 가쁘게 맨발로 달리는 신분으로 승급한다.

전기 선풍기와 전축을 갖게 되면 그야말로 도약 단계—중산층에 끼려고 턱걸이 운동을 하는 그런 단계에 속한다.

여기에서 운이 좋아 횡재를 하고 직장에서는 벼락감투쯤 쓰게 되어, 전기 면도기와 텔레비전과 전기 세탁기, 그리고 냉장고가 생긴다. 가정경제는 바야흐로 성숙기로 접어든다. 그런데 최종 단계는 에어컨디셔너, 그렇게만 되면 상류사회의 한 멤버가 되어 골프채를 메고 다니는 높은 신분이 되었다는 증거다.

세상을 산다는 건 별게 아니다. 기껏 큰소릴 쳐봐야 전기기구로 신분을 잣대질하는 인생들.

부귀영화란 방을 쓰는 데에 빗자루를 사용하느냐 진공 전기 소제기로 하느냐의 차이밖엔 없다. 그러나 아무리 해도 무시할 수 없는 문제는 생필품인 전기기구가 생활의 사치품으로 대우를 받고 있는 한국 가정의 실정이다. 그만큼 문명의 혜택을 만인이 고루 누리지 못하고 산다는 반증일 것이다.

전기 냉장고나 세탁기는 그 용도보다도 부르주아의 신분증 구실을 한다는 데에 소시민의 선망을 받고 있다.

그런데 어째서 남의 속도 모르고 한전韓電에서는 이 피땀으로 겨우 장만한 고가高價의 신분증인 전기기구를 일조一朝에 휴지

화하려고 계획했던 것일까? 그 계획이란 가정 전기의 전압량을 100볼트에서 220볼트로 올려보려고 '시험 지구'까지 마련했다는 것이다.

우리가 쓰고 있는 모든 전기기구는 100볼트로 되어 있기 때문에 220볼트의 전기를 송전하게 되면 모든 전기기구는 제구실을 못하게 되어 손실이 클 것이다. 그들은 송전이 편해 그것을 경영합리화라고 보고 거창한 계획을 짰던 모양이지만 소비자 측에서는 불합리화도 유분수다.

전기기구 제작자들은 혹 만세를 부를지 모른다. 그러나 전기다리미로부터 시작되어 전기 냉장고에 이르는 그 길고 긴 고행苦行을 쌓아올린 시민들은 재산목록을 전부 뜯어고치거나 불태우는 쓰라림을 겪어야 한다.

한전뿐 아니라 요즘 모든 사업 관청에선 독선적 사고방식의 볼티지voltage가 자꾸 올라가고 있는 눈치가 보인다.

전투

애들은 전쟁놀이를 좋아한다. 공격 대상인 적이 있어야 신바람이 난다.

애들의 전쟁놀이를 가만히 관찰해보면 그들의 적역敵役은 북괴나 베트콩으로 되어 있다. 그런데 이상스러운 것은 엉뚱하게 독일군이 적군으로 등장하는 일이 있는 것이다. 그 원인은 두말할 것 없이 빅말로 영웅이 되어 악한 독일군을 쳐부수는 인기 텔레비전 프로그램 〈전투〉에서 비롯된 것임을 알 수 있을 것이다. 이렇게 따져가면 〈전투〉 프로가 한독 친선에 악영향을 끼칠 것이라는 우려도 일리는 있다.

그리고 독일 대사관에서 요청을 했다는 것이나, 끝내 그 때문에 그 프로를 중단케 되었다는 이야기에도 일단은 수긍이 간다. 그러나 이상스러운 것은 막상 텔레비전 프로그램의 제작국인 미국과 독일의 친선관계는 어떻게 되는 것인지 궁금하다.

〈전투〉는 본고장인 미국은 말할 것도 없고 일본 등지에서도 폭발적인 인기를 끌고 있는 텔레비전 프로그램이다.

유독 한국과 독일의 친선만이 그 프로를 중단케 하는 이유라면 우리는 좀더 근본적으로 따져봐야 할 입장에 있다. 왜냐하면 〈전투〉는 독일 민족이나 그 국민 전체를 적대시하는 내용이기보다도 인류의 비극을 초래했던 나치의 잔악과 싸우는 데에 그 주제가 있다.

그 증거로 독일 국민 가운데도 히틀러의 나치스트에 항거한 휴머니스트들이 많았다는 것을 우리는 기억해두어야 한다.

우리와 우의를 맺고 있는 오늘의 독일 연방국은 결코 그러한 나치스트 군대와는 관계가 없는 것이다.

〈전투〉는 주로 친위대의 포악성을 많이 그렸고 자유를 사랑하는 프랑스 레지스탕스의 숭고한 인간애가 빈번히 나타나 있다. 단순한 전쟁물 영화라기보다 비인간적인 것과 인간주의적인 것과의 싸움이라고 보는 편이 옳다.

백 보 양보를 해서 그 영화가 독일 사람들의 비위에 거슬린다면 한국 측이 아니라 제작 공급 원지인 미국과 토의할 이야기이다. 종로에서 뺨 맞고 한강에서 눈 흘기는 경우가 되어서는 오히려 한독 친선에도 좋지 않다.

만약 이런 논법으로 하자면 유태인 학살을 그린 나치의 기록 『안네 프랑크의 일기』도 출판되어서는 안 될 것이다.

나치는 인류의 영원한 적이다. 〈전투〉를 본 아이들이 나치 독일군을 적역으로 삼고 있는 것은 오히려 인류 평화를 위해 교육적인 것일 수도 있다는 것을 우리는 주장하고 싶다. 독일이 우방 국가라고 해서 나치까지도 우리의 친구가 될 수는 없다. 자유로운 오늘의 독일 연방국을 위해서도 인류의 적, 나치스트의 무리가 어떻게 패망했는가를 두고두고 기억 속에서 되살려야 한다.

공기 통조림

수년 전 일이지만 영국의 런던 상가에 '공기 통조림'이 등장하여 사람들을 놀라게 한 적이 있었다.

뜯어보면 아무것도 없는 빈 깡통이다. 문자 그대로 공기만 들어 있는 통조림.

그러나 설명서를 읽어보면 매력이 아주 없지도 않다.

도시의 '스모그'만 마시는 사람들을 위해 신선한 전원의 공기를 호흡하라는 것이다. 즉 그 공기 통조림은 시골 지방의 맑은 바람(?)을 밀봉한 것으로, 도시인들이 그 깡통에 코를 대고 심호흡을 하라는 것이다.

강물을 팔았다는 봉이 김선달 이야기가 무색할 지경이다. 그러나 먼지와 매연의 혼탁한 공기만 마시고 사는 도시인에게는 그냥 허황되게만은 생각되지 않는다.

도시 문명은 '스모그'라는 괴물을 낳았다. '스모그'란 말부터가 신조어로서, '스모크smoke(연기)'에 '포그fog(안개)'를 합쳐놓은 합성어인 것이다.

한때는 안개가 많은 것이 영국 런던의 명물(?)이었지만 이제는 우리나라에도 이 '스모그 현상'이 짙어져가고 있다는 소식이다.

인간의 문명은 공기의 오염 속에서 자라났다고 해도 과언은 아니다. 이미 1306년의 영국에는 석탄을 때지 못하게 하는 법률이 있었다. 석탄 연기를 내뿜으면 벌금형에 처했고, 그래도 재범을 할 경우엔 그 난로를 때려 부수었다.

그러나 아이러니컬하게도 영국을 부흥시킨 것은 바로 그 석탄이었으며, 매연으로 하늘이 시꺼멓게 물들 때 그들은 산업혁명의 선봉에 설 수 있었다.

철도, 공장, 난로, 자동차—이 매연의 역사가 인간의 문명사라 해도 과언이 아니다. 그것이 인간의 슬픔이기도 하다.

누구나 다 괴나리봇짐을 꾸리고 서울로 올라온다. 신선한 공기를 등지고 오염된 '스모그'를 마시기 위해 사람들은 도시를 찾는다.

이 스모그를 마시면 암의 원인이 되고, 잠행성潛行性 만성병에 걸린다고 한다. '공기 통조림'이 상품으로 등장하게끔 한, 병이 된 도시문명을 아무리 탓해봤자 인간은 도시에서 떠나 살 수 없게 되었다.

길은 한 가지일 것 같다. 문명의 모순을 욕하고 흰 눈으로 흘겨보기보다 최소한으로 공기의 오염을 방지하는 일이다.

우리도 근대화의 문명만 찬송가처럼 부를 게 아니라 이제는 문명의 공해에 대해서도 신경을 써야겠다.

인술부재

토인들이 말라리아에 걸리면 열이 펄펄 끓어오르는데도 미친 듯이 뛰어다닌다고 한다. 그들은 귀신에게 잡혀 병이 난 줄로만 생각했기 때문이다. 그러므로 토인들이 그렇게 뛰어다닌 것은 귀신에게서 도망치려는 행동이었다. 아베베Abebe Bikila 선수처럼 주력走力만 빠르면 평생 병을 앓지 않게 된다고 믿었던 모양이다.

토인들을 비웃을 게 아니다. 아직도 시골에 가면 경을 읽거나 천신에게 기원을 올리는 유습이 남아 있다.

이렇게 따지고 보면 결국 '의사'를 믿는 데서부터 근대적 인간이 탄생했다고 할 수 있다. 의사는 옛날에 신이나 무당에 얽매여 있던 '주술의 동산'에서 인간을 해방시켰다. 의술은 그런 의미에서 인술이라기보다 근대 휴머니즘의 상징이라 하겠다.

교직자와 마찬가지로 의술은 한 직업이면서도 어떤 도덕적인 책무를 지니고 있다. 생명을 맡긴다는 것은 뚫어진 솥을 땜장이에게 맡기는 것과 근본적으로 다르기 때문이다. 그러기에 존경심도 크고 반면에 억울한 불신의 욕도 먹는 것이 의술의 고달픈 길이다.

옛 설화에 염라대왕이 병에 걸렸을 때 천국의 의사들을 믿을 수 없어 지상의 명의를 구해 오는 장면이 있다.

천상의 사신이 땅 위로 내려와보니까 의사의 집 문전마다 억울하게 죽은 원귀들이 우글거리더라는 것이다. 엉터리 의술의 희생자들이었다. 그런데 오직 한 병원만이 원귀가 없어 그 의사를 염라대왕 앞에 모셔 갔다. 그러나 그는 바로 그날 아침에 처음으로 개업을 한 의사였다는 것이다.

의술 불신의 이 설화를 뒤집어보면 그만큼 기대와 존경이 컸음을 의미한다. 의사도 인간이고 의술에도 한계가 있다. 병든 사람을 다 살릴 수 없다 해서 욕을 한다면 그렇게 과신하는 쪽이 잘

못일지 모른다.

　다만 우리가 의사에게 요구하는 것은 신으로서가 아니라 한 휴머니스트로서의 긍지를 지켜달라는 점인 것이다.

보행의 권유

　자동차가 구두를 대신하고 있는 현대에도 영국 사람들은 하루 평균 30리(8마일) 가까운 거리를 걷는다고 한다. 더구나 경찰관들은 하루에 70리 정도의 보행을 한다. 용감하게 경적을 울리며 패트롤카를 몰고 다니지 않으면 온종일 파출소에서 장승처럼 서 있는 우리나라의 순경들보다 열 배 더 많이 걷는 셈이다.

　가정주부도 마찬가지다. 자가용이 있어도 영국 주부들은 매일 8마일 이상의 거리를 보행한다. 그러나 우리의 정숙하신 주부님들은 걸어 다니는 것보다는 붐비는 전차간에서 질식하는 것이 낫다고 생각하는 것 같다. 학생들 역시 예외는 아니다. 연약한 영국의 여학생들도 1일 보행거리가 40리 가까이 된다. 한창 활동할 나이에도 자동차에 의존하지 않고는 통학할 수 없다고 하는 우리나라의 학생들은 근대화(?)하였다고 손뼉 칠 것인가.

　어제오늘의 문제는 아닌 것 같다. 옛날부터 귀하신 분은 발에 흙을 대지 않는 법이라고 했다. 젊으나 늙으나 옛날 임금님들은 몇 발짝 걷는 데도 반드시 상궁들의 부액扶腋을 받는 것이 나라의 법이었다. 심지어 '매화틀(임금의 변소)' 위에서도 부액했던 것이다.

그런 나약한 정신을 가지고 어떻게 나라를 다스렸는지 의심이 간다.

시대가 바뀌었지만 여전히 신분 높은 정치가들은 자동차의 부액을 받고 기동起動하는 것이 법도에 맞는 것이라고 생각한다. 이렇게 따져가면 교통 지옥의 원인의 일부는 걷기를 싫어하는 비활동적인 우리 국민성에도 있을 것 같다.

만추晩秋에 낙엽이 지고 있다. 지저분한 가로수의 낙엽이라도 밟으며 걸어가는 재미를 맛보지 않겠는가? '보행이야말로 사색을 키우는 리듬'이라는 말을 자동차 시대라고 그냥 조소嘲笑해버리고 말 것인가?

은자는 범법자

지쳤을 때, 도시의 소음과 먼지와 인파에 지쳤을 때 가끔 사람들은 입버릇처럼 말한다. "시골에 가서 풍류를 즐기리라"고.

그러나 〈귀거래사歸去來辭〉를 부르며 국화송이를 따던 시절은 도연명陶淵明과 함께 무덤에 묻혔다. 이제 은자隱者의 땅은 없다. 어디를 가나 속세의 거미줄에서 벗어날 수 없을 것이다. 그 증거로 여기 옛 시조의 풍류를 현대 상황으로 옮겨보자. 어떠한 결과가 빚어질 것인가?

"자네 집의 술 익거든 부디 날 부르시오. 내 집의 꽃 피거든 나
도 자네 청해 옴세. 백년 덧시름 잊을 일을 의논코자 하노라."

일로당逸老黨의 이 시조는 술과 꽃으로 시름을 잊은 은자의 고
고한 생활을 그린 것이다.

그러나 "자네 집의 술 익거든"이란 말을 현대의 시점에서 보
면 밀주密酒를 담갔다는 소리다. 경찰이나 세무서원들이 들으면
큰일 날 소리다. 귀엣말로 주고받을 일. 이런 은자의 생활은 다름
아닌 밀주의 범법 생활이다.

"10년을 경영하여 모옥茅屋을 지었는데, 반은 청풍이요 반은 명
월이로다. 강산은 들일 곳이 없으니 둘러두고 보리라."[4] 은자의
집은 디오게네스의 통처럼 검소하다. 그러나 오늘날엔 그런 낭만
이 통하지 않는다. 무허가 건물도 판잣집 철거 대상이 되기 때문
이다. 그것 역시 범법행위임에 틀림없다.

"홍진紅塵을 다 떨치고 죽장망혜竹杖芒鞋 지고 신고 현금을 둘러
메고 동천洞天으로 들어가니 어디서 짝 잃은 학려성鶴唳聲이 구름
밖에 들린다."[5]

이 시조도 완전치가 않다. 현대인은 죽장망혜만 준비해서는 안

---

4) 송순(宋純, 1493~1583) 작. 조선시대 문신. 자연에 대한 애정이 드러나는 이 시조는 『청구
영언』에 전한다.
5) 김성기(金聖器, 연대미상) 작. 조선시대 거문고와 퉁소에 능했던 가인歌人이다.

된다. 깊은 산중에서 간첩 혐의를 받지 않으려면 현금現金은 버려두고라도 '신분증'만은 꼭 휴대해야 한다. 어찌 이뿐이겠는가? 은자의 생활은 도벌, 탈세, 밀렵의 범법생활이 될 수밖에 없는 현실이다.

육법전서와 행정력은 산골과 도시의 구별이 없다. 깨끗이 살려는 은자가 현대에서는 도리어 범법자가 된다는 것, 이것이 현대인의 운명이다.

자연이 그립다

우리 주변에서도 날로 자연색이란 것이 사라져가고 있다. 화공업의 발달로 인공 채색의 만능 시대가 온 것이다. 이젠 자연석에다가도 염색을 하는가 하면 사람의 두발에까지도 염색과 탈색을 자유로이 한다. 우리가 쓰는 일용품을 봐도 날로 그 색감이 바뀌어가고 있다는 것을 알 수 있다. 토기나 놋그릇처럼 소재 자체가 지닌 자연색—질박하고 부드럽고 윤기가 흐르던 그 자연색의 안정감을 찾아보기 힘들게 되었다.

화공약품으로 물들인 합성수지의 선병질적腺病質的인 색채나 호마이카의 그 차디차고 경박한 빛깔은 언제 봐도 신경을 자극하고 현기증이 나게 한다. 롱갈리트rongalit가 인체에 해로우냐 아니냐로 사람들은 논쟁을 벌이고 있다.

그러나 설사 그것이 무해하다 하더라도 마음은 결코 편한 것이 아니다. 사람이 먹는 음식물까지도 화공약품을 사용하여 인공 착색을 하는 멋없는 세상에서 우리는 살고 있는 것이다. 외국의 주부들도 그런 의견을 말한 적이 있다지만 탈색과 염색을 하여 찬란하게 만든 그 음식물을 보면 아름다움보다는 공포감이 앞선 다는 것이다. 우리가 어렸을 때 먹던 눈깔사탕이나 엿장수가 팔던 그 엿들은 비록 그 빛깔은 시골상스럽고 곱지는 않았으나 믿음직스럽고 소박한 데가 있었다.

그러나 롱갈리트를 써서 새하얗게 탈색하기도 하고, 베이클라이트bakelite처럼 현란한 원색으로 말쑥하게 착색된 오늘날의 드롭스는 먹는 과자라기보다 여성들의 브로치 같다는 생각이 든다. 화공약품이 만들어낸 그 강렬한 인공색이 아이들의 마음을 자극하고 있다. 어수룩하고 투박한 자연색이 아니라, 매끄러운 그 인공색밖에는 모르고 자라난 아이들의 정서를 생각하면 무서운 생각이 든다. 의학적으로 롱갈리트가 무해하다는 것이 증명된다 하더라도 그게 현대 문명의 한 비극이라는 점만은 해소되지 않을 것 같다. 향기도 없고 현란하지도 않고 맛은 없을지 모르지만, 그리고 그게 더 불결할는지도 모르지만, 한가로운 가위 소리를 울리며 지나가던 옛날 엿장수의 질박한 그 엿가락을 우리의 자식들에게 사 먹여주고 싶은 생각이 든다.

텔레비전과 남편

'남편과 텔레비전, 염가로 급매.'

신문에 만약 이런 광고문이 나왔다면 아마 가슴이 쿵 하고 내려앉는 변변찮은 신사들이 있을는지 모른다. 그러나 이것은 해외 단신으로 들어온 뉴스이니만큼 아직은 안심해도 좋다.

광고를 낸 사람은 미국 테네시 주에 사는 스미스 여사. 이유는 연초부터 텔레비전만 구경하고 있는 남편에게 그만 정이 떨어졌기 때문이라 한다.

그런데 더욱 걸작인 것은 그냥 파는 것이 아니라 경매에 붙였다는 것이며, 또 그보다도 더욱 놀라운 것은 실제로 200달러를 내겠다는 구매 희망자가 등장했다는 사실이다.

중고 텔레비전 같으면 비싸야 100달러 정도이다. 그래도 200달러를 내겠다는 사람이 있는 걸 보면 텔레비전 구경만 하고 앉아있는 쓸모없는 인간도 100달러 정도의 값은 나가는 모양이다.

그러나 팔겠다는 사람도, 사겠다는 사람도, 팔려갈 신세에 있는 장본인도 모두 어디가 잘못되어 있는 것만은 틀림없다.

텔레비전 시대의 인간상이라고나 할까? 그러고 보니 텔레비전을 오래 보면 천치가 된다는 어느 의학자의 실험담이 상기된다.

텔레비전 앞에 매일 일정한 시간 동안 쥐를 놓아두었더니 그놈이 얼마 후에는 그만 괴상한 짓을 하더라는 것이었다. 그래서 그

의학자가 내린 결론은 "나의 주위에는 이상한 짓을 하고 다니는 친구들이 많은데, 그들이 왜 그렇게 되었는가를 이제야 알 것 같다"는 것이었다.

TB(Tuberculosis, 결핵)는 근대병, 텔레비전은 현대병이라 한다. 그리고 TV병은 TB보다 훨씬 고치기가 어렵다고 비꼬는 사람들도 있다. 그런데 우리나라에도 조금씩 TV병 증세가 나타나기 시작한 것 같다. 아직 초기 정도지만 외국에 비해 훨씬 더 악성인 것 같다.

저속低俗까지는 그래도 참을 수 있지만 여기에 정치성까지 끼어들어서 시청료를 물고도 남의 광고만을 봐주고 있는 형편이다. 우리 경우엔 텔레비전 시청자보다도 텔레비전 자체가 병들어 있는 것이 특징이 아닌가 싶다. 누가 아는가? 우리나라에서도 '텔레비전 급매' 광고가 쏟아져 나올는지…….

병이 있는 곳에 약이 있다

말라리아의 원산지는 동남아의 열대지방이다. 그런데 이상스러운 것은 말라리아를 고치는 약초인 키니네의 원료 키나 역시 그 원산지가 동남아의 열대지방이라는 것이다. 병이 있는 곳에 약도 있다. 이 신비한 자연의 질서는 오늘날 생화학자들도 인정하고 있다. 따지고 보면 '병 주고 약 주는 것'이 부조리한 인간 문명의 상징인지도 모른다.

교통 지옥의 발원지는 자동차를 만들어낸 구미, 그리고 그 현대병을 고치는 처방법 역시 구미에서 먼저 발달했다. 고속도로, 입체도로, 입체 주차장은 물론이고 교통 단속을 하는 데에 그 방법이 고도로 과학화되어 있다.

가령 붉은 신호등에 장치해놓은 고성능 자동 카메라가 위반 차량의 번호판을 찍는 것이다. 시치미를 떼도 소용없다. 그 사진이 곧 증거품의 역할을 한다. 허허벌판의 고속도로에서 남이 안 본다고 공연히 기분을 내는 것도 금물이다. 어디서 나타났는지 모터사이클이 뒤를 쫓는다. 레이더가 있기 때문이다. 2차 대전 때 레이더를 연구해낸 기사 하나가 바로 그 레이더에 잡혀 벌금을 물었다는 웃지 못할 난센스도 있다.

"이럴 줄 알았더라면 레이더를 만들지 말걸 그랬다"고 불평을 했다는 것이다.

우리는 구미의 과학문명에서 병만 들여오고 약은 들여오지 않은 셈이다. 자동차를 만든 것은 과학이지만 자동차의 횡포를 막는 것도 과학이다.

우리나라의 교통 단속은 주먹구구식이라, 교통순경과 운전사 간에 감정만 악화시키고 또 부패를 낳기도 했다. 버스 운전사가 술주정꾼처럼 거칠게 차를 몰자 승객이 항의를 하니까 그 운전사의 대답은 교통순경에게 공연히 트집을 잡혀 화가 나서 그런 다는 것이었다. 교통순경의 주먹구구식 단속은 도리어 교통질서를 문란케 하는 수도 있다.

자동차의 과속 단속에 레이더가 등장했다. 레이더에 적발된 수가 그 첫날만 해도 275건이라니 그동안 얼마나 많은 차들이 죽음의 운전을 했는지 짐작이 간다.

자동차는 20세기의 가두를 달리는데 그것을 다루는 사람들의 정신은 19세기의 뒷골목을 소요하고 있는 셈이다.

삼각지의 입체도로가 준공되고 레이더가 등장하기는 했지만 아직도 원시적이다. 자동차의 횡포를 과학적으로 제어하는 데에 한층 더 노력해주었으면 좋겠다.

도장의 집

어느 종교인이 A회관을 지어놓고 그 소감을 말한 이야기 한 토막이 생각난다.

A회관은 외국의 기독교 단체에서 제공한 기금으로 건립된 것이지만 아무리 돈이 있어도 집 짓는 일이란 보통 힘이 드는 일이 아닌 모양이다. 그는 건물을 손가락질하면서 이렇게 한탄하는 것이었다.

"보십시오. 외관만 보면 누구나 이 집은 벽돌로 세운 집이라고 말할 것입니다. 그러나 내막을 알고 보면 그렇지 않습니다. 벽돌이 아니라 실은 무수한 도장으로 쌓아올린 집이랍니다."

대체 도장으로 집을 지었다니 그게 무슨 뜻일까?

그분의 설명을 들어보면 집 짓는 일보다 관청을 찾아다니며 허가서류 도장 받는 일이 더 힘들었다고 한다. 어찌나 도장 받는 데가 많고 또 까다로웠던지 이젠 그 건물을 다 세워놓고 봐도 모두가 둥글넓적한 수백 개의 관청 도장으로 보인다는 이야기였다. 건축물이 아니라도 그렇다. 이 사회에서 무엇을 좀 해보려고 하면 관청의 도장을 받느라고 시간과 정력을 다 소비하게 된다. 여권으로부터 시작하여 간단한 민원서류 하나 얻는 데까지도 먹을 것 없는 흥부집에 아이들만 우글대는 격으로 딸린 종이쪽(서류)이 얼마나 극성스러운지 모른다.

외국을 여행해본 사람이면 더욱 그 실감이 난다. 소위 선진국가라는 나라에 들어갈 때는 입국 절차란 게 매우 간단하다.

그런데 동남아나 막상 고국인 한국에 들어올 때는 커다란 서류 뭉텅이가 반갑잖은 출영出迎을 나온다.

관청이란 도장 놀음, 종이 놀음을 하는 곳이라는 인상이 짙다. 그렇게 형식이 엄중하면 부정부패가 없어야 할 텐데 마지노선의 성벽 같은 도장의 장막도 실은 구멍투성이—선의의 시민만이 골탕을 먹고 있다. 오히려 그 때문에 부패가 더 생긴다. 그래서 도장과 열쇠가 판치는 나라일수록 불행하고 살기 어려운 후진적사회라고 말한 사람이 있다.

한때 화제의 주인공이 된 구봉 광산의 매몰 광부가 어제까지 김씨라고 하던 것이 양楊씨로 바뀌어 보도되고 있다.

어엿한 양씨를 지금껏 김씨로 부른 셈이다.

인간의 욕 가운데 가장 큰 욕이 '성을 갈 놈'이라는 것인데 어째서 그동안 양씨가 김씨로 창씨創氏되었던가?

그가 김일성 고지의 전투에서 부상당했을 때 위생병의 착각으로 성이 바뀐 후 잘못된 그 서류를 정정하기 힘들어 그때부터 김씨로 통해왔다는 서글픈 사연이다. 이것이 서류에 눌려 사는 한국판『25시』의 웃지 못할 우화이다. 까다로운 서류의 형식 때문에 빚어진 희비극들은 비단 이 경우만이 아닐 것 같다.

도장 없이도 믿고 살 수 있는 그런 세상에서 한번 살고 싶다.

맘모스

허영 신문 기사를 보면 이따금 '맘모스'란 낯선 용어가 튀어나온다. 맘모스 호텔, 맘모스 빌딩 등이 그것이다. 이 외래어의 이력서를 따져 올라가면 기억할 수조차 없는 아득한 빙하기가 나타난다.

그러니까 맘모스는 이 지구가 온통 얼음으로 덮였던 그 시대에 왕 노릇을 하고 다닌 동물 이름으로 코끼리 비슷하게 생긴 놈이다.

상아같이 솟은 어금니의 길이만 해도 33미터라고 하니 그 체구가 얼마나 큰지 짐작할 만하다. 오늘날에도 시베리아의 북 툰드라 지대에서 동사凍死한 맘모스가 옛날 그 모습대로 발굴되고 있는데, 그 크기는 웬만한 산악 못지않다.

그래서 맘모스라고 하면 '거대하다'는 뜻으로 쓰이고 있으며, 보통의 경우 규모가 큰 대건축물에 따라다니는 수식어가 된 것이다.

그런데 어째서 그 거대한 짐승이 오늘날 멸종되었느냐 하는 것을 따져보면 매우 흥미 있는 답변이 나온다.

우리가 언뜻 생각하기엔 큰 놈이 더 잘살고 그에 잡아먹히는 작은 짐승이 멸종될 것 같지만 실은 그 반대인 것이다.

역사는 복잡하고 큰 것이 단순하고 작은 것으로 자꾸 변화되어 간다는 점이다.

옛날의 짐승들은 대개가 맘모스처럼 체구가 큰 것이었는데 그 큰 몸집을 유지하고 또 움직이려면 굉장한 힘이 들었다. 결국은 자연도태될 수밖에 없었다.

세종로에 3층짜리 맘모스 빌딩이 들어설 예정이라고 한다. 정부의 종합청사로 쓰인다고 하는데 이것을 짓자면 1만 4천 평에 15억의 예산을 들여야 한다는 것이다.

내부 시설도 에어컨에 알루미늄 새시의 모던 스타일, 300대의 자동차가 들어설 수 있는 주차장까지 설치한다니 이 건물이 완성되면 문자 그대로 한국에서 첫손 꼽히는 상징적 빌딩이 될 것 같다.

그러나 무엇 때문에 이렇게 거대한 종합청사를 지으려고 하는지 선뜻 찬성하기 어려운 점이 있다.

서울 근교의 판잣집들은 대체 어떻게 하고 맘모스 빌딩만 지으려는 것일까? 우리 실정으로 보면 맘모스 관청보다도 맘모스 아파트나 하늘 아래 둘도 없는 3부제 초등학교의 쓰라림을 덜기 위한 맘모스 초등학교가 필요하지 않을까 싶다.

도심지에다 정부청사를 몰아놓으면 그만큼 교통도 한쪽으로만 폭주하여 불편한 점이 많다.

옛날 맘모스는 불균형을 이룬 거대한 체구 때문에 자멸하였다. 무슨 계획이든 간소화와 균형화로 현 실정에 적용되어야 한다. 맘모스식 허영에 경계 있기를 바란다.

예술가의 죽음

예술가의 죽음은 극적인 경우가 많다.

시인 릴케Rainer Maria Rilke가 장미 가시에 찔려 죽었다는 이야기는 그의 시보다 더 소녀들의 마음을 울렸다. 같은 병자라 해도, 예술가의 죽음은 여러모로 미화되게 마련이다. 어떻게 죽었느냐 하는 것이 곧 그의 예술을 상징하는 경우도 많다.

정열의 시인 푸시킨Alexander Sergeyevich Pushkin은 결투 부상으로 죽었고, 파란 꽃을 찾아 방황하던 파리한 낭만가 노발리스No-valis와 감상적인 음악가 쇼팽Frédéric Chopin은 각기 폐결핵으로 세상을 떠났다.

비극의 철학자 니체Fridrich Wilhelm Nietzsche는 미쳐 죽었고, 세기말의 천재들인 보들레르Charles Pierre Baudelaire, 호프만, 베를렌 그리고 모파상Henri Rene Albert Guy de Maupassant은 다 같이 퇴폐한 예술, 그것처럼 매독과 알코올중독으로 쓰러졌다.

거기에 비하여 여러 모로 건실한 모범생이었던 괴테Johann Wolfgang von Goethe와 톨스토이Lev Nikolayevich Tolstoy는 유행성 감기라는 평범한 병명이 그 사인死因으로 되어 있다. 그런데 여기 또 다른 죽음이 있다.

근대의 산업문명을 과학자처럼 그려간 에밀 졸라Émile Zola의 죽음이 그것이다. 가스 중독. 과연 졸라다운 죽음이었다. 문명의 근대성을 파헤친 그 예술의 결론은 가스 중독이라는 문명적 독소의 죽음으로 나타났다고 할 수 있다.

우연의 일치이기는 하나, 그의 문학관과 그의 사인은 매우 암시적인 관련이 있다. 죽음 역시 이렇게 시대에 따라서 그 문명의 특징을 반영하고 있는 것이다.

현대의 예술가들 중에는 자동차 사고로 비명에 횡사한 분들이 많다. 아라비아의 로렌스가 그랬고, 제임스 딘James Byron Dean이 그랬고, 부조리문학의 챔피언 카뮈Albert Camus가 그러했다.

졸라가 가스 중독으로 사망한 것처럼 현대의 예술가들은 오늘날의 그 문명의 상징인 교통사고로 숨져갔던 것이다.

우리나라의 경우만 해도 소설가 박계주朴啓周 씨는 연탄가스로, 그리고 청마靑馬 유치환柳致環 씨는 교통사고로 세상을 떠났다. 한 예술가의 죽음은 그 예술의 끝이기도 하다. 즐겨 자연을 노래 불렀고, 야인野人의 정열을 바다와 하늘의 시원적 세계에 뿌리를 박았던 시인 유치환 씨가, 가스 냄새가 풍기는 아스팔트 길 위에서 차량의 바퀴에 깔려 참사를 했다는 것은 너무나도 슬프고 아이로니컬한 일이 아닐 수 없다. 한 줄의 아름다운 시를 찢어버린 현대문명의 횡포. 자동차 시대의 살벌한 문명에 쫓기고 있는 현대인의 생활이 두려워진다.

자동차도 없고 휘발유 냄새도 없는 대자연 속으로 청마의 혼은 갔는가? 그곳에 고이 잠들기를 빈다.

우리가 잃어버린 자연

잃어버린 사철

한국처럼 사철이 뚜렷한 나라도 드물 것 같다. 계절의 변화에서 오는 그 즐거움을 모르고 지내는 사람이 이 지상에는 수없이 많다. 반드시 열대지방이나 한대지방에 국한된 이야기만은 아니다. 유럽 지역만 해도 겨울에 눈 구경을 못하고, 또 여름에 코트를 입고 다녀야 될 때가 많은 나라들이 있다. 그리고 여름과 겨울은 분명해도 봄과 가을은 눈 깜짝할 사이에 지나쳐버리는 고장들이 대부분이다.

춘하추동이 거의 고르게 4등분된 한국의 계절은 우리만이 누리고 있는 선택된 특권이라 해도 별로 뺨 맞을 소리는 아니다. 겨울이 좀 지루하다 싶으면 상냥스러운 봄이 온다. 꽃에 물릴 만하면 신록의 그 건강한 여름이 깃들고, 장마와 무더위에 하품이 나오게 되면 정서적인 가을의 낙엽 소리를 듣게 된다.

그런데 계절도 노망을 해서 이상기후가 잦아, 국보 제1호급인 한국의 계절 감각에도 많은 변화가 생긴 것 같다. 따지고 보면 계절이 노망을 피우는 게 아니라 인간의 문명이 기후 자체까지를 파괴한 까닭이다. 인구의 증가, 자동차와 공장 굴뚝에서 내뿜는 먼지·매연, 그리고 가스, 이것이 대기의 기류를 변하게 한 것이다. 그래서 덥지 않은 여름, 춥지 않은 겨울, 이를테면 계절에도 사이비 붐이 일고 있는 셈이다.

달력은 아직 엄동인 정월인데 기온은 영상 8도, 완연한 봄날씨 같은 이상기후가 계속되고 있다. 이러다가는 사람들만이 아니라 잠자던 개구리들까지 기어 나올 것 같다. 이상난동異常暖冬은 추위에 떠는 서민들에게 큰 부조를 한 셈이지만 갑작스레 얼음이 풀리는 바람에 피해도 또한 적지 않다. 어디에서는 얼음이 꺼져 썰매를 타던 어린이들이 참변을 당하고, 또 어디에서는 얼었던 블록 벽이 녹아 집이 무너지는 바람에 잠자던 삼형제가 묻혀 죽는 소동도 있었다.

따뜻한 겨울은 농작에도 해롭다고 한다. 그리고 으레 겨울이 포근하면 다음 여름에 전염병들이 극성을 피우게 된다는 말도 있다. 모든 질서의 원리는 더울 때 덥고, 추울 때 추워야 하는 순리에 있다는 생각이 든다. 사회도, 날씨도, 변덕을 부려서는 안된다. 이상난동은 하늘의 탓이니 어쩔 수 없지만 인간 사회 생활에서만이라도 이상현상을 없애야겠다.

잃어버린 봄

봄비가 내리는 소리를 햇병아리가 삐약거리는 소리로 비유한 시인이 있었다. 은밀하고 연약한 그 소리도 소리려니와, 알에서 막 깨어난 병아리의 인상과 봄밤에 내리는 그 보슬비의 감촉은 여러모로 닮은 데가 많다. 껍질 속에 갇혀 있던 생명이 눈을 뜨고 일어나는 신비한 그 목소리, 봄비는 그렇게 내리고 있다.

겨울 가뭄이 오랫동안 계속되어왔다. 상수도까지 말라가는 목 타는 가뭄이었다. 그러다가 모처럼 비가 내린다. 아직은 차가운 겨울비지만 가뭄과 추위가 풀려가는 생명감이 있다. 그러고 보니 벌써 2월도 한복판이 아닌가. 조금 있으면 한적한 시골 한모롱이 어딘가엔 할미꽃들이 필 것이다. 민들레와 그리고 봄의 태양처럼 노랗게 눈부신 개나리도 피리라.

살풍경한 도시의 식당이지만 상추쌈의 메뉴가 봄의 미각을 돋우고 있다. 계절을 외면한 도시의 생활 속에도 달래마늘 같은 봄의 감각이 찾아들고 있다. 겨울에는 센트럴 히팅, 여름에는 에어컨디셔너……. 현대인들은 이렇게 계절의 한서까지 정복했다고 큰소리를 치지만 어찌 그것이 옷소매로 스며드는 자연의 그 따스한 감촉만 하겠는가.

잠시 무거운 외투를 벗고 봄의 표정을 본다. 비에 얼룩진 아스팔트의 포도에 검은 박쥐우산보다는 오히려 값싼 비닐우산이 한결 더 어울려 보인다. 모든 것이 밝은 색채와 경쾌한 몸짓으로 언

땅을 비집고 솟아나려고 한다. 인간도 그럴 수 없을까 하는 생각이 든다. 초목들처럼, 강물처럼, 그리고 하늘처럼 계절과 함께 그 표정이 달라질 수는 없는 것일까? 물가가 내렸다는 소식도, 전쟁의 불씨가 완전히 가셨다는 이야기도 없다. 봄이 오고 있다는데 사회면 기사는 살인강도범, 절간에 든 과도의 복면강도, 경인 버스의 소매치기……. 우울하고 차가운 이야기들로 가득 찼다.

인간의 마음에도 봄비가 내렸으면 좋겠다. 병아리가 지저귀는 그 생명의 소리가 마음속 깊이 젖어들었으면 좋겠다.

잃어버린 수목

나무를 '대지의 음악'이라고 노래 부른 시인이 있다. 그런가 하면 또 나무를 '신이 만든 시詩'라고 말한 사람도 있다. 나뭇가지는 하늘을 향해 젖을 빨고 있다. 그 모습은 가장 순수하고도 경건한 까닭이다.

그러기에 나무가 없는 음악도 시도 없다. 사막에는 나무가 없기에 또한 생명도 없는 것이다. 녹색이 생명감을 일으키는 것도 그 때문이다. 그런데 아스팔트의 문명은 나무를 죽이고, 녹색을 말소한다. 우리의 주변에서 녹색은 사라져가고 콘크리트의 회색과 아스팔트의 흑색이 공간을 메운다.

현대인은 녹색의 향수 속에서 산다. 그렇기에 식목일은 단순히 몇 그루의 나무를 심는 행사에 의미가 있는 것은 아닐 것 같다. 식목일은 그 대지의 음악과 시를 듣는 날이며 현대 문명 속에서 잃어가는 생명력을 다시 마음속에 그려보는 날이기도 하다.

공리적인 가치만으로 식물을 성공시킬 수는 없다. 나무에 대한 애정이 앞서야 한다. 자녀에 대한 애정이 없다면 사람들은 자녀를 낳기만 하고 돌보려고는 하지 않을 것이다. 우리의 식목일이 '심기만 하고 가꿀 줄 모르는 식목일'이 된 것도 나무에 대한 근원적인 애정이 모자라는 데 원인이 있다.

산에, 그리고 그 벌판과 마을에 수목이 모자라는 까닭은 이미 사람들의 마음 자체가 헐벗었기 때문이다. 마음속에 녹색의 윤기를, 그 생명력을 지니지 않고 어떻게 나무를 심을 수 있을 것인가?

사람들은 한국의 산야에 나무가 없음을 개탄하고 있지만 그보다도 더 황폐한 것은 마음의 숲이요, 그 산인 것이다. 그 마음들을 들여다보면 건조한 사막과 그늘 없는 뙤약볕만이 펼쳐져 있다. 식목일에 우선 우리들의 마음속에 나무를 심자. 녹색의 생명력, 그 대지에 음악과 시를 심자.

잃어버린 5월

'5월은 계절의 여왕'이라고 어느 시인은 말했다. 꽃이 피는 4월보다는 푸른 잎이 돋아나는 5월이 훨씬 건강해서 좋다. 꽃은 아무리 아름다워도 쉬 지기 때문에 그것을 바라보는 사람들의 마음도 순간적이다. 보기에 따라 5월의 신록은 꽃의 빛깔보다도 한층 더 다채롭다고 할 것이다.

바람에 한들거리는 청산한 나뭇잎들은 절망이란 것을 모른다. '5월의 나뭇잎을 스치면 푸른 음악이 들려온다'고 노래 부른 사람도 있지만 나부끼는 신록은 차라리 눈으로 보는 음악이라고 하는 것이 적합하다. 나뭇가지에서만이 아니라 5월이면 우리들 가슴속에서도 생명의 새순들이 푸른 잎을 피워간다. 때 묻은 말이지만 5월은 희망의 달이다.

그러나 도시의 5월은 어떤가? 매연과 먼지 속에서 나뭇잎들은 생기가 없다. 말이 신록이지 돋아나자마자 낙엽처럼 시들어간다. 그러기에 도시의 5월은 한결 짧기만 하다. 콘크리트가, 아스팔트가, 온갖 소음과 먼지가 푸른빛을 죽이고 있다. 도시 문명은 바로 녹색을 죽이고 있다는 데 그 비극이 있는지 모른다.

〈세일즈맨의 죽음〉이라는 연극 속에서는 '푸른빛을 볼 수 있는 한 뼘의 정원'이라도 갖고 싶다고 말하는 대목이 나온다. 근대화를 향해 우리는 달음질치고 있지만, 생명의 그 녹색을 상실하는 비애도 그냥 묵살해서는 안 될 것 같다. 5월의 나뭇잎은 좀 더 상징적인 의미를 내포하고 있기 때문이다. 도시에서는 어린 싹이 제대로 자라나지 못한다. 거기에는 5월의 맑은 공기도 힘을 쓸 수가 없다.

마찬가지로 탐욕과 권세와 치열한 생존경쟁의 도시 문명의 각박한 사회에서는 우리의 어린 싹들이 제대로 자라나지 못한다. 태어나자마자 생명의 윤기를 잃고 마는 것이다. 5월에는 어린이날이 있다. 우리들의 어린이들이 5월의 대기를 호흡하기 위해서는 인간의 오탁汚濁, 부정의 그 먼지들을 털어내야 된다.

콘크리트처럼 날로 굳어가는 인정 속에서 우리의 어린 잎들은 5월이 되어도 푸른 음악을 잃고 있는 것이다.

> 오동에 듣는 빗발 무심히 듣건마는
> 시름이 하니 잎잎이 수성愁聲이로다
> 이후야 잎 넓은 나무를 심글 줄이 있으랴[6]

잃어버린 빗소리

옛날이나 오늘이나 비의 서정은 다 같은 것일까? 과연 오동잎 위에 떨어지던 빗소리가 이제는 검은 아스팔트를 적시는 빗소리로 변했다는 것뿐일까?

---

6) 김상용(金尙容, 1561~1637) 작. 조선 중기의 문신으로 시와 글씨에 뛰어났다. 이 시조 는 『화원악보』에 전한다.

비가 오는 날엔 누구나 조금씩 우수에 젖는다. 우산만 한 공백이 가슴속에서 펼쳐진다. 우리는 그 시름이 무엇인가를 굳이 물을 필요가 없다. 사랑의 시름일 수도 있고, 망향의 시름일 수도 있고, 이미 고인이 되어버린 그리운 사람들의 기억일 수도 있다. 비는 헤어져 있는 것을, 그리고 잊었던 것을 다시 부른다. 회색의 우경雨景은 시간과 공간의 한계마저 흐리게 하는가 보다.

그러나 한 가지만은 꼭 구별해두어야 한다. '시름'과 '근심'은 비슷한 말 같으면서도 근본적으로 다르다. 시름은 무엇인가 아름다운 것을 창조하는 정서이다. 음악을 낳고, 시를 낳고, 신을 향한 기도를 낳는다. 시름은 예술과 문화의 모태라고도 할 수 있다.

"이후야 잎 넓은 나무를 심글 줄이 있으랴." 이렇게 고백하는 시인의 말을 너무 표현적인 의미대로 풀이해서는 안 된다. 결코 그 시인은 오동을 저주하고 있는 것이 아니라 도리어 사랑하고 있는 것이다. 그 시름은 필요한 시름이며, 인생을 순화하는 세척제와 같은 눈물인 까닭이다.

그러나 '근심'은 정서라기보다 신경질환적인 현상이다. 근심은 생활을 파괴하며 창조의 욕망을 감퇴시킨다. 애인을 상실한 사람은 '시름'에 젖지만, 먹을 것을 상실한 사람은 '근심'에 사로잡힌다. 전자는 영혼의 내적인 갈구요, 후자는 육체적인 외부의 고민이다.

우리 주변을 보면 '시름'이 아니라 '근심'이 모든 것을 지배한다. 비가 내리는 것을 바라보면서 우리는 시름보다도 근심에 젖는 것이다.

축대가 무너지지 않을까? 장마철에 농토가 떨어져 나가지 않을까? 하수도가 막히고 가옥이 침수되지 않을까? 그것은 비의 낭만이 아니라 산문적인 생활의 불안을 의미한다. 본격적인 장마철이 왔다는 뉴스를 들으며 근심만이 범람하는 경우를 바라다본다.

잃어버린 여름

여름이 지나간다. 뜨겁게 타오르던 태양도 새벽의 등촉燈燭처럼 힘이 없다. 이맘때가 되면 늘 마음이 초조하고 불안스러웠다. 어렸을 때의 그 기억 말이다. 여름과 함께 긴 방학도 끝나는 것이다. 강물은 눈부셨고 소나기가 지나간 숲은 늘 향기로웠다. 그러나 책상에 그냥 내던졌던 여름의 숙제장들은 어둡기만 했다.

아쉬움 속에서 달력장은 자꾸 떨어져간다. 곤충채집도, 방학책도, 그림일기도, 공작도, 개학날이 가까워지고 있지만 어느 것 하나 제대로 손댄 것이 없다. 여름방학의 감미롭던 그 나날들이 깊은 후회와 번민으로 밀려온다. 여름은 늘 이렇게 풀지 못한 숙제의 짐 때문에 어두운 구름으로 덮인다.

초등학교 어린이들만은 아니다. 어른들도 그날그날 해두어야 할 생활의 숙제들을 내일로 미루면서 지내왔다. 아쉬움 속에서

가버린 바캉스의 들뜬 여가는 보다 바쁜 생활의 일정을 몰고 온다. 여름이 끝나버릴 무렵이면 어디에서고 초조한 채찍 소리가 들려온다. 텅 빈 학교 운동장에는 잡초가 많이 자라나고 있었다. 직장에도, 가정에도 뽑아야 할 잡초들이 기다리고 있는 까닭이다. 벌써 대학에서는 2학기 등록이 시작되었다. 등록금을 마련해야 할 것이다. 자유롭게 뛰어놀던 해변의 추억을 만지작거릴 틈도 없다. 휴가지에서 돌아온 젊은이들에겐 늘 등록금의 무거운 짐이 기다리고 있다. 이것은 환상이 아닌 것이다. 아무리 뜨거운 열정으로도 까딱하지 않는 현실의 벽인 것이다. 해마다 이맘때가 되면 젊은이들은 갑자기 늙는다.

여름이 지나간다. 우리들의 생활 속에서 여름이 빈 바람처럼 빠져나가고 있다. 숙제를 다 하지 못한 어린아이들처럼 허전하고 불안한 마지막 여름 햇볕이 이 도시의 포도를 비켜 흐른다.

우리의 역사와 사회는 늘 그랬었다. 그날그날 풀어야 할 생生의 숙제들을 내일로 미루며 살아왔었다. 그래서 8월이 기우는 무렵이면 한숨처럼 가을바람이 분다. 그래서 가을은 늘 쓸쓸한 모양이다.

현대 생활과 낙엽의 의미

우리는 옛날부터 상록수를 사랑했다. 신라의 향가만 해도 화랑의 씩씩한 모습을 푸른 잣나무에 비겨 노래 부른 것이 있다.

"아! 푸른 잣나무 가지처럼 서리를 모르는 화판花判이시여!"라는 「찬기파랑가讚耆婆郎歌」가 그것이다.

유교가 지배하던 조선시대 때는 두말할 것도 없다. 독야청청獨也靑靑하겠다는 성삼문成三問의 낙락장송의 예찬은 거의 신앙과도 같은 것이 되어버렸다. 일제 식민지 시대에서도 잣나무나 소나무에서 인간의 이상을 찾으려 한 전통적인 그 사고의 패턴만은 변함이 없었다. 심훈沈熏의 소설 『상록수』가 바로 그것을 상징해 주고 있다.

그러나 모든 나무가 다 상록수라면 이 세상은 얼마나 재미가 없을까? 아마 훨씬 더 따분할 것이 틀림없다. 다른 각도에서 보면 역시 나무는 계절과 더불어 가는 데 그 묘미가 있고 아름다움이 있는 것인지도 모른다. 때가 되면 떨어질 줄도 알아야 한다. 그리고 그런 조락凋落의 비창悲愴함을 아는 자만이 내일의 봄을 위해 어린 새싹이 트는 희열도 알 것이다.

거리에는 낙엽이 한창이다. 어느 시인의 말대로 슬픈 운명을 지닌 낙엽들이 어째서 가장 명쾌한 나비를 닮았는가? 하늘거리며 나비처럼 춤추는 듯 떨어지고 있는 나뭇잎을 보면 인생의 한 역설 같은 것을 느끼게 된다. 과연 그럴 것 같다. 우리는 상록수보다는 한 잎 두 잎 떨어지고 있는 나뭇잎에서 인생의 보다 많은, 그리고 보다 깊은 의미를 배울 수 있는 것이 아닐까?

생명도, 권력도, 돈도, 모두가 그런 것이다. 그것은 나뭇잎처럼 떨어져나가면 그저 그뿐, 하나의 휴지와 다를 것이 없다.

누구도 계절의 변화를, 그 시대의 변화를 거역할 수는 없을 것이다. 그러나 낙엽은 우리에게 슬픔만을 가르쳐주는 것이 아니다. 나뭇잎의 최후는 또 얼마나 아름다운가? 빨갛고 노랗고 한 단풍의 현란한 그 색채 속에서 그리고 떨어져나간 이파리의 자국마다 봄의 새싹이 마련되어 있는 그 나뭇가지에서 우리는 보다 풍성한 내일의 생명을 볼 수가 있다.

너무 악착같이 살려는 오늘의 이 각박한 사회에서는, 때로는 낙엽의 그 겸허와 무상을 배울 줄도 알아야 한다.

잃어버린 설경

눈이 내리면 누구나 조금씩은 시인이 된다. 겨울마다 그 흰 눈이 내리지 않는다면 이 세상은 훨씬 더 거칠고 속악(俗惡)해졌을는지 모른다. 백색의 그 설편은 눈으로 보는 음악이다. 그리고 무언의 동화이다. 모든 것이 변했지만 털깃 같은 백설의 순수성만은 예와 다름없다. 현대에 남아 있는 순수성이 있다면 그것은 아마 저 백설의 언어뿐인가 싶다.

하지만 시대에 따라 눈의 의미도 변하는 것 같다. 그것을 바라보는 인간의 마음이 달라져가고 있는 까닭이다. 배고픈 사람들은 흰 눈을 보며 '떡가루'를 생각한다. 헐벗은 사람들은 '목화송이 같다'고 한다. 도시에 사는 현대인들은 '설탕'을 연상할 것이고, 어느 시구처럼 감기에 잘 걸리는 사람은 '아스피린 분말', 그리고 영화팬들은 '낡은 필름이 돌아가는 것 같다'고 말할 것이다.

그 정도는 그래도 구제의 가능성이 있다. 불과 몇 센티의 그 강설량에도 마비되어버리는 도시의 교통은 시정詩情은커녕 짜증만 솟게 한다. 서울의 명물이요, 건설의 쇼윈도 역할을 하는 고가도로가 눈만 내리면 으레 차단이 된다.

사고를 미연에 방지하자는 의도를 몰라서 불평을 하는 것은 아니다. 우리나라의 위치가 적도 부근의 남양에 위치해 있다고 착각하지 않은 이상 겨울에 눈 내릴 것을 생각하지 않고 고가도로를 만들지는 않았을 것이다. 눈만 내리면 대관령 고개의 스키장이 되어버리는 고가도로, 그래서 서울의 시민들은 눈이 내려도 기쁜 줄을 모른다. 그것이 교통마비의 신호로 바뀌었기 때문이다.

자동차가 많은 외국에서는 눈이 내리면 길에 소금을 뿌린다. 소금은 눈을 녹이므로 평상시와 다름없이 차를 몰 수가 있다. 돈만 있으면 결코 무방비는 아니다. 우리 형편에 소금을 연탄재처럼 뿌리고 다닐 수는 없다. 김장 담글 소금도 없는데 길 위에 소금을 뿌리라는 말은 누가 들을까 무서운 이야기다. 그러나 고가도로만이라도 겨울철 눈에 대비할 수 있는 방법을 강구해야 될 것이 아닌가?

'한 해의 의미를 합창으로 장식하자'는 멋들어진 구호를 내거는 것을 봐도 서울시는 과연 시정이 풍부하다. 눈이 내리는 날은 직장에도 가지 말고 온종일 방 안에서 설경이나 감상하라는 것인가 보다. 눈 오는 날의 서울은 이래저래 슬프기만 하다.

자연을 향해 당기는 방아쇠

불법 사냥을 금지해온 역사는 매우 길다. 공맹孔孟의 가르침 중에도 사냥을 하되 가려서 하라는 이야기가 있다. 잠자는 새라든가 새끼를 밴 짐승을 잡지 말라는 것은 인륜의 면에서나 사회적인 실리 면에서나 다 같이 필요한 법규이다.

'총총한 그물로 물고기를 잡아선 안 된다'는 규정을 보자. 촉고數罟(총총한 그물)에는 치어稚魚까지 걸려들게 마련이다. 같은 살생이라도 어린것을 잡는 것은 너무 잔인한 일이다. 뿐만 아니라 어족을 보호하는 면에 있어서도 치어를 잡는 것은 비경제적인 행위이다.

그렇기 때문에 불법 사냥은 이중의 죄악을 저지르는 일이다. 윤리적인 면으로 봐도, 사회적인 실리 면으로 봐도 무차별 수렵 행위는 용서될 수가 없다. 금렵 구역에서 사냥을 한다든지, 약물을 써서 다량 포살을 한다든지, 그리고 멸종되어가는 보호조保護

鳥를 잡아 씨를 말리는 짓들은 자기 자신을 향해 방아쇠를 잡아 당기는 자학과도 통한다.

관계 당국은 언젠가 불법 수렵을 단속하겠다고 나선 적이 있었다. 그때의 보고에 의하면 10월에서 1월까지의 수렵 시즌에 235건의 불법 수렵자들을 적발했었다고 한다. 적발된 수가 이러니 실제의 피해는 얼마나 크랴 싶다. 옛날만 해도 으레 시골 뒷동산에 오르면 발밑에서 꿩들이 푸드덕거리며 나는 것을 볼 수 있었다. 꿩들이 닭처럼 인가의 뜰까지 내려오는 경우도 없지 않았다. 그런데 오늘날은 아름답기로 세계에서 이름난 한국의 꿩이 점점 자취를 감춰가고 있는 것이다.

그런데 대체로 수렵을 즐기는 자들의 신분을 보면 골프와 마찬가지로 도시의 권력층에 속하는 사람이나, 금력깨나 있는 친구들이다. 돈 없이는 즐길 수 없는 겨울의 레크리에이션이기 때문이다. 그리고 보면 자연히 단속하기도 좀 거북한 인물들이 많을 것 같다. 공기총을 들고 동네 참새를 잡는 학생들과는 그 대상이 다르다.

일선 경찰의 단속도 중요하다. 그러나 사냥을 하는 당사자들의 양식이 더욱 문제다. 꿩 한 마리, 토끼 하나 잡는 데에도 사회의식과 인간의식이 사냥개 이상으로 그 곁을 따라다니지 않으면 안 된다.

옛날엔 이랬는데

명찰 달린 수박

어떤 친구가 생선가게에 가서 조기를 사려고 싱싱한 것을 고르고 있었다. 조기 한 마리를 손에 들고 냄새를 맡자 생선가게 주인이 버럭 소리를 질렀다.

"왜 멀쩡한 고기를 가지고 냄새를 맡고 야단이오?"

그러자 그는 이렇게 말했다.

"냄새를 맡는 것이 아니라 귓속말로 바다 소식을 좀 물어봤소." 그래 조기가 무어라고 말하더냐고 하니까, 이렇게 대답하더라는 것이었다.

"바다를 떠난 지 벌써 일주일이 넘어서 최근 소식은 알 수 없답니다."

이런 것이 바로 유머이다. "생선이 썩었다"고 정면에서 쏘아붙이지 않고 부드러운 웃음으로 넘겨버리는 태도—정말 그러고 보면 유머는 생활의 기름이요, 그 보석이란 말이 거짓이 아니다.

그런데 우리나라의 생선가게나 청과점에서 흔히 볼 수 있는 유머는 그런 것이 아니다. 흔히 들은 이야기지만 상한 생선이나 설익은 과실에 상인들은 염색을 하고 있다. 조기에는 노란 물감을 들이고 그 배에는 바람을 집어넣어 알을 밴 것처럼 부풀게 한다. 설익은 수박에는 인공감미료를 탄 붉은 물감을 주사하고 참외에는 노란 칠을 한다. 확실히 이것도 희극임에는 틀림없다. 그러나 그냥 우스운 것이 아니라 한숨이 새어나온다.

　여름철의 낭만은 역시 참외나 수박을 먹는 맛이다. '벌겋게 잘 익은 수박을 도마 위에 올려놓고 칼로 쪼개는 그 순간의 맛' 그것이 인생의 가장 큰 낙 가운데 하나라고 중국의 옛 선비도 적고 있다. 도시 문명에 지쳐 있는 사람들은 여름철에 수박이나 참외를 먹으며 잃었던 시골의 향수를 다시 맛본다. 과실을 먹는 게 아니라 바로 옛날의 꿈을 먹는 것이라고나 할까?

　그러나 도시의 채색된 과실에서는 도대체 옛맛이 나지 않는다. 여름의 태양빛을 머금은 그 빨간 수박이 아니라 인공색소와 감미료의 위장된 도시의 수박 맛은 바로 타락한 아스팔트 문명의 떫음 그것이다.

　그렇다고 해서 가짜 청과물을 단속하기 위해 생산자 표지를 붙이기로 하자는 관계 당국자의 발언에 박수를 치기도 힘들 것 같다. 과실까지 명찰을 달고 나타나는 광경은 생각만 해도 입맛이 떨어진다. 그야말로 너무 일찍 농촌을 떠나 시골 소식을 잘 모르는 청과물에서 우리는 고향 소식을 물을 수가 없다. 이것을 하나의 유머로 넘기기엔 너무 가슴이 아프다.

눈물은 죄악인가

졸업식장엘 가면 초상집처럼 눈물을 흘리는 학생들이 많았다. 졸업식 노래가 그렇고 송사와 답사란 것이 그렇다. 으레 단장을 자아내는 〈추풍감별곡秋風感別曲〉 식이었다. 청승맞은 감상문일수록 졸업식의 송·답사로는 명문名文이 된다. 하기야 이별인 것이다. 모교를 떠난다는 것, 스승 곁을 떠난다는 것, 친구와 헤어진다는 것……. 목석이 아닌 다음에야 눈시울을 적실 만도 한 일이다.

그런데 요즘 졸업식은 그렇지 않다. 남학생들은 물론, 감상적인 여학생들도 이제는 손수건을 적시며 교문을 떠나지는 않는다. 오히려 오뉴월의 해바라기처럼 희열에 가득 찬 웃음이 있다. 송·답사 역시 거칠어졌다. 실연한 문학소년 투의, 그리고 자살 5분 전의 허무주의자 같은 넋두리의 언어도 대체로 들을 수 없게 되었다.

확실히 졸업식의 멜로드라마는 구세대의 것이었던 것 같다. 눈물 없는 졸업은 오늘날의 세대가 그만큼 지적으로 되어가고 있다는 증거인지도 모른다. 유난히 정감적인 국민이라 그랬던가? 과

거의 문학작품이나 민요를 보면 유난히도 이별의 슬픔을 주제로 한 것이 많다. 이별을 그토록 싫어했다는 것은 독립적 생활이나 진취적인 모험심이 결여되어 있었기 때문이 아닌가 하는 생각이 들기도 한다.

남들은 고국을 떠나 바다를, 산을 그리고 황량한 평원을 넘어 식민지를 개척하고 있을 때 고향 산천이 그립다는 노래를 부르며 옷깃을 적셨었다. "타향살이 몇 해던가"에서 "진주라 천릿길을 내 어이 왔던가"에 이르기까지 유행가만 봐도 이별의 단장곡이었다. 그러나 요즈음의 대중가요에는 그런 것이 없다. 이젠 대부분 드라이한 가사들이 생겨나고 있다.

영화도 비극에서 희극으로 옮겨가고 있으며, 텔레비전에도 웃음을 자아내는 오락 프로가 만개하고 있다. 비극의 시대가 지나고 희극의 시대로 접어든 것은 학생들의 졸업식 송·답사에서만 끝나는 일은 아닌 것 같다.

그러나 정말 생활이 즐거워서, 희망에 부풀어서, 지적인 근대정신이 발달해서 눈물이 없어진 것인지, 그렇지 않으면 사회가 하도 각박해서 그나마 눈물의 순정주의마저 말라비틀어지고 만 것인지, 그것은 좀 더 두고 생각해봐야 할 문제다.

팬지와 할미꽃

도시에서 사는 아이들은 할미꽃을 잘 모를 것이다. 노래의 가사를 통해서 꽃 이름 정도는 알고 있겠지만 이른 봄 양지바른 길을 걷다가 문득 발밑에 피어 있는 할미꽃의 그 정겨운 모습을 직접 체험해본 아이들은 드물 것이다.

근대화된 도시에서는 할미꽃 대신 팬지가 판을 치고 있다. 중앙청으로 향한 세종로의 길가에도 팬지가 한창이다. 그리고 어느 집에 가보나 작은 뜰일망정 팬지꽃 몇 송이는 피어 있게 마련이다. 이 꽃의 이름은 원래 프랑스어의 '팡세'에서 온 것이라고 한다. 팡세는 '생각하는 사람'이란 뜻. 꽃 모양이 꼭 로댕의 조각처럼 고개를 숙이고 무엇인가 깊은 사색에 잠겨 있는 것 같기 때문에 그런 이름이 붙은 모양이다.

그러나 우리는 이국적인 팬지를 볼 때마다 시골 산길에서 피어나는 할미꽃을 생각하게 된다. 꽃의 생김새부터가 비슷하면서 매우 대조적이다. 팬지는 그 빛깔이 화려하고 비록 꽃대는 수그러져 있어도 꽃잎은 활짝 피어 있다. 이른바 서양의 할미꽃이라고나 할까?

여기에 비해 우리나라의 할미꽃은 팬지보다 훨씬 사색적이다. 거의 눈에 띄지 않을 정도로 색채가 털북숭이에 가려 희미하다. 오므라진 꽃잎 속을 들여다봐야 겨우 짙은 바이올렛 빛깔을 볼 수가 있다. 이름 그대로 시골 할머니를 연상케 한다.

꽃이라면 으레 화려한 것, 사치스러운 것, 발랄한 것을 느끼게 된다. 그런데 할미꽃만은 시골 냄새 그대로 소박하고 꾸밈이 없고 구수한 정감을 자아낸다. 정말 한국인처럼 생긴 꽃이다.

그러기에 일찍이 설총薛聰은 「화왕계花王戒」라는 글에서 요염한 장미꽃을 누르고 소탈한 할미꽃이 화왕의 총애를 받는 이야기를 적었다.

그러나 할미꽃은 팬지와 같은 외국 화초의 그늘에 가려 빛을 잃고 있다. 봉선화, 분꽃, 맨드라미 모두가 그렇다. 꽃집에서 파는 양초洋草들에 밀려 한국적인 야생화의 그 정감은 날로 잊혀가고 있다.

단순한 꽃의 운명만은 아니다. 근대화의 바람을 타고 도시의 대중들은 겉만 반짝거리고 눈부시고 현란한 것을 찾는다. 으레 상춘賞春 시즌도 해마다 난잡하고 떠들썩해져간다. 소박하고 겸허하며 가식이 없는 할미꽃의 세계는 추방당하고 있다. 공허한 이 마음의 뜰에 할미꽃 몇 송이를 가꾸듯 그렇게 봄맞이를 하고 싶다.

출세주의자들의 축제

텔레비전 프로에는 이따금 귀여운 어린이들이 나와 노래도 부르고 게임도 한다. 도시에서 자라 세련된 까닭도 있겠지만 그 아이들을 볼 때마다 한결같이 '잘생겼다'는 느낌이 든다. 확실히 옛날 아이들에 비해 콧날도 오뚝하고 눈도 반짝이고 말소리도 또렷한게 여간 똑똑하지가 않다.

그런데 아이들이 출연하면 사회자가 으레 공식적으로 묻는 말이 하나 있다.

"앞으로 커서 어떠한 사람이 되겠어요?"

이렇게 물으면 또 으레 열이면 열, 판에 박힌 대답들을 한다.

"대통령이 되겠어요."라는 것이다.

포부가 크다는 면에선 별로 나무랄 것이 못 된다. 하지만 오늘날의 어린이들이 대통령이 되겠다는 그 획일적인 꿈을 꾼다는 것은 한번쯤 생각해볼 만한 문제가 아닌가 싶다. 부모들이 아이들을 '우리 집 대통령'이라고 떠받드는 일이 많다. 가정교육부터가 미래의 이상을 대통령이 되는 길이라고 가르쳐주고 있는 것이다.

어린이들에 대한 교육이 어딘가 잘못되어 있는 것 같다. 너무 현세적인 데에서만 이상을 찾으려는 경향이 없지 않다. 그래서 어수룩한 아이들은 찾아보기 힘들다. 슈바이처처럼 어려운 사람을 도와주는 성직자가 되겠다든지, 훌륭한 예술가가 되겠다든지, 병든 사람을 고쳐주는 의사가 되겠다든지 혹은 진리를 탐구하는 학자가 되겠다든지 그런 꿈을 이야기하는 아이들은 별로 구경할 수가 없다.

미국의 경우엔 소방수나 경찰이 되어 사회에 봉사하겠다는 아이들이 많다. 우리나라 같으면 부모들이 우선 펄쩍 뛸 판이다.

크리스마스이브─크리스천이 아니더라도 예수님의 탄생을 우리의 아이들에게 가르쳐줄 필요가 있다. 반드시 높은 벼슬을 하고 많은 돈을 벌고, 궁전 같은 집에서 사는 것만이 보람된 일이 아니라는 것을 말해주는 것이, 그리고 예수님 같은 사랑과 봉사와 희생의 존귀함을 그들의 가슴속에 심어주는 것이, 며칠만 지나면 부서지고 마는 장난감 선물보다 더욱 의의 있는 선물일 수도 있다. 온 인류가 2천 년이 지난 오늘날에도 그분의 탄생을 이처럼 떠들썩하게 축하하고 있는 것은 결코 그에게 권력이 있었던 것도 아니요, 돈이 많았기 때문이 아니라는 것을 우리의 아이들에게 깨우쳐주어야 한다.

묘지의 어제와 오늘

살아 있을 때에는 한국보다 살기 좋은 나라가 얼마든지 많을 것 같다. 그러나 사후에만은 그렇지가 않다. 만약 죽은 뒤에도 혼백이라는 것이 살아 있다면 단연 그 명부冥府의 세계에서만은 한국인의 어깨가 어느 나라 사람들보다 넓어질 것이기 때문이다.

그만큼 한국인은 옛 조상들을 따뜻이 모실 줄 안다. 생존 시엔 불효를 해도 일단 육친이 세상을 떠나게 되면 제사와 차례만은 정성껏 지낸다. 가난해도, 시간에 쪼들려도 웬만한 경우라면 조상의 무덤을 찾아가는 데 인색하지 않다.

추석의 인파는 대부분이 성묘객들이다. 이날만은 쓸쓸한 묘지라도 외롭지가 않다. 유물론자들은 성묘의 풍습이 비과학적이고 비경제적이라고 할지 모르나 혼령이야 있든 없든 문제는 결코 그런 데 있지 않다. 추석날 하루만이라도 그러한 풍습이 있기에 고인들은 생존자의 마음속에서 다시 살아날 수가 있다. 같이 음식을 먹고 같이 중추가절의 풍류를 맛본다.

그러나 날로 우리의 이 고유한 풍습도 사라져가고 있는 듯이 보인다. 공동묘지 중 55퍼센트가 1년 내내 성묘객이 없는 무연고 묘지라는 사실이 이를 증명한다. 연고자가 없는 것인지, 있어도 찾아오지 않는 것인지, 어쨌든 추석이 되고 제삿날이 돌아와도 쓸쓸히 홀로 누워 있는 버림받은 무덤이 해마다 증가되고 있는 것도 사실이다. 이런 데서도 우리는 인심이 날로 메말라가는 사회의 한 단면을 본다.

우스운 일이다. 우리나라 사람처럼 조상을 끔찍이 위하는 국민들도 드문데 어째서 버려진 무덤들이 그렇게 많은 것일까?

추석 성묘란 게 없어도 서양의 묘지는 수세기 전 것도 최소한 누구의 무덤이라는 것쯤은 분명히 알 수가 있다. 그 이유는 묘지를 쓰는 방식이 다르기 때문이다. 그들은 교통이 편한 도시 근교의 평지나 교회당에다 묘지를 쓰고, 또 대개는 집단적인 가족묘이므로 인적이 드문 깊은 산중에 무덤을 쓰는 우리와는 달리 산실散失될 우려가 적다.

시대의 변화에 따라 묘지를 쓰는 풍습도 달라져야 될 것 같다. 성묘하기도 편하고 보존하기도 쉬우며 땅의 면적을 덜 차지해도 좋을 묘지의 근대화가 있어야겠다. 정말 죽은 뒤만이라도 한국인으로 태어난 보람을 갖게 말이다.

무덤을 존경시하는 것은 농경문화가 지니고 있는 특색 중의 하나라고들 한다. 유목민들의 문화에서는 제왕이라 해도 묘지 같은 것에 신경을 쓰지 않았다. 단적인 예로 세계를 제패하다시피 한 칭기즈칸이지만 그의 시체는 외로운 들판에 그냥 묻힌 채 흔적조차 찾을 수 없다.

끝없이 떠돌아다니는 유목민들의 생활은 묘지에 머물러 있을 수가 없다. 그러나 농경 사회에선 조상으로부터 대대로 물려받은 경작지를 생활의 거점으로 삼고 있기 때문에 자연히 묘지에 대한 관심이 짙어질 수밖에 없다.

외국의 관광객들이 '한국의 삼다三多'로 손꼽는 것 중에는 묘지도 한몫하고 있다. 어디를 가나 도로연변의 산등성이에는 무덤들이 늘어서 있다. 어느 산에는 나무보다 무덤의 수가 더 많은 경우도 있다. 농경문화의 특색이 여실하다. 그러나 그 때문에 농업 발전이 저해되는 아이러니도 없지 않다. 수천 년을 두고 종교처럼 묘지를 숭배해온 한국인들은 아무리 가난해도 조상의 무덤만은 잘 쓰려고 한다.

못된 수단으로 돈을 벌어들인 구두쇠라 하더라도 살 만큼 되면 우선 조상의 무덤부터 으리으리하게 꾸며놓는다. 그래서 산지의 개간이 어려워질 뿐 아니라 산야를 유휴화遊休化하게 하는 낭비가 생겨난다. 경부 고속도로를 뚫을 때도 묘지 이장이란 것이 어느 것 못지않은 난제로 대두되었었다.

관계당국에서는 국토의 효율적 이용을 목적으로 묘지 면적 규제에 관한 새 시행령을 마련하였다고 전한다. 즉 묘지 면적이 20제곱미터 이상을 넘을 수 없게 만든 것이다. 묘지까지도 '미니' 시대를 맞이한 셈이다. 그러나 웬만한 묘지는 이런 규제법이 생기든 안 생기든 20제곱미터를 넘지 않는다. 결국 현대를 옛날의 왕조 시대쯤으로 착각하고 왕릉처럼 무덤을 써 효도보다 자기 출세의 전시 효과로 이용하는 천박한 신흥 부르주아에게나 해당될 사항이다.

무덤을 크게 쓰는 것은, 현대에 와선 농경문화가 아니라 상업 문화의 한 특색이라고 하는 편이 옳을는지 모른다. 권세 높고 돈 많으신 분들이 과연 묘지 면적 규제법을 얼마나 지켜줄는지 그것도 문제이다.

천고마비의 의미 변화

가을이 되면 누구나 잘 쓰는 수식어가 있다. 이른바 천고마비天

高馬肥. 한글전용 시대가 되어 한자가 폐지된다 하더라도 아마 이 수식어만은 없어지지 않을 것이다. 그러나 '천고마비'란 원래의 뜻은 결코 오늘날처럼 식욕의 가을, 낭만의 그 계절을 표현하는 말이 아니었다.

중국인들은 흉노匈奴(BC 3세기 말부터 AD 1세기 말까지 장성長城과 몽고 일대를 중심으로 활약하던 유목민)의 침략을 두려워하고 있었다. 진시황秦始皇이 만리장성을 쌓은 것도 바로 이 흉노의 침입을 막기 위해서였다. 그런데 흉노들은 여름 동안은 말이 실컷 풀을 뜯게 두었다가 그것들이 살이 찌기 시작하는 가을철이 되면 대거 중국 대륙으로 들어왔다.

그러니까 원래 천고마비의 뜻은 '흉노가 쳐들어올 계절이 왔다'는 뜻으로 전란의 불안과 그 경계심을 나타낸 말이었다. 이렇게 말뜻이나 그 수식도 시대 상황에 따라 변하기 마련이다.

흉노가 들끓어 끊임없이 위협을 가해왔던 시대에는 가을이 찾아온다는 것이 하나의 불안이며 두려움이었다. 그러나 흉노 세력이 사라지고 난 뒤에는 아무리 하늘이 높고 말이 살쪄가도 그것을 한탄하는 사람들은 없었다. 도리어 반갑고 즐거운 마음으로 천고마비를 맞이했던 것이다.

9월이다. 자고 일어나면 아침마다 한 치씩 하늘은 높아져가는 것 같고, 들판의 가축들은 바람이 불 때마다 한 점씩 살이 더 오르는 것 같다. 우리의 이 천고마비는 어떠한 뜻을 지니고 있는가? 불안인가, 즐거움인가?

풍요한 가을은 늘 우리를 즐겁게 했었다. 9월의 들은 오직 축복의 계단이며 하늘은 그 향불처럼 타오르는 푸른 연기였다.

그러나 다시 천고마비의 뜻은 또 한 번 바뀌어 옛날의 본뜻으로 돌아가 기쁨보다 불안이 앞선다. 발가벗고 한뎃잠을 잘 수 있었던 여름에는 웬만한 가난쯤 참을 수가 있다. 그러나 가을바람이 불면 집 걱정, 연탄 걱정, 김장 걱정 같은 생활고가 살찐 말을 타고 침입해 온다. 눈에 보이지 않는 저 흉노들이 말발굽 소리를 울리는 소리가 들려온다.

하늘이 높아지고 날이 차가워지면 흉노를 근심하는 것 같은 한숨이 서리처럼 내린다. 계절의 의미는 따로 있는 것이 아니다. 인간의 의미, 역사의 의미가 이 9월을, 그리고 이 가을을, 천고마비의 그 자연을 결정짓는 것이다. 현대인은 '자연의 계절'이 아니라 '물질의 계절' 속에서 살아간다.

잡과 롤

톰 소여는 담장에 페인트칠을 하고 있다. 아저씨가 시킨 것이기 때문에 마지못해 귀찮은 일을 하고는 있지만 불평이 아주 대단하다. 그러나 옆에서 구경하고 있던 이웃집 아이는 그것을 부럽게 쳐다보고 있었다. 자기도 그런 일을 한번 해보고 싶다고 생각한 것이다. 그래서 그 아이는 톰 소여에게 자기도 한번 페인트 칠을 하게 해달라고 부탁한다.

톰 소여가 일부러 심술을 부리니까 그 아이는 자기가 갖고 있던 사과를 준다. 그래서 톰 소여는 하기 싫은 일을 사과까지 받아 먹으면서 이웃집 아이에게 시킨다. 마크 트웨인Mark Twain의 유명한 소설『톰 소여의 모험』가운데 나오는 한 장면이다.

그런데 뜻밖에도 우리는 이 장면을 보고 아동 심리라기보다 '현대인과 직업' 관계의 중요한 사회 문제의 한 단면을 발견하게 된다.

억지로 떠맡겨진 일은 누구나 귀찮게 여긴다. 일의 즐거움보다는 의무와 책임감밖에 없는 것이다. 그러나 같은 일이라도 자발적인 창의성을 느꼈을 때에는 돈을 내고라도 하고 싶어하는 것이 인간의 심리이다. 톰 소여에게 있어서 담장의 페인트칠은 '워크 work(일)'였지만 이웃집 아이에게 있어서는 '플레이play(놀이)'였다.

그러니까 직업에는 두 종류가 있다. 하나는 단순히 밥벌이를 하기 위한 수단인 잡Job이요, 또 하나는 자기 표현의 목적으로 생활하는 롤Role이다. 옛날에는 천직이란 것이 있어서 일에 대한 보수보다 일 그 자체에서 자기 만족과 창조의 기쁨을 맛볼 수가 있었다. 사과를 주면서까지 재미로 페인트칠을 하는 그 톰 소여의 이웃집 아이처럼……

하지만 현대 사회에서는 단순히 생계를 위한 수단으로만 생각하는 직업관이 지배적이다. 말하자면 현대인치고 자기 직업에 만족감을 느끼고 있는 사람은 드물다.

대한교련이 조사 발표한 것을 보면 우리나라 초중 교사들의 80퍼센트가 교직생활에 대한 불만을 나타내고 있다.

그러나 이런 현상은 교직자에게만 국한된 경우라고 생각해서는 안 된다. 대우가 아무리 좋아도 누구나 직업을 생계의 방편으로 생각하고 있는 이상 자기 일에 만족하지는 않을 것이다. 대우 개선도 중요하지만 모든 직업인들이 자기가 하는 일에 창조적인 기쁨을 갖도록 하는 데 문제의 핵심이 있다.

한 모금의 물맛

청량음료들이 제철을 맞이했다. 인간은 개구리와도 좀 닮은 데가 있어 물을 많이 마신다. 그냥 맹물이 아니라 사이다·콜라·주스·우유, 그리고 온갖 차茶의 품목들이 다채롭다.

음료수는 공기 다음으로 중요한 것이며, 인체 자체가 수분으로 채워져 있는 물병 같은 존재임은 강조하지 않아도 누구나 다 아는 사실이다.

그렇기 때문에 음료수에 따르는 문제도 여간 복잡한 것이 아니다. 음료수는 눈으로 보아 그것이 정결한 것인지 아닌지를 잘 알 수 없고 또 그 맛 역시 보통 미각으로는 속기 쉬운 경우도 많다.

'술에 물 탄 듯하다'는 말이 있는 것처럼 우유를 잘 마시는 구미에는 우유에 물을 섞어 파는 불량업자들이 많았던 모양이다. 서양 조크에서는 목장 주인이 우유에 물을 타는 고용인을 향해서 이렇게 충고를 하더라는 이야기가 있다. 그 고용인은 물통에다 우유를 붓고 있었던 것이다.

"이 사람아, 같은 값이면 우유통에다 물을 부으란 말야. 물에 우유를 탔다는 말보다는 우유에다 물을 탔다는 편이 듣기에 좋으니까 말일세."

음료수는 대부분 이런 식으로 제조된 것이 많은 모양이다. 거리에서 파는 보리차나 비닐봉지에 넣은 주스는 사제니까 또 그렇다 하더라도, 어엿한 공장에서 상표까지 달고 나오는 음료수도 부실하게 만든다는 이야기이다. 관계당국이 조사한 결과를 보면 서울과 경기 지방에 있는 청량음료와 차류 업소 중 65퍼센트가 엉터리라는 것이다. 업자들을 욕하기 전에 더러운 공기와 더러운 물을 마시고 사는 현대인의 도시 생활에 일말의 서글픔이 앞선다.

음료수는 옛날부터 인정과 사랑의 상징 같은 것이었다. 목마른 나그네에게 버들잎을 띄워주는 시골 아낙네의 우물물로부터 시작하여, 정성스럽게 달인 한 잔의 보리차라고 해도 거기에는 정결하고 맑은 인간의 마음이 담겨 있었다. 파랗고 노랗고 한 음료수의 천박한 색채부터가 어떤 문명의 병 같은 것을 느끼게 한다.

오염된 공기와 오락의 음료수를 마시며 살아가는 사람들이 어떻게 그 마음인들 청결할 수 있겠는가? 요즘에는 정말 마실 물이 없구나.

관광의 어제와 오늘

고종 30년에 우리나라가 처음 참가한 박람회의 기행문이 최근에 발견되었다. 자료도 희귀할 뿐 아니라 벌써 반세기 전의 기록이 후손들에 의해 지금까지 고스란히 보존되어 왔다는 것도 매우 놀라운 사실이다.

정경원鄭敬源 부사府事의 그 기행문 가운데 특히 흥미 있는 것은 다음과 같은 구절이다.

박람회장에는 오페라 극장, 희마장戱馬場, 청인희원清人戱院 등이 많아 각국에서 사람들을 많이 오게 하여 돈을 쓰게 하는 도둑놈들 수작인지 모르겠다. 시카고촌 인심이 고약하고 수전노들이어서 호텔 방값이 보통 20달러였다.

이 말을 현대의 관점에서 보면 어떻게 될까? 소위 그 '도둑놈들 수작'이라고 한 것은 관광객 유치로 외화를 벌어들이는 현대 산업 중 하나다. 시카고의 인심을 향해 눈을 흘겼던 동방예의지국의 이 선비는 손님을 초대해 몸뚱이를 벗겨가는 박람회 광경이 도시 이치에 맞지 않는 무례로밖에 보이지 않았을 것이다.

그러나 딱하게도 1세기가 지난 오늘날에는 '도둑놈들 수작'이 우리들의 현실이기도 하다. 관광 경쟁의 본질은 어느 나라가 더 '도둑놈 수작'을 잘하느냐에 달려 있다. '어떻게 하면 제 나라를 찾아오는 외국 손님들이 돈을 한 푼이라도 더 많이 쓰고 가도록 하는가?'에 그 승패의 열쇠가 있다.

'엑스포 70'의 일본 박람회만 해도 그렇지 않았던가! 일본 현지의 호텔은 개장 전부터 예약필必, 그리고 기한 중에는 모든 상품에 면세제를 실시하고 있었다. 손님들의 호주머니를 털기 위해 사회 전체가 세일즈맨의 미소 작전을 펴고 있는 것이다.

넥타이를 목댕기라 부르고, 기차를 보고 기가 막히다는 정부사를 과연 미개하다고 웃을 것인가? '엑스포 70'의 남의 집 돈벌이에 우리가 덩달아 흥분하고 일본 상품 쇼핑에 더 손가락을 빨고 앉아 있는 개화된 어글리 코리안보다는 훨씬 비판력이 높다.

남의 나라 돈벌이에 맞장구만 치지 않고 자국 문화를 냉정하게 반성하고 있는 한 세기 전의 그 선비에게 친근감이 솟는다.

생활의 논리

공처가와 보너스

공처가는 현대의 산물이 아니라 옛날부터도 있어 왔던 것 같다. 고사일화故事逸話 가운데 공처가의 이야기가 꽤 많다.

그중의 한 이야기로서 옛날 공처가인 왕 하나가 신하들은 과연 어떠한지를 시험해봤다는 삽화 한 토막이 있다.

왕은 양쪽에 홍기紅旗와 청기靑旗를 꽂아놓고 신하들에게 말하였다. 아내를 무서워하는 자들은 홍기로, 그렇지 않은 자는 청기로 달려가라는 것이었다. 그러자 신하들은 일제히 홍기 쪽으로 우르르 뛰어갔다. 역시 그 왕에 그 신하들이었다.

그런데 용감한 신하 하나가 있어 뒤늦게야 혼자서 허둥지둥 청기 쪽으로 뛰어가는 것이었다. 왕은 기특해서 상을 내릴 작정이었다.

"그대는 과연 아내를 두려워하지 않는가?"

그러자 신하는 이렇게 대답했다.

"아니올시다. 오늘 아침 제가 등청하려 할 때 아내가 말하기를 꿈자리가 사나우니 절대로 사람이 많이 모이는 곳에는 가지 말라고 하였습니다. 사람들이 모두 홍기 쪽으로 달려가기에 저는 하는 수 없이 청기 쪽으로 달려간 것입니다."

그 신하야말로 공처가 중의 공처가였던 것이다. 술 먹고 아내를 들이치는 아마추어 복서도 불쌍하지만, 초등학교 우등생처럼 아내 앞에 무릎을 꿇고 아침마다 출근 전에 설교를 듣는 남성도 그리 보기 좋은 편은 아니다.

그러나 현실은 현실, 큰소리 잘 치는 남성들 사이에도 공처가의 수는 만만치 않다.

요즈음 공처가들의 마음은 한없이 어둡다. 다행히 보너스라도 나오는 직장에 근무하는 월급쟁이라면 어깨가 제법 으쓱해지겠지만 그렇지 못한 사람들은 한숨이 그칠 날이 없다.

공처가들은 매일같이 아내 앞에서 떨어야 한다. 회사에서는 보너스가 나왔을 터인데 몰래 숨기고 어디 술값으로 유용했을거라는 의심을 받기 때문이다.

보너스 나온 것을 어디에다 썼느냐고 서슬이 푸르게 덤비는 바람에 공처가들은 어디에서 빚이라도 내와야 되겠다고 진정을 토로한다. 아무리 보너스를 받지 못했다고 해도 곧이듣지 않는 아내의 바가지에 더 이상 견딜 수가 없다는 것이다.

가난한 직장이라 할지라도 슬픈 공처가들을 위해 보너스를

쥐어주도록 부탁한다. '아내 무섬쟁이'의 잠 못 드는 밤을 위해
서……

20세기의 소금장수

월급쟁이를 샐러리맨이라고 한다. '쟁이' 자가 붙은 말보다는
그편이 그래도 점잖아 좋다. 그런데 샐러리맨이란 어의도 실상
캐보면 그리 향기로운 말은 아니다.

'샐러리'란 말은 원래 월급이 아니라 '소금값'이라는 뜻이었다.
옛날 로마 시대에는 병정들에게 소금을 사기 위한 돈을 지불했던
것이다. 그때부터 점차로 소금값이란 말이 널리 사용되어 월급을
뜻하는 일반적인 말이 되었다.

소금은 과연 생활 필수품 가운데 가장 중요한 것이다. 공기와
같아서 소금 없이는 한시도 살지 못한다. 소금값이 곧 월급을 뜻
하게 된 것도 우연한 일이 아니다.

중국에서는 월급을 '신수이[薪水]'라고 하는데 이것은 나무와 물
값이라는 뜻이다. 그리고 보면 소금이나 물은 인간 생활의 가장
기본이 되는 것이며, 이것을 해결하기 위해서 사람들은 땀을 흘
려 노동을 하는 것이라고 볼 수 있다.

그런데 요즈음 바로 이 소금이 말썽거리다. 김장철을 앞두고
관영염官營鹽값이 4퍼센트나 올라 사람들의 마음을 불안케 하고

있는 것이 그것이다. 그렇게 되면 시중에서 판매하는 소금값도 뛸 염려가 없지 않은 것이다.

한때 가마당 950원 하던 것이 500원 선으로 떨어져 숨을 돌렸지만 관영염 인상으로 다시 오르지 않을까 걱정인 것이다. 뿐만 아니라 텔레비전에서도 소금장수가 물의를 일으켰다. 〈나의 비밀〉 시간에 하고많은 물건 가운데 소금 5만 톤을 들여온 동화산업 전무를 주인공으로 내세워 소금장수 선전을 하느냐는 것이다. 국민들의 의혹을 사고 있는 문제의 그 장수를 굳이 등장시킬 이유가 나변那邊에 있었던가? 그런데 관계자들의 말을 들으면 '김장철이 닥쳐와 소금값이 오를 우려가 있는 이때 소금 수입을 알려 국내 상인들에게 자극을 줌으로써 소금값 앙등을 막으려 한 것'이라는 이야기다.

〈나의 비밀〉 시간으로 소금값 앙등을 막으려 하였다는 말도 꼭 무슨 만화 같은 소리지만, 관영염가를 4퍼센트나 올린 그것과는 어떻게 관계가 되는 것인지 궁금하다.

어떤 쪽이 더 자극이 강할까? 소금장수를 1백 명 내세운다 하더라도 관영염가가 단 1퍼센트 오르는 자극과는 상쇄가 안 된다.

일이야 어찌 되었든 간에 정말 월급이 문자 그대로 소금값이라도 될 수 있겠는지 마음이 썰렁하기만 하다.

그린필드 교향곡

거지를 쫓아버리려면 문전에 '채식주의자의 집'이라고 써 붙이면 된다는 미국의 유머가 있다. 서양 사람들은 모두 육식을 하고 있기 때문에 거지도 채식이라고 하면 도망치고 마는 모양이다. 그러니까 채식주의자의 집이라고 하면 우리나라의 '맹견 주의'쯤에 해당되는 것이라고 말할 수 있다.

물론 우리 민족은 전통적으로 채식주의자이지만 결코 육식을 싫어한 것은 아니다. 아니 평소에 채식을 많이 하고 있기 때문에 도리어 육식을 유난히 탐하는 경우가 없지 않다. 따라서 고기는 귀한 것으로 되어 있다. 고기를 얼마나 많이 먹었느냐로 빈부의 차이가 결정될 정도다. 터놓고 이야기하자면 고기가 없어서 못 먹었지, 채식 민족이라서 안 먹은 것은 아니다.

일요일이면 으레 한 가족이 총출동하여 불고기집을 찾아가는 것을 볼 수 있다. 집에서 야채만 먹다가 모처럼의 영양분을 섭취하기 위해서 그들은 불고기를 구워 먹으러 가는 것이다.

오직 한국에서만 볼 수 있는 눈물겨운 영양파티다. 생활에 여유가 없기 때문에 대부분의 가정에서는 고기맛을 보지 못한다. 특 별한 잔치 계획 없이는 식탁은 소위 그린필드, 초록색 일변도다.

스태미너에 있어서 우리는 서양 사람에 뒤지고 있는 것 같다. 체력부터가 이미 후진이다. 그 근본적인 원인은 우리가 그들보다고기를 적게 먹는다는 데에 있을 것 같다. 그 예로써 우리와 같은 채식을 하는 일본 사람들이 전후에 국민 체위가 갑자기 향상되었다는 면을 들 수 있다. 그들은 식성이 변해 전전戰前보다도 훨씬 더 육식을 많이 하고 있기 때문이라는 것이다.

그러나 아직도 일본 사람이 먹는 고기의 양은 남미 사람이 섭취하는 그것의 10분의 1밖에 되지 않는다는 이야기다.

쇠고기값의 인상으로 고기 안 사 먹기 운동이 벌어지고 있다. 가뜩이나 육식을 하지 못해 지방기가 없는 이 민족이 그나마 불고기의 영양파티도 하지 못하게 될 판이다. 이래저래 인상 바람으로 국민들은 영양실조에 걸리고 말았다.

교과서값 인상, 기성회비 인상, 등록금 인상, 저축금 인상……. 지금 제3공화국은 인상 교향곡을 우렁차게 연주하고 있는데 청중들은 횟배를 앓는다. 이런 때일수록 체력이라도 튼튼해야 견디고 살겠는데 이제는 쇠고기값도 인상이라 채식주의자의 얼굴은 마냥 파랗기만 하다.

시간은 도둑이다

잠 못 드는 사람에게 밤은 길어라
피곤한 사람에게 길은 멀어라

바른 법을 모르는 어리석은 사람에게

아! 생사의 밤길은 길고 멀어라.

위의 것은 『법구경法句經』에 나오는 시다. 불도佛道를 모르는 속인이라 할지라도 무엇인지 가슴에 맺히는 감동이 있을 것이다. 같은 밤이라 할지라도, 같은 길이라 할지라도 사람의 마음에 따라 그것은 서로 다른 것이다.

번민 속에서 잠 못 이루는 밤은 길고 길다. 몸이 피곤하면 십릿길도 천릿길 같다. 마찬가지로 행복이 아니라 불행 속에서 보내는 삶의 여정은 한결 멀고 한결 지루한 법이다. 올 1년은 다른 해에 비해 훨씬 더 길기만 한 것 같다. 쌀 난리에 물가고가 겹쳐 생활이 고달픈 까닭이리라. 더구나 추석 대목을 앞두고 모든 생필품의 값이 고개를 들고 있다. 덩달아 다방 찻값까지도 꿈틀거리기 시작하고 이발 요금이나 목욕값 같은 서비스 요금도 자꾸 올라서려고 한다. 샐러리맨의 호주머니는 가을 날씨처럼 자꾸 썰렁해지는데 반가운 소식은 어느 곳을 보아도 없다.

일각여삼추一刻如三秋란 말은 안타까이 기다리는 심정을 말하는 것이지만, 요즘엔 고대하는 일도 없는데 하루해가 삼추와 같은 기분이다.

선거공약을 보면 물가안정이란 것이 약방의 감초처럼 따라다니지만, 어쩐지 먼 날의 전설을 듣는 것처럼 실감이 나지 않는다.

"너희는 무엇을 입을까, 무엇을 먹을까 근심하지 말라"고 하는 예수의 말씀을 곧이듣다가는 하루도 지탱하기 어렵게 된 세상이다. 심지어 요즈음엔 '물가도둑'이란 유행어도 있다. 누구나 가만히 앉아서 눈뜨고 돈을 빼앗긴다는 이야기다. 어제 10원 하던 물건이 오늘 15원을 한다면 가만히 앉아서 5원을 도둑맞은 것과 다름이 없기 때문이다. '시간은 금이다'라는 격언과는 달리 '시간은 도둑이다'라는 새 경구가 나와야 되겠다.

대통령 입후보자들은 모두들 애국자인 것 같다. 스스로 이 만신창이가 된 국민 생활을 떠맡자는 것이니 그분들의 각오에 눈시울이 뜨거워진다. 어려움을 무릅쓰고 서로 다투며 국민을 잘살게 해주려고 나선 분들이 고맙지 않은가!

댄스와 법과

몇 십 년 전만 해도 댄스를 사교춤이라고 했다. 그러다가 양춤이란 말로 바뀌기도 했다. 사교춤이나 양춤은 한국의 고유한 춤과 구별하기 위해서 만들어진 말이다.

한국의 춤은 제각기 떨어져서 춘다. 남녀가 어울려 춘다 해도 서로 살이 닿는 법이 없다. 뿐만 아니라 양춤은 직접 추는 재미이며 한국의 춤은 대체로 구경하는 데서 재미를 본다.

어느 것이 좋고 나쁘다고 할 수는 없다. 그러나 춤 하나를 보더라도 서양인과 동양인의 성격이 얼마나 다른가 하는 것을 느낄 수 있다. 살결이 닿고 손길이 마주치는 인간관계에서 사회성이라는 것이 생겨난다. 그러나 점잖기만 한 동양인들은 서로 전염병 환자들처럼 멀찍이 떨어져서 교제를 했다.

그런 안목으로 볼 때 양춤은 망측한 것이다. 바람난 사람들이나 추는 춤이다. 사실 이 양춤이 가정을 파괴하고 사회의 미풍양속을 해치는 일이 없지도 않았다. 그래서 아직도 우리나라에서는 남녀가 댄스를 한다는 것은 영화에서나 하는 것이지 실제로는 금지된 장난이다.

요즈음의 신문을 들추어보더라도 대낮에 댄스를 하다가 붙들려 가는 신사숙녀의 모습이 크게 보도되어 있다. 춤만 추다가 구류 5일의 선고를 받았는가 하면 그것 때문에 영영 몸을 망치게 된 귀부인(?)들도 많게 된 것이다.

아무리 생각해도 일장의 희극처럼 보인다. 외국인들이 그 기사를 보면 잘 납득이 가지 않는 수수께끼라고 고개를 갸웃거릴 것이다. 그네들에겐 춤을 춘다는 것이 밥을 먹는 것처럼 일상화되어 있기 때문이다. 그리고 또 다소 사회 양속良俗을 해치는 행위라 하더라도 일정한 클럽멤버끼리면 되는 것이다. 공중 앞에서 자극만 하지 않으면 된다. 저희들끼리 좋아서 하는 일이라면 누가 뭐라고 간섭할 수 없다.

발가벗고 길에 나오면 죄가 되어도 자기 집 안에서 하는 짓이면 괜찮다. '나체 클럽' 같은 것이 그것이다. 프라이버시에 속하는 일은 법이 뭐라고 할 수가 없다.

댄스 단속을 반대하자는 것은 아니지만 너무 지나친 감이 없지 않다. 댄스를 하고 돌아온 유부녀보다 감옥에 갔다 온 유부녀는 정말 남편과 살 수 없을 것이다. 그것은 일생을 짓밟는 일이 된다. 여기에도 한국적인 딜레마가 있다. 더구나 댄스는 도의로 다스려야지 법으로 다스릴 것은 아니다.

돈 계산법

10만 달러 때문에 두 사람이 한꺼번에 죽어버린 이야기가 있다. 더구나 영화에서 볼 수 있는 그런 사건이 아니라는 데에 이 이야기의 묘미가 있다.

프랑스의 천만장자 자케퐁은 재계의 변동으로 막대한 피해를 입게 되었다. 그리하여 드디어는 그의 전 재산이 10만 달러로 줄었다는 보고를 받자 그는 너무나도 큰 쇼크로 사망해버렸다. 그런데 가난 속에서 살던 그의 조카는 자신이 그 유산 상속자로서 10만 달러를 받게 되었다는 소식을 듣고 또한 사망해버린 것이다. 물론 뜻밖의 행운에 놀라 충격을 받았기 때문이다.

같은 10만 달러지만 한 사람은 그것이 너무 적기 때문에 슬퍼서 죽었고 또 한 사람은 그것이 너무 많아서 기뻐하다가 죽었다.

세상은 모두 이렇게 고르지가 않다. 같은 돈, 같은 죽음이지만 처해진 그 입장에 따라서 정반대의 의미를 갖게 될 경우가 많다.

언젠가 화제가 되었던 속칭 '광산光山 여교사 사건'만 해도 그런 것 같다. 젊은 나이에 그리고 교사의 신분을 가진 몸으로 입시 문제를 훔쳐서 팔아먹었다는 것은 보통 일이 아니다. 자기의 젊음과 전 인생을 건 모험이라고 할 수밖에 없다. 그런데 우리를 더욱 놀라게 하는 것은 그 여교사가 단 2만 원의 돈을 목적으로 그와 같은 범죄를 저질렀다는 점이다.

2만 원이라고 하면 좋은 자리에 앉아 있는 공무원들의 하룻밤 술값에 불과한 돈이다. 권력층과 결탁해서 공원 대지를 팔아먹거나 지리산을 발가벗긴 자들에게 있어서는 혹은 삼분폭리업자三分暴利業者들에게 있어서는 주머닛돈도 안 되는 액수이다. 쓰레기 이권에도 몇 십만 원씩의 돈이 오가는 세상인데 사실 2만 원쯤이면 돈 축에 끼지도 못할 것 같다.

하지만 두메산골 3천 원짜리 봉급을 받는 음악 강사에게 있어서 2만 원이란 돈은 평생 살아도 손에 한번 쥐어보기도 어려운 대금이었을 것이다. 그렇기에 그녀는 새파란 젊음과 교사로서의 체면을 그 돈과 바꾼 것이라 할 수 있다. 수천만 원을 잡수시고도 기체후일향만강한 악덕관리들을 생각하면 광산 여교사에게 도리어 동정이 간다.

생각할수록 고르지 못한 것은 세상 일. 하룻밤 술값이 또 누구에게는 전 생애와 바꾼 돈이기도 하다.

어린이날의 대화

"서구를 여행할 때 제일 놀라웠던 것은 그들의 가정교육이었습니다. 시계가 저녁 8시를 가리키면 종이 울리듯 아이들은 '굿나잇 대디, 굿나잇 마미'라고 인사를 하고 제 침실로 들어가는 것이었습니다. 예외라는 것이 없지요. 아무리 재미있게 놀다가도 취침 시간만 되면 자리를 떠나야 하는 것입니다. 병영처럼 엄격한 규율입니다."

N씨는 이렇게 말하면서 자기 고백을 하기 시작했다.

"그래서 나는 귀국하자마자 아이들에게 취침 시간을 정해놓고 며칠 동안 실시해보았습니다. 하지만 생각했던 것보다는 잘 안 되더군요. 아이들은 빈 방에 쫓아버리고 어른들만 앉아 텔레비전을 보고 있노라니 아무래도 마음에 걸리는 것이었습니다. 애들 방에 가보니까 제각기 훌쩍거리면서 울고 있었어요. 오늘만! 오늘만 용서해주자. 이렇게 해서 첫날부터 실패로 돌아갔지요. 다음 날은 시골에서 할아버지가 올라오셨습니다. 모처럼 할아버지 무릎에서 노는 아이들을 잘 시간이 되었으니 방으로 들어가라고 말할 용기가 나에게는 없었습니다. 역시 그날 밤도 실패였습니다. 이런 일의 되풀이였죠. 밤늦게 들어오는 날은 그나마 아이들을 침실로 쫓아낼 사람조차 없었으니까 말할 필요도 없지요."

N씨는 쓴웃음을 지었다. 한국인은 이론적이기보다 정적情的이기 때문에 아이들을 다루는 방법만 해도 서양식으로 안 된다는 것이었다. 뿐만 아니라 자녀 교육도 자녀 중심으로 하는 게 아니라 어른 중심으로 하고 있다는 비판이었다. 그리고 또 그만큼 비사회적이라는 것이다.

"보십시오. 어른들이 일을 할 때 아이들이 떠들면 서슬이 푸르도록 꾸짖습니다. 그리고 돈푼이나 있으면 유치원에 다니는 아이들에게도 피아노다, 그림 공부다, 무용이다 해서 힘에 겨운 일을 떠맡깁니다. 어른들의 허영심을 충족시키기 위해서 말입니다. 그리고 공원의 꽃가지를 꺾는 것은 그대로 두면서 자기 집 창문을 찢는 것은 엄격히 금지합니다. 오히려 반대로 되어야 하지 않겠습니까?"

N씨는 어린이날이 되면 으레 어린이 예찬만 하고 있지만 사실은 어린이를 어떻게 기를 것이냐에 더 관심을 가져야겠다고 결론삼아 말하는 것이었다. 사랑의 깊이보다도 사랑의 방법이 더 중요하지 않겠느냐는 것이었다.

이렇게 N씨와 담소하고 있는데 껌팔이 아이가 우리들의 화제를 가로막고 있었다. 껌을 사라고 조르는 것이었다. 그날은 바로 어린이날이었다.

생활의 논리

애가 운다. 어머니가 보고 싶은 것이다. 그러나 어머니는 지금 부재중이다. 달래야 한다고 생각한다. 눈깔사탕이나 장난감 같은 것을 주게 될 것이다.

그러면 애는 관심을 그것으로 돌리게 된다. 울음을 그친다. 애초의 목적과는 다른 것이라고 하더라도 새로운 대상을 보고 만족하는 수가 많다. 그것을 심리학자들은 '대상代償'이라고 부른다. 이와 반대의 경우도 있다. 사장한테 꾸중을 들은 사원이 분풀이를 할 데가 없다. 사장한테는 대들 수 없는 형편이다. 그런 불만을 품은 채 집으로 가면 보통 아내와 싸우게 마련이다.

그릇이 깨지고 주먹질이 오간다. 보통 때 같으면 웃어넘길 일이지만 분풀이로 트집을 잡는 것이다.

사탕발림을 한다는 것은 전자를 가리키는 것이요, 종로에서 뺨 맞고 한강에서 눈 흘긴다는 것은 후자의 경우를 일컫는 격언이다.

사회의 움직임을 분석해보면 대개가 다 그런 심리적 요인에서 비롯된 것이 많다. 그러므로 좌절과 대상의 무수한 연결이 다름 아닌 우리의 사회 생활이라고 볼 수 있다.

유흥장이 없다면 대중들의 불만은 어떠한 방향으로 터질는지 모른다. 불안한 사회일수록 술집이 흥청댄다는 것은 조금도 거짓이 아닐 것 같다.

권력자에 대한 불만이나 가난에 대한 울분이 엉뚱한 분쟁을 일으키게 되는 수도 많다. 요즈음 신문을 보면 어디서나 싸움질들이다. 하다못해 중학 입시만 해도 평온치 않다. 작은 싸움에서 그치고 말 것도 극한적인 투쟁으로 나타나기도 한다. 어딘가 불만이 가득 차 있는 까닭이다.

가정인들 예외일 수는 없다. 밤마다 이 집 저 집에서 싸움질하는 소리가 들려온다. 부부 싸움뿐만 아니라 주인과 가정부가, 아버지와 아들이 도처에서 마찰을 일으키고 있는 것이다.

그래서 늘어가는 것은 술집이다. 불화와 술집의 수는 비례한다. 그러나 불만의 씨앗을 근본적으로 해결하지 않는 대상행위代償行爲는 생활의 잡초로 번져갈 뿐이다. 거리의 술집에서 흥청거리는 노래와 그 웃음소리는 겉보기에만 즐거운 것이지 실은 불우의 가장에 지나지 않는다.

이렇게 따져가면 저 거리의 휘황한 네온사인과 홍등가의 불빛은 바로 암흑 중의 암흑이라고 볼 수 있다.

생명 불경기

낡은 바이올린을 들고 시골 장터를 순회하는 약장수의 모습은 참으로 유머러스한 데가 있다. 보통 뜨내기 장사와는 달라서 구변이 좋아야 하고 또 엉터리일망정 음악에 대한 재분才分이 있어야 한다. 옛날부터 약은 그렇게 선전 속에서 판매되어 왔다.

그런 전통 때문인지 광고의 대부분은 약 광고로 채워지고 있다. 신문을 펴보아도 그렇고 라디오나 텔레비전의 스위치를 돌려보아도 그렇다. 소화제를 필두로 해서 각종 영양제의 품목이 다채로운 광고전을 벌이고 있다.

그런 선전을 보고 듣고 하면 성한 몸도 어쩐지 병든 것 같아 으슬으슬 춥다. 진시황이 아니라도 누구나 오래 살고 싶은 것은 생의 본능이다. 오복 가운데 첫손을 꼽히는 것도 다름 아닌 '수壽'이다. 약이 생활의 필수품이란 것은 누구도 의심치는 않을 것이다.

그런데 요즈음 제약회사의 경기가 말이 아니라고 한다. 그 증거로 약 광고가 현저하게 줄었다는 이야기다. 이유야 하나둘이 아니겠지만 서민층의 생활고가 여실히 반영된 것이라고 보는 사람들이 많다. 옛날에는 콧물이 좀 흘러도, 배가 좀 아파도 으레 약방으로 달려갔던 것이다. 그러나 요즈음엔 죽을병이 아니고서는 약도 먹지 못할 형편이라는 것이다.

병원만 해도 그렇다고 한다. 이름 있는 명의들도 파리를 날릴 때가 많다고 비명을 지른다. 생활고가 얼마나 심해져가는지를 실감할 수 있다는 이야기들이다. 병에 걸려도 약방이나 병원을 찾지 않는 서민층의 생활은 그야말로 절망의 연속이라고 할 수밖에 없다.

그런데 이와는 좋은 대조로써 부유층이 드나드는 일류 백화점에선 지금 고액상품권이 날개 돋친 듯 나가는 모양이다. 뿐만 아니라 사치품의 경기는 어느 때 못지않게 풍성댄다는 것이다.

이러한 현상은 무엇을 의미하는 것인가 굳이 설명을 하지 않아도 짐작이 갈 것이다. 그런데 민정 1년을 맞이한 대통령의 기자회견담의 마지막은 이러한 말로 끝맺어 있다.

"……경제적·사회적 안정과 건설 발전 면에 있어서 의외의 성과를 거두었음은 불행 중 다행으로 여기지 않을 수 없다."라고.

화제의 종착역

클레이[7]가 예상을 뒤엎고 리스턴Sonny Liston의 철권鐵拳을 꺾었다. 7회 초에 TKO로 승리함으로써 클레이는 자기의 예언을 그대로 실천에 옮긴 것이다. 그런 점에서 과연 클레이는 자신의 말대로 '그냥 위대한 것이 아니라 곰으로 위대하다'고도 할 수 있다. 어쨌든 클레이는 사각의 정글 속에서 곰 사냥을 했다. 그리하여 시합 직후에는 전 세계의 화제를 독점해버렸다. 사실 그가 타잔처럼 가슴을 치며 기뻐했던 것도 당연한 일이다.

리스턴에게 걸었던 대부분의 라스베이거스의 도박사들은 정신이 나간 채 멍청해 있었고, 8천 관중들도 역시 어이없다는 듯

---

7) 클레이Cassius Clay는 무하마드 알리의 본명이다.

이 침묵을 지켰다.

때때로 세상일은 이렇게 예상외의 결과를 저지르는 수가 많다. 이 세상 모든 일이 수학 공식처럼 풀려간다면 인간은 벌써 사는 재미를 잃은 지 오래였을 것이다. 우연도 있고 또 기적도 있다. 그러므로 걸인도 황제의 꿈을 꿀 수 있는 것이다.

그 뉴스가 전해지던 이 코리아의 도심지에서도 역시 클레이가 화제를 끌었다. 마치 마이애미 비치에라도 갔다 온 듯이 제각기 제스처까지 쓰면서 클레이의 뉴스를 전하기에 바빴다. 좀 점잖게 보이는 중년 신사들까지도 다방 구석에 앉아 복싱을 하듯 손을 흔들며 수선을 피우는 일도 있다.

"글쎄, 클레이가 말야, 레프트 잽을 먹여 리스턴의 눈을 찢었 단말야. 정말 나비처럼 가볍게 날아다니면서 벌처럼 쏘아댄 거겠 다……."

어디에 가나 그런 소리들뿐이었다. 그런가 하면 이내 클레이의 화제 끝에 한숨을 내쉬는 사람들도 많다.

"눈 깜짝할 사이에 주먹 하나로 몇 백만 달러를 벌어들이다니 우리가 평생 땀을 흘려 죽자고 일해도 어디 그 만분의 1이라도 어림이 있겠나? 미국이란 사회는 기회만 잘 잡으면 팔자를 고칠 수 있단 말야. 그런데 우리는 말이다. 꽉꽉 막혀서 움츠리고 뛸 수가 있겠나? 검둥이 녀석들도 한밑천 잡는데 이건 어디 창피해서 세상 살아갈 맛이 나는가……."

그러면 옆에서 지금까지 신나게 떠들어대던 작자들은 갑자기 풀이 죽어버린다. 클레이의 뉴스가 태풍처럼 장안을 휩쓸고 있을 때 한옆에서는 쌀값이 드디어 4천 원대를 돌파했다는 소식이 들어오고 있었다.

우리들의 화제는, 빈자의 화제는 이렇게 끝맺는다.

엄마 편 아빠 편

"엄마가 좋으냐, 아빠가 좋으냐?" 사람들은 흔히 애들을 앞에 놓고 이렇게 장난들을 한다. 별 뜻 없이 재미삼아 묻는 말이지만 가만히 따져보면 그냥 웃어넘길 것이 못 된다.

애들은 우선 부모의 눈치를 본다. 누가 더 좋다고 해야 할까? 이러한 결단은 어린 마음에 상처를 준다. 그러다가 습관이 된다. 철이 들기 전에 벌써 분파심分派心이라는 이상한 편견을 갖게 된다. 이러한 재롱 속에서 큰 아이들은 자진해서 "나는 엄마 편! 너는 아빠 편!" 하고 갈라선다. 어느 집엘 가나 애들이 많은 집엔 으레 아빠, 엄마의 양 파로 갈라져 있는 수가 많은 것이다.

한국의 분파심은 이렇게 가정에서부터 시작된다. 학교에 들어가도 '네 짝, 내 짝'으로 싸움을 한다. 어른이 되어 직장엘 들어가면 이번에는 또 사장파니 전무파니 하는 파벌 속에 휘몰린다. 파벌을 만들지 않고는 몸살이라도 날 사람들이다. 누가 감히 정당의 분파 작용만을 나무랄 수 있을 것인가? 그래서 독일 사람들은 모일수록 강하고 한국인들은 모일수록 약하다는 사람도 있다.

신당新黨이 생기기도 전부터 양 파로 갈려 으르렁댄다는 소식이 들려오고 있다. 과연 한국인의 생리는 '나눗셈'에 밝다. 어릴 때부터 '엄마 편, 아빠 편'의 재롱을 떨며 자란 사람들이라 당을 만들어도 늘 편싸움이다. 운동경기를 봐도 팀워크를 필요로 하는 구기球技보다는 역도나 복싱 같은 개인기 종목이 우수하다는 것이다. 그래서 1인일당주의一人一黨主義가 한국에서는 이상적인 정당일는지도 모른다.

정당과 마찬가지로 회사를 봐도 동업은 어렵다. 외국의 상사명商社名을 보면 '스미스&브라운 컴퍼니' 식으로 이름이 두 개 붙은 동업회사가 많다. 그런데 우리나라에선 동업이다 싶으면 으레 칼부림으로 끝을 맺는다.

나라 전체가 그렇다. 그렇게 전쟁을 많이 치렀어도 외국에 나가 싸운 것은 고구려 때 한 번뿐이었다. 나머지는 전부가 국내에서 저희들끼리 다투었던 내전들이었다.

아이들에게만 "엄마가 좋으냐 아빠가 좋으냐?"라고 묻지 말자. 그 애들이 커서 정당을 만들면 또 신당꼴이 될 것이다. 정말, 정말, 농으로라도 엄마 편 아빠 편 놀이를 하지 말기로 하자.

약의 신화와 무지

'뿔을 고치려다 소를 죽였다'는 말들을 흔히 듣는다. 이번엔 영등포에서 옴을 고치려다 한 가족이 변을 당한 사건이 생겼다. 세 사람은 죽고 둘은 위독한 상태에 있다. 농약 파라티온을 발랐기 때문이다. 무슨 생각에서 옴을 치료하는 데에 그런 극약물을 사용했는지는 몰라도 그들이 가난했고 또 약에 무지한 사람이었던 것만은 분명하다. 가난과 무지가 생명의 적이라는 것을 새삼스럽게 실감할 수 있다.

그러나 옴에 파라티온을 발랐다는 그 약에의 무지를 과연 몇 사람이나 비웃을 수 있을지 의문이다. 제법 인텔리요, 만물박사를 자처하는 사람들 가운데도 정도의 차이는 있으나 옴에 파라티온을 바르는 것과 오십보백보의 짓을 할 경우가 많다.

약의 설명서를 읽고 그대로 약을 쓰는 사람이 몇이나 될까? 아니 한 알을 먹으라고 하면 으레 두 알쯤 먹는 것이 상식으로 되어 있다. 분량을 많이 쓸수록 병이 속히 떨어질 것이라고 믿기 때문이다. 하기야 약 성분을 속이고 다이아진에 밀가루를 섞는 식의 부정약품도 있고 보면 누구를 나무랄 것도 없겠다.

외국의 경우엔 어떤 약이든 '의사의 지시에 따라 사용하라'는 말이 적혀 있는데 우리의 경우엔 웬일인지 모두가 환자의 기분에 치료권이 내맡겨져 있다. 그래서 외국에선 구경할 수 없는 약 광고가 우리나라에선 의사를 제쳐놓고 안방으로 직행한다. 이러한 약에의 무지를 틈타 활개를 치는 것이 소위 만병통치약이요, 정력 강장제다. 가까운 일본만 해도 이미 판매금지가 된 드링크 제가 우리나라에선 일상 상비약으로 차茶처럼 애용되고 있다.

대통령의 연두 교서에까지 등장할 정도로 우리 사회에는 불신의 풍조가 팽대해가고 있는데 약에 대해서만은 100퍼센트의 과신이다. 탈리도마이드 피임약이 전 세계에 기형아를 낳았을 때 진 통제를 많이 쓰는 프랑스에서 도리어 그 약의 피해가 가장 적었다는 이야기가 있다. 왜냐하면 그들은 신약新藥을 함부로 쓰지 않는 양식과 약의 신화를 과신하지 않는 이성이 있었기 때문이다.

옴에 파라티온을 바른 그 무지의 족보는 상상외로 넓고 깊다. '먹어서 남 주나' 식으로 약을 먹다가는 정말 큰일이다.

썩은 분유의 교훈

'히드라'라는 전설의 괴룡怪龍이 있다. 아무리 목을 베도 곧 새로운 목이 생겨난다는 점에서 인간 악을 논하는 데 곧잘 비유되는 짐승이다. 악언惡言도 히드라처럼 움튼다. 알 카포네를 죽였다 해서 갱이란 말이 사전에서 없어지지는 않았다. 그래서 히드라의 목을 베려는 노력보다 그것에 해를 입지 않도록 선의의 사람들이 더 현명해지고 강해질 수 있는 자위책自衛策을 마련하는 것이 더 현실적인 일일지 모른다.

불량 분유를 밀조해서 팔아먹는 악덕 상인들이 법망에 걸렸다. 이 사건을 보고 가장 흥분한 사람들은 그 소비자인 가정주부들이었다. 그 어린것들에게 썩은 감자 가루를 먹이게 한 그들이 살인자와 다름이 없다고 생각하는 것도 무리는 아니다.

그러나 우리가 진정 놀랐어야 할 것은 어떻게 해서 그런 불량 분유가 어엿한 상표를 단 채 6년 동안이나 '일향만강' 하게 팔렸느냐 하는 점이다. 식품감독관청은 '6년간의 외출'을 하고 있었단 말인가? 불량 분유를 밀조한 사람이나 그것을 방임해둔 관청이나 결국은 히드라의 무서운 목을 가진 사람들이다.

그런데 대부분의 사람들은 업자와 관가만을 나무랄 뿐이지 소비자가 단결하는 그 악에의 투쟁 방법엔 거의 관심이 없는 것 같다. 악만 규탄할 줄 알았지 악에서 자신을 보호하려는 생각엔 둔감하다는 것이다.

어찌 이 분유뿐이겠는가! 매스컴의 팽창으로 소비자들은 메이커의 일방적인 선전 속에서 언제나 KO 패이다. 끝없이 흘러나오는 상품에 대해 소비자가 그것을 평가할 수 있는 기회나 제도도 없다.

소비자가 어리석은 탓이다. 외국에서는 30년대에 이미 소비자들이 단결하여 속지 않고 상품을 테스트해 좋은 물건을 싸게 살 수 있는 자치기관을 만들어냈다.

서독에는 'AGV(독일 소비자동맹)'와 '주부 동맹'이 있고, 스위스에는 'SIH(스위스 가정연구소)'가 있으며 프랑스에서는 상품 테스트를 제3국인 네덜란드의 테스트 기관에 위탁하여 조사하는 '소비자 동맹'이란 것이 있다. 또 미국에서는 절대 중립을 지키기 위해 광고와 스폰서를 두지 않은 컨슈머 리포트(소비자 보고서)가 백만 부의 독자를 확보하고 있다. 그들은 이런 조직을 가지고 있기 때문에 썩은 우유 같은 것을 밀조해 팔아도 결코 멍청하게 속지 않는다.

악덕상인 앞에서 비분강개만 할 것이 아니다. 우리 소비자들도 이 기회에 단결할 줄 알아야겠다.

은행 현실화

은행가가 교통사고를 냈다. 자동차를 운전하다가 사람을 친 것이다. 입원비를 청구했지만 이자를 생각하는 냉혈족인 그 은행가는 한사코 돈이 없다고 뒤로 미루는 바람에 병원 측에서는 그의 피를 뽑아 환자에게 수혈을 했다. 그런데 얼마 후 그 환자는 죽고 말았다. 교통 사고의 상처 때문에 죽은 것이 아니라 엉뚱하게도 폐렴으로 사망한 것이다. 수혈한 은행가의 피가 너무나도 차가웠기 때문이다.

이것은 은행가를 풍자한 미국의 유머다. 금전을 다루는 직업이기 때문에 흔히 은행가들은 비정적이라거나 구두쇠라거나 융통성이 없다거나 하는 비난을 받는 일이 많다. 그런 오해를 받아도 할 수 없는 것이, 너무 인심이 좋았다가는 은행가는 곧 파산가가 되어버리고 말 것이다. 심지어 은행 대부를 정의하여 "햇볕이 쨍쨍 났을 때는 우산을 빌려주었다가 비가 오기 시작하면 내놓으라는 것"이라고 말한 사람이 있다. 싼 이자로 돈을 꾸어다가 비싼 이자를 붙여 돈을 빌려주는 것이 은행의 장사이기 때문에 야박하다는 평을 듣는 것도 무리는 아니다.

그러고 보면 한국의 은행은 아주 인심이 후한 편이다. 금리 현실화로 이제 은행은 비싼 이자를 주고 돈을 빌려다가 그보다 싼 이자로 남에게 꾸어주도록 되어 있다. 이것은 하늘 아래 둘도 없는 산타클로스 은행이다. 즉 예금 이자는 최고 32퍼센트인데 대출 이자는 최고 26퍼센트이다. 그렇기 때문에 A은행에서 돈을 빌려다가 B은행에 예금을 하면 가만히 앉아서도 돈벌이를 할 수 있다는 이론이 생겨날 수 있다. 모든 것이 거꾸로 되어가는 세상이라 금리도 이제는 역금리逆金利로 된 모양이다.

그동안 한국의 은행들이 은행 구실을 제대로 한 일이 없었다는 것은 유치원 아이들도 다 아는 일이다. 은행이 '샤일록의 집'으로 통하고 있으면서도 외국서는 아이들도 으레 돈이 생기면 은행에다 예금해야 되는 것으로 알고 있다. 그만큼 시민 생활과 밀접한 관계를 맺고 있는 것이다.

금리만 올려주면 금덩이나 땅조각을 사 모으던 사람들이 하루 아침에 은행 창구로 몰려올 것이라는 것은 안이한 생각이다. 금리 현실화에 앞서 은행의 현실화, 은행의 대중화가 선행되어야 할 것 같다. 그러기 위해서는 은행에 대한 서민들의 사고방식을 고쳐주는 일이 중요하다.

백만 달러의 머리카락

숙녀들의 장신물 가운데 '메이드 인 코리아'가 세계적으로 날치는 것이 있다고 하면 눈이 동그래질 사람이 많을 것 같다.

레이스 하면 스위스, 보석 가공이라면 이탈리아, 그리고 향수나 화장품이라면 으레 프랑스를 생각하는 '허영' 양들이 특히 그럴 것이다. 그러나 맨해튼의 나이트클럽을 누비는 멋쟁이 여인들이 즐겨 애용하는 장신물 가운데 분명 한국제로서 인기 높은 것이 있다.

그것은 바로 한국 여성들의 머리카락으로 만든 가발이다. 그 증거로 작년 한 해 동안 미국으로 수출한 한국 모발액은 161만 8천 달러, 목표액 50만 달러보다 세 배나 더 초과 수출을 본 셈이다.

외국에는 인모人毛가 귀하다. 머리카락을 팔 만큼 궁한 사람도 없고 또 그렇게 긴 머리를 가진 전근대적 헤어스타일을 한 여인들도 없는 것이다. 나일론 가발로 충당하고 있는 형편이지만 그것이 하늘이 만든 자연 모발을 따를 수는 없다.

그래서 엿장수나 넝마장수에게 팔려간 우리의 '이쁜이'와 '복녀'의 머리카락은 등잔불이 아니라 화려한 외국의 사교장, 샹들리에의 불빛 밑에서 각광을 받게 됐다. 참으로 눈물겨운 아이러니다. 더구나 우리 이쁜이와 복녀의 머리카락은 중국 여인들의 가발과 다투어 판정승을 거두었다니 더욱 대견하다.

누가 감히 비웃을 수 있을 것인가? 그 흔한 파마도 하지 못하고 태고연太古然한 댕기머리를 땋아 내린 시골 처녀의 그 머리카락을 누가 비웃을 것인가? 비록 서캐가 슬고 아주까리 기름내로 절어든 머리카락이라 해도 미장원에서 다듬은 도시 여성의 단발보다는 귀하고 사랑스럽다.

깔보지 마라. 시골 이쁜이의 그 머리카락은 백만 달러의 외화를 벌어들였다. 소박한 한국의 여심을 간직하고 있다. 치렁치렁한 긴 머리를 팔아서 병상의 홀어머니 약값을 구했다는 신정순申貞順 양의 이야기도 그렇지 않던가? 열두 살의 이 심청이의 머리카락은 어떤 헤어스타일보다도 아름다운 것이다.

그것은 서구화된 단발 여인들에게는 결코 찾아볼 수 없는 인정이요, 사랑이요, 소박함이다. 서캐가 슨 저 시골 심청이의 긴 머리카락에서, 현대를 외면한 그 헤어스타일에서 우리는 도리어 값진 아름다움을 발견할 수 있다.

3대 불가사의

'세계 7대 불가사의'란 것이 있다지만 한국에도 그에 못지않은 '3대 불가사의'가 있다. 그것은 피사의 사탑이나 이집트의 피라미드처럼 눈으로 볼 수 있는 것이 아니라는 점에서 한층 더 신비하다. 그런데 이 3대 불가사의는 대개 연말과 얽혀 있는 생활의 수수께끼다.

첫째 불가사의는 월급쟁이들이 아직도 살고 있다는 그 불가사의다. 물가는 토끼 걸음으로 뛰고 월급은 거북이 걸음으로 따라간다. 물론 물가와 월급의 그 경주에 있어서는 거북이가 토끼를 이겼다는 『이솝 우화』식 기적은 없다. 밤낮 빈 봉투를 갖다주는데도 용케 한 해를 살아온 것을 생각하면 참으로 불가사의한 일이 아닐 수 없다.

둘째의 불가사의는 남편들이 매일 밤 술을 마시고 들어온다는 사실이다. 남편 제씨諸氏는 한결같이 남이 한턱 사서 마셨다는 것이다. 한 번도 자기가 남에게 술을 샀다는 이야기는 들어본 일이 없다. 그러면 대체 술은 누가 샀는가? 사주었다는 사람은 없는데 대접을 받았다는 사람뿐이니 이것 역시 불가사의한 일이 아닐 수 없다.

셋째 불가사의는 요즈음 한창 관심의 초점이 되고 있는 연말 보너스다. 월급쟁이들의 생일은 따로 없다. 보너스 봉투를 받아드는 것이 바로 그들의 생일인 것이다. 그런데 바로 이것이 문제다.

사장들에게 물어보면 보너스를 주지 않는 회사가 없다. 모두들 연말에 보너스를 주기 위해서 자금 사정이 좀 딸린다는 핑계다.

그런데 사원들치고(특히 외상값을 받으러 온 사람들에겐) 보너스를 받았다는 이야기는 없다. 한쪽에서는 주었다는 말뿐이고, 또 다른 한쪽에서는 안 받았다는 말뿐이다. 이렇게 주었다는 사람은 있고 받았다는 사람은 없으니 이것 역시 불가사의한 일이다.

하기야 불가사의한 일이 어찌 이것뿐이겠는가. 모두가 다 안개 속을 걷는 기분이다. 매년 연말이 되면 '단군 이래의 불경기'란 말이 상투어처럼 쓰이고 있지 않은가? 장사치들 보고 물어보면 금년 같은 불경기는 처음 보았다는 것이다. 해마다 처음 보는 불경기다. 좀 더 명랑한 연말, 좀 더 아름다운 추억으로 한 해를 돌아다볼 수 있는 그날이 왔으면 좋겠다.

망년회 풍경

레테 강$_\pi$이란 것이 있다. 그것은 현실의 강이 아니라 신화 속의 강이다. 누구나 이 강을 건너게 되면 과거의 기억을 잊어버리게 된다는 것이다. 이 망각의 강…… 슬프고 외롭고 억울하고 그래도 조금은 기쁘고 조금은 행복했던 인간 만사의 모든 사연들을 백지로 화하게 하는 강……. 결국 레테 강은 죽음을 의미하는 것이기도 하다. 죽음이야말로 모든 사실을 영원히 망각케 하는 강물일 것이다.

원죄原罪 때문일까? 인간의 현실엔 괴로운 일이 더 많다. 행복한 일보다도 불행한 일이 한결 더 친숙한 인간의 벗이 되어왔다. 그러기에 사람들은 망각하기를 좋아한다. 망각이야말로 고해의 병을 고치는 최상의 양약이라고 믿는다.

그러기에 연말이 되면 사람들은 으레 망년회란 것을 갖는다. 한 해의 괴로움을 한잔 술로 잊어버리자는 게다. 가난한 사람들은 선술집에서, 돈 있는 사람들은 고급 요정에서……. 비록 모이는 그 자리는 다 달라도 레테 강을 건너려는 그 마음만은 다를 게 없다. 구원舊怨을 풀자, 묵은 오해나 마음에 쌓였던 불쾌감을 불사르자, 그렇게 해서 사람들은 망년회장으로 간다.

하지만 망각한다는 것은 역시 어려운 문제인 모양이다. 망년회 풍경을 가만히 관찰해보라. 처음엔 서로 감정을 풀자고 제법 화기애애하게 연회가 시작된다. 그러나 몇 잔 술이 들어가고 서로들 과거의 얘기를 꺼내기 시작하면 으레 끝판은 주정 반 싸움 반으로 끝나기 마련이다.

"지나간 일이었지만 사실 그때 자네가 말이야." 대개 이런 투로 망각하자던 옛 추억들이 되살아난다. 이것이 비위를 건드리고 묵은 상처를 들춰내게 한다. "말하려 하지 않았지만……"의 전제가 실은 더 많은 말을 하게 되고 오해를 풀자던 사연이 거꾸로 또 하나의 더 큰 오해를 준다.

대체로 망년회는 그렇게 끝난다. 그래서인지 요즈음의 밤거리에는 주정꾼의 싸움 광경이 부쩍 늘어났다. 정말 살아서는 레테 강을 건너지 못하는가? 잊어버리고 싶다. 정쟁政爭의 구원에서 사사로운 가정의 알력까지 모두 잊어버리고 싶다.

레테 강이여! 이 고뇌의 생으로 흘러라.

소변 분수와 유아 학살

벨기에의 브뤼셀에는 '소변 분수'가 있다. 발가벗은 어린애가 고추를 내놓고 소변을 보는 입상인데 인기가 대단하다. 망측하다기보다는 미소를 자아내게 하는 귀여운 모습이다. 그렇기에 점잖은 숙녀들도 얼굴을 붉히지 않고 이 분수를 감상한다. 어째서 시내 한복판에 이런 분수를 세웠을까? 여러 가지 전설이 그와 함께 전해지고 있지만 그중에서도 특히 우리의 마음을 흐뭇하게 하는 것이 있다.

브뤼셀 교외에서 전투가 벌어졌을 때라 한다. 양군이 총격전을 벌이는데 그 한복판으로 뛰어든 발가벗은 미아迷兒 하나가 소변을 보더라는 것이다. 양군은 사격을 정지하고 이 소년을 구해주었다. 그것을 기념하기 위해 세운 것이 바로 그 마네킹 피스(소변 분수)라는 이야기다.

아무리 비정적인 전투라 해도 천진난만한 아이의 목숨을 다치게 할 수는 없었던 것이다. 그 귀여운 동상을 보면 누구도 방아쇠를 함부로 당길 수 없었을 거라는 생각이 든다.

어린이에겐 우리의 미래가 있다. 우리는 싸운다 하더라도 그 미래의 생명에게는 평화를 주고 싶다. 이러한 마음이 있었기에 인류는 멸하지 않고 오늘에 이른 것이다. 그런 점에서 서구의 번영과 이 소년 분수는 결코 무관하지 않을 것 같다.

그런데 양처럼 유순하다는 우리 백의민족은 어떠한가? 웬일인지 죄 없는 어린이의 목숨을 빼앗는 일가 몰살사건이 빈번히 일어난다. 양구楊口에서 일어난 김부연金副聯 대장 일가 참변 사건에서도 일곱 살짜리 미경 양이 무참히 살해되었다. 귀엽고 탐스러운 그 어린이의 사진을 볼 때마다 한층 우리의 가슴은 더 떨린다. 아무리 간첩의 소행이라 해도 혹은 원한 관계라 하더라도 어떻게 그 철모르는 아이에게까지 총질을 할 수 있었을까? 분노와 부끄러움과 그리고 우리의 민족성까지를 의심하지 않을 수 없다.

옛날부터 그러했던 것 같다. 옛날 사극을 보면 젖 먹는 아이까지 일족을 멸하는 공공연한 풍습이 있었다. 혹시 이 잔인한 폐습이 오늘날에까지 그냥 잠재해 내려온 것이 아닐까? 영아 살해는 비인도적인 면으로도 용서될 수 없지만 또한 미래의 살해라는 점에서 더욱더 규탄을 받아야 한다.

6·25 때도 우리는 그런 일을 많이 겪었다. 죄 없는 영아에게까지 보복을 하는 그런 민족이 일찍이 번영한 예가 없음을 우리는

너무나도 잘 안다. 하루속히 그 살인자를 잡아 그 만행을 천하에 밝혀야겠다. 여러모로 양구의 그 사건은 우리 미래를 위협하는 것, 두 번 다시 겪어서는 안 될 사건이다.

일하는 천국

죽은 지 며칠 후 눈을 떠보니 그곳은 천국이었다. 한없이 넓고 폭신한 곳이었다. 그는 기분이 좋았다. 그리하여 그는 평안한 그 자리에서 며칠 동안 잘 쉬었다. 출근을 하라고 깨우는 아내도 없고, 과장의 그 시끄러운 잔소리도 물론 없다. 말만 하면 옆에서 대기하고 있던 하인이 무엇이든지 갖다 준다. 부족한 것이라곤 아무것도 없다.

그러나 이런 세월이 되풀이되자 그는 점점 싫증이 나기 시작했다. 너무 평안했던 까닭이다. 그래서 그는 하인을 불러 "내 손으로 할 수 있는 일거리를 좀 달라!"고 청원하게 된 것이다.

그런데 의외로 하인은 그 청을 거절했다.

"이곳에서는 당신이 원하는 것이면 다 됩니다. 그러나 단 한 가지 당신이 직접 일을 하는 것만은 금지되어 있답니다."

그는 화가 나서 소리쳤다.

"그렇다면 차라리 지옥이 낫겠지. 심심해서 어떻게 살란 말인가?"

하인은 그의 소리를 듣자 다시 놀란다.

"그럼 당신은 여기가 천국인 줄 아셨던가요? 여기가 바로 지옥이랍니다."

이것은 미국에 널리 알려진 유머다. 이 유머에선 종래의 극락과 지옥의 개념이 완전히 뒤바뀌어 있다. 말하자면 정념情念도 없고 일거리도 없고 아무 부족도 없는, 충족된 휴식이야말로 가장 견디기 어려운 지옥의 세계란 것이다. 괴로움이 있기 때문에 즐거움을 맛볼 수 있고 부족함이 있기 때문에 충족의 기쁨을 누릴 수 있는 것이 인간의 역설이다. 그러므로 역경이 도리어 인간에겐 천국이 된다.

중립국 스웨덴 같은 나라는 나폴레옹 이후 이제까지 전쟁이라곤 치르지 않았다. 그리고 사회보장제도가 완벽에 가까울 정도로 발달되어서 그들 국민은 고생을 모르고 살아가고 있다. 굶주림도 갈등도 없다. 그러나 이런 복지국가의 국민들은 삶의 저항력을 잃고 생명력을 상실하여 오히려 탈이라는 게다. 여기에서 자살률은 높아지고 노이로제 환자가 증가된다는 설이다.

그리고 보면 천국은 바로 한국이다. 버스가 파업을 하면 원시인들처럼 걸어야 하고 전기가 나가면 등잔불이라도 켜야 한다. 도둑이 무서워 휴식할 수도 없는 코리아의 밤, 초근목피草根木皮도 아쉬운 코리아의 보릿고개. 아! 우리는 이 곤란 속에서 보람을 느낀다. 여기는 지옥이 아니라 천국이다. 단추만 누르면 모든 것이 해결되는 나라, 목욕탕에서 전화를 거는 나라, 늙으면 양로원에서 먹여 살리는 나라, 그런 복지국가야말로 도리어 지옥이다. 모든 것이 부족하고 모든 것이 고달픈─이 빛나는 하루를 주신 정치가들에게 우리는 감사를 하자. 덕택에 천국에서 살고 있다고……

시비 터키탕

루이 13세 치하의 프랑스 국민들은 대단히 사치스러웠던 모양이다. 매일같이 옷을 갈아입고 고가의 향수를 뿌리고 다니는 것은 모두 이때 시작된 풍습이라고 전한다. 그런데 이상스럽게도 외모는 그렇게 사치하면서도 그들은 좀처럼 목욕을 하지 않았다는 것이다.

당대의 기록을 보면, 루이 13세가 처음으로 '입욕入浴했다'고 된 것이 일곱 살 때이며, 또 '얼굴을 씻었다'는 말은 왕이 즉위한 지 1개월 후에 비로소 등장한다. 뿐만 아니라 파리의 전 시가에 공중탕이라고는 두 집밖에 없었다는 것이다.

그러나 시대의 변화에 따라서 이제는 비록 남루한 옷을 입을지라도 목욕을 하지 않고서는 견디지 못하게 되었다. 특히 가스를 내뿜으며 자동차가 굴러다니는 현대 도시에 있어서는 일주일만 목욕을 하지 않아도 온몸이 먼지에 절게 된다. 그래서 웬만한 집에는 욕실이 딸려 있고 어느 동네를 가도 공중탕이 마련되어 있다.

그런데 이 공중탕이 너무 현대화한 탓인지 요즈음엔 소위 터키탕이라는 것이 있어 말썽을 일으키고 있다. 물론 목욕탕은 목욕탕이지만 여러 가지 풍기문란이 벌어지고 있어 서울시 당국은 법 개정을 해서라도 단속을 하겠다는 태도이다.

등의 때를 밀어준다는 구실하에 비키니 스타일의 여자 종업원들이 드나든다는 이야기이고 보면 대체로 터키탕이 무엇을 하는 데인지 짐작이 갈 만하다. 물론 이것은 한국에서 발명된 것이 아니다. 이것 역시 외래물로서 가까운 일본에서 성행되는 것을 본떠 만든 것이다.

좋은 것은 몰라도 못된 것은 삽시간에 모방하고야 마는 이 땅에 터키탕쯤 활개를 친다 해서 별로 이상스러울 것이 없다. 어제 오늘의 이야기가 아닌 것이다.

그런데 문제는 어째서 이 터키탕이 지금에서야 말썽을 일으키고 있으며 또 법 개정까지 않고서는 단속을 할 수 없는가 하는 점이다. 풍기문란으로 말할 것 같으면 호텔에서 무허가 하숙에 이르기까지 온전한 데가 없다. 어찌 풍기문란으로 지탄받을 곳이 터키탕뿐이겠는가!

요는 사회 부패의 때를 벗겨내는 무슨 새로운 특수 탕湯이 생겨나지 않는 한, 지엽 말단적인 풍기 단속은 '병풍에 그린 호랑이'에 지나지 않을 것이다. 루이 13세가 현대에 태어난다면 터키탕으로 먼저 갈 것이 분명하다.

'비데'를 씁시다

일본 사람들은 목욕은 자주 해도 옷을 잘 갈아입지 않고 거꾸로 한국 사람들은 목욕은 잘 안 하는 대신 옷은 자주 갈아입는다. 그런데 중국 사람들은 어떤가? 그들은 목욕도 하지 않고 옷도 잘 갈아입지 않는다고 한다.

동양 3국을 비교한 이 유머는 꽤 수긍할 만한 점이 있다. 그러나 이것은 옛날이야기. 우리나라 사람들도 이제는 목욕을 자주 한다. 왕년에는 거룩하신 성상聖上께서만 오직 궁전 속에서 목욕탕 문화를 독점했었는데 현재에는 다방과 함께 각종 목욕탕이 우후죽순처럼 늘어가고 있다. 한국의 현대화가 독탕에서부터 시작된다고 하면 좀 서글픈 일이 되겠지만, 어쨌든 283개의 목욕탕을 누리고 있는 서울시는 문화 도시로 부끄럽지 않다.

서울 시민들이 목욕 문화의 극치를 자랑한 옛날의 로마 시민들과 어깨를 나란히 하게 된 오늘날, 목욕값이 갑자기 오르게 되었다는 것은 아무래도 호사다마의 원칙에 낄 만한 일이다. 오르다 오르다 '때값'마저 오르고 만 것이다. 50원으로 올랐다가 다시 내렸다가 40원 선으로 슬며시 새치기를 하는 바람에 감기가 들 지경이다. 가만히 앉아 있어도 하루에 2, 3원씩의 때가 묻는 꼴이라 이젠 때도 귀하신 몸이 된 것 같다.

유독 목욕값만 가지고 인상 시비를 하자는 것은 아니다. 그러나 기껏 목욕 문화의 의욕이 점고漸高해가려는 이때, 그리고 부패의 때를 벗겨내야 할 관리들이 우글거리는 이때 땅값 인상은 그냥 눈감아둘 수 없다. 그렇다고 때값을 깎자고 덤벼드는 것은 아무래도 문화인의 긍지에 어긋난다.

한 가지 제의를 하자면 프랑스식 비데 목욕법을 수입하자는 것이다. '비데bidet'는 프랑스어로 '새끼 말[馬]'이라는 뜻. 문자 그대로 수세식 변소처럼 사람이 타고 앉아 하체만을 목욕하는 시설이다.

동양 군자들이 가끔 이 신식 비데를 변기나 세숫대야로 오해하여 파리 한복판에서 뜻하지 않은 봉변을 당하는 일이 많지만 알고 보면 틀림없이 간편하고 합리적인 문화의 이기다.

돈이 비싸니 온몸을 목욕할 수는 없고 프랑스식으로 하체 일부만을 씻기로 하자. 목욕값도 일부만 받으면 될 것이 아닌가. 일금 20원 정도로 비데 욕실을 차리면 문화 생활의 위협인 목욕값은 해결될지 모른다. 그렇게 되지 않고 목욕값이 계속 오르게 되면 소비가 미덕으로 되는 것이 아니라 때를 씻지 않는 야만인이 오히려 미덕으로 되는 70년대 인간형이 나타나게 될지 누가 아는가!

스페인 감기와 한국 감기

일본을 휩쓸었던 '인플루엔자'가 부산에 들어왔다. 관세도 물지 않고 입항한 바이러스는 염치도 없이 1만여 명의 환자를 냈다. 부산 시내의 초등학교 아동만 해도 60여 명이 결석을 했고, 그 때문에 방학을 하루 일찍 당겨 했다는 소식도 있다. 일본에서 이미 136명의 사망자를 낸 독감이고 보면 그렇게 만만하게 볼 수도 없다.

보통 감기와는 달리 인플루엔자는 질이 좋지 못하다. 그중에서도 1차 대전 후에 전 세계를 휩쓸었던 인플루엔자는 사상 최악질의 기록을 남긴 것으로 유명하다. 발병자는 6억, 사망자는 2,129만여 명―1차 대전 때 죽은 전사자보다도 월등 많은 숫자를 보이고 있다. 원자탄 수십 개의 위력을 가진 인플루엔자의 창궐에 전 세계가 공포에 떨었을 것은 물론이다. 이 바람에 엉뚱하게도 침해를 입고 위신을 잃은 나라는 스페인이었다. 왜냐하면 이 인플루엔자의 발생처가 바로 스페인의 마드리드였기 때문에 사람들은 그것을 '스페인 감기'라고 불렀던 까닭이다. 정열적인 스페인의 투우사, 그리고 정열적인 스페인의 노래와 춤……. 여기까지는 인기가 좋았지만 정열적인 감기에는 그만 두 손을 들고 만 것이다.

우리나라 사람들은 일반적으로 병에 대하여 용감(?)하다. 감기 정도로 약을 쓰는 것은 도리어 사치와 통한다. 여간한 중병이 아니면 자리에 누워 정양하는 것도 흉이 된다. 시골 사람이 특히 그렇다. 시간과 돈의 여유가 없다는 것도 그 이유의 하나겠지만, 위생 관념의 부족을 들지 않을 수 없다. 환자 앞에서 염주만 돌리고 앉아 있는 몽고족의 풍속처럼 병에 대한 미신과 무지는 많은 피해를 가져오기 마련이다.

이번 인플루엔자는 정양만 잘하고 조기에 약을 적절히 쓰기만 하면 인명에 별 피해가 없다는 이야기다. 굳이 '고춧가루 정신'을 발휘하여 무리를 하는 데서 희생이 생긴다. 그리고 또 특효니 예방약이니 해서 가짜 약을 팔아대는 악덕 상인도 경계해야겠다. 인플루엔자가 감기약의 인플레(?)를 가져오지 않을까 두려운 것이다.

II
한국 문화의 점묘

저 언덕의 상아탑을 보아라

알트 하이델베르크

하버드 스퀘어에서 서북쪽으로 100미터쯤 떨어진 곳에 아담하고 고풍한 철문이 하나 보인다. 펼쳐놓은 책 위에 라틴어로 'Veritas(진리)'라고 쓰인 마크가 철문의 기둥에 새겨져 있다. 이 문이야말로 오늘의 미국을 만든 숱한 영재들이 드나들던 하버드대학 정문인 것이다. 애덤스를 비롯하여 오늘의 케네디에 이르기까지 다섯 명의 미국 대통령이 이 문을 나와 백악관으로 들어갔다.

파리의 시가 한구석에는 '카르티에 라텡[Quartier Latin, 羅典街]'이라는 아카데믹한 거리가 있다. 그 옛날 이 거리는 승려복을 입은 학생들이 라틴어를 외며 오가던 고요한 거리였다. 이 거리야말로 세계의 학문과 예술의 길이 시발始發된 소르본 대학의 유서 깊은 길목이다.

중세기의 아름답고 장엄한 건축! 계단도 기둥도 풍화의 자취가 역력한 대리석의 침울한 표정, 그 앞에 펼쳐진 뜰에는 400년이나 가꾸어진 파란 잔디밭이 있다. 이 잔디밭 위에서 고금의 대大철인哲人과 시인들이 명상에 잠겨 그의 조국과 인류의 신비를 더듬었던 곳이다. 그것은 이름 높은 옥스퍼드 대학의 교정— 13세기의 역사를 가진 사색의 온실이다.

네카Neckar 강 기슭, 고교古橋와 고딕형의 높은 교회의 탑은 하늘을 우러러 맑은 기도처럼 솟아 있다. 이 고요한 마을에는 〈나는 내 심장을 하이델베르크에서 잃었노라〉의 낭만적인 노래가 흐르고 있다. 젊은 시인들이 그 뜨거운 심장을 묻어둔 곳. 횔덜린 F. Holderlin이 그러했고 괴테, 브란테노Clemens Brentano, 아이헨도르프Joseph Freiherr Von Eichendorff가 그러하였다. 헤스터의 유명한 작품 『알트 하이델베르크Alt-Heidelberg』의 주인공들이 꿈을 찾고 꿈을 묻은 곳이 바로 여기 하이델베르크 대학 도시다.

그러나 우리에겐 이러한 대학의 전설이 없다. 온 국민이 사랑하고 아끼고 심장을 묻는 그런 대학의 마을이 없다. 도리어 부정의 검은 손에서 자라난 독버섯같이 연륜도 없이 돋아가는 그 무수한 대학에 우리는 눈살을 찌푸려왔다.

한국의 대학은 들어갈 때만 좁은 문이지 나가기는 쉬운 곳이다. 기차표를 사서 타고 가만히 앉아 있기만 해도 목적지에 도달할 수 있는 경부선 특급열차라고 비웃는 사람도 있다. 꽃을 피우고 열매를 맺게 하는 그 풍토의 조건과 노력은 망각되어 있다. 상아탑의 문을 두드렸던 한국의 젊은이들에게 과연 우리는 무엇을 줄 수 있을지 그것이 궁금하다.

상아탑의 규율

영국의 학교 생활은 군대 훈련보다 엄격하다. 케임브리지 대학 생들은 제모와 검은 가운을 입지 않고는 외출할 수가 없다. 길에서 담배를 피운다는 것은 거의 상상할 수조차 없다. 해가 지기만 하면 '프록터Proctor'라 불리는 직원이 거리거리를 순회한다. 그리하여 위반자가 걸려들면 소속 칼리지와 성명을 적어 다음 날 아침 즉심(?)에 회부한다. 담배와 커피를 점잖게 대접받은 후 6실링 8펜스의 벌과금을 물지 않으면 안 된다.

프록터의 곁에는 언제나 두 명의 젊은 친구들이 따라다닌다. 범인(?)이 도망을 치는 경우 그 뒤를 추적하기 위해서다. 그래서 학생들은 프록터의 이 시위자侍衛者들을 '불독'이라고 부른다. 에이브러햄이란 학생이 10야드쯤 도망가다가 이 불독에 잡힌 일이 있었다. 에이브러햄은 파리의 올림픽 경기에서 100미터 신기록을 낸 당당한 단거리 선수였지만……

이 소식이 전해지자 학생 신문의 사설에 이런 제목이 나붙었다. "차회次回 올림픽에는 그 불독을 출전시켜라."

영국의 퍼블릭 스쿨을 보통 지옥이라고 별칭하는 걸 보면 그 교육의 엄격성을 짐작하고 남음이 있다. 세상을 쩡쩡 울리던 처칠 경도 학교생활(그는 해로Harrow 출신이다)에서는 열등생을 겨우 면할 지경이었다. 이 서릿발 같은 교정의 훈련 속에서 위대한 인물이 배출된다는 것은 닭장에서 달걀이 나오는 것과 마찬가지로 당연한 일이다.

우리나라 학교는 들어가기만 어렵지 일단 합격하기만 하면 누워 떡 먹기다. 학생도 그렇고 학부형도 그렇다. 관심은 입학에만 있다. 교칙은 있으나마나 거의 방임 상태다. 참으로 이상하기 짝이 없다. 사실상 한국의 학생들에겐 칼리지 라이프college life라는 것이 없다. 4학년쯤 되면 학교를 다니는 건지 다방에 출근하는 건지 분간하기 어렵다.

교육은 흔히 백년지대계百年之大計로 통한다. 그러나 우리나라에선 일일지대계一日之大計다. 입학시험 일자의 하루를 위해서 애쓸 뿐이다. 학부형도 학생도 시험 치는 그날에만 정신을 팔고 근심을 한다. 이 기형적인 풍습이 없어지지 않고는 정상적인 학교 교육은 무의미해진다. 초등학교의 심지 뽑기 입시로부터 시작하여 국가 학사고시에 이르기까지 시험 지옥의 연속이다. 우리가 원하는 것은 엄격한 시험 규율보다도 절도 있는 학원 생활이다.

상아탑의 붕괴

"신이 창조한 것들은 모두가 선善 그대로였다. 그러나 인간의 손길이 닿자 모든 것은 악으로 변하였다."

이것은 루소Jean-Jacques Rousseau의 『에밀Emile』 첫 페이지에 나오는 말이다. 자유롭게, 그리고 자연스럽게 인간을 교육시키기 위한 그의 교육론은 "자연으로 돌아가라"는 사상으로 요약된다. 시곗바늘처럼 규칙적인 생활을 하던 칸트였지만 루소의 이 『에밀』을 읽었을 때만은 산책 시간을 어겼다는 이야기가 있다. 확실히 『에밀』은 많은 사람들을 감동시켰다.

물론 이제 와서 고물이 되어버린 루소의 낡은 교육론을 장황히 늘어놓을 용기는 없다. 실상 "자연으로 돌아가라"고 외쳤던 루소 자신이 파리의 사교계에서 떠돌아다녔던 걸 보면 그의 이론과 실생활은 일치하지 않는다. 그러나 오늘날처럼 기계화되고 획일화된 개성 없는 교육 속에선 루소의 『에밀』이 그리워질 지경이다.

옛날 학생들 사이에는 '데칸쇼'라는 말이 유행하고 있었다. 데카르트René Descartes, 칸트Immanuel Kant, 쇼펜하우어Arthur Schopenhauer의 세 철학자의 이니셜을 한 묶음하여 '데칸쇼'라는 이름을 만든 것이다. 세계 철학을 단숨에 정복하고 말겠다는 야심에서 생긴 말이다. 그러나 오늘의 학생들은 이렇다 할 꿈을 가지고 있지 않은 것 같다. 대학이나 나와서 안전한 직장이라도 가져야겠다는 것이 유일한 야심인 것처럼 보인다.

영국 대학생들도 마찬가지라는 이야기가 있다. 미국의 대학 졸업자에게 앙케트를 내어 미래의 꿈을 물은 내용이 윌리엄 화이트

William Whyte의 저서 『조직인The Organization Man』 가운데 나온다. 놀랍게도 그중 8할은 대기업의 사원이 되는 것을 원하고 있다. 페스탈로치Johann Heinrich Pestalozzi 같은 교육가가 된다거나 슈바이처 같은 종교인을 꿈꾸는 학생은 '가뭄에 콩 나듯' 희귀하다. 대학 입시 커트라인이 공표된 것을 보아도 한국 학생의 꿈이 무엇인지를 대개 짐작할 만하다. 비교적 안전한 직업을 얻을 수 있는 공과 계통, 상과, 그리고 권력의 상징처럼 되어 있는 정법과가 가장 높은 커트라인을 보이고 있다. 그런가 하면 문과 계통의 특수학과는 지망자가 없어 문을 닫게 될 형편이라니 너무나 극심한 대조다.

루소처럼 인간성 해방이니 하고 떠들 수는 없지만 모든 교육이 '밥벌이 교육'으로 획일화된 이 실정을 보면 딱하다. 아니 그나마 밥벌이라도 되는가?

벌 선 총장님

한 장학관이 시골 초등학교를 시찰하던 중이었다. 선생이 없었던지 매우 시끄러운 교실이 하나 있었다. 화가 난 장학관은 뛰어노는 개구쟁이들 틈에서 제일 덩치가 큰 놈 하나를 잡아다가 벌을 세웠다. 얼마 후 학생들이 장학관이 있는 방문을 열고 조심스럽게 말했다.

"이제 떠들지 않을 테니 우리 선생님을 돌려보내주세요……."

장학관이 잡아다 벌을 세운 그 덩치 큰 학생은 바로 그 학급의 선생이었던 것이다.

이것은 미국의 유머다. 그러나 이와 비슷한 유머는 한국에도 있다. 더구나 그것은 지어낸 우스개 이야기가 아니라 진짜다.

서울대학 총장이 문교부장관에게 불려 가 벌을 선 것이다. 교수들의 동태를 파악하지 못했다 해서 전말서顚末書를 썼다는 총장 이야기는, 장학관 앞에서 벌을 선 초등학교 선생의 유머가 연상되어 웃음이 나온다.

그러나 그냥 우습지만은 않다. 초등학교 학생으로 오인하여 선생을 잡아다 벌을 세운 장학관의 경우와는 아주 다른 사건이다. 대학 총장님은 관리가 아니라 그 본本이 학자이시다. 젊든 늙었든 으레 대학 총장이라고 하면 수많은 책이 꽂혀 있는, 그리고 머리털이 희끗희끗한 인격자를 연상하기 마련이다.

'기하학에는 왕도王道가 없다'는 말도 있듯이 학문의 질서를 지키는 총장이나 교수는 단순한 행정 요원이 아니라 그 나라의 지성이며 정신의 지도地圖를 다스리는 지도자들이다. 그런데 교수협회의 결의를 일고의 가치도 없다고 묵살해버리고, 또 그러한 교수들의 동태를 파악하지 못했다고 총장에게 전말서를 쓰게 한 그 문교부장관의 태도는 대학을 단순한 행정관청으로 오인하고 있는 것 같다. 그렇지 않으면 대학 총장과 교수를 초등학교 학생들로 착각하고 있는 것이 아닐까?

　대학 총장과 교수의 권위를 존중할 줄 안다는 것도 문교 행정의 중요한 구실의 하나일 것 같다. 사소한 일로 총장에게 전말서를 쓰게 한다는 것은 하나의 유머로만 그칠 이야기는 아니다. 그것은 피차의 망신이요, 나라의 망신이다.

합격해서 남 주나

　'언어경제言語經濟'란 말이 있다. 말을 쓰는 데에 세금이 붙는 것은 아니지만 문장을 간략하게 쓰는 것이 수사상修辭上 좋다는 의견이다. 말을 경제할수록 전달력이 강하다. "왔노라, 보았노라, 이겼노라!"의 세 마디 말로 전과戰果를 보고한 시저의 글이 언어경제의 고전적 예라고 할 수 있다.

　그러나 짧은 말로 심오한 정신을 표현한다는 것이 결코 쉬운 일은 아니다. 인생과 사회를 깊이 통찰한 사람만이 언어의 경제를 할 수가 있다. 그렇기에 경구驚句는 곧 '지성의 결정체'라고도 할 수 있다.

　대학가에 각종 경구가 쏟아져 나왔다. 대학 입시장에 나온 후배들을 격려하기 위해서 붙여놓은 격문들이다. 비록 그것이 응원적 성격을 띤 박수 같은 경구이지만, 그것을 분석해보면 우리 대학생들의 지성을 측정할 수 있는 재료가 될 것 같다. 대체로 눈에 띄는 것들을 여기에 소개해보면 '합격해서 남주나', '인정사정 볼 것 없다', '전원 합격 몰랐지, 그건…… 몰랐을 거다', 'K동 대감 나 오셨다. 문 열어라', '어머님, 안심하소서' 등등이다.

웃음을 자아내게 하는 기발한 유머와 위트, 그리고 걸쭉한 풍자들이 많다. 그러나 대부분은 코미디언의 유행어가 아니면 영화 제목, 유행가 구절을 딴 것들이다. 과연 매스컴의 힘이 얼마나 큰 것인가를 느끼게 한다. 또 한심한 생각이 든다. 대학생들의 지성이 고작 그 정도인가? 저속한 라디오, 코미디, 영화 그리고 대중가요……. 이것이 오늘날의 대학지성의 발상법이다.

그래도 왕년에는 '합격 아니면 죽음을……', '왔노라, 보았노라, 붙었노라', '붙느냐 떨어지느냐 그것이 문제다' 등등으로 고전작품의 경구를 딴 격문들이 많았다.

그런데 이젠 셰익스피어나 시저에서 '합격해서 남 주나'의 발상법으로 통속화해버린 것이다. 매년 입시는 치열해지는데, 거꾸로 대학의 지성은 셰익스피어에서 코미디언으로 격하되어가는 것 같다. 그러나 그것은 누구의 죄인가? 누가 뿌린 씨냐? 대학생만이 짊어질 십자가는 아닌 것 같다.

메추리 대학의 시련

한때 '메추리 대학'이라는 유행어가 있었다. 『이솝 우화』에서 따 온 말 같지만 사실은 그렇지 않다. 이른바 '메추리 붐'이란 것이 일어났을 때의 일이다. 메추리를 길러 불과 몇 달 만에 백만장자 가 되었다는 소식이 장안에 퍼지기 시작하자 투기심 많은 시민들은 메추리를 기르는 데 혈안이 되었다. 메추리알이 불로장생의 호르몬 영양제라는 풍문도 있어, 그것이 달걀 시세의 몇 곱절로 호가되기도 하고, 그 사료인 미꾸라지 값도 덩달아 뛰어오르는 난센스도 생겼다.

얼마 안 가서 메추리값은 폭락하기 시작했다. 금값처럼 불리던 메추리족은 초라한 선술집의 술안주로 전락하고 생산 과잉이 된 그 알들은 눈깔사탕 정도의 시세도 안 나갔다. 이번에는 하루아침에 수백만 원을 잃은 투기가, 허망한 애화가 장안의 가십거리가 되었다. 그러니까 시세 폭락의 권위 잃은 대학과 그 대학생들을 사람들은 그렇게 비꼬아 불렀던 것이다.

학사고시제니 국가고시니 하는 게 생겨났던 것도 바로 이 메추리 대학 때문이었다. 메추리만 기르면 누구나 거부가 될 수 있다는 안가安價한 유행과 같이 대학만 들어가면 누구나 다 출세할 수 있다는 사고방식으로 하여 도리어 대학의 위신과 그 질이 폭락되고 만 것이었다. 그래서 한국의 사립대학 건물은 우골牛骨과 쌀가마로 세워졌다는 서글픈 유머도 생겨났다.

그런데 대학의 권위를 높이자는 학사고시 출제가 학사고시답지 않다는 시비가 있다. "웬놈의 학사고시에 라디오 퀴즈열차 같은 상식문제가 등장했느냐"고 핏대를 올리는 당당한 학사 후보 님이 계신가 하면, "다행히 중학 입시문제 같아 쉽게 풀었다"고 안도의 숨을 내쉬는 어깨 좁은 메추리 학사도 있었다. '악화惡貨는 양화良貨를 구축한다는 것은 무슨 법칙이냐?' 하는 것이 4년간의 형설을 닦은 경제학과 전공 시험의 문제이고 보면 그런 말도 나옴직하다.

'선다選多' 식인지 '섯다' 식인지 구별하기 어려울 정도로 요행이 개재되기 쉬운 출제방식도 있는 모양이다. 왜냐하면 주어진 해답은 많으나 그것이 너무 단순해서 결국은 OX와 다를 것이 없다는 이야기다. 하지만 문제는 학사고시의 출제가 너무 쉽다는데에 탈이 있는 것은 아닐 것 같다. 그런 문제도 풀지 못해서 낙제하는 메추리 대학생들이 많다면 그야말로 이중의 창피가 아니겠는가?

원서願書는 원서怨書다

프린스턴대학 안에 있는 아인슈타인 박사 집에는 매일같이 같은 시각에 초등학교 학생 하나가 들르는 것이다. 그것을 이상스럽게 생각한 사람들은 박사에게 이렇게 물어보았다.

"대체 그 꼬마아이와 무슨 이야기를 하는 것입니까?"

그러자 아인슈타인 박사는 아주 태연하게, "그 애는 매일 나에게 쿠키를 갖다 주고 나는 그 대가로 그 애의 수학 숙제를 풀어준다."라고 대답하더라는 것이다.

세계 제일의 노老수학자가 초등학생의 수학 숙제를 풀어주고 있는 광경은, 또 그 대가로 쿠키를 갖다 주는 어린이의 모습은 한 폭의 만화를 연상케 한다. 우리는 거기에서 아인슈타인의 따뜻한 인간미와 아이의 순진한 마음을 엿볼 수 있다. 흐뭇한 이야기다.

그러나 이 일화를 듣고 침을 흘릴 사람이 우리 주변에는 많이 있을 것 같다.

'저런! 우리나라에도 그런 친절한 교수님이 있다면! 쿠키 하나로 수학 문제를 풀어준다니 세상에 꿈같은 이야기도 다 있구나. 만약 우리 애도 그럴 수만 있다면 일류 학교 합격은 문제없을 텐데……'

쿠키가 아니라 금일봉의 봉투를 내밀고 과외공부를 시키는 한국의 학부형들은 부럽다는 듯이 탄성을 울릴 것이다.

글을 가르치는 선생이나 시험공부를 하는 아이들이나 그들의 눈에는 한결같이 핏발이 서 있다. 죽느냐 사느냐의 살벌한 분위기 속에서 그들은 입시공부를 하고 있다. 학부형들은 칼이 아니라 원서 한 장을 들고 햄릿의 독백을 하고 있다.

"넣느냐 마느냐, 이것이 문제다."

이제 한국의 어린이들은 무지개가 아니라 입시장 어귀에 서서 가슴을 두근댄다. 시인 윌리엄 워즈워스William Wordsworth의 제자들은 생존경쟁의 법칙을 가르친 찰스 다윈의 제자들이 된다.

매년 입학 시즌이 되어 원서를 접수하기 시작할 무렵이면 어디를 가나 화제는 어디에 원서를 내야 좋으냐는 것뿐이다. "댁의 아이는 어느 학교에 원서를 냈어요?"가 인사말이다. 원서란 말이 꼭 원서怨書로 들리기도 한다.

덩달아 경기가 좋은 것은 점쟁이 집! 애들 사주를 보고 원서내는 것을 결정지어야겠다는 학부형들이 많은 까닭이다. 과연 교육은 잘하는 것 같다. 초등학교 때부터 그들은 생존경쟁과 투기심을 배우고 있으니 지금 당장 사회에 나와도 부끄럽지 않을 것이다. 정말 다들 이러기냐…….

좁은 문과 턱걸이

'운동을 잘해야 좁은 문(상급학교 진학)을 들어갈 수 있느니라.' 이것은 우리나라의 「입시복음」 제1장 1절에 씌어 있는 불변의 금언이다. 이 복음을 모르고서는 자유당 치하에서도, 혁명정부 밑에서도 상급학교의 문을 돌파할 수 없다. 그렇다고 성급하게 오해할 필요는 없다. 자유당 치하의 운동은 금권운동金權運動이요, 혁명정부하의 운동은 턱걸이운동, 같은 운동이지만 성질이 다르다.

상급학교에 자녀를 안전하게 입학시키려면 무엇보다도 돈과 권력을 쓰는 운동이 필요했던 시절이 있었다. 혁명 후에는 이런 부정입학이 자취를 감추었지만 그 대신 '턱걸이', '넓이뛰기' 등속의 진짜 운동이 좁은 문의 당락을 좌우하게 되었다. 학력만 가지고도 안 된다. 운동을 잘해야 한다. 초등학교에서 중학교로 진학할 때나 고등학교에서 대학으로 진학할 때나 운동(체력)이 시원찮으면 합격난망合格難望이다.

중학 입시 때도 그런 일이 있었다지만 이번 대학 입시에서도 운동을 못해 불합격의 눈물을 흘린 불세출의 수재(?)가 있다. 모대학 상과라고 했다. 국가고시의 시험 점수로는 그 과의 당당한 최고 득점자였지만 체력검사에서 16점, 결국은 실패였다. 듣건대불구자는 아니라고 했다. '톱 매니지먼트'에도 턱걸이가 시원치 않으면 안 되는 모양이다.

하기야 대大철인 플라톤만 해도 역도에, 레슬링 선수였다. 작가 헤밍웨이도 당당한 스포츠맨이었다. 그러나 모든 사람이 문무 겸비하기를 바란다는 것은 지나친 이상이다. 체력은 약하였지만 인류의 역사에 훌륭한 학문, 눈부신 업적을 남긴 사람들이 얼마든지 있다.

시인 릴케는 여덟 달 반짜리로 태어나 유난히 몸이 약했고 바이런Byron은 절름발이, 뮈세Musset는 여장을 하고 다닌 나약자였다. 영국의 발푸어Arthur Balfour가 아일랜드 수상에 취임하였을 때 조야朝野의 반대가 분분했던 일이 있었다. 무인武人 크롬 웰Oliver Cromwell도 감당하지 못한 자리. 건장한 트리벨리언John Trevelyan

도 2년 동안 그 자리를 지키다가 온 머리털이 세어버렸다는 아일랜드 수상의 중직重職─그것을 어찌 병자처럼 몸이 나약한 귀공자가 감당할 수 있겠느냐는 것이 그 이유였다. 그런데도 발푸어는 역대의 아일랜드 수상 가운데 가장 훌륭한 업적을 남겼고, 반영투사反英鬪士 오브리언Tim O'Brien까지도 그를 찬미하는 연설을 하지 않았던가.

감기가 전공과목처럼 되어 있는 허약한 학사 후보님들도 문제겠지만 그렇다고 철봉에서 떨어진 파리한 수재들의 앞날을 어쩔 것인가.

문교 당국에게 한번 묻고 싶다. 체력 시험에 40점이나 배점해 놓은 스파르타식 입시 방법엔 아무래도 고개가 기울어지지 않는다고.

온돌과 턱걸이

영하 11도의 추위가 몰아친다. 인간들의 활동도 개구리처럼 동면한다. 휴일이면 법석거리던 그 거리도 한산한 것이다. 사람들은 모두 방 안에서 움츠린다. 이런 계절이면 아랫목에 누워서 뒹구는 것이 상책이다. 새삼스럽게 한국의 온돌방 풍속이 비활동적이라는 것을 느끼게 된다.

온돌 때문에 한국 사람은 게을러졌는지 모른다. 방 안 공기를 덥히는 것이 아니라, 구들만 직접 덥히는 난방법이라 사람들은 방 안에서도 활동이 정지된다. 온돌방에서는 서 있는 것보다는 앉아 있는 편이, 앉아 있는 것보다는 누워 있는 편이 따뜻하다. 구들에 접촉되는 면적이 넓을수록 보온이 된다. 그래서 누워 있는 버릇이 생기게 된다. 한창 뛰어놀 애들도 곧잘 늙은이처럼 아랫목 차지를 하고 누워 있는 일이 많다. 남들이 한창 뛰어다닐 때 우리는 누워서 세상을 보낸다. '누워 있는 문화'—여기서 우리 사회가 낙후했는지도 모른다.

그런데 이런 추운 날씨에도 철봉대에 매달려 안간힘을 쓰는 용감한 아이들이 있다. 이들은 예외 없이 초등학교 6학년생들! 그게 입시 준비의 한 과목이기 때문이다. 사실상 체능시험이 좁은 문의 열쇠를 쥐고 있을 경우가 많다. 모두들 치열한 공부를 하고 있으므로 동점자가 많기 때문이다. 턱걸이 하나로 인생의 갈림길이 결정된다면 추운 겨울에도 철봉을 마다할 사람이 없을 것이다.

과연 게으른 민족, 체위가 떨어지는 국민에게 체능고사를 치르게 한 것은 천재적인 특허 발명품이다. 민족의 스태미너를 기른다는 면에서도, 그리고 화초처럼 앉아 시험 준비를 하다 빈혈증에 걸려버릴 우리들의 2세를 위해서도 체능고사제는 환영할 만한 일이다.

그러나 입시 합격이라는 미끼로 벼락치기 턱걸이를 강요하는 것이 과연 국민 체위 향상의 길이 될 것인가? 학교 아동들의 80퍼센트가 기생충 환자라는 그 통계 숫자에는 눈을 감아두고 턱걸이의 횟수만 따지고 앉아 있는 것이 과연 국가에서 할 짓이냐? 그런 지엽적인 문제보다는 날로 파리해져가는 국민 체위를 위해 기본적인 대책을 마련하는 것이 정부의 할 일이다. 온돌의 풍습을 고쳐주는 주택 개량이나, 기생충을 구축하는 대계를 세우는 것이 턱걸이 체능고사보다 앞서야 하지 않겠는가.

천재와 꼽추

매년 무슨 시험이 있으면 으레 천재족이 등장한다. 저널리즘도 이 천재 탄생을 한몫 거드는 데에는 인색하지 않다. 무슨 시험이든 최고 득점자에겐 천재란 명칭을 부여하기 마련이고, 「용비어천가龍飛御天歌」 못지않은 찬사가 따라다니기 일쑤다. 그중에서도 중학교 수석 입학자인 꼬마 천재를 소개하면서 거의 신화적 존재처럼 취급하고 있다. 그래서 시험 계절의 후문과 그 화제는 심심치 않게 항상 풍성하다.

그러나 이러한 천재 예찬, 더구나 입시 천재(?)에 대한 과대선전은 아무래도 입맛이 쓰다. 무엇보다도 한창 자라나는 아동 자신에게 부질없는 부담의식과 그렇지 않으면 소영웅심리를 북돋우는 악해가 있다. 실상 입시에 있어 커트라인 안에만 끼면 그만이지 불필요한 점수를 지나치게 많이 따는 것은 별로 현명한 짓이 아니다. 수석 입학을 중시하는 사고방식은 그야말로 장식 취미에 불과하다. 그 증거로 수석 입학자가 수석으로 졸업하는 예가 아주 희귀하다는 사실만 들어도 알 수 있겠다. 더구나 수석 입학자가 사회에 나와서 천재 구실을 하느냐는 더욱 의심스러운 일이다.

천재를 숭앙하는 사회 풍조부터가 유치하다. 물론 선천적인 재능이 남보다 뛰어난 천재가 없는 것은 아니다. 과학적으로 대개 영웅이나 위인들의 뇌는 보통 사람보다 무겁다는 사실이 증명되고 있다. 그리고 그 반대로 백치의 뇌는 500그램, 즉 일반인의 1,400그램에 비하여 반도 안 된다는 이야기다. 그러나 위대한 인물 가운데도 1,400그램을 넘지 못하는 사람들이 얼마든지 있고, 백치일지라도 2,000그램이나 되는 경우도 적지 않다. 요컨대 한 인간을 천재시하여 필요 이상으로 떠들어대는 것은 유해무득有害無得하다. 그보다는 역경을 무릅쓰고 성공한 의지의 인간들이 더 높이 평가되는 것이 좋은 일이다.

S여중에서 일어난 일이라 했다. 곱사등의 소녀가 체력검사를 받기 위하여 팔굽혀펴기 운동을 하는데, 열 번만 해도 될 것을 시험관이 만류하는데도 기를 쓰고 계속 30여 번을 하더라는 이야기다. 그 딱한 정상을 내려다보고 있던 시험관들도 모두 눈물을 흘렸던 모양이다. 건전한 신체를 가진 아이들에게 뒤지지 않으려

는 불구의 이 소녀는 마음속으로 몹시 흐느꼈을 것이다.

최고 득점자도 가상할 일이지만 합격 여부조차 알 수 없는 이 불구의 소녀가 한층 더 우리의 마음을 뜨겁게 하는 것은 웬일일까?

상아탑과 황금탑

'정서적 불균형'이라는 꽤 까다로운 말이 있다. 이 심각(?)한 용어의 창안자는 미국 교육국 기술 고문관인 레너드 M. 밀러Leonard M. Miller 박사다. 그 자신의 정의에 의하면 정서적 불균형이란 '학생의 가정환경이 복잡해서 부모나 가족과 함께 생활할 수 없고 또는 늘 싸움을 하게 되어 자기 분열을 일으키는 경우를 뜻하는 말'이라 하였다.

미국에서는 학생들이 학업을 중단하거나 대학에 진학하지 못하는 수가 상당수에 달한다. 성적이 우수한 고교 학생들 가운데 약 40퍼센트가 대학에 입학하지 못하고 있다. 그리고 대학에 진학한 학생들 가운데서도 60퍼센트가량이 졸업을 못하고 있는 형편이다. 그 이유는 바로 밀러 박사가 제시한 그 정서적 불균형 때문이라고 한다.

우리나라의 경우에 있어서도 그렇다. 성적이 우수한 학생들이 상급학교에 진학을 하지 못하거나, 도중에 학업을 포기하는 경우가 만만찮게 많다. '정서적 불균형' 때문일까? 결코 그런 것 같지는 않다. 그런 사치한 심리적 이유는 아니다. 우리 학생들이 진학을 못하거나 학업을 포기하는 것은 '정서적 불균형'이 아니라 '등록금 불균형⑺' 때문인 것이다.

요즈음 신문을 들여다보고 있으면 매일같이 등록금에 우는 수재들의 딱한 호소가 한구석 지면을 차지하고 있다. 모범생—우등생—수석 입학자. 그러나 그 찬사 밑에는 단서가 붙기 마련이다. 즉 등록금이 없다는 이야기다. 그토록 치열한 경쟁을 겪고 서울대학교에 합격한 학생들 가운데 242명이나 등록을 못하였다는 우울한 소식이 들려온다. 대학 측에서는 마감 기일을 연장해 이들의 구제책을 강구하고 있지만 그것으로 등록금난이 해결된 것은 물론 아니다. 재학생의 등록금만 보더라도 불과 50퍼센트가 등록을 하고, 빚을 얻고 농우農牛와 농토를 팔아도 학비를 마련하지 못하는 학생이 절반이나 된다.

"돈이 없으면 학업을 포기하는 것이 당연하지 않느냐?" 이렇게 이야기하면 문제는 간단하지만 그 수가 하나둘이 아닌 이상 개인 문제로 돌릴 수만도 없을 것 같다. 하물며 그것이 '정서적 불균형'에서 빚어진 것이 아니고 '등록금 불균형'에서 생겨난 사태이고 보면……

무슨 수가 없을까? 결국 길은 하나일 것 같다. 전 학생의 75.7퍼센트가 공공 또는 민간단체의 장학금을 받고 있는 영국의 경우처럼 우리나라에서도 적극적인 장학금제를 실현해보자는 것이다. 각 기업체에서 우수한 학생에게 장학금을 주어 졸업 후에 그들을 고용하여 상환케 하는 방법은 결코 어리석은 투자는 아닐 것이다.

유치원 만세

강이 바다로 흐르지 않고 산으로 역류한다면 그것은 천변天變에 속할 일이다. 그러나 그 역류 현상에 너무 놀랄 필요는 없다. 우리 사회에는 곧잘 그런 일이 많기 때문이다. 교통수단이 그렇지 않은가? 돈을 더 많이 내는 승용물일수록 타기 쉬워야 하는 것이 순리인데 실은 이것이 거꾸로 되어 있다. 택시를 타기보다는 합승이 더 쉽고, 합승보다는 버스가, 버스보다는 전차가 한결 타기가 더 용이하다. 그리고 걸어다니는 것이 그중에서 제일 편하다.

교통수단뿐이겠는가? 학교의 순서를 보아도 그런 기현상奇現象이 벌어지고 있다. 대학교수보다는 중·고등학교 선생의 수입이 좋다고 한다. 입시 관계로 중·고등학교 선생들은 학원에 나가 부수입을 올릴 수 있다. 인기 있는 학원 선생 가운데는 자가용을 타고 다니는 분도 있는 모양이다. 그러나 초등학교 선생은 그들보다도 또 부수입이 높다. 대학입시보다는 중학교 입시 준비가 더 치열하기 때문에, 6학년 담임 정도가 되면 으레 사설야학당私設夜學堂으로 만만찮은 돈을 번다. 그렇지 않아도 '치맛바람'에서 떨어지는 것들이 만만찮다는 이야기다.

그러나 더욱 놀라운 것은 유치원! 귀족 초등학교가 생긴 바람에 유치원도 이제는 시험 준비 학교로 승격을 했다. 산토끼춤이나 추고 목마를 타는 것이 유치원인 줄 알았다가는 봉변을 당한다. 유치원의 과외수업 광경은 노인들 바둑 두는 것처럼 점잖다. 적어도 아이를 유치원에 보낼 정도가 되면 3등 국민은 아니다. 1등 국민의 시민들만 모아놓은 학교가 바로 유치원이란 곳, 그 선생님들이 뽐낼 만도 하다. 이렇게 따져가면 '집주인은 유치원 선생, 그 집에 전세를 든 사람은 초등학교 선생, 그 전세에 사글셋방을 든 사람은 중·고등학교 선생, 그리고 사글셋방도 들지 못해 문전에서 기웃거리는 사람은 대학교수'라는 농담이 별로 허풍 같지 않다.

사회 전체가 그렇다. 학식도 교양도 없는, 그야말로 유치하기 짝이 없는 유치원아 같은 친구들이 도처에서 판을 치고 다니는 것을 볼 수 있다. 영화를 보아도 유치하게 만든 희극이 돈을 벌고, 책을 보아도 역시 유치한 수기물手記物이 베스트셀러가 된다. 국정감사와 예산심의를 하고 있는 국회 풍경도 유치원을 방불케 한다. 유치원 만세!

엿 먹는 입시

세계적으로 유행한 베스트셀러에는 문자가 없다는 농담이 있다. 즉 숫자만 나열해놓은 전화번호부인 경우이다.

그와 마찬가지로 스토리도 언어도 없는 숫자의 연속물이 홍루파紅涙派 라디오극이나 코미디언 쇼보다도 인기를 모으고 있는 것이 있다. 그것은 바로 요즈음 매스컴을 뒤엎는 입시 합격자 번호이다.

이 숫자 발표를 에워싸고 라디오 방송국마다 치열한 보도경쟁이 붙었다. 그리고 정규 프로까지 제쳐놓은 이 합격자 발표 시간을 차지하기 위해 스폰서들은 스폰서대로 쟁탈전을 벌인다.

입시경쟁이 빚어낸 연쇄반응이다. 입시전쟁이란 표현이 조금도 과장이 아니라는 것을 우리는 몸소 실감했다. 평범한 숫자에 지나지 않지만 이 숫자 뒤의 인생극에 수천수만의 소설보다도 더 파란 많은 사연이 적혀져 있을 것이다.

그러나 우리의 입맛을 한층 더 씁쓸하게 하는 것은 입시극의 치열성에만 있는 것은 아니다. 이 전쟁이 이성을 상실한 전쟁이라는 데에 한층 더 우리를 우울하게 하는 것이 있다. 비근한 예로 중학 입시가 있었던 날 아침 엿장수들이 횡재를 했다. 서울 장안에 엿이 동이 날 만큼 경기가 좋았다. 입시 아동에게 엿을 먹이면 합격한다는 미신 때문이다.

엿은 끈적끈적해서 잘 붙는다. 그래서 엿을 먹이면 시험에도 붙을 것이라는 원시적인 사고방식이다. 이른바 가정교사를 두고 일류고에 넣기 위해 그 찬란한 '과학교육'을 시키고 있으면서도 그 부형들의 '멘탈mental'은 수십 년 전 서당 교육을 시키던 그때에서 한 발자국도 발전해 있지 않다. 시험을 치르는 아이들에게 떡국처럼 미끄러운 음식이나 어감이 나쁜 미역국 같은 것을 먹이려 들지 않는 학부형의 심정엔 그래도 동정이 간다. 하지만 엿까지 사 먹이는 그 사고방식은 아무래도 자녀 교육열과는 이율배반적 현상이다. 그와 같은 비합리적인 사고에서 벗어나기 위해 우리는 자녀에게 교육을 시키고 있는 것이 아닌가.

한때 입시공부를 하다 노이로제에 걸린 아이들이 정신병원에 입원한 일이 많았다. 그러나 담당의사의 말을 들어보면 아이보다도 부형중에 오히려 정신병 치료를 받아야 할 사람이 많았다고 한다. 중학 입시의 전초전前哨戰을 겪은 우리의 소감은 이 사회가 점점 광적으로 되어간다는 점이다. 이성을 잃은 시대! 그야말로 "엿이나 먹어라." 하는 상욕이 앞선다.

프로크루스테스의 침대

'프로크루스테스의 침대'라는 것이 있다. 성급한 플레이보이들은 '침대' 자만 보고 무슨 에로틱한 장면을 상상할지 모르지만 사실은 그 정반대이다.

그것은 프로크루스테스라는 역사カ±가 여행자를 잡아다 눕혔다는 그리스 신화 속의 침대이다. 그는 누가 누워도 꼭 들어맞는 침대가 있으니 자고 가라고 여행자를 꾄다. 그러고는 그 사람이 누울 때 만약 침대보다 키가 더 크면 다리를 잘라버리고, 거꾸로 또 키가 그보다 작으면 힘으로 목을 잡아늘여서 침대에 맞도록 했다.

말하자면 일정한 침대에다가 사람을 맞춘 것이다. 그 때문에 억울한 사람이 무수히 죽었다. 침대가 아니라 그것은 결국 형틀이었던 셈이다. 그래서 오늘날 프로크루스테스의 침대는 폭력을 가지고 일정한 규격에 맞추는 행위를 상징하는 말로 쓰이고 있다.

폭력적인 형식주의나 고집불통의 비인간적 규칙 때문에 사실상 현대에도 많은 사람들이 희생되고 있는 예를 우리는 목도하고 있다.

인간을 위해서 침대란 것이 있듯이 모든 법칙이나 규격도 인간을 떠나서는 무의미하다. 그러나 평범한 진리가 그렇게 단순히 현실에 적용되지 않는 데 우리의 고민이 있다.

오랫동안 끌어오던 중학 입시문제 소송 사건이 드디어 고법高法에서 판결이 났다. 즉 오답이라던 '무즙'도 정답이라는 것이었다. 그렇다면 '무즙'이라고 써서 불합격이 된 학생들은 당연히 합격시켜야 할 것이다. 그러나 당국자들은 입학시키면 정원을 어기는 결과가 되기 때문에 곤란하다는 이야기다. 이래도 저래도 법을 어기는 결과가 된다. 정원을 고집하여 합격사정合格査定을 다시 하지 않을 경우 그것은 고법판결에 불복하는 경우가 된다.

물론 법칙이나 규정은 중요한 것이다. 그러나 그것이 프로크루스테스의 침대가 되는 일이 있어서는 안 된다. 소수점 이하의 점수를 다투는 입시경쟁에서 정답을 쓰고도 떨어진 아이들의 마음은 어떨 것인가? 정원이 하나둘 느는 것이 문제가 아니다. 하물며 인간을 만드는 교육기관이 아닌가?

쓸데없이 사고니 뭐니 해서 동심을 멍들게 할 게 아니라 융통성 있게 구제의 길을 마련해야 된다. 침대(규칙)는 인간을 위해서 있는 것이지 침대를 위해서 인간이 있는 것은 아니다.

슬픈 대학 졸업가

주석酒席에서였다. 한 친구가 청하지도 않는데 부득부득 노래 한 마디를 부르겠단다. 졸업 시즌도 되고 했으니 '대학 졸업가'를 들려주겠다는 것이었다. 그런데 그 노래 곡조란 것은 메밀묵장수가 골목길을 돌아다니며 외치는 투 그대로였고 가사도 그와 흡사한 것이었다.

"……상과대학 나왔어요, 묵은 증권이나 국채 사요! 치과대학 나왔어요, 금 이빨 빠진 거 있으면 사요! 수의과대학 나왔어요,

개장국 팝니다! 미술대학 나왔어요, 도장이나 문패 새깁시다. 공
과대학 화공과 나왔어요, 냄비나 솥 뚫어진 것 있으면 때워요. 건
축과 나왔어요, 굴뚝, 하수도 막힌 것 있으면 다 뚫어요. 정치과
나왔어요, 실직당失職黨이나 하나 만듭시다. 농과대학 나왔어요,
무드렁 사려, 지리산 도벌盜伐 갑시다."

사람들은 박수를 치며 웃었다.

'그것 참 그럴듯한 노래'라는 것이었다. 그러나 곧 좌중은 시무
룩해졌다. 술맛이 떨어지고 취기가 깼다. '새 타이어'가 좀 지나
치지 않느냐는 생각도 들었고 또 너무 암담하다는 느낌이 들었
다.

하지만 세상은 그렇지 않은가. 오랜 세월을 두고 연찬研鑽한 학
문이 사회에 나오면 휴지쪽처럼 되어버린다는 우울한 고백. 정말
화공과를 나오고도 땜장이밖에 못하는, 그리고 농과대학을 나오
고 도벌밖에 할 수 없다는 그 풍자를 그냥 익살로만 노래할 것이
아니다.

일본에서는 지금 학비 인상을 했다 해서 와세다 대학 학생들
이 데모를 일으키고 바리케이트와 기동대가 나타나는가 하면 입
시까지도 연기하지 않으면 안 될 위기에 놓여 있다. 그러나 우리
입장에서 보면 학비 인상으로 정쟁을 벌이고 있는 그네들이 도리
어 부러울 지경인 것이다. 아무리 학비가 비싸도 그들은 졸업 전
에 취직이 결정되고 들인 밑천을 뽑을 수 있는 희망이 있다. 그러

나 한국의 대학은 논밭을 팔아대도 학비 투자는 늘 누더기일 경우가 많다. '교육 낭비.' 인재가 있어도 쓸 자리가 없는 '실직 교육'에 전반적인 재검토가 있길 바란다. 가슴을 펴고 대학문을 나서는 그날은 언제이겠는가?

학교와 일류교 열병

"약간의 수입만을 필요로 하는 나라, 전연 수입을 필요로 하지 않는 나라는 가장 행복한 나라이다."

이와 같이 자기의 내면적인 부에 만족하고, 생활을 위해서는 외부에서 오는 것의 약간만을 필요로 하는 사람, 혹은 그것을 전연 필요로 하지 않는 사람은 가장 행복한 사람이다.

밖에서 오는 것은 언제나 값이 비싼 것이기 때문에 빚을 지고 슬픔을 맛보고 위험을 느끼게 되는 것이다. 그러므로 결국 자기 자신의 땅에서 나오는 것이 제일 좋은 것이라고 할 수 있다.

"남에게서, 그리고 밖에서 오는 것에는 어떠한 관계가 있더라도 많은 것을 기대해서는 안 된다. 따지고 보면 사람들은 남이 아니라 자기 자신과 함께 있는 것이다."

쇼펜하우어의 말을 장황하게 인용하였지만 자기 자신의 내면에 충실하라는 말은 아무리 들어도 그때마다 새로운 의미를 발견하게 된다. 우리나라 사람들은 외면의 치레에 너무 많은 신경을 팔며 살아가는 것 같다. 허례허식의 풍속도 그것의 한 예라 할 수 있다.

자기 분수를 지키지 못하는 것이나, 혹은 외부의 힘에 그대로 순응해버리는 것이나 모두가 자기 내면이 비어 있기 때문이다. 외부의 것에만 의지하며 살아갈 때 끝내는 자기 파산의 슬픔을 겪게 마련이다.

입학기인 요즘에도 곧잘 그러한 광경이 벌어진다. 부형들은 자녀의 실력은 생각지도 않고 무턱대고 일류교에만 지원시키려든다. 입시를 룰렛판으로 착각하고 있는 일종의 허영이며, 또 그 허영은 열병처럼 전염된다. 그래서 소위 그 체면 때문에, 부질없는 타인과의 그 경쟁심 때문에 자녀가 원하지도 않는 학교에 억지로 끌어넣으려고 한다.

일류교고 이류교고 자기 자신에게 맞는 학교를 선택했으면 좋겠다. 좋은 인격을 쌓기보다는 좋은 간판을 얻으려 드는 것은 결국 외부의 힘을 빌려서 살아가려는 태도이다. 자기 내면은 헐벗었는데 옷치장만 하고 돌아다니는 허영심 많은 여인의 그 비극과도 같은 것이다.

문제는 개개인이 지닌 내면의 부이다. 그것을 자연스럽게 길러내는 것이 부형들의 의무이다. 덮어놓고 남들이 다 좋다고 해서 그 학교에만 꼭 집어넣어야 한다는 식의 사고부터 없어져야겠다.

오늘의 3세 문화

에델바이스와 무궁화

아이들에게 노래를 시켜보면 요즈음엔 너나 할 것 없이 〈에델바이스〉를 부른다. 그것도 영어로 말이다. 그 노래를 부르지 못하는 아이들은 손가락을 빨며 열등감을 느끼기도 한다. 그러니까 어른들도 겨울철에 스웨터를 사 입히듯, 자기 자녀들에게 열심히 그 가사를 베껴주느라 수선을 떤다.

영화의 영향도 있었겠지만 〈에델바이스〉는 그 멜로디 자체가 귀염을 받을 만하다. 그리고 아이들이 원어로 된 외국 노래를 부른다는 호기심과 그 자랑을 사대주의로 몰아친다면 너무 가혹하고 옹졸한 짓이다. 그러나 한번 그 노래의 뜻을 생각해보자. 두말할 것 없이 그것은 오스트리아 사람들이 자기의 향토애와 나라를 사랑하는 애국가적인 성격을 띤 노래이다. 영화의 내용도 그렇게 되어 있다.

〈에델바이스〉의 노래를 우리나라의 경우로 생각해보면, 그것은 무궁화 노래이거나 그렇지 않으면 최소한도 진달래나 도라지 꽃의 노래가 될 것이다. 아이들이 '에델바이스'냐 '에델와이스'냐 하는 발음 문제까지 신경을 쓰면서 제창하고 있는 그 노래가 바로 우리의 향토애와 국가의식을 담은 것이라면 오죽이나 좋으랴 싶다. 오스트리아의 아이들이 〈에델바이스〉를 부르며 알프스에 둘러싸인 아름다운 제 나라의 애정을 키워가듯 우리에게도 그런 노래가 붐을 일으킨다면 얼마나 마음이 흐뭇할 것인가?

우리의 야이들이 〈에델바이스〉를 다투어 부르는 것이 잘못이 아니다. 그와 함께 무궁화나, 도라지나, 진달래나, 한국 정서가 담뿍 실린 노래, 아름다운 향토애를 느끼게 하는 그런 노래를 부르지 않는 것이 하나의 비극이라면 비극이랄 수 있다. 어째서 아이들이 제 나라의 말로 제 나라 노래를 부르는 것은 저속한 텔레비전의 CM송이 아니면 들어서 부끄러운 그 유행가들이어야 하는가.

머지않아 꽃들이 핀다. 꽃샘추위 속에서 개나리, 진달래, 그리고 도라지꽃들이 필 것이다. 별로 구경한 적도 없는 먼 나라의 에델바이스만이 아니라, 한국의 꽃 노래도 아이들의 합창 소리로 듣고 싶다. 그러기 위해서는 〈에델바이스〉와 같은 그런 가사, 그런 곡조, 그런 영화가 우리 나라에서도 만들어져야 한다. 감상적이라 그런지 서투른 영어 발음으로 〈에델바이스〉를 노래 부르는 우리의 어린것들을 보면 공허한 한숨이 새어 나온다.

장난감을 잃은 아이들

'장난감은 어른들의 꿈이요, 아이들의 현실'이라는 말이 있다. 어떻게 생각해보면, 아이들의 꿈이라고 해야 옳을지 모르지만 그것은 어디까지나 어른들의 견해다.

장난감은 아이들의 현실적인 환경이다. 어른들에게는 장난감으로 보이는 것도 아이들에게는 진짜의 것과 다름이 없다. 비행기를 가지고 놀 때 그들은 정말 그 비행기를 타고 하늘을 난다. 자동차도, 권총도 마찬가지다. 애들의 세계는 상상과 현실이 어른처럼 서로 분리되어 있지 않기 때문이다. 아프리카의 토인들이 꿈과 현실을 분간하지 못하고 꿈에 돈을 빌려주고 다음 날 아침에 정말 빚을 받으러 가는 것과도 같다.

그렇기 때문에 아이들의 장난감은 단순한 환각이 아니라, 실제로 영향력을 주는 현실의 환경물로 보아야 한다. 교육심리학자들이 장난감을 중시하는 이유도 거기에 있다. 미국 장난감 중에는 사회봉사에 관계된 것, 시민 교육과 뗄 수 없는 것 등이 많다. 소방차라든가, 교통신호등, 하이웨이, 패트롤카 등이 유난히 많다. 아이들은 그런 장난감을 통해서 사회에 봉사하는 시민정신을 익혀간다.

장난감은 정신적인 걸음마다. 그래서 장난감의 색채, 재료의 선택, 안전도, 상징성까지 전문가의 세심한 배려가 있어야 한다. 서너 살 먹은 아이들은 어머니의 젖을 빠는 본능이 있기 때문에 장난감의 페인트에 유해 색소가 있는지 조심해야 되고, 대여섯 살 먹은 아이들은 던지기를 좋아하기 때문에 장난감의 재료에 되도록 위험성이 적어야 한다.

안경 쓴 10대

안경이 이 땅에 처음 들어왔을 때, 사람들은 그것을 '개화경'이라 불렀다. 주석을 달 것도 없이 그 당시엔 근대화를 일러 개화라 했고, 새로운 서양 문명에 접한 지식인들을 개화군이라 했다. 안경은 이렇게 눈이 나쁜 사람을 위한 필수품이라기보다는 근대의 상징과 멋을 위한 사치품이었다. 그러므로 안경점을 찾아가는 손님들은 대부분이 도수 없는 안경알에 금테를 요구하는 '댄디 dandy'들이었다.

그 뒤로부터 안경의 역사도 변화가 생겼다. 그리고 그 특징은 무엇인가? 한마디로 말하자면 안경 인구의 연령이 자꾸 내려가서 요즈음엔 꼬마 고객들이 몰려들고 있다는 점이다.

물론 장난감 안경 이야기가 아니다. 렌즈의 도수도 어질어질한 근시안들이 초등학교 아이들을 휩쓸고 있는 기현상이 벌어지고 있는 것이다. 대학생쯤 되면 안경을 안 쓴 사람이 도리어 이상하게 느껴질 정도다.

이러다가는 '국민개경國民皆鏡'의 근대화 시대로 접어들지 않을까 걱정이다. 왜 이렇게 자꾸 눈이 나빠지는가? 더구나 어린아이들까지도 안경을 껴야 되는 이 기현상은 어디에서 비롯된 것인가?

쓰러져가는 출판사의 경기를 볼 때 독서열 때문이라고는 말할 수 없다. 텔레비전의 영향일까, 혹은 자극적인 도시의 밀집 간판 때문일까? 그러나 한 가지 분명한 것은 어린아이들이 모여 만화책을 읽고 있는 속칭 만화가게라는 곳을 들여다보면 그 비밀의 일단이 울릴 것도 같다. 아편굴처럼 어두컴컴한 판잣집 속에서 떼를 지어 읽고 있는 그 불량 만화책의 인쇄물을 살펴보자.

그러고서도 시력을 버리지 않는다면 그것은 눈이 아니라 유리알이라고 평할 지경이다. 경찰에서는 불량 만화를 추방하고 만화가게도 단속하는 모양이다. 지금껏 눈이 나빴던 탓으로 당국자들은 그동안 그것을 못 봤는가.

행차 뒤의 나팔을 불고 있는 어른들부터 개화경을 좀 쓰고 세상을 내다봐야겠다.

아이들의 수학공부

두통이 생길 때 파스칼Blaise Pascal은 약을 먹는 대신에 수학문제를 풀었다 한다. 그리고 폴 발레리Paul Valéry 같은 시인은 무엇인가 깊이 사고할 일이 있으면 대수문제를 놓고 씨름을 했다고 전한다. 수학은 순수하고 엄정하다. 일사불란의 수학적인 논리의 세계에는 협잡이나 비약이나 어거지 같은 것이 있을 수 없다.

티 없이 맑은 지성의 세계, 합리주의의 왕관 같은 세계……. 그래서 수학을 일러 '과학의 여왕'이라고 말한 사람도 있다. 수학이 발달하지 않은 곳에 문명의 꽃이 핀 일을 우리는 보지 못했다. 이집트나 바빌론의 고대 문명은 바로 수학의 뜰 위에 핀 꽃들이었다. 그리고 고대의 철학자들은 모두가 수학자였다고 해도 과언이 아니다.

한국의 문화는 어떠했는가?

아무리 아전인수로 따진다 해도 그것은 수학이 없는 문화였던 것 같다. 사고의 추상화抽象化와 합리성보다는 눈치로 세상을 관측하는 직관이 더 발달한 사회라고나 할까? 그 증거로 지금도 농촌 사람들에겐 수 관념이 희박하다. 고개를 넘기 전에 길을 물어도 십 리요, 고개를 넘고 한참 가도 십 리다. 더구나 소수점 이하의 수를 따진다는 것은 쩨쩨한 소인들의 짓이라고 경멸당하기 쉽다. 한국인의 계산법은 오십보백보 격인 것이다. 4, 5, 6학년 고사 결과를 보면 평균 55.2로 매우 저조하다는 것이다.

더구나 여러 학과목 중에서도 한심스러운 것은 수학이라 한다. 그러나 이렇게 수학 점수가 나쁘다는 것이 결코 우연한 일이 아닐 것 같다. 부조리한 이 사회현상을 보자. '하나에 하나를 보태면 둘이 된다'는 수학 공식이 어디에서고 제대로 통하는 데가 없다. 주먹구구로, 억지 춘향으로 세상을 살아가고 있다. 그래서 이런 농담도 생겨났다. 회사 경리 사원을 채용하는 구두시험에서 2+2=4라고 말한 응시자들은 모두 낙제를 했는데 그중 한 사람이 겨우 합격되었다는 것이다. 그는 시험관이 2+2는 몇이냐고 물었을 때, 4라고 답하지 않고 이렇게 말하였기 때문이다.

"뭐라고 대답해 드릴까요? 원하시는 대로 해드리겠습니다."

숫자의 조작으로 상징되는 그 모순과 불합리한 현실을 보고 자란 아이들이 어떻게 수학을 잘 풀 수 있을 것인가. 머리의 구조 자체가 이미 수학적으로 안 된 사람들이 판을 치는 한, 아이들의 수학 점수가 나쁘다고 야단칠 용기가 없다.

유치원 파워

'블랙 파워'니 '스튜던트 파워'니 하는 말이 유행하고 있지만 미국에는 또 하나의 파워가 있다. '킨더가튼 파워kindergarten power'가 그것이다. 우리말로 번역하면 '유치원 파워'라고나 할까. 어쨌든 미국 사회를 움직이는 잠재적인 세력 가운데 하나가 젖먹이 아이들이라는 것은 꽤 재미있다.

킨더가튼 파워라니, 아이들이 우유병을 들고 데모라도 한다는 말일까? 무슨 식견이 있어 벌써부터 어린것들이 어른들의 기성 사회에 간섭을 한단 말인가.

물론 그런 뜻이 아니다. 아이들은 가만히 있어도 어른들이 눈치를 보고 벌벌 떤다. 그 증거로 미국 가정은 우리와는 달리 어린애들이 중심이 되어 있다. 애들이 이야기를 하면 온 가족이 귀를 기울여야 하고, 그들이 무엇을 하든 어른들은 관심 깊게 바라봐야 한다. 아이들은 영웅인 것이다. 그만큼 애들을 소중히 여기는 사회이다.

단적인 증거로 최근 미국의 베스트셀러 통계를 보면, 1위에서 5위까지의 논픽션물은 거의 모두가 육아에 관한 책들로 채워져 있다. 그뿐 아니라 어른들의 사회라 해도 어린애다운 것을 미덕으로 삼고 있다. 동양의 군자들은 어린것[幼]을 어리석은 것[愚]으로 보았고, 유치하다고 생각해왔다.

아이들을 존중한다는 것은 곧 미래에 대한 희망을 지니고 산다는 것과 다름없는 이야기다. 우리나라엔 전통적으로 경로사상은 있었어도 '킨더가튼 파워' 같은 것은 일찍이 존재해본 일이 없었다. 사실은 '어린이날'부터가 수상쩍은 것이다. 그날 하루만 아이들을 떠받들어주고는 1년 내내 내버려두는 '어린이날'은 기껏해야 성인들의 체면 유지의 장식물이다.

어른들의 놀이터는 많다. 요정이나 기원이나 다방이나, 아니 푸른 잔디의 저 골프장이나……. 모두가 어른들의 놀이터인데 아이들은 골목길에서 지나가는 자동차 눈치를 살피며 공 던지기를 한다. '어린이 놀이터'가 없는 사회는 그대로 유아성이 없는 사회이다. 말하자면 순진성을 상실한 사회이며 미래의 희망을 저버린 사회인 것이다. 어린이날에 생소한 구호만 외칠 것이 아니라, 골프장을 어린이 놀이터로 바꿀 만한 실천 행동으로 이날을 기념할 일이다.

크레용의 비밀

크레용을 견고하게 만들어내는 나라일수록 그 사회의 기반도 역시 튼튼한 법이다.

크레용은 애들이 사용하는 학용품이다. 만약 그것이 잘 부러진다면 애들은 마음놓고 그림을 그릴 수 없을 것이다.

어린이들은 자유롭게 자라나야 한다. 사소한 불안감이나 대수롭지 않은 조바심이라 하더라도 약한 애들의 마음엔 상처를 입힌다.

과연 어린이를 소중히 생각하는 미국의 크레용은 어느 나라의 제품보다도 굵고 튼튼하다. 웬만큼 책상에서 굴러 떨어져서는 부러지는 일이 없다. 모양도 듬직하게 사각형으로 되어 있다. 넓은 화폭에 신경을 쓰지 않고 멋대로 색칠을 하고 있는 어린이의 표정엔 티끌이 없다.

우리나라의 크레용은 어떤가? 그 외형이나 디자인이나, 그리고 36색까지 있는 그 색채는 조금도 손색이 없어 보인다. 하지만 애들이 책가방을 메고 몇 번만 추슬러도 그것은 엿가락처럼 금세 부스러지고 말 것 같다. 그 증거로 초등학교 애들의 크레용갑을 뒤져보면 꼭 폭격당한 집처럼 어수선하다.

크레용의 견도堅度는 그 사회의 한 상징이라고 볼 수 있다.

어린이 천국

영국 사람은 돈을 벌어 노인들을 위해서 쓴다. 그래서 영국을 '노인 왕국'이라고 한다.

양로원 시설뿐만이 아니라 노인들의 '틀니'까지도 전부가 공짜로 되어 있는 사회이다. 프랑스 사람은 어디까지나 자기 자신을 위해서 돈을 번다. 그래서 프랑스는 '젊음의 왕국'이라고 한다. 어린이나 노인을 돌보기 전에 우선 그들은 자기 자신들의 사랑을, 그리고 인생을 즐기기 위해서 땀을 흘리는 것이다.

그런데 미국 사람들은 어린이를 위해서 돈을 번다. 그러기에 미국을 가리켜 '어린이의 왕국'이라고 부른다. 미국의 어느 가정을 가나, 어느 도시를 가나 어린이가 그 중심이 되어 있다. 백화점을 가보아도 어린이의 용품은 값이 싸다. 아동복리가 가장 철저한 것도 미국이요, 문학·예술까지도 어린이를 위한 것이 판을 친다.

미국 문학의 상징이라고 하는 마크 트웨인의 작품이 모두 소년소설이라는 점은 주목할 만한 일이다.

이 어린이 왕국에 한때 '장난감 소동'이란 것이 있었다. 미국 시장에 일제 완구가 범람하여 완구상을 독점해버렸을 때의 이야기다. 일제 완구를 막기 위해서 미국의 어느 장난감 회사는 그것에 사용된 '도료塗料'를 검사해보았다. 거기에서 약간의 유독성이 발견되자 곧 그것을 공포해버린 것이다. 그러자 그날부터 일제 장난감은 전연 팔리지 않아 완구시장에서 일제 장난감이 맥을 못 추게 되었다는 것이다.

일제 완구가 판을 치게 된 것이나 하루아침에 서리를 맞게 된 것이나 모두 '어린이 왕국' 미국에서나 있을 수 있는 일이다. 그런데 콩고 같은 데서는 정반대로 '어린이의 장난감'이란 것이 하나도 없다. 프랑스에 들렀던 유루 대통령은 장난감 30세트를 사가면서 이렇게 말한 적이 있었다.

"우리나라 자녀들은 인형을 가지고 노는 일이 없습니다. 그들에겐 장난감이 없기 때문에 갓난아이 어린 동생이 그 대용품입니다……."

어린이 놀이터 안에 있는 공중 변소에서 용변을 보던 아이가 빠져 죽었다. 이것은 한국에서의 이야기다. 네 살 먹은 어린애인 데다가 보통 변기보다도 규격이 큰 것이었기 때문에 그런 사고가 생긴 것이라고 한다. 어린이 놀이터에 있는 변소가 어쩌자고 그렇게 규격이 큰 것이었는지 알 수 없다. 어린이가 혼자 변소에 들어가도록 한 부주의도 부주의이지만 애들이 노는 놀이터에 그런 변소를 지어놓은 무신경이 더욱 알 수 없는 일이다.

사회 전체가 그런데 '어린이'들만 호화롭게 안전하게 키울 수는 없다. 그러나 우리 사회는 너무 아이들에게 무관심한 것 같다. 어린이에 무관심한 사회에는 미래의 꿈도 없는 법이다. '아이들'을 상대로 한 만화가게, 장난감집, 놀이터, 행상인들에 대하여 우리는 다시 한 번 시선을 돌릴 필요가 있다. 미국은 '어린이 왕국'이기 때문에 희망에 찬 내일이 있는 것이다.

놀이의 문화

초등학교의 여름방학이 시작되었다. 입시지옥에서 해방된 어린이들의 방학은 한결 더 신나고 즐거운 일이다. 과중한 여름방학숙제도 부과하지 않을 방침이라고 하니 어린이들에겐 이제 여름의 태양과 바다만 있으면 된다.

그러나 어떻게 공부시키느냐 하는 것보다도 어린이들을 어떻게 잘 놀리느냐 하는 것이 한층 더 어렵다는 사실을 잊어서는 안된다. 가축도 가두어 기르는 것보다는 내놓고 기르는 편이 한층 더 힘이 든다. 아이들을 자유롭게 키운다는 미국의 경우만 해도 그렇다. 미국의 부모들은 아이들이 카우보이 영화나 우주 탐험의 공상만화를 보는 것을 싫어하는 경향이 있다. 공부는 하지 않고 텔레비전 앞에 앉아 있는 것을 시간 낭비라고 생각하는 까닭이다.

그래서 텔레비전 프로듀서들은 카우보이 영화를 '아메리칸 사극'이라고 칭하고, 공상만화를 '과학극'이라고 부른다. 눈 가리고 아웅 하는 격이지만, 그래야 부모들의 비난을 덜 산다는 것이다.

아이들은 늘 억압되어 있다. '아이들에게 있어 어른들은 언제나 이길 수 없는 지배계급'이다. 이런 욕구불만을 '놀이'를 통해 해소시켜주는 것이 교육 이상으로 중요하다.

아이들의 성장에는 영양 이상으로 심리적인 긴장 해소가 필요하다. 그래서 아이들의 과자는 칼로리보다도 씹는 맛, 즉 이로 씹을 때 나는 바삭바삭하는 소리가 훨씬 발육에 좋다는 심리학자의 보고도 있다. 적대심이나 욕구불만을 씹는 그 쾌감과 소리로 달랠 수 있기 때문이다.

어른들이 생각하고 있는 것보다 아이들은 훨씬 파괴적이고 공격적이다. 아이들은 장난감을 가지고 논다기보다, 그것을 부수는 재미를 즐기고 있다고 하는 편이 옳을는지도 모른다. 결국 한마디로 말해서 아이들은 개구쟁이가 정상이라는 점을 잊지 말라는 이야기다.

우리는 너무 아이들을 점잖게 기르려고 한다. 그런 아이들이 커서 무슨 창조력을 발휘하겠는가? 여름 한철만이라도 좋으니 안전이 허락하는 범위 안에서 우리의 아이들도 좀 개구쟁이로 놀

수 있게 자유를 주어야겠다.

콩 심은 데 콩 난다

아들 삼형제를 불러놓고 아버지는 근엄한 표정으로 설교를 시작했다.

"너희들이 스무 살이 될 때까지 담배를 피우지 않으면 그 대가로 승용차 한 대씩을 사주겠다. 자신이 있는지 자기의 의향을 말해라."

그러자 고등학교에 다니는 맏아들이 말했다.

"약속만 꼭 지켜주신다면 한번 해보겠습니다."

다음에 중학교 다니는 둘째 놈이 말한다.

"스무 살은 곤란하고……. 한두 살쯤 줄여줄 수 있어요?"

막내 차례가 됐다. 그 꼬마는 한숨을 크게 내쉬더니 이렇게 말했다.

"아버지 그런 말을 왜 진작 하지 않았어요!"

그러니까 꼬마는 벌써 담배를 피우고 있었던 모양이다.

이 조크는 나이가 아래로 내려갈수록 아이들이 더욱 깜찍해지고 있는 현대 사회의 풍조를 비꼰 것이다.

10대의 미성년자 문제는 세계적인 골칫거리다. 심지어 '틴로지(teen-logy, 십대학學)'라는 괴상한 유행어까지 대두되고 있는 형편이다. 사고방식도 행동 기능도, 성격이나 감각이나 그 논리의식들도 성인 사회의 그것과는 판이하다. 그렇다고 '강 건너 불구경'하고 있듯이 "요즘 아이들은……." 하고 혀만 차고 있을 수는 없다.

고물상을 턴 강도범을 잡고 보니, 대학 진학을 앞둔 고등학생들이었다. 집안도 도둑질을 할 만큼 어렵지 않고 또 가정도 정상적인 편이란 것이다.

얼마 전에는 유치원에서 산토끼춤이나 추고 있을 그런 꼬마가 '금고를 따는 전문가'였다는 충격적인 뉴스가 있었다. 나타난 것이 이 정도지 10대의 범죄는 장마철의 독버섯처럼 번져가고 있는 눈치다.

단순한 용돈 때문에 앞날이 바다 같은 학생이 강도질을 하는 세상. 그러나 이 한숨은 10대를 향하여 내쉴 것이 아니라 바로 오늘날의 성인들이 받아야 할 것들이다. 죄악을 밥 먹듯이 저지르고 있는 사회에서 10대의 아이들은 이제 죄의식마저도 마비상태에 빠져 있는 것이다.

부모들은 옥박지를 줄만 알지, 성장해가는 아이들의 고민을 깊이 이해할 생각은 하지 않고 있다. 가속도의 법칙과 '콩 심은 데 콩 나고, 팥 심은 데 팥 난다'는 평범한 그 속담이 세대 문제라고 예외는 아닐 것이다.

청소년과 순결교육

우리가 살고 있는 현대는 여러 가지 모순을 잉태하고 있다. 무엇보다도 인간의 성장과정을 한번 생각해보자.

어려서는 우유를 먹기 때문에 옛날처럼 모유의 부족에서 오는 영양실조의 현상이 일어나지 않는다. 그리고 의학의 발달과 스포츠의 보급은 한층 육체적인 발육을 빠르게 한다. 조기 사망률은 비교도 안 될 만큼 줄어든 것이다.

그래서 현대인들은 옛날에 비해 신체발육이 빨라 일찍 성숙한다. 구체적인 예를 들자면, 여자의 경우 옛날 같으면 열여섯 살쯤 되어야 초경을 했지만, 지금은 3, 4년이 빨라져 평균 열네 살을 하회하고 있다. 그러니까 오늘날의 초등학교 상급생이면 옛날의 여학생과 신체발육이 동등한 셈이다.

그런데 정신 면에서는 한결 떨어지는 역현상이 일어나고 있다. 열여섯 살만 넘으면 올드미스 소리를 들었던 과거와는 달리, 지금은 스물여섯의 신부들이 수두룩하다. 남성 역시 마찬가지다. 여드름 자국이 다 시들어버린 스물다섯 살의 대학 졸업생들이 사회에서는 아직 초년병으로서 어른 대접을 받지 못하고 있다. 천지현황天地玄黃을 읽던 시절에는 며느리를 볼 생각을 하고 있을 나이다.

이런 모순 때문에 현대 젊은이의 성性문제 역시 여러 가지 부조화를 나타내고 있다. 육체적으론 일찍 어른이 되고 사회적으론

늦게 어른이 된다. 이 넓어지는 갭은 젊은이에 대한 편견도 증대시켜가고 있다. 중·고등학생을 보면 누구나 어린아이들로 보지만 실은 춘향이와 같은 나이이며, 로미오와 줄리엣보다 육체적으로는 훨씬 어른이다. 가정에서나 사회에서나 어른들은 그들의 현실을 무시하고 일방적으로 아이들 취급만 하고 있다. 이 때문에 영화 〈초원의 빛〉처럼 노이로제에 걸리는 학생들이 많아진다.

앞으로 여중·고 학생들에게 순결 교육을 실시하리라고 한다. 어차피 성의 문제를 『논어』, 『맹자』의 책갈피 속에만 가두어둘 수는 없는 노릇이다. 현실적으로 순결 교육을 실시할 단계에 이른 것만은 부정할 수 없다. 성의 무지에서 오는 과실이 성을 알기 때문에 저지르는 피해보다 크기 때문이다. 외면한다고 해서 해결될 것이 아니다. 그러나 무엇을 가르치는가보다 어떻게 가르치는가로 순결교육은 크게 달라진다. 외국의 예를 보더라도 가르치는 교사의 몰지각 때문에 말썽이 생기는 일이 허다하다. 처음으로 실시되는 '순결 교육'이니 우선 교육자부터 교육을 먼저 받아야 하겠다.

세대 기질 점묘

사슴파와 기린파

　모가지가 길어서 슬픈 짐승이여, 언제나 점잖은 편 말이 없구나. 관
(冠)이 향기로운 너는 무척 높은 족속이었나 보다. 물속에 제 그림자를 들
여다보고 잃었던 전설을 생각해내곤 어찌할 수 없는 향수에 슬픈 모가
지를 하고 먼 데 산을 바라본다.

　학사 자격고시 문제에 등장한 고 노천명 씨의 「사슴」이라는 시
다. 사슴이라는 말이 직접 나오지 않고 다만 그것이 암시적으로
표상되어 있기 때문에 이 시는 곧잘 시험 출제자들의 구미를 당
기게 하는 것이다. 언젠가 중·고등학생을 상대로 한 퀴즈 프로 라
디오 게임에서도 역시 이 시가 등장했던 일이 있다.
　그런데 의외로 그것의 정답을 제대로 맞히지 못하는 학생들이
많은 것 같다. 수험자들은 대개 그 시가 '기린'을 묘사한 시라고

생각하고 있는 모양이다. 학사고시를 치르고 나온 몇 학생의 말을 들어봐도 자기들은 그것이 사슴이 아니라 꼭 기린인 줄만 알았다는 것이다. 더구나 그 학생들은 학사 자격을 충분히 갖추고도 남음이 있는 모범생들이었다.

어째서 학생들은 그 시를 읽고 사슴보다도 기린을 연상하게 되는 것일까? 물론 '모가지가 길다'는 표현 때문일 것이다. 그러나 그 심리를 한층 더 세밀하게 분석해보면, 요즈음 젊은 학생들의 사고방식이 어떻다는 것을 짐작할 수 있다.

옛날 학생들 같으면 아마 '기린파'보다는 '사슴파'가 압도적으로 더 많았을 것이라 짐작된다. 사슴은 고래의 우리 생활 감정과 밀접한 관련을 맺고 있는 짐승이다. 불로초를 뜯어먹고 있는 사슴이 장롱의 디자인이나, 혹은 벽에 걸린 족자의 그림으로 곧잘 눈에 띄었다. 뿐만 아니라 설화나 고담을 들어도 사슴 이야기가 많이 나온다.

'목이 긴 짐승', '호수를 들여다보고 있는 짐승', '먼 산을 바라보는 향수에 젖은 눈……' 이러한 정경 묘사에서 사슴이 아니라 동물원의 기린을 연상하는 요즈음 학생들은 전통적인 한국인의 정서를 상실하고 있는 것이 아닐까? 그야말로 사슴은 '한국의 현대화'와 함께 잃어버린 전설이 되었는가 보다.

사슴의 긴 목에서 슬픔을 느끼고 높은 족속의 고고한 기품을 느꼈던 것은 옛사람들의 감정인 모양이다. 재즈나 듣고 자란 학생들은 사슴을 보아도 이제 약방 간판의 '녹용' 정도만을 연상할지도 모른다. 이 현대화한 '기린파'의 젊은이들에게 정녕 사슴은 잃어버린 전설이 되어야만 하는가?

언어 세대론

길거리에서 친구와 영어회화를 하던 대학생이 그것 때문에 봉변을 당했다는 기사가 신문 '돋보기' 란에 실린 일이 있다.

"건방지게 무슨 영어냐?"

"영어를 하려면 똑똑히 해라! 그건 한국식 영어다."

이렇게 시비가 붙어 종국에는 주먹싸움, 전치 수주일의 상해를 입혔다는 이야기다.

물론 엉터리 영어회화 시비로 주먹을 휘두른 사람은 벽안의 외국인이 아니라 피부색이 같은 한국인이시다.

이런 특수한 경우가 아니더라도 외국어 문제로 이따금 시비가 생겨나고 있는 것은 그리 낯설지 않다. 아래로는 하우스보이 houseboy, 위로는 대학교수에 이르기까지 누구의 영어가 정확하냐 하는 것을 가지고 싸움판을 벌인다. 예술을 엔터테인먼트라고 하여 그 영어단어를 놓고 학자 간에 논쟁이 붙은 일도 있었으며, 또는 표기법 문제로 야단스런 문학 논쟁이 일어난 일도 있다. 정치성을 띤 시비도 있다. 한일회담의 공식 석상에서 우리나라 대표

들이 일어를 사용했다고 해서 뒷공론이 돈 일도 있었고, 한국어
도 잘 모르는 사람을 모지某地 공사로 임명하여 말썽거리가 되었
던 일도 있다.

외세 문화권에 카멜레온처럼 적응해갔던 민족이었기에 항상
외국어에 신경을 팔아야 했던 것도 무리는 아니다. 제 나라 언어
를 잘못 쓰는 것은 조금도 부끄럽지 않게 생각하면서도 영어의
악센트나 스펠링 하나 틀린 것은 최대의 수치로 알고 있는 사람
들이 많다. 50대 이상은 한어漢語 세대, 30대 이상은 일어 세대, 그
리고 20대 이하는 영어 세대라고 구분한대도 별로 뺨 맞을 소리
는 아니다. 앞으로 순수한 자국의 언어에 눈뜰 세대가 나타나게
될 것인지는 아직 모른다.

일본에서는 '아름다운 말 쓰는 운동'이 전개되고 있다. 그중에
는 말끝마다 '네ね'자가 붙는 회화가 귀에 거슬린다 하여 '네' 자
빼기 운동 같은 것을 벌였다.

우리는 우리 자신의 말에 대해서 너무 무관심했던 것 같다. 요
즈음에 갑자기 서울에도 유행되고 있는 '그렇다고요', '모르겠다
고요', '좋다고요' 하는 투의 ' ~ 고요' 낱말을 듣고 있지만 마음
이 그리 '고요'하질 못하다.

말은 가꿀 탓이다. 프랑스어가 아름다운 말로 정평 있는 것은
그 민족이 그만큼 그 말을 다듬고 가꾸어왔기 때문이다.

엉터리 영어에 주먹을 휘두르는 사람은 있어도, 엉터리 한국어

에 의분을 느끼는 사람은 적을 것 같아 어쩐지 섭섭한 생각이 든다.

은어로 본 세대

얼마 전에 세상을 떠난 E. E. 커밍스Cummings는 그의 시에 곧잘 은어나 속어를 섞어 써서 세상 사람들을 놀라게 하였다. 아름답고 점잖은 말을 써야 시가 되는 줄로만 알았던 구시대의 독자들에겐 그것은 하나의 혁명처럼 보였다. 어째서 커밍스나 현대 시인들은 지하도와 뒷골목에서나 들을 수 있는 슬랭slang을 시화詩話로 등장시켰던가? 단순한 호기심에서 나온 장난일까?

그들의 말을 들어보면 결코 그런 것 같지는 않다. 은어나 속어에는 생명의 원시성과 현실성이 충만해 있다는 것이다. 닳고 닳은 전통적인 언어에서는 맛볼 수 없는 새롭고 힘찬 호흡이 있다는 이야기다.

시인이 참된 시대의 얼굴을 그리기 위해선, 또 살아 있는 언어를 살리기 위해선, 또 살아 있는 언어를 창조하기 위해서는 그러한 은어의 세계로 뚫고 들어가야 한다는 주장이다

은어는 원래 특수 사회에서만 통용되는 암호적인 언어다. 그러나 거기에는 비밀보장이라는 효용성 외에도 현실에 대한 풍자나 인생의 권태와 진부함을 깨뜨리는 멋이 있다. 일종의 기성 언어

에 대한 반항, 그리고 신기新奇를 탐하는 심리에서 생겨난 것들이 많다. 특히 틴에이저의 학생층에서 널리 쓰이고 있는 유행어가 그런 것이다.

신문에 소개된 여대생의 은어를 훑어보면 재미난 것이 많다. 노인들의 잔소리가 '황혼 연설'로 되어 있고 할아버지의 대머리가 '토지개혁'이라고 되어 있는 것은 연로자에 대한 캐리커처라고 볼 수 있다. 그리고 돈을 쓰지 않기 위해서 걸어만 다니는 데이트가 '재건 데이트'요, 교회를 '청춘 복덕방'이라고 한 것은 사회풍자의 한 단면을 나타낸 것이다.

그러나 이 여대생들의 은어 가운데는 대부분이 저속하고 치졸한 것이 많으며 대개는 서툰 영어 지식을 응용한 것들이 대부분이다.

물론 은어는 저속하기 마련이다. 학생들의 은어 사용도 또 어찌할 수 없는 현상이다. 인스브루크Innsbruck 여대생들은 숫제 여성만의 전문어를 창안 중이라고 하며, 가까운 일본 학생들만 해도 그들이 사용하는 언어의 태반이 은어로 되어 있는 모양이다. 그러나 같은 은어라도 대학생들의 것은 지식인다운 품격이 있어야겠다는 생각이 든다.

외국 학생들의 한 은어인 '데칸쇼'는 데카르트, 칸트, 쇼펜하우어의 두頭문자를 따 모은 것으로 세계 철학을 한꺼번에 마스터하겠다는 기백이 엿보인다.

그러나 우리 여대생들의 콜드페이스(냉면, 冷面)에는 먹는 기백만이 한창이다.

은어 하나만 보아도 우리나라 학생들의 수준과 기질이 어떤 것인지 짐작할 만하다.

사쿠라 비판

지금 30대 이상의 사람들은 '사쿠라(벚꽃)'라고 하면 곧 일본을 연상할 것이다. 그것이 비단 일본의 국화國花라는 점에서만 그런 것이 아니다. 군국주의의 상징으로써 그들은 거의 광적으로 '사쿠라'를 내세우고 있었다. 무슨 무늬나 장식을 보아도 '사쿠라'가 그려져 있다. 담뱃갑에도 극장의 커튼에도, 하치마키(머리띠), 타월, 심지어는 속내의까지도 그렇다. 국민을 어떤 획일적인 주의 밑에 몰아넣기 위해서는 소위 그 정신의 유니폼이란 게 필요하다. 그것이 바로 신화神話 정치의 수법이며, 상징의 마술을 이용한 독재 정치의 최면술이다.

히틀러가 별로 대수롭지도 않은 '하켄크로이츠(卐)' 문장을 신격화한 것이나, 공산주의자들이 '해머'와 '낫', 그리고 붉은 색채를 그 국민에게 주입시키는 것이나 모두가 똑같은 솜씨다. 결국 국민이란 것은 사쿠라의 노예, 해머와 낫의 노예와 다름없이 되어버린다.

자유민주주의는 그런 획일성과 달리 다양성을 갖는 데에 장점이 있다. 각 개인이 자기 심벌을 갖고 사는 것, 그것이 곧 민주적인 사회이다.

해방 직후 열혈 애국지사들이 사쿠라 나무를 베어버린 일이 있었다. 이해가 감직한 일이지만, 그러한 행위 자체가 바로 왜식 사고를 그대로 뒤집어놓은 것이다. 일개 식물을 신처럼 떠받들던 일본인이나 그렇다고 해서 그것을 톱으로 사형 집행한(?) 사람이나 따지고 보면 서로 닮은 데가 있다. 일본과 관계없이 벚꽃을 자유롭게 감상할 수 없었던 것, 그것도 하나의 비극임에 틀림없다.

지금 초등학교 아동들은 벚꽃을 보며 일본을 연상하지 않을 것이다. 벚꽃을 자유로운 눈으로 때 묻지 않은 순수한 마음으로 바라볼 것이다. 그와 마찬가지로 일본의 사고방식을 완전히 청산한 사람이라면 벚꽃에 대하여 적의도, 또 필요 이상의 존경도 갖고 있지는 않겠다.

창경원의 벚꽃은 아름답다. 그 벚꽃놀이는 해마다 있는 시민들의 낭만이다. 그러나 전 대통령 이승만 씨가 반일 감정을 이 벚꽃에도 적용하여 새 나무를 심지 못하게 했다는 것이다.

벚꽃의 수명은 약 30년인데 창경원의 그것들은 3분의 1이 고목 또는 폐목이라, 봄이 되어도 꽃이 피지 않는 모양이다. 그러고 보면 창경원 벚꽃나무부터 세대교체를 서둘러야 할 판이다.

비단 벚꽃나무의 세대교체뿐만 아니라, 벚꽃을 완상玩賞하는 그 태도에도 세대교체가 필요할 것 같다.

왜색 사고의 잔재에서 완전히 해방된 민주적 사고방식의 대두
도 아울러 생각해볼 문제가 아닌가?

트위스트의 문명

트위스트가 유행하여 처음으로 유럽 일대를 휩쓸기 시작했을
때의 이야기다.

런던에 있는 샴푸 공장의 네 여직공은 공장 내에서 트위스트
춤을 추다가 해고를 당했다. 공장주인 엘릭 링컨 씨는 그들이 트
위스트를 추고 있을 때 꼭 술에 취한 줄로만 알았던 것이다. 몸을
앞뒤로 흔들면서 비비 꼬아대는 그 동작이 설마하니 신식 춤인
줄은 꿈에도 생각지 못했던 것이다.

물론 이 일장의 희극은 해피엔드로 끝났다. 트위스트춤을 술
주정으로 오인한 링컨 씨는 자기의 무지를 사과하고 곧 직공들
을 복직시켰던 것이다.

그러나 우리는 과연 이런 경우 누구를 동정해야 옳을지 망설
이지 않을 수 없다. 유행을 좇다가 잠시나마 봉변당한 여직공이
냐, 그렇지 않으면 유행을 이해하지 못한 불쌍한 신사냐?

그러나 아무래도 딱한 것은 트위스트를 몰랐던 노신사라고 생
각된다. 회전목마처럼 시대의 템포는 빨라졌다. 눈 깜짝할 사이

에 벌써 시대에 뒤지게 마련이다. 세대 차이도 격심해져서 잘못 서성거리다가는 '무덤에서 나온 사나이' 취급을 받게 된다.

같은 트위스트 세대라 해도 그렇다. 언젠가 음악감상실의 스테이지에서 대학생들이 트위스트를 추고 있는 것을 구경한 일이 있었다. 그때 동석했던 노교수가 이렇게 말하는 것이었다.

"잘 보십시오. 똑같은 대학생, 똑같은 트위스트로 보이지만 벌써 저들 사이에도 세대 차이가 있어요. 몸을 자연스럽게 빨리 움직이는 학생들이 초년생들이고 좀 둔하고 부자연스러운 것이 고학년들이랍니다. 대학 초년생들은 고등학교 때부터 트위스트를 추었기 때문에 아주 몸에 배어 있지만, 고학년 학생들은 어쩐지 어색해 보입니다. 저들 사이에도 벌써 세대 차란 게 있으니 우리와는 말도 안 되지요……."

그러고 보면 참 세상은 많이 변했다. 상투를 잘리고 통곡을 하던 것이 바로 50년 전의 일. 그런데 지금은 극장 통로를 메우고, 10대의 소년소녀들이 트위스트를 추고 있어 말썽이다.

옛날 같으면 돈을 주고 하래도 하지 않을 것을 말이다. 극장을 휩쓰는 트위스트족의 소란에서 우리는 단순한 풍기문란만을 보는 것이 아니다. 어른들과는 이미 아무 관계없이 고삐 끊은 말처럼 독주하는 그들의 장래가 무엇이냐 하는 점이다.

우리가 그들을 따라가야 할 것인가, 그들을 보고 우리를 따라오라고 할 것인가? 무엇이 옳은 것인지 모르겠다.

동문서답의 세대

"이중 결혼의 벌은?"

법학도가 모여 있는 대학 강의실에서 교수는 근엄한 어투로 질문했다. 그때 여대생 하나가 자신만만하게 대답했다.

"저…… 그것은 귀찮은 시어머니가 둘이나 생긴다는 고통입니다."

이러한 동문서답은 우리에게 웃음을 자아낸다. 즉 그것은 유머의 기본 트릭이다. 그러나 동문서답이 생겨나게 되는 것을 자세히 분석해보면, 차라리 웃음보다도 하나의 비극이 개재해 있다는 사실을 발견하게 된다.

이 짤막한 유머 가운데는 노교수와 젊은 여대생의 세대적 단절이란 것이 있다.

노교수는 이중 결혼의 부도덕성과 그것을 응징하는 형법상의 벌칙을 생각하고 있다.

그러나 여대생은 결혼 도덕과 같은 것에 대해선 이미 불감증에 걸려버린 세대에 살고 있다. 추상적인 육법전서보다는 자기 몸으로 직접 체험하는 생활감각이 앞서는 세대이다.

그러므로 이중 결혼의 벌이라고 할 때 노교수는 법 조목을, 여대생은 시어머니를 먼저 연상한다. 이러한 동문서답은 대개가 사고방식과 행동방식의 감각적 차이에서 비롯되는 경우가 많다.

볼테르Voltaire의 일화에서도 우리는 그러한 단서를 찾아볼 수 있다. 어느 날 여배우에게 연극 연습을 시키고 있던 볼테르가 흥분해서 외쳤다는 것이다.

"그 대목을 그렇게 무감동하게 읽다니, 만약 폭군이 당신의 연인을 빼앗아 갔다면 그대 마음이 어떻겠는가?" 그러자 여배우는 태연히 말하더라는 것이다. "저 같으면 말예요, 다른 애인을 또 하나 만들겠어요." 순정파 볼테르와 핑크파 여배우 사이엔 자연히 그러한 동문서답밖에는 할 수 없다. 그들 사이엔 오작교烏鵲橋도 없다. 영원한 단절의 낭떠러지가 있다. 유머북에서만 우리는 그러한 동문서답을 체험하고 있는 것은 아니다. 바로 이 현실에서 얼마나 많은 동문서답을 하고 있는지 모른다.

E여대의 대학입시 출제에 작문을 쓰라는 문제가 있었다. 제목은 '내가 본 E대 캠퍼스'.

과거시험을 치듯 천하의 재원들이 모여 그 필재를 다룬 답안지를 읽어가면서 내 머리에 떠오르는 것이 바로 그 동문서답이었다. 동문서답의 세대에 문제를 출제한 교수의 기대와 실제 그 답안지를 본 여학생의 마음 사이엔 그야말로 '강물이 흘러 또 몇 천리'의 머나먼 거리가 있는 것이 많았던 까닭이다. 작문·교육이 아니라 시대가 어떻게 달라졌는지를 배웠다.

채점은 이쪽에서가 아니라 응시한 학생 쪽에서 했는지 모른다. 그것은 하나의 유머이며 비극이기도 했다. 그 대표적인 것을 세 개만 추려보자.

① 정문으로 들어서자 대강당으로 뻗은 계단이 눈에 띈다. 하나하나 세어보니 48개가 넘는 것 같다. 내가 만약 이 학교에 들어온다면 아침저녁으로 저 계단을 오르내려야 할 것이므로 다리가 굉장히 굵어질 것이라고 생각했다.

이 여학생은 캠퍼스를 보고 무엇보다도 각선미를 해칠지도 모르는 그 계단을 근심하고 있다. 그리고 건축 설계사처럼 계단을 보면 충 계수가 몇 개나 되는지부터 헤아려본다.

얼마나 수에 밝고 현실적이고 타산적인가! 캠퍼스를 보면서 지성미보다는 각선미를 염려하는 세대! 우리의 젊은 세대들의 사고방식은 그렇게 변화해가고 있는 것이다.

② 캠퍼스를 보고 나는 '과연 전통과 신용 있는 대학이 다르구나' 하고 생각했다.

비단 이 여학생의 경우만은 아니다. 그들은 책보다도 광고문을 더 많이 읽고, 듣고, 보아왔다.

요컨대 매스컴 시대의 소녀들의 수사학은 신문 광고문이나 라디오, 텔레비전의 MC에게서 워밍업을 한 것이라는 '전통과 신용 있는 메이커 ○○양행'이라는 약 광고문이 그대로 대학 캠퍼스를 찬미하는 수식구로 응용되어 있는 것이다.

‘세계 제일’, ‘동양 제일’ 심지어는 ‘동남아에서 최고 가는 여대’란 것도 있다. ‘일본과의 기술제휴 운운!’ 하는 말이 안 나오는 것만 해도 다행이라고 할까?

지금 어디 캠퍼스를 따지게 되었는가. 그런 것은 다 합격하고 난 뒤에 볼 일이다.

이렇게 하드보일드한 터치를 내뱉듯이 갈겨 쓴 여학생들도 있었다. 대담하고 솔직하다. 몇 년 전만 해도 대학입시의 작문에 감히 이렇게까지 노골적인 표현은 찾아보기 힘들었다.

‘합격해놓고 볼 일이다.’ 저돌적인 태세가 그대로 반영되어 있는 것이다. ‘급한 판에 이런 것 저런 것 따지게 생겼느냐?’는 이 고백이야말로 꿈 잃은 젊은 세대의 귀엽기까지 한 동문서답이다. 세상은 날로 좋아지는 것인지 나빠지는 것인지? 이러한 여학생들이 어머니가 될 때까지 좀 더 두고 볼 일이다.

현실파 1

여대생들 가운데 유행하고 있는 이런 조크가 있다. 데이트를 신청해온 남학생을 소개할 때 학년에 따라 그 반응이 각기 다르다는 것이다. 아직 귀밑에 솜털이 가시지 않은 1학년생 같으면

"그 사람 미남자예요?" 제법 틀이 잡혀가는 2학년이면 "그 사람 춤출 줄 알아요?" 어지간히 권태로워진 3학년생이면 "그 사람 술 마실 줄 알아요?"라고 묻는다는 것이다.

그런데 졸업기에 들어선 4학년생들은 무엇이라고 묻는가? 그 물음은 매우 간단하다. "그 사람 지금 어디 있어요?"이다.

이 조크에서 우리는 무엇을 느낄 수 있는가? 학년이 높아질수록 이상은 줄어들고 현실의 힘줄만이 굵어져간다는 사실이다. 그래서 졸업할 무렵이 되면 자기 취미에 따른 선택 같은 것은 문제가 되지 않는다. 꿈도 개성도 생각할 여유도 없다. '그 사람이 어디 있느냐?'는 그 사실만이 문제이다.

남학생도 마찬가지다. 사랑의 대상을 사회의 꿈이나 그 취직처로 바꿔보면 된다. 1학년 때면 여러 가지 이상을 찾게 될 것이지만 점점 나이가 들면서 고학년이 될수록 그런 꿈들은 현실 앞에서 무너져버리고 만다. 무슨 일이라도 좋으니 돈만 많이 준다면, 혹은 편안한 직장이라면 좋다고 할 것이다. 그러다가는 '그 사람이 어디 있어요?' 식으로 졸업기에 들면 초조한 마음이 들고 아무데라도 빈자리만 있으면 좋다고 할 것이다.

그렇게 보면 호랑이가 들어가서 생쥐가 되어 나오는 곳이 대학인지도 모르겠다. 오늘날의 젊은이들이 사회에 진출하자마자 쉽게 타협하고 쉽게 변질해버리는 것은 대학의 이상주의나 그로맨티시즘이 고갈해버린 까닭인지도 모른다.

이 조숙한 현실주의 경향은 학생들의 잘못만이 아니다. 이 시대가, 이 사회의 풍조가, 그리고 그 교육 내용이 젊음의 꿈을 현실의 재로 바꿔놓고 있는 것이다.

대학가의 졸업 시즌 풍경은 입학 시즌과는 달리 활기가 없고 쓸쓸하다. 꽃다발을 품에 안은 새 학사들의 그 얼굴이 어쩐지 그렇게 자랑스럽고 명랑해 보이지만은 않는다. 물론 옛날에 비해 새 학사들의 취직률이 높아지고 있다.

그러나 단순히 직장을 얻는다는 것보다도, 과연 젊은이의 그 이상과 패기와 개성을 발휘할 수 있는 직장(환경)이 몇 군데나 될 것인가? 진심으로 사회에 첫발을 내딛는 그들에게 축복의 꽃다발이 될 수 있는 것은 그들에게 이상을 줄 수 있는 사회의 긍정적인 이미지일 것이다.

현실파 2

'이상주의자'란 말은 이제 부끄러운 말이 되어버렸다. 말이 점잖지 현대사회에서는 '바보'를 바로 그렇게 부르고 있다. '이상'이란 말은 '현실'이란 말 앞에서 언제나 처참한 KO패를 당하고 있다. 누가 무엇인가를 비평하려고 할 때, 현실의 모순에 도전하려 할 때, 사람들은 이렇게 말한다. "그것은 하나의 이상론에 지나지 않는다"고……. 그러면 대개의 경우 상대방은 얼굴을 붉히며 벙어리가 되고 만다.

현실―똑똑한 사람들이 잘 내세우고 있는 그 현실―이 위력 앞에서 얼마나 많은 부정과 모순이, 그리고 비극과 나태가 그대로 프리 패스하고 있는가? 그래서 현실은 승리의 노래를 부르고, 이상은 망신을 당한 채 훌쩍거리며 뒷골목을 방황한다. 누구나가 다 현실에 순응하면서 살아가려고 한다. '현실은 그런 게 아니다'는 신념이 현대인의 종교이다. 감히 현실의 그 딱딱한 성벽을 뛰어넘을 수 없다는 패배주의가 도리어 '철이 들었다'는 말로 통하고 있다.

그러나 정말 그런가? 불과 한 세기 전만 해도 인간이 새처럼하늘을 날아다닌다는 것은 엉뚱한 이상에 지나지 않은 것이다. 불과 10년 전만 하더라도 인간이 달에 간다는 것은 어리석은 이상의 꿈에 불과했다.

부모는 자라나는 자녀들을 비속卑俗한 현상 그대로 길을 들이려고 애를 쓴다. 그렇게 훈련을 받은 2세 문화는 기성 세대의 그것보다도 훨씬 '현실적'이 된다. 이를테면 일찍부터 세상물정에 밝은 똑똑한 어른이 되어버리는 것이다.

5월의 대학가는 유난히도 행사가 많다. 그러나 그 내용을 보면 미래지향적인 이상, 내일의 세계를 향한 엉뚱한 그 꿈의 낭만이 결여되어 있는 것 같다. 여학생들의 꿈은 '메이퀸'이 되어 시녀를 거느리는 정도이고, 남학생들의 세미나와 강연회는 매너리즘에 빠진 판에 박힌 주제들의 되풀이다. 연극도, 음악회도, 모두가 기성 문화의 모방이다. '이상'이란 말을 부끄럼 없이 쓸 수 있는 상아탑의 뜰도 지나치게 세속화해가는 것 같아 섭섭하다.

대학가의 축제들이 5월의 신록 그것처럼 좀 더 참신하고 싱싱하고 낭만적인 것이 되었으면 싶다.

오역 문화의 시대

오역 문화론

그리스와 터키의 분쟁으로 유명해진 키프로스Cyprus 섬에서는 웬일인지 사람들이 만나기만 하면 "굿바이"라고 말한다. 두말할 것 없이 '굿바이'는 헤어질 때 쓰는 인사다. 그러나 그들은 그것을 '굿모닝'과 같은 뜻으로 사용하고 있는 것이다. 어째서 그러한 착오가 일어났는가? 그 원인을 따져보면 참으로 흥미 있는 사실을 하나 발견하게 된다.

키프로스에서 간행된 희영사전希英辭典 때문이다. 사전 번역자가 그만 오역을 해서 '굿바이'를 만나는 인사라고 풀이하게 되었다. 이 잘못이 그대로 굳어져버려서 사전을 정정한 후에도 계속 그와 같은 뜻으로 사용되고 있다는 이야기다. 참으로 번역이란 신중히 다루어야 할 것이라고 생각된다.

영문학계에서 요즈음 물의가 되어 있는 셰익스피어 번역만 해도 그렇다. 다른 저서도 마찬가지지만 특히 셰익스피어 문학은

『성서』 번역처럼 중대한 것이다. 고전이 지닌 본래의 난삽難澁은 고사하고라도, 그 시적 표현의 개성 때문에 다른 말로 옮겨내기란 그리 쉬운 것이 아니다. 한 구절을 가지고 수년을 허비한 번역가가 있는가 하면, 단어 한마디를 가지고 오랜 시간 머리를 싸매고 고민한 학자들의 일화가 적지 않다.

그런데 들리는 말에 의하면 요즈음 모 출판사에서 나온 셰익스피어 전집 가운데는 일부의 원고가 일본판을 중역, 그것도 한 장에 몇 십 원씩으로 하청을 받아 벼락치기로 한 것이라는 소문이다. 정말 읽어보니 한심스러운 부분이 많이 나온다.

『헨리 4세』에는 '지금…… 지금……'이란 말이 거듭해서 나온다. 부르니까 곧 간다는 뜻으로 쓰인 말이다. 혹시 이것은 일본어의 '다다이마(지금)……'가 아닐까? 그렇지 않다 하더라도 세상에 사람이 부르는데 '지금…… 지금……'이란 말이 어디 있는가?

작은 예에 불과하다. 바야흐로 독서 시즌……. 출판업자의 양심이 바로 출판계를 살리는 활력일 것이다.

잘못 번역된 것은 정신을 잘못 전달하는 일과 같다. 사소한 일인 것 같지만 이런 데서 정신의 혼란이, 그릇된 사고가 발생되는 것이다.

번역을 잘못한다는 것은 이중의 죄악이다. 타국의 언어를 모욕하고 자국의 언어를 더럽히는 것이니까.

키프로스의 섬 사람과 같은 '굿바이'가 아니라 그런 오역의 시대와 정말 '굿바이'하고 싶다.

종이 없는 문화

'프랑스 은행'과 《NRF(La Nouvelle Revue Francaise)》만 손에 넣으면 프랑스를 지배할 수 있다는 말이 있다. 사족을 달지 않아도 알 수 있겠지만 프랑스 은행은 경제의 중추요, 《NRF》는 문화의 심장이다. 한 나라의 경제와 문화를 손에 넣는다면 곧 그 나라의 전부를 얻는 것과 다름이 없다.

이 말을 뒤집으면 《NRF》가 얼마나 위대한 존재인가를 알 수 있겠다. 갈리마르Gallimard사에서 나오는 이 월간지는 프랑스 지성의 총본산이라고 말할 수 있으며 역대의 사상가, 문인들이 거의 다 이 《NRF》를 통해서 나왔다.

앙드레 지드Andre Gide를 위시해서 이름 있는 세계적인 문호들이 실무를 담당하고 있었으니 가히 그 수준이 어떠한 것인지 짐작하고도 남음이 있다.

한국에도 이러한 권위지가 하나 있었으면 싶다가도 우리의 현실정을 생각할 때는 그림 속의 떡을 보는 것 같아 한숨만 나온다. 권위지나 고급지는커녕 대중 오락지도 그 명맥을 유지하기 어려워졌다. 더구나 서적계에서는 종이값이 폭등하고 그나마도 품귀 현상을 이루어 파멸 직전에 놓여 있다. 일반 단행본도 단행본이지만 정기 간행물들도 이 '종이난'에 부닥쳐 문을 닫을 형편에 놓여 있는 곳이 많다.

생각할수록 한심스러운 일이다. 가뜩이나 구매력이 없는데 책값마저 오르게 된다면 그 결과가 어찌될 것인지는 불문가지不問可知다. 당국은 또 그에 대해서 동아줄 같은 신경이니 문화민족이라는 '문화'자가 부끄럽기만 하다.

그 나라에서 쓰는 종이의 소비고야말로 곧 문화의 높이를 잴 수 있는 것이라 한다면 우리나라의 그것은 아프리카의 토인들에 비해 별로 다를 게 없겠다.

달러 부족으로 외서外書도 수입 못하고 종이의 품귀로 국내 출판도 어려운 요즈음은 그야말로 문화 위기라고 표현할 수밖에 없다. 그러나 '쌀 난리'와는 달리 대중들은 별로 그것에 대하여 관심들을 갖고 있지 않은 것을 보면 이 위기야말로 한층 더 큰 것이 아닌가 생각된다. 위기에 대한 위기의식이 없는 것처럼 큰 위기도 없기 때문이다.

출판계를 이 지경으로 만들어놓고도 '민족문학' 운운하는 위정자들의 배짱을 보면 경악이 지나쳐 존경심까지 우러나온다. 이 나라의 문화는 어디로 갈 것인가?

무엇을 읽을까요

어느 여대생이 위바 교수를 보고 자랑스럽게 말하였다.

"선생님, 이 책을 읽으셨나요?"

인쇄 잉크 냄새가 풍기는 산뜻한 신간 서적이었다. 교수는 책표지를 훑어본 후에 고개를 내젓는다. 아직 읽어보지 못했다는 것이다.

"어머나! 벌써 3개월 전에 나온 베스트셀러인데 아직도 안 읽으셨다니 빨리 읽어보셔요."

그러자 위바 교수는 여대생에게 이렇게 반문하였다.

"학생은 단테의 『신곡神曲』을 읽었소?"

이번엔 여대생이 고개를 내저었다. 읽을 기회가 없었다는 것이다.

위바 교수는 혀를 차며 충고를 했다.

"저런, 그 책은 나온 지가 벌써 600년이 지났는데 빨리 읽지 않으면 안 될걸."

이 유머는 현대 청소년의 독서법을 비꼰 것으로 매우 함축성이 있는 이야기다.

베스트셀러의 신간만 찾아 읽다가 정작 값어치 있는 고전은 그냥 흘려보내는 사람들이 있다. 그들은 신간을 늦게 읽는 것은 수치로 알면서도 수세기 전에 나온 책을 아직도 읽지 못한 것은 부끄럽게 생각지 않는다.

다이제스트물이나 유행물 같은 베스트셀러는 마치 사탕과 같이 입에 당기지만 영양은 별로 없는 것이다. 도리어 위를 상하게 하고 치아를 병들게 하는 것처럼 해가 되는 경우도 없지 않다.

독서 주간이 되면 책을 읽으라고 구호만 떠들썩하다. 그러나 독서법에 대한 구체적인 계몽이나 양서良書 선택에 대한 친절한 안내는 거의 찾아보기 힘들다.

무엇을 어떻게 읽느냐 하는 것은 사람에 따라 다르고 시대에 따라 차이가 있겠지만, 우선 고전부터 읽으라고 권유하고 싶다. 고전이란 단순히 옛날 책을 의미하는 것은 아니다. 그 내용은 변함없지만 언제나 새로운 자양을 공급해주는 것, 몇 세기를 두고 마르지 않는 샘처럼 새로운 힘을 가지고 있는 것이 바로 고전이라 하겠다.

사람은 교활한 동물이라 책명만 외고 마치 그 책을 통독한 것처럼 이야기하는 수가 많다. 그러므로 고전일수록 읽지 않고도 읽은 체하는 경우가 많이 있다.

요즈음엔 선거 바람, 콜레라 바람으로 꽤 어수선한 독서 시즌이지만 이런 때일수록 그윽한 고전의 향기에 메마른 정신을 적셔볼 일이다. 고전 독파 5개년 계획 같은 것을 세우는 것도 그리 쑥스러운 일이 아닐 것이다.

'독서 시즌'이라는 미신

알렉산더 대왕이 세계를 정벌할 때 그의 머리맡에는 언제나 단검과 함께 그리스 비극의 책이 있었다고 전한다. 그리고 나폴레옹은 출정 중에도 괴테의 『젊은 베르테르의 슬픔』을 호주머니에 넣고 다녔고, 폴란드의 독립군들은 마치 하나의 무기와도 같이 배낭 속에 『쿠오바디스Quo Vadis』란 소설을 간직해두었다는 이야기가 있다. 살벌한 전쟁터에서도 그들은 모두 책을 읽는 풍습을 버리지 않았던 것이다.

그러나 이러한 에피소드는 날이 갈수록 점점 퇴색해가고 있다. 우리나라뿐만 아니라 독서율의 감퇴는 현대의 한 특징처럼 되어 있다. 그래서 심지어 소리 나는 책이라 하여 읽는 것이 아니라 듣는 책까지 나오고 있는 형편이다. 안이한 것을 좋아하는 독자들은 눈으로 읽는 것보다 귀로 듣는 것을 더 좋아하고 있기 때문이다.

독서 주간. 가을과 함께 오는 행사다. 그러나 따지고 보면 독서 주간이니 등화가친燈火可親이니 하는 말이 있기 때문에 도리어 독서에 대한 인식이 희박해지는 것이 아닐까 하는 생각이 든다. 독서는 '가을에나 하는 것', '할 일 없고 편안할 때 하는 것'으로 오인 되기 쉽기 때문이다.

독서가 정말 정신의 양식이라면 독서할 계절이 따로 어디 있겠으며 독서할 주간이 새삼스럽게 마련될 일이 어디 있겠는가?

아직도 우리는 독서를 한다는 것과 공부를 한다는 것을 별개의 것으로 안다. 교과서 이외의 책을 읽는 것은 일종의 '놀이'라고 오해하는 사람들이 많은 것이다. 그래서 심지어 "우리 집 애는 공부는 하나도 하지 않고 책만 읽는다."라고 불평하는 학부형까지 있는 것이다. 독서열을 북돋우기 전에 독서에 대한 인식부터 새롭게 해줄 필요가 있지 않을까 싶다.

그리고 책을 읽자는 행사를 1백 번 하기보다 있는 도서관이라도 정상적으로 이용할 수 있게 하는 노력이 아쉽지 않을까 싶다. 외국에는 이동도서관 같은 것이 있어 자동차에 책을 싣고 시골로 순회하는 제도가 있다. 말보다도 이러한 행동이 '국민개독國民皆讀'의 기회를 열어주는 데에 도움이 된다.

가을만이 독서의 계절이라는 인식부터 뜯어고치자. 행사보다는 도서관에 책 한 권을 더 늘려주는 것이 보다 절실한 문제다. 이런 데서 새로운 독서 경향은 움트리라 믿는다.

외설소설론

새뮤얼 존슨Samuel John이 자전을 출간했을 때의 이야기다.

그가 연회석상에 나타나자 귀부인들이 우르르 몰려들어 교태를 부렸다. "선생님의 저작이야말로 가장 점잖고 가장 훌륭한 것"이라는 의견이었다. 즉 사전을 펼쳐보았더니 성性에 관한 상스러운 말이나 음란한 용어들이 수록되어 있지 않더라는 것이다.

존슨은 그 말을 듣자 입가에 미소를 띠며 이렇게 답례를 하였다.

"감사합니다. 그러면 부인들께서는 제 자전이 출간되자마자 제일 먼저 음란한 말과 성에 관한 단어부터 찾아보셨군요?"

공작새처럼 거만을 떨던 귀부인들은 그만 무색해져서 두 번 다시 얼굴을 내밀지 못하였다.

요즈음 신문소설이 음란해서 차마 눈뜨고 읽을 수 없다고 항의하는 신사들이 많다. 이런 장면은 어떻고 저런 장면은 어떻고, 일일이 실례를 들어 비판하고 있는 그들의 이야기는 여러모로 수긍이 갈 만하다.

그런데 왜 그들은 그렇게 추잡하다고 하면서도 굳이 신문소설을 읽고 있는 것일까? 만약 신문소설을 무시해서 읽지 않는다면 그게 추잡한지 성스러운지 알 도리가 없을 것이다.

새뮤얼 존슨 식으로 말하자면 그들이야말로 신문소설을 누구보다도 열심히 읽고 있는 사람임에 분명하다. 겉으로 욕을 하면서도 속으로는 호기심에 가득 차 있다. 말하자면 도덕적 위장 속에서 신문소설을 애독하고 있는 셈이다. 정말 신문소설의 저속성을 절감하고 있는 사람은 신문소설을 아예 읽으려고도 하지 않는 사람들일 것이다.

물론 신문소설의 저속성을 합리화시키자는 이야기는 아니다.

생 레알César vichard de Saint-Réal은 소설을 정의하여 '거리로 메고 다니는 거울'이라고 했지만 요즈음의 신문소설은 '사창굴의 천장에 달아놓은 거울'이라고 할 수 있다.

박수부대와 문학

1830년 프랑스 좌座에서는 비평가 고티에Théophile Gautier를 선두로 한 정체불명의 사나이들이 밀려 들어오고 있었다. 이들이 관객 사이에 사방으로 흩어져 자리에 앉자, 드디어 육중한 막이 올라갔다. 빅토르 위고Victor Hugo의 5막 운문사극韻文史劇 『에르나니Hernani』가 시작된 것이다. 갑자기 박수와 함성이 터져 나왔다. 이 선풍에 휩쓸린 관객들도 부지중에 감격의 열탕熱湯을 자아냈다. 폭풍 같은 흥분과 아우성 속에서 대사조차 들리지 않았다.

고티에가 박수부대를 동원하여 위고의 연극을 지원해준 까닭이다. 3·1 치설致設을 철칙으로 한 당시의 고전극을 타도하기 위하여 위고를 앞장세운 낭만파의 혁명극이 벌어진 것이고 이것을 계기로 하여 프랑스 문단에는 '에르나니 전투'가 전개되었다. 아카데미를 중심으로 한 고전파와, 위고를 에워싼 야수적인 낭만파들은 양파로 갈라져 설전과 필전, 심지어는 육탄전까지도 사양하지 않았다.

1921년 5월 13일, 침침한 파리의 어느 살롱에서는 '바레스 재판'이 시작되었다. 다다이스트의 시인들은 그 당시 명망 높은 애국 작가 모리스 바레스Maurice Barrès를 피고석에 앉혀놓았다. 물론 진짜 바레스가 아니라 짚으로 만든 인형을 그 대신으로 갖다 앉힌 것이다. 재판장은 다다이즘의 기수 앙드레 부르통André Breton─증인은 역시 그 파의 전위시인 차라Tristan Tzara였다. 재판장은 바레스를 오욕의 사상가이며, 새로운 문학혁명(다다이즘)의 적으로 몰았던 것이다.

고전파와 낭만파의 싸움인 '에르나니 전투'와, 다다이스트들의 '바레스 모의 재판극'은 예술인들의 치열한 분파전의 상징이다. '클래식과 아카데미를 부숴라!', '다빈치의 〈모나리자〉를 불사르라!'─과격한 구호의 충돌쯤은 차라리 약과에 속한다. 미술가의 화파畵派 전쟁은 종종 법정 투쟁으로까지 발전된다. 유명한 예로 휘슬러James Abbott McNeill Whistler가 그의 풍경화를 "가격만 높이 붙인 종잇조각"이라고 혹평한 평론가를 명예훼손죄로 고발한 사건 등이 그것이다.

우리나라의 예술가들도 만만찮다. 좁은 서울 구석에 환담하는 다방이나 선술집까지도 국경이 있다. 그러나 그것이 창조적인 분파가 아니라 단순한 정실 위주의 감정적 분파라는 데에 문제가 있다. 일종의 '보스' 중심의 문단 활동인 것이다. 문학상을 줄 때나 혹은 무슨 감투 선거가 있을 때 열을 뿜는 투쟁이다. 잿밥에만 마음이 쏠리는 중들이다.

싸움에는 두 가지가 있다. 하나는 가치관의 싸움이요, 또 하나는 권력의 싸움이다. 우리 문단은 어느 쪽인가? 박수를 치는 사람은 있어도 박수를 받을 그들이 없는 것이 서럽다.

셰익스피어의 비화 1

4월 23일은 셰익스피어 탄생 400주년을 맞이하는 날이다. 본고장인 영국은 물론 세계 각국에서는 이날을 기념하는 성대한 축전을 벌이고 있다.

우리나라에서도 연극인 160명이 출연하는 셰익스피어 극의 대공연을 비롯하여, 강연회·전시회 등 다채로운 행사가 마련되어 있다. 이렇듯 셰익스피어는 국경과 시간을 넘어 인류의 영원한 시인으로서 추앙받고 있지만, 그 인물에 대한 전기는 아직도 안개에 싸여 있는 부분이 많다.

사실은 그의 생일도 22일인지 23일인지 확실치 않다. 그리고 심지어 그의 국적이나 성명까지도 의심을 받고 있는 터라 심심하면 학자들 간에 논쟁거리가 되고 있다.

셰익스피어는 영국인이 아니라 프랑스인이라고 말하는 사람도 있고. 또 러시아 사람이라고 주장하는 학자도 있다. 그런가 하면 어느 연구가는 셰익스피어가 여성이었다는 놀라운 단정을 내리기도 한다. 현존하는 셰익스피어의 사인을 보더라도 그 철자가 모두 다르다. 즉 'William Shackspeare', 'Shakspeare', 'Wilm Shaxpr' 등으로 그 이름조차 어느 게 진짜인지 모른다는 이야기다.

알렉산더 존 엘리스Alexander John Ellis의 저서를 보면 셰익스피어의 영문자는 무려 4천 종에 달하고 있다.

그래서 스티븐슨Robert Louis Stevenson은 "셰익스피어에 관해 확실히 알려져 있는 모든 사실은, 그가 스트랫퍼드어폰에이번에서 태어나 결혼하여 자식을 낳고 런던에 나와 배우가 되었으며 시와 희곡을 썼다는 것, 그 후 고향으로 돌아와 유언장을 만들어놓고 죽었다는 것뿐이다."라고 말했다. 그 나머지는 전부가 멋대로 꾸며진 가공적인 이야기라는 것이다.

전기만이 아니라 그의 작품을 헐뜯으려고 하는 사람도 없지 않다.

가령 『줄리어스 시저Julius Caeser』에 "시계가 3시를 쳤다."라는 대목이 나오는데 그 시대에 무슨 종 치는 시계가 있었느냐고 핏대를 올리는 경우이다. 볼테르와 톨스토이, 그리고 버나드 쇼George Bernard Shaw도 셰익스피어를 욕하였다.

그러나 우리가 분명히 말할 수 있는 것은 그의 생애야 어쨌든, 지엽적인 과오야 어찌 되었든 '신神 다음으로 가장 많은 것을 창조해낸 사람이 바로 셰익스피어'란 점이다.

위대한 것은 스스로 말하지 않아도, 그 근원을 알 수 없어도 이렇게 영원히 빛나는 법이다.

셰익스피어의 비화 2

셰익스피어에 대한 전기는 구구하다. 심지어 영국인이냐 아니
냐 하는 문제로 이따금 말썽이 일어나는 때도 있다. 영국에서는
본시 셰익스피어라는 성이 없기 때문에 더욱 그런 것이다. 프랑
스인은 그를 프랑스인이라고 말하고 러시아인들은 또 러시아인
들대로 자기 나라 사람이라고 우긴다.

릴라당Villiers de L'Isle-Adam은 셰익스피어가 프랑스인일 것이라
는 가설을 다음과 같이 주장하고 있다.

셰익스피어는 원래 프랑스 이름으로 자크 피에르Jaques Pierre였
다. 그런데 영국으로 건너가서 그만 그것이 영국식으로 불려 자
크 셰익스로 되고 '피에르'가 '피어'로 되었다는 것이다. 그 증거
로 영국에는 셰익스피어라는 성이 없지만 프랑스에는 자크 피에
르라는 이름이 얼마든지 흔하게 있다는 것이다.

최근에 널리 소개된 것으로는 소련의 고르비예프 교수와 사지
르스키 박사가 셰익스피어를 러시아 사람이라고 해서 학계에 파
문을 던진 설이다.

셰익스피어의 본명은 올라디밀 시코스 프로프이며, 원래는 선
원이었다는 것이다. 그런데 폴란드가 모스크바를 점령하였을 때

각지를 유랑하다가 영국 귀족 부인과 사랑에 빠지게 되었다는 것이다. 그때 그녀에게 바친 소네트가 계기가 되어 영국 문단에 데뷔하고 이름을 바꿔 영국에 영주하였다는 설이다. 그 증거로써 셰익스피어가 썼다는 러시아어 일기장까지 내세우고 있다.

물론 허황된 이야기들이다. 그가 영국인이라는 것은 의심할 여지가 없다. 우선 그가 다룬 영어만 보더라도 알 수 있다. 토착인이 아니면 도저히 그렇게 쓸 수 없다는 것은 만인의 정평이다. 문제는 셰익스피어가 너무 유명하기 때문에 그를 자기 나라 사람이라고 주장하는 사태가 벌어지게 되는 것이다. 만약 셰익스피어가 천하의 악당이었다면 모두 아니라고 펄쩍 뛰었을 것이다.

그런데 우리의 주변에는 셰익스피어는 아니지만 그 국적이 의심스러운 인간들이 많다. 저들도 한국인이었던가 싶은 사람들이 하나 둘이 아니다.

그중에서도 굶주리다 못해 자식을 독살하고 목을 매다는 세상에 한옆에서는 귀한 쌀을 매점하여 폭리를 노리고 있는 악덕 상인들이 특히 그렇다. 그러고도 신문에는 잘했다고 대문짝만 한 호소문을 내걸고 있다.

누구에게 호소하자는 것일까? 그들이 한국인이 아니라는 새 학설이 나오기만을 고대하고 있을 따름이다.

비너스의 내란

언젠가 빈에서는 광인狂人들의 그림과 이름 있는 현대 화가들의 작품을 비밀리에 뒤섞어 미술전을 연 일이 있다. 그리고 관람객들에게 인기투표를 시켜보았다.

그 결과는 아이러니컬하게도 6대 4의 비율, 즉 광인의 그림에 표를 던진 사람이 전체 관객의 4할을 차지하고 있었던 것이다. 그것이 광인의 그림이라고는 꿈에도 생각지 못했던 것은 물론이다. 과연 현대화는 이해하기가 곤란한 모양이다. 예술의 감상안鑑賞眼이 높다는 빈 시민들도 광인의 작품과 이름 있는 화가의 작품을 구별하지 못하였다고 하니 우리 입장에서는 더 말할 나위가 없다. 상당한 식자識者들도 무엇이 좋은 그림이고 무엇이 나쁜 그림인지 평가 능력도 갖지 못하고 있는 것이 사실이다.

파리의 미술전에서도 추상화 하나를 거꾸로 전시해서 말썽이 생긴 일이 있었다. 이쯤 되고 보면 문짝을 만드는 목수처럼 미술가들도 앞으로는 그림을 다 그리면 '천天', '지地'의 기호를 화폭 위에 써두어야 할 형편이다.

모든 예술 가운데 가장 전위적인 것이 바로 미술이라고 말하는 사람들이 있다. 엉뚱한 아전인수 격의 이론이 아니다. 예술가를 훑어보면 과연 미술은 언제나 다른 예술보다 한 걸음 앞서 있다. 낭만주의만 해도 그렇고, 쉬르레알리슴surrealism(초현실주의)만 해도 그렇다. 미술가는 척후병斥候兵처럼 새로운 세계를 탐색해 냈다.

역시 시각예술이라 새것에 예민한 모양이다.

눈은 잠시도 그냥 있으려 하지 않는다. 무엇인가 새것을, 신기한 것을 찾아내려고 하는 것이 눈의 본능이다.

매년 '국전國展'이 열릴 때마다 심의위원 문제를 둘러싸고 말썽이 잦다. 전위예술이기 때문에 그림의 평가 문제도 그만큼 유동적이고 그만큼 격렬해지기 마련인가 보다.

그러나 우리의 경우에는 미에 대한 가치 규준보다도 화단의 파벌 싸움이라는 인상이 강하다. 화단의 파벌은 물론 화가의 유파에서 생겨나는 것이지만, 우리의 경우에는 정실이라는 단순한 섹트Sect 의식이 한층 더 강하게 작용하고 있는 것 같다.

국전은 문자 그대로 나라의 미술전이다. 모든 유파가 골고루 모여서 평등한 실력을 발휘할 수 있는 공동의 광장이 모색되어야 한다. 더구나 관官은 중립을 지켜야 한다. 흐루시초프Nikita Khrush-chyov의 '말꼬리 논쟁'처럼 권력의 배경으로 미술을 평가하는 일이 없도록 당부한다.

미에의 길

다리 밑에서 남루한 옷을 입은 청년 하나가 졸고 있었다. 오랫동안 굶주렸는지 배를 틀어쥔 손은 힘없이 떨고 있었다. 지나가던 사람 하나가 이 걸인 꼴을 유심히 살펴보다가 이윽고 외마디

소리를 질렀다.

"아니! 자네 아닌가!"

눈을 뜬 걸인도 반가운 듯이 미소하였다. 그들은 잘 아는 친구였던 것이다.

친구는 그 걸인에게 지폐를 쥐여주었다. 그 걸인은 친구와 작별하자마자 비틀거리며 거리로 달려갔다. 배가 고픈 것이다. 그러나 빵집 앞에 잠시 서 있다가 다시 화구상畵具商 앞으로 갔다. 그러다가 다시 또 빵집으로 온다. 한참을 이렇게 오고 가다가 드디어 그는 결심한 듯이 화구상 문을 두드렸다. 그는 굶주리고 있으면서도 빵이 아니라 화구를 사들인 것이다.

그 걸인은 다름 아닌 렘브란트. 오늘날 세계에서 가장 비싼 값으로 팔리고 있는 수많은 명화를 남긴 그 렘브란트였다. 가난과 모멸과 실의 속에서 그는 그렇게 그림을 그렸다. 그의 영광은 오직 인내와 신념으로 얻어진 것이다.

가을철, 국전이 열렸다. 여기에도 역시 영광과 패배의 갈림길이 있었을 것이다. 입선자는 입선자대로, 낙선자는 낙선자대로 실로 감회가 복잡했을 것이다. 모든 것이 다 그렇겠지만 순수한 미를 추구하는 예술의 프라이드는 강하고도 결백하다.

그래서 때로 국전 낙선자들은 자기 예술의 기능을 회의하기보다는 심사원들의 심미안을 부정하려고 드는 경우가 많다. 프랑스의 '앙데팡당Independant전'도 그러한 반동에서 생겨난 운동이다.

현실을 무시하고 새로운 예술 경향을 저해하고 있다고 청년 화가들은 국전 심위 구성에 불만을 토로하였다. 단순한 불평이 아니라 서명까지 벌여 성명운동으로까지 확대되었다. 이른바 구상 위주인 늙은 작가와 추상을 지향하고 있는 젊은 화가의 대결이 한층 더 노골화된 것 같다. 우리는 어느 편을 향해 무어라고 말할 입장에 있지 않다. 렘브란트의 신화 하나를 다시 한 번 생각해보고 싶은 것이다.

남이 알아주든 말든, 굶든 먹든, 순수한 마음으로 오직 그림에만 열중했던 렘브란트에게 영광의 관은 스스로 찾아왔다는 일화를 되씹고 싶다.

명화 도둑을 환영한다

명화名畵 수난의 시절이다. 이름난 세계의 예술품들이 도처에서 여러 차례 도둑을 맞았다. 그리하여 세잔, 마티스, 피카소 등 쟁쟁한 화가의 고전 작품들이 영영 그 종적을 감추어버린 것이 많다. FBI까지 동원되고 또 막대한 현상금을 내걸어 분실품을 되찾으려고 하였지만 아직 그 후문은 들려오지 않는다.

근래에 들어와서 또 런던에서는 고가의 예술품들이 도난당했다. 그런데 이번에는 다행히 그 범인이 체포된 것이다. 뉴욕의 거리—물건을 트럭에 싣고 도망치려던 순간에 잡히고 만 것이다.

그들이 훔친 예술 품목은 에드워드 만치Edward Manch의 〈베란다의 두 여인Two Women On a Veranda〉, 무어Henri Moore의 조각 〈모자 Mother and Child〉, 라우란Jean-Paul Laurens의 〈여인의 머리〉, 피카소 Pablo Picasso의 〈통곡하는 여인Weeping Woman〉으로서 시가 10만 달러가 넘는다는 소식이다. 공교롭게도 여인을 모델로 한 작품들만 훔쳐낸 것을 보면 아무래도 이 도둑들이 페미니스트가 아닌가 의심스럽다.

따지고 보면 그림 도둑의 역사는 깊다. 그리고 그 에피소드도 갖가지다. 그중에서도 그림 도둑 때문에 억울한 감옥살이를 한 시인 기욤 아폴리네르Guillaume Apollinaire의 이야기는 특히 유명하다.

1911년 9월, 아폴리네르는 루브르 박물관에서 다빈치의 〈모나리자〉를 훔쳐냈다는 혐의로 투옥되었다. 어째서 하필 유명한 시인이 그림 도둑으로 몰려야 했던가?

프랑스 경찰은 세계 최대의 명화인 〈모나리자〉가 도난된 것엔 아무래도 특수한 곡절이 있을 것이라고 단정한 것이다. 왜냐하면 이렇게 유명한 그림은 팔 수 있는 성질의 것이 아니기 때문에, 보통 도둑의 소행이 아니라고 믿었던 것이다.

그런데 그때 마침 이탈리아에서는 마리네티Filippo Tommaso Marinetti를 중심으로 한 미래파 예술가들이 등장하여 전통 파괴를 외쳤고, 그 광적인 선언문에는 '묘혈같이 낡은 미술관을 파괴하라'

라는 구호와 함께 다빈치의 〈모나리자〉를 비난하는 구호가 있었다. 그리하여 경찰은 급진적인 시인이며 화가인 아폴리네르가 이들과 관련된 것으로 보고 엉뚱한 혐의를 걸게 된 것이다.

벌써 50년 전의 이야기—'그림 도둑'을 미학적인 경지에서 수사한 에피소드엔 귀엽기까지 한 격세지감隔世之感의 낭만이 있다. 그러나 이것은 모두 외국에서의 이야기, 차라리 우리에게도 도둑이 탐을 낼 정도의 명화가 나타나주었으면 좋겠다. 그림값이 너무나 싼 우리 처지에선 도리어 그림 도둑이 있다는 남의 나라 이야기가 부럽기까지 하다.

한국의 화가들은 아틀리에에다가 이렇게 써 붙여라. "그림 도둑을 환영합니다."

문화적 사고

천재의 건망증을 닮아라

천재들은 대개 건망증이 심하다. 산책을 하다가 걸핏하면 윗옷을 벗고 돌아왔다는 베토벤의 일화는 너무나도 유명하다. 심지어 에디슨은 자기 이름까지 잊어버린 일이 있었다니 건망증치곤 천하 일품이다. 슈베르트도 이에 못지않다. 그가 어느 날 가수 퍼그르가 부르는 노래를 반주했을 때의 일이다. 슈베르트는 그 노래에 그만 심취해서 '참 훌륭한 곡이다, 대체 누구의 작품인가?'라고 감탄했는데, 알고 보니 그것은 바로 자기 자신이 2주일 전에 작곡한 노래였더라는 것이다.

이런 논법대로 가자면 천재는 잘 잊고, 둔재는 잘 기억한다는 엉뚱한 이론이 생겨날지 모른다. 하지만 그렇게 극단적인 이론을 믿지 않는다 해도 과거의 일에만 몰두하는 경향을 그리 찬성할 수 없는 일이다. 대개 과거의 일을 잘 기억하고 있는 사람일수록 불행한 사람들이다. 또 현재에 열중해 있는 사람은 과거를 잘 따지지 않는 법이다. "8·15 전에는", "6·25 전에는" 하고 말끝마다 옛날이야기로 운자를 떼는 사람일수록 현재의 자기에 자신을 가지고 있지 못하다.

우리 민족도 현재보다는 과거를 잘 들추는 편이다. 반만년이 어떻고 고구려가 어떻고 심지어는 남산에 단군의 동상을 세우자고 주장하는 분들도 있다. '온고지신溫故知新'이란 말이 있고 보면 그도 그럴듯한 일이지만 모든 인간이 무덤지기가 되어서는 안 될 것이다. '죽은 정승이 산 개만도 못하다'는 속담처럼 과거도 현재의 각광脚光을 입어야 값이 있지, 그렇지 않고서는 묘비 잃은 무덤만도 못한 것이다.

전통을 찾는 것은 좋다. 그러나 현재의 비극에는 눈을 감고, 어제의 기억만 반추하는 사람들에겐 내일이 없는 것이다.

최근에 갑작스러운 복고주의가 생겨 라디오에선 흘러간 노래가 나오고, 다방에는 으레 완자창窓, 호텔 정문에는 조선 수문장守門將이 서 있다.

누구도 옛 문화를 소중하게 다루자는 데에 이의를 말하지는 않겠지만, 현재의 망각을 비추는 과거의 등불엔 아무래도 무턱대고 박수만 칠 수는 없다.

서양보다 앞서 세계 최고의 동활자銅活字를 만든 민족이 바로 우리라고 자랑할 줄 알면서도, 왜 오늘날 도리어 남보다 인쇄술이 뒤졌는가를 부끄럽게 생각하는 사람도 드문 것 같다.

반만년 역사를 자랑하는 민족이 되기보다는, 반만년의 역사를 가지고서도 아직 후진국이라고 불리는 그 현실에 분노의 주먹을 쥐고 분발하는 민족이 되었으면 좋겠다. 천재는 잘 망각한다는 역설에는 의미가 있다. 왜냐하면 그들은 현재의 일에 몰두하고 있기 때문이다.

노름과 레크리에이션

우리말 가운데는 동사 어간에 '음'이 붙어 명사가 된 것이 많다. '얼음'은 '얼다'에서 나온 것이고 '사람'은 '살다'에서 비롯한 말.

'노름'도 마찬가지다. 노름이라고 하면 도박을 뜻한다. 그러나 어원을 따져보면 단순히 '놀다[遊]'에서 연유된 것임을 알 수 있다.

생각할수록 묘한 일이다. 어째서 '노는 것'이 곧 노름(도박)이 되어버렸을까? 여기에도 우리 민족의 한 비밀이 숨어 있는 것인가 싶다.

유교의 영향도 있겠지만 우리의 옛 사회에서는 노는 것이 언제나 죄악시되어왔다. 그러므로 공공연히 내놓고 노는 대중 오락 같은 것은 극히 제한되어왔던 것이다. 스포츠와 각종 레크리에이션이 발달하지 못한 이유도 그런 데에 있는 것 같다.

'레저'란 말이 유행되기 이전부터 유럽에서는 '논다'는 문제가 '일한다'는 것 못지않게 중시되어 왔다. 로마의 욕탕이나 원형극장 같은 것을 보면 레크리에이션을 얼마나 소중히 여겼는가를 짐작할 수 있다.

건전한 오락은 소금과도 같은 것이어서 정신의 부패를 방지하고 일상생활의 권태에 맛을 돋워주는 역할을 하는 것이다.

레크리에이션이란 말부터 노름과는 아주 정반대이다. 레크리에이션은 '재창조한다'는 뜻이다. 새로운 창조를 위해서 쉬는 것, 새로운 비약을 위해서 심신을 가다듬는 것, 그것이 바로 노는 것의 참뜻이라고 생각했던 것이다.

아직도 건전 오락이 없는 까닭인지 우리나라 사람들은 논다 싶으면 곧 탈선하는 버릇이 많다.

들건대 요즈음 또 노름이 부쩍 성해진 모양이다. 유한마담이나 가정부인들까지도 한판에 수만 원씩 오고 가는 도박장을 벌인다는 것이다. 그래서 경찰에선 정초부터 2월까지를 도박 특별단속기간으로 정하기까지 했는데, 지금까지 무려 150건에 400명 가까운 도박꾼을 검거했다는 통계 숫자다.

더러운 하수도가 있기 때문에 도리어 우리 주변은 깨끗할 수가 있다. 생활의 배설구인 건전 오락이 없기 때문에 우리는 때로 이와 같이 위험한 노름으로 빠지게 되는 수가 많다.

도박은 단속으로만 되는 것이 아니다. 여가를 선용할 수 있는 국민 오락을 만들어주는 데에서 도박 근절의 방책을 모색해야 된다. 노는 것도 쉬운 일이 아니다. 참되게 놀 줄 알아야겠다.

장례 문화의 비극

인파 30만, 연도를 점령한 과잉 조송弔送은 순정효황후純貞孝皇后의 대거에 노제路祭도 지내지 못하게 했다. 금곡릉金谷陵으로 향하는 장례행렬은 몇 번이나 혼잡 속에서 멈추지 않으면 안 되었다. 밀리고 닥치고 쓰러지는 군중 때문에 제단이 무너지는 소동까지 벌어진 것이다. 자궁梓宮(황후의 유해를 모신 관)을 다치지 않은 것만 해도 다행스러운 일이었다.

옛날부터 인산因山 구경은 거족적인 구경으로 인기가 높았다. 더구나 이번에는 최후의 인산. 이제 앞으로는 사극 영화에서나 구경할 수밖에 없을 것이다. 좋든 궂든 한 연사의 종언이란 비장하다. 시민들이 좀 무질서하게 굴었다 해서, 그리고 시대착오적인 인산 붐이 일어났다 해서 너무 탓하지는 말자.

다만 13일의 인산 광경에서 느끼게 된 것은 한국적 센티멘털리즘도 이제 장례를 지내야 되겠다는 것이다. 남들은 올림피아 제전에서 온 민족이 모여 스포츠를 즐기고 있을 때 우리는 인산 때나 돼야 눈물의 제전을 지냈다. 고종 인산을 이용하여 3·1운동을 일으켰던 것도 결코 우연한 일은 아닐 것 같다.

한민족이 서로 만나는 자리, 한 가족이 서로 모이는 자리 그리고 친구들이 같이 무릎을 맞대는 그 자리는 이상스럽게도 모두가 죽음을 매개로 하고 있다.

인산과 마찬가지로 흩어진 전 가족이 모이는 날은 제삿날이다. 결혼식은 몰라도 장례식에 빠지는 친구들은 없다. 한국적 감상은 장례식을 좋아한다. 국산 영화를 봐도 '무덤'이 안 나오는 것은 별로 없다. 모든 전통이 다 붕괴되어가던 해방 20년 동안에도 장례열은 면면히 흘러왔다. 백범白帆 장례식 때는 벗겨진 고무신 짝만 해도 한 가마가 넘었고, 독재자라고 내쫓은 이승만 박사의 장례 때는 서울 시가와 동작동을 사람으로 이었다.

살아 있을 때는 헐고 뜯고 하다가도 일단 죽었다고 하면 갑자기 관대해지고 눈물을 짜낸다. 그 풍속은 아름답기는 하나 합리적인 일은 아니다. 죽은 자에게 향불을 바치는 것보다는 그가 살아 있을 때 동전 한푼이라도 던져주는 것이 이 사회를 기름지게 한다. 살아선 죄인 취급을 받고, 죽어서는 성자 대접을 받는 그 순서가 뒤바뀌었으면 좋겠다. 장례의 감상적인 문화가 생자生者의 활동적인 문화로 바뀌었으면 좋겠다.

공자님 전상서

'삼강오륜三綱五倫'이란 시험문제에 왈(曰), 압록강·두만강·낙동

강의 3대 강물이 서로 길고 짧음을 경쟁하는 올림픽이라고 쓴 학생이 있었다. 삼강三綱을 '삼강三江'이라고 생각하고 오륜五倫을 올림픽 마크의 '오륜五輪'으로 착각하고 있었던 까닭이다.

그러나 삼강오륜은 까마득하게 잊었어도 바야흐로 우리는 윤리의 꽃이 만발한 동산 위에서 살고 있다. 좌우상하 어느 곳을 보아도 '윤리위원회'란 것이 생겨났으니 말이다. 신문윤리위원회, 방송윤리위원회, 잡지윤리위원회, 경제윤리위원회 드디어 문화예술윤리위원회까지 발족을 보게 되었다. 이 정도면 윤리의 마지노선을 믿고 태평성대를 누림직하다. 공자님께 상서上書를 드리고 싶다.

그중에서도 최고 걸작이 '문화예술윤리위원회'이다. 문화예술인은 윤리를 지킨다기보다, 새로운 윤리와 가치를 창조해내는 사람들이다. 고도한 개인의 창작예술 분야에까지 몇 조, 몇 항식으로 윤리를 따질 수 있게 되었으니 그것은 미처 공자님도 생각지 못한 아이디어일 것 같다.

문화예술이라고 하면 추상적이지만, 그 표현 수단은 언제나 구체적인 어떤 매체를 통해서 이루어지기 마련이다. 신문이든 잡지든 방송이든 매스미디어를 통과해야 되는데, 알다시피 거기엔 이미 독자적인 윤리위원회가 설치되어 있다. 그러므로 한 작가가 창작을 해서 잡지에 발표하는 경우, 그는 잡지윤리위원회와 또 문화예술윤리위원회의 두 곳에서 동시에 감시를 받아야 한다.

거기에 또 까다로운 '법法'이 있다. 윤리의 삿갓을 이중, 삼중으로 뒤집어쓰고 지내는 격이니 얼마나 영광스러운 일인가!

'윤리 위에 윤리 있고 윤리 밑에 윤리 있는' 이 영광을 어찌 문화예술인들만 만끽해야 될 것인가. 아래로는 도벌윤리위원회, 위로는 정치윤리위원회를 두었으면 어떨까 싶다. 사실 누구보다도 윤리가 시급한 것은 정치인들이다.

정치윤리는 일반인과는 그 차원이 다르다고 주장할 분이 있을 것이다. 그러나 '정치권력의 미풍양속을 해치지 않기 위해서 식언食言, 번의翻意, 분열의 원칙을 지킬 것. 아무리 실정失政을 해도 사과해서는 안 될 것, 호텔 이외에서 정치 회담을 하지 말 것…….' 등등의 윤리강령이라도 만들면 되지 않는가? 정치인들도 어서 윤리위원회를 만들어라.

향토애라는 것

스위스에서 주州를 상징하는 곰[熊] 문장紋章 때문에 전쟁이 벌어진 일이 있다. 생갈Saint Gallen 주에서 발행한 역서曆書에 "우리 주의 문장의 곰은 수컷이고 건너편 주의 아펜첼Appenzell의 곰은 암컷이다."라고 썼기 때문이다.

대노大怒한 아펜첼의 주민들은 그 글을 곧 취소하라고 덤벼들었다. 그러나 생갈 사람들은 끝까지 자기네 곰이 수컷이라고 주장했던 것이다. 결국 수컷이냐 암컷이냐 하는 그 곰의 성性을 판가름하기 위해 전쟁이 벌어졌고, 2년 동안의 그 싸움에서 귀중한 인명을 잃었다. 이 전쟁에서 얻은 전리품은 생갈 주민들이 상대방의 곰도 수컷이라고 승인해주었다는 그것뿐이다.

향토라는 것은 필요하다. 자기 고향을 사랑하고 자기의 피가 섞인 그 흙의 명예를 지킨다는 것은 거의 본능과도 같은 일이다. 그러나 그런 본능적인 사랑일수록 편견과 맹목이 따르기 마련이다. 자기 주의 문장의 곰이 수컷이라는 것을 주장하기 위해 전쟁을 벌이듯, 하찮은 지방색을 가지고 서로 분쟁을 일으키는 수가 우리 주변에도 많다.

술자리에서부터 시작하여 직장이나 사회 전체에 이르기까지 지방 벌이란 것이 작용한다. 심지어는 TV 연속극에 나오는 가정부들은 어째서 모두 충청도 사투리를 쓰느냐 하는 것으로 말썽이 된 일이 있고, 「하와이론」을 쓴 문필가의 글이 국회에서까지 문제가 되었던 일을 우리는 기억하고 있다.

좀 성질이 다르긴 하지만 이번에는 또 도청을 어디로 옮기느냐로 마산 대 진주 사이에 지방 싸움이 벌어지고 있다. 직접 지연이 없는 사람들이라 하더라도 소위 그 연줄이라는 것을 따라 양파로 갈라져 있다.

국회에서까지도 그런 모양이다. 도청을 어디로 옮기느냐 하는 것은 단순한 명분보다 실리의 문제라고 할 수 있다. 독일 같은 나라에서도 임시 수도를 본Bonn으로 정할 때 말썽이 많았다. 아데나워Konrad Adenauer의 고향이 본 근교였기 때문이다. 다만 우리가 선의의 충고를 할 것이 있다면 참다운 향토애를 살려달라는 것이다.

모든 것이 중앙집권적으로 되어 있는 우리나라에서는 지방자치의 능력을 키워가는 것이 향토애의 첫걸음이라고 할 수 있다. 그런데 어째서 그 지방의 싸움이 걸핏하면 중앙의 무대에서 벌어지게 되느냐 하는 것이다.

충무공론

이순신 장군이 위대하다는 것은 누구도 부정할 사람이 없겠다. 그러나 그 위대성을 올바로 평가하는 사람은 뜻밖에도 많지 않다.

초등학교 학생들은 거북선이 잠수함처럼 물 위에 떴다 가라앉았다 하는 발명품으로 알고 있다. 이순신 장군의 위대성을 맹목화한 신화 때문에 철갑선鐵甲船이 철선鐵船으로, 철선이 잠수함으로 과장된 탓이다. 또 역사에도 밝은 모 작가의 소설에는 이순신 장군이 전사한 것으로 그려져 있지 않다. 그 이유는 위대한 민족의 영웅을 어떻게 적탄에 맞아 죽게 할 수 있느냐는 것이다. 영화 〈성웅 이순신〉을 보면 형리에서 옥으로 끌려가는 장면이, 꼭 예수가 십자가를 지고 언덕으로 가는 것처럼 그려져 있다. 제목도 그냥 영웅이 아니라 '성웅聖雄'이다.

지금은 또 충무공의 향지鄕地를 '성역聖域'이라고 부르고 있다. 온양이 한국의 예루살렘이 된 셈이다.

물론 이순신 장군은 그와 같은 소박한 존경심을 받는다 해도 과분할 것이 없는 명장이요, 성웅이다. 다만 한 가지 우리가 충무공 탄신을 맞이하여 다시 한 번 강조하고 싶은 것은, 사실의 토대 위에 세워진 존경심이 진짜 영구한 존경심이라는 점이다. 한 인간을 신격화할 때는 도리어 존경도尊敬度의 현실성이 박약해진다는 점이다.

베드로는 성자聖者 중의 성자이다. 그러나 성서에는 그가 생시에 여러 가지 약점을 노출한 것이 그대로 기록되어 있다. 예수를 세 번 배반한 것이라든지, 겟세마네 동산에서 예수의 말을 어기고 잠이 들어버렸다든지, 로마에서 박해를 당할 때 아피아 가도 Via Appia로 도망쳤다든지 하는 이야기들이 많이 나온다. 그러나 그것이 조금도 베드로가 성자라는 것을 해치지는 않는다. 도리어 그런 약한 인간이면서도 그것을 극복한 그의 노력에 눈시울이 뜨거워진다.

마찬가지로 사실 그대로를 받아들여도 이순신 장군은 우리의 영원한 영웅이며 완성된 인간이다. 전략가로서, 과학자로서, 구국의 영웅으로서 우리는 그를 존경한다. 그러나 더욱 위대한 것

은 능히 왕의 자리에까지 오를 수도 있는 명분과 실력을 가지고
서도 묵묵히 옥에 갇혔던, 그리고 백의종군白衣從軍했던 그의 겸
허한 애국심이다. 이순신 장군을 신격화하기보다는 그의 인간적
인 위대성을 더 본받아야 할 것 같다.

중이 제 머리를

　어느 지방 신문사에 개를 잃은 여행자 하나가 찾아왔다. 자기 개를
찾아주는 사람에게는 1만 달러의 현상금을 준다는 광고를 의뢰하기 위
해서였다. 다음 날 그 여행자는 신문이 나오기를 고대했지만, 웬일인지
신문 발행 시간이 훨씬 지났는데도 통 소식이 없었다.

　여행자는 기다리다 못해 신문사로 전화를 걸었다.

　"신문이 왜 나오지 않습니까? 나는 개를 찾아달라고 광고를 낸 사람
인데요."

　그러자 신문사 측에서는 이렇게 답변을 하는 것이었다.

　"너무 걱정 마십시오. 신문을 내는 것보다 당신의 잃어버린 개를 찾
아주고 1만 달러를 받는 편이 더 이익이 크기 때문에 지금 사원 일동이
총출장 중입니다. 그래서 부득이 하루 쉬기로 했습니다."

이 유머에는 가시가 있다. 중이 염불에는 마음이 없고 잿밥만

생각한다는 그 속담과 같은 풍자다. 신문도 인간이 만드는 것이기 때문에 완벽한 봉사정신만을 기대할 수는 없는 것이다. 역시 그것도 하나의 기업이요, 혼탁한 현실 속에서 이루어지는 작업이다. 그러나 신문의 적은 밖에 있는 것이 아니라 바로 자기 자신의 내부 속에 있다는 말에 귀를 기울이지 않으면 안 된다. 신문 자체의 영리나 신문인의 사리 때문에 공익성을 저버린다면 신문은 조제품組製品 거울처럼 이지러진 사회의 얼굴밖에는 비추지 못할 것이다.

신문이 기업이라고 하지만 그것은 어디까지나 신문이 본도本道를 지키는 그 한도 내에 있어서의 기업이다. 언론인도 먹어야 사는 평범한 인간에 지나지 않지만, 언론인의 긍지를 지키는 그 한도 내에 있어서의 생활인이다.

중이 제 머리를 못 깎는다고 한다. 모든 것을 여론화하고 비판할 줄 알면서도 신문인이 신문 스스로를 고발하고 따질 기회는 좀처럼 없다. 그러고 보면 '신문의 날'이야말로 단순한 행사일과는 달리, 신문이 신문을 반성해보는 중요한 기회라 할 수 있다.

'신문의 날'에 신문이 나오지 않는다고 불평하는 독자가 많다.

그러나 그것은 개를 찾으려고 휴간했다는 시골 신문사의 그 유머와는 다른 것이다. 그것은 중이 제 머리를 깎는 날이었다. 단순히 기자들이 하루쯤 놀기 위한 구실이 아니라, 내일을 다짐하는 반성의 공백이라고 할 것이다.

눈물 흘리는 석상

만약 당신이 런던을 가게 된다면, 그리고 성뫼 바르톨로메오 Bar-tholomew 교회를 구경한다면 참으로 이상한 석상 하나를 발견하게 될 것이다.

그것은 에드워드 쿡Edward Cooke 박사의 석상인데 그의 눈에서는 실제로 눈물방울이 떨어지고 있다. 뜻 없는 석상이 어떻게 눈물을 흘리는가? 그러나 분명히 신화는 아니다.

그 석상은 고도의 다공질多孔質로 된 석재로 만들어졌기 때문에 공기의 습기를 흡수할 수 있고, 그것이 물방울로 응결되면 눈물방울처럼 떨어지게 되는 것이다. 이 명물의 우는 석상에는 "폭포처럼 흐르는 눈물을 멈추게 할지라……. 눈물 없이 그 석상이 탄식하는 것을 보는 사람이 있다면 부끄러운 일일진저"라는 낭만적인 시구가 새겨져 있다.

그러나 만약 당신이 서울에 있고, 그리고 개나리가 피는 봄의 세종로를 구경한다면, 거기에서도 역시 눈물을 흘리는 석고상들이 있음을 볼 것이다.

물론 그것은 쿡 박사의 석상처럼 다공질의 석재로 만든 것은 아니다. 그 석상들은 행려병자처럼 누더기의 초라한 꼴로 서 있다. 이지러지고 금 가고 쪽이 떨어진 길가의 그 입상들은 다름 아닌 우리가 존경하는 이 민족의 영웅들이요, 지사들이다.

마른 가지에도 봄이 되면 꽃이 핀다. 그런데 다만 그 석고상들만은 먼지를 뒤집어쓴 채 졸도 직전의 불안 속에서 울고 있다. 비가 내리고 바람이 불면 쓰러지는 것이 아니라, 바스러져 무너지는 석고상들이다. 애처롭다. 뜻 없는 흙덩이일망정 울고 서 있는 것 같다.

봄의 세종로를 지나다가 보아라. 정말 그 석고상들이 탄식하는 것을 눈물 없이 바라보는 사람이 있다면 부끄러운 일일 것이다.

무엇 때문에, 대체 무엇 때문에 눈물의 석고상들을 길 위에 전시했는가?

선인先人을 아끼는 길이 아니라 도리어 그것을 모독하는 일, 도시를 미화하는 것이 아니라 거꾸로 추악하게 하는 일이다. 철거를 하든지 새로운 동상으로 개조하든지 결말을 내라. 서울 거리에 서 있는 '눈물의 상像'은 무엇을 상징하려는 거냐!

호텔과 수문장

호텔이라고 하면 그 이름부터가 서양 것이다. 그리고 여관은 또 일본의 이미지가 앞선다. 재래식인 한국 고유의 숙박처는 '잔棧'이라 했고, 좀 더 대중적인 것이면 주막이다. 흘러간 노래의 한 가사를 보아도 옛날 나그네들이 머물렀던 곳은 대개가 다 문패도 번지수도 없는 초라한 주막집이었다. 전문적으로 잠을 재우고 돈을 받아내는 접객업의 전통은 없었다고 해도 과언이 아니다.

교통이나 인간 활동이 워낙 부진했었다는 이유도 있었겠지만, 한국의 군자들이 그만큼 또 인심이 후했기 때문이라고도 볼 수 있다. 나그네의 여비를 털어먹는다는 것은 야박한 일로 알았다. 비록 가난할망정 과객이 문을 두드리면, 바깥 사랑방쯤 비워주는 것이 동방예의지국의 한 풍속이었다.

그러나 우리와는 달리 서양이나 일본은 호텔(여관) 중심의 문화라고 할 만큼 접객업이 발달되어 있다. 문예비평가 브룩스Cleanth Brooks는 서양 문학의 전통을 '호텔 문학'이라고 했고, 또 일본의 한 문화사가文化史家는 일본 요리의 기본은 여관에 있다고 말한 적이 있었다. 조금도 과장이 아닌 것이 서구의 모든 도시는 호텔을 그 심장부로 삼고 있는 것이다. 호텔업도 고도로 발달해서 스위스 같은 데서는 곰으로 가장한 포터가 손님들의 짐을 나르고 있는가 하면 일주일만 머물러도 호텔 성냥갑에 손님 이름을 프린트하여 선물로 주는 경우도 있다. 손님들의 환심을 끌기 위해 온갖 아이디어를 연구해낸다.

우리는 어떤가? 조선호텔 정문에 조선 복식의 수문장을 세워놓은 것이 고작이다. 외국 손님에게 한국 풍속을 보여 환심을 끌려고 한 아이디어지만, 그나마 너무 초라해서 역효과밖에 나타나지 않을 것 같다. 샌드위치맨 같은 꼴로 장난감 칼을 차고 왔다 갔다 하는 광경을 보면, 꼭 우리의 치부를 내보이는 것 같아 얼굴이 화끈하다.

서울에 또 하나의 매머드 호텔이 세워지리라고 하는데, 수문장식인 초라한 로컬local 컬러보다는 과객에게 자기 사랑방을 비워주던 옛 풍속의 서비스로 한국 호텔의 전통을 살려나가는 것이 좋겠다.

과잉 애국심

사회주의자들은 매사를 '이데올로기'에 견강부회하는 버릇이 있다. 연애를 하는 것도 그리고 아들을 낳는 것까지도 당黨을 위해서이며, 사회를 위한 것이라고 한다. 심지어 술을 마시는 데까지도 사회주의의 이데올로기가 따라다닌다. 서방 측 기자가 소련의 고관을 만났을 때에도 그런 이야기가 나왔다.

즉 그들의 궤변을 들어보면 "자본주의 국가에서는 절망감 때문에 술을 마시지만, 사회주의 국가에서는 희망 때문에 기뻐서 술을 마신다"는 것이다.

술 한잔 마시는 데도 이데올로기의 설명이 붙어 다녀야만 하는 사회……. 인간들은 마치 백화점의 물건처럼 늘 사회의 정가표를 붙이고 사는 셈이다.

우리가 사회주의 국가를 싫어하는 가장 큰 이유도 바로 그 점에 있다. 인간이 인간으로서 살아간다는 그 귀중한 자유를 포기할 수 없기 때문인 것이다. 연애를 연애로서 즐기고, 술을 술로서 마실 줄 아는 순수성을 우리는 즐길 수 있다.

그러나 사회주의와 마찬가지로 애국심이 지나치면, 때로 그들과 같은 인간 부재, 개인 부재의 사고방식을 갖게 될 때가 많다. 과잉 애국심은 도리어 좋지 못한 쇼비니즘chauvinism(광신적 애국주의)을 낳을 때가 많은 것이다. 스포츠, 그것도 프로 경기에 있어서 가끔 열띤 아나운서가 '빛나는 조국! 3천만 동포여!', '대한의 아들' 운운하는 것도 과잉 애국에 속하는 일이며, 전체주의적인 발상법이다.

미국에서 재즈를 부르던 모 여가수가 귀국했을 때도 '한국의 딸', '한국의 이름을 빛낸······'이라고 찬사를 보냈던 일이 있고, 프로 레슬링장에서 대한 남아에다가 월남 파병 운운의 축사까지 한 고관이 있었다. 재즈 싱어나 프로 레슬링에까지 애국의 감탄부를 붙이는 것은 아무래도 좀 쑥스럽다. 재즈를 재즈로 들을 줄 알고, 프로 레슬링을 그냥 스포츠로 볼 줄 아는 민주사회의 그 시민적 의식도 사회주의라는 전체주의와 싸워 이길 수 있는 정신의 하나이겠다.

고궁의 귀족화

고궁의 입장료를 올린단다. 이제 비원엘 들어가자면 100원. 700밀리 초특작 영화를 구경하는 값보다 비싸다. 두세 배로 뛴

'하이 점핑.' 봄의 활기가 꽃나무 가지보다도, 매표구로 먼저 찾아 가는 걸 보니 과연 돈이란 것이 좋긴 좋은 모양이다.

현대의 고궁은 옛날과 달리 서민층의 휴식처이다. 그래도 우리가 지금 민주주의 시대에 살고 있다고 자위할 수 있는 기쁨이 있다면 아마 그것은 고궁을 마음대로 드나들 수 있다는 그 특전이 아닌가 싶다. 그런데 이렇게 고궁 입장료가 오르고 보면 서민들의 발길은 다시 떨어질 것 같다. '고궁의 귀족화'라는 새로운 신화가 생겨날지도 모른다.

원래 고궁과 같은 역사적인 문화재는 전 국민의 재산이다. 그래서 유럽엘 가보면 고궁이나 박물관 입장료가 다른 물가에 비해 굉장히 싸다는 것을 알 수 있다. 또한 일주일에 한 번쯤(일요일)은 무료로 개방하고 있다. 베르사유 고궁의 눈부신 정원은 완전히 파리 시민들의 앞마당처럼 사용되고 있고, 코펜하겐의 왕궁 뜰엔 숫제 담이란 것이 없다.

한국의 도시, 특히 수도 서울에는 시민이 즐길 만한 공공의 휴양지가 없다. 공원이나 광장을 중심으로 발전되어간 유럽의 도시에 비한다면 거의 살인적일 만큼 빈터가 없다. 그래서 소설을 봐도 한국 소설에 등장하는 청춘 남녀들이 만나는 장소는 으레 다방이 아니면 합승간이나 골목길 정도이다. "젊은이들이 앉을 수 있는 벤치가 없다"고 불평하는 틴에이저의 소리를 우리는 듣고 있다. 휴식처를 갖지 못한 한국의 도시인들이 날로 신경질적으로 되어가고, 각박하여 초조해지는 것도 무리는 아니다.

그래도 고궁이란 것이 있어 가난한 젊은이들이 값싸고 손쉽게 데이트를 할 수 있었고, 아스팔트에서 사는 서민들일망정 봄철을 즐길 수 있는 기회가 있었는데 이제는 그것도 어렵게 되었다.

고궁 입장료 인상! 봄바람마저도 인상된 셈이요, 연애를 하는 데도 비싼 세금을 물게 된 셈이다. 고궁의 귀족화를 원망한다.

열녀상 시비

과부를 점잖은 말로 '미망인未亡人'이라고 한다. 그러나 미망인의 뜻을 캐보면 결코 점잖은 말이 아니라 망측하기 짝이 없는 말임을 알 수 있다. 남편이 죽었는데도 '아직[未] 죽지[亡] 않은 사람[人]'이라는 뜻이기 때문이다.

미망인은 일종의 악담, 지아비가 죽었는데도 따라 죽지 않고 뻔뻔스럽게 살아 있다는 비난이기도 하다. 홀아비는 혼자 살아도 욕이 안 되는데 어째서 여인의 경우에는 그처럼 말썽이 많은가?

실제로 태곳적엔 지아비가 죽으면 여인이 목숨을 끊어야 하는 것이 부도婦道였을 때가 있었다. 그다음엔 비록 따라 죽지는 못할망정 평생을 수절하는 것이 여인의 미덕이라 했다. 그래서 일방적으로 강요된 여인의 희생과 눈물의 흔적에 사람들은 열녀문烈女門이란 것을 세워주었던 것이다. 열녀의 윤리관은 이렇게 여성

자신을 위한 것이 아니라 남성 본위의 모델인 것이 분명하다.

세인트 폴St. Paul은 여성 해방의 풍조가 있기 10여 세기 전에 이미 여인의 재가再嫁를 관대하게 보아주었다. 혼자 살면서 마음 속으로 간음하는 것보다는 차라리 그 본능을 현실화해주는 편이 훨씬 도덕적이라고 믿었던 까닭이다. 주위의 시선이 두려워 재가를 하고 싶어도 평생을 수절해야 될 열녀가 있었다면 그것은 죽은 남편에게나 자신에게나 다 같이 욕된 일에 지나지 않는다.

그리고 보면 어버이날에 매년 열녀에게 표창을 하던 보사부保社部가 이번부터 그 제도를 없애기로 한 것은 시대 감각에 맞는 일이라 할 수 있다. 그러나 한번 더 생각해볼 일이다. 모든 윤리는 벽에 박힌 못처럼 머물러 있는 것은 아니기 때문이다.

낡은 열녀관을 그냥 없앨 것이 아니라 새로운 열녀형, 시대에 맞는 열녀를 찾아내는 것이 의미 있는 일이 아닐까? 수절을 하는 것이 옛날의 열녀였다면, 박봉의 남편을 사랑으로 돕거나, 관리의 부패를 안방에서부터 막는 아내가 현대형 열녀가 될 것이다. 말하자면 시대에 맞는 새로운 열녀를 찾아내어 상을 계속 주는 것이 사리에 맞다. 그렇지 않다면 부도 그 자체를 없애는 것과 마찬가지가 아닌가!

오솔길이 아스팔트 길로 변해도 길은 길이다. 아내의 길이 현대라고 없어진 것은 아닐 것이다. 아니, 정 그런 것이 비위에 거슬린다면 현대의 열남烈男, 아내에게 봉사하는 모범적인 공처가

에 상을 주면 어떨까? 그러면 보사부 제씨들도 시대 감각에 맞는
다고 손뼉을 칠 게 아닌가.

언어의 적선지대

비정의 언어

'애인과 사랑을 속삭일 때는 프랑스말이 좋고 장사치와 거래할 때는 영어가 좋다. 그리고 남과 싸울 때는 독일어를 쓰는 것이 적합할 것이다.'

좀 낡은 유머지만 각국 언어의 특징을 재미있게 비교한 말이다. 보통 프랑스어는 부드럽고 아름다우며 영어는 평범하면서도 한편 친숙감이 있다고 한다. 그런데 독일어는 개[犬]하고 이야기할 때나 쓰는 말이라는 또 다른 풍자가 있듯이 무뚝뚝하고 거칠다.

물론 나라마다 그 언어의 특색이 있기 마련이다. 그러므로 자연히 그 우열을 논할 수도 있겠지만, 그러나 한마디로 이렇다 저렇다 규정짓긴 어려울 것 같다. 문제는 제 나라의 말을 얼마나 소중히 여기고 얼마나 아름답게 가꾸어가고 있느냐에 달려 있을 것으로 안다. 몽파르나스의 뒷골목에서 상소리로 떠들어대는 부랑

자의 프랑스말보다는 괴테나 하이네의 독일 시가 월등 아름다울 것은 뻔한 일이다.

한국말도 그리 흉한 편은 아니다. 일본말은 간사한 것 같고 중국말은 사성四聲이 있어 음악적이라고는 하나 좀 시끄럽다. '호떡집에 불난 것 같다'는 비유도 있고 보면, 어쨌든 중국말이 소란스럽다는 것은 사실인 것 같다. 그런데 한국말을 우리가 과연 소중하게 다루고 아름답게 가꾸어가고 있느냐 하는 문제에 이르러선 얼굴이 붉어지지 않을 수 없다.

말이 거칠어져가고 있다. 노인들은 '문법文法'을 '문법'이라고 발음하지만 젊은 학생층에선 '문뻡'이라고 한다. '사건'이 '사껀'으로 '인권'이 '인꿘'으로, 이렇게 자꾸 된소리로 바뀌어져가고 있는 것은 사회가 그만큼 각박해진 까닭일까? 조선시대에는 '꽃'을 '곳'이라 했고 '코'를 '고'라고 했다. 순경음脣輕音이나 반치음半齒音의 그 부드럽던 발음과 문자는 이제 사라진 지 오래다.

하지만 발음이 문제가 아니다. 우리가 쓰는 말을 가만히 따져보면 지옥의 염라대왕과 이야기하기에 알맞을 정도다. 자기 자식을 보고도 '염병할 자식', '고꾸라 뒈져라', '모가지를 비틀어 죽일 놈.' 외국인이 들으면 식인종이라고 오해할까 두렵다.

굳이 아름다운 말을 두고도 '눈깔', '낯짝', '코빼기'란 말을 잘 쓰는가 하면 말끝마다 '개새끼', '죽일 놈'이란 말을 쓰지 않으면 장단이 안 맞을 정도다. 그리고 또 요즈음 아이들이 '엄마'란 말

다음에 배우는 것이 '공갈'이란 말이라니 한심스럽다. 아름다운 말 속에 아름다운 정신이 깃든다.

극한 언어의 경쟁

유순한 언어를 썼으면 좋겠다. 말은 곧 마음이라 거친 용어, 잡스러운 표현, 독한 말들은 모두 마음의 메마름을 상징하는 거울이다. 말이 일단 거칠게 나오면, 다음엔 그보다도 더 거친 것이 나오기 마련이다.

"가는 말이 고와야 오는 말이 곱다"는 속담을 보아도 알 수 있는 그 한 예로써, 옛날만 해도 상스럽던 말에 끼던 '자식'이란 말이 이제 완전히 사라지고 숫제 '개자식'이란 말로 변해버리고 말았다.

우리는 그것을 정치인이나 고위 당국자들의 극한용어極限用語에서도 느낄 수 있다. '역적 소리를 듣더라도', '생명을 걸고서라도', '나라가 두 쪽이 나는 일이 있어도' 등등의 살벌한 표현을 곤잘 쓰고 있다.

주먹질의 깡패만이 아니라 때로는 '말 깡패'란 것도 있을 수 있으니 점잖은 사람들은 그 점을 조심해둘 일이다.

인심이 각박해진 증거일까, 요즈음 신문을 보면 점잖은 자리에 앉으신 분들이 이따금 상식으로는 생각할 수도 없는 모진 말들을 남발하는 경우가 많다.

모인某人의 글을 반박하는 어느 장관의 담화문을 보더라도 '정신분열증', '이적 행위', '망국의 발언' 등등의 어마어마하고 살벌한 단어가 나열되어 있다.

확실히 평균 혈압보다는 도수가 더 높은 말씨이다. 이런 말을 쓰자면 자연 고혈압 증세가 생기게 될 것이므로 건강에도 별로 득이 될 것은 없을 것 같다.

따지고 보면 말이라는 것은 어디까지나 상대적인 것이라, 오는 말이 고와야 가는 말도 고울 수 있겠다. 그렇다고 서로 말의 독기시합毒氣試合을 한다면 듣는 사람들의 귀가 편안하지 않다.

성서의 말씀에도 '입으로 들어가는 것은 깨끗해도, 거기에서 나오는 것은 더럽다'는 경구가 있다. 입으로 뱉는 것은 썩은 음식뿐만 아니라, 말 역시 깨끗지 못한 경우가 많은 것이다.

만인이 다 시인이 될 수는 없는 일이지만, 동가홍상同價紅裳 격으로 이왕이면 말을 다듬어 쓸 줄 아는 고상한(?) 취미가 있었으면 싶은 것이다.

히틀러의 『나의 투쟁Mein Kampf』을 보면 흡사 '극한 용어사전'을 보는 느낌이다. 그 독기가 국민을 미치게 하고, 열띠게 한 것만은 사실이지만 끝내는 그 언어의 고혈압증으로 자기 파탄을 면치 못했던 것이다. 치아는 혓바닥보다 강하게 보여도 유약한 그 혀보다 앞서 빠지고 마는 것……. 딱딱한 것이 실은 약하고, 부드러운 것이 실은 강한 법이다. 부드러운 말, 아름다운 말이 딱딱한 그 말보다 한결 저력이 있다는 것을 다시 한 번 생각해볼 일이다.

캥거루의 오해

캥거루라는 짐승은 생김새도 묘하지만 이름도 묘하다. '라이언'이니 '타이거'니 하는 것은 이름부터가 딱딱하고 무시무시하지만 '캥거루'는 그 어감이 매우 유머러스하고 귀여운 데가 있다. 그런데 실상 캥거루라는 동물명은 착오에서 붙여진 것이라고 한다.

탐험가 캡틴 쿡James Cook이 오스트레일리아에서 이 기묘한 짐승을 최초로 발견하자 수부들을 시켜 그곳 토착민들에게 그 이름을 물어오라고 했다. 얼마 후 수부들은 돌아와 말하기를 "캥거루라고 합니다."라고 보고를 했고, 그때부터 그것은 그러한 이름으로 불리게 된 것이다.

그러나 얼마 후에 캥거루는 그 짐승의 이름이 아니라 토인들의 말로 '무엇을 물으셨습니까?'의 뜻임이 밝혀졌다. 즉 수부들은 언어가 잘 통하지 않아 "뭐라고 물으셨습니까?(캥거루)"라고 반문한 토인의 말을 짐승의 이름이라고 속단해버리고 만 것이었다.

캥거루의 경우처럼 사물의 이름(언어)이라고 하는 것은 옳든 그르든 일단 습관화되어버리면 그대로 젖어버리기가 일쑤다. 말하자면 '노다지'니 '하이칼라'니 하는 말들이 그 일례가 될 것이다. 그러므로 아무리 허전한 말이라 할지라도 일단 명명되기만 하면 제 구실을 하게 마련이므로 되도록 새로운 이름을 붙일 때 신중을 기하는 편이 좋다.

그런데 우리는 유달리 언어의 감각에 무디고 또 창의성도 결여되어 있는 것 같다. 꽃 이름도 '며느리발톱', '시아버지배꼽', '닭의밑씻개' 등 상스러운 것이 많아서 시인들이 곤란할 때가 한두 번이 아닌 모양이다.

요즘 약 이름만 해도 그렇다. '스톱'이라는 국산 약품명이 유행인데 아무래도 어색하다. 복통도 두통도 감기도 그 약만 먹으면 '스톱(정지)'이라는 뜻이겠지만 버스 차장 같아서 듣기에 좀 민망하다.

또 국산 커피가 나온 것은 좋지만, 네오 커피 또는 커피 등의 이름도 역시 성공한 편이 못 된다. 네오 커피는 너무 현학적이어서 논문의 한 구절 같고, 커피는 어쩐지 속이 빤히 들여다보이는 것 같아 얼굴이 붉어질 지경이다.

국산품이 활개를 치려면 질도 질이지만 이름부터 아름답고 명쾌해야 될 것이다. 외제 상품을 모방한 것 같은 인상을 주거나 혹은 조잡한 감을 주는 이름은 국산품 애용의 열을 저하시키지 않을까 두렵다.

토마토와 외래어

토마토는 멕시코 말이다. 그리고 원산지도 역시 멕시코다. 그
것이 스페인에 들어가 유럽 여러 나라로 퍼졌다. 그런데 유럽에
서는 토마토를 '사랑의 사과'라고 불렀었다. 터질 듯 붉은 토마토
의 형상이 사랑의 정열로 불타오르는 연인들의 심장과도 같았기
때문이리라. 즉 영어로는 '러브 애플love apple', 프랑스어로는 '폼
므 다모르pomme d'amour', 독일어로는 '리베스 압펠liebes apfel'……
시적인 이름이었다.

그러나 멕시코의 원어 토마토에게 '사랑의 사과'란 말은 패배
하고 말았다. 이제는 모두 토마토라고 한다. 이렇게 훌륭한 자국
어가 있어도 외래어를 따르게 되는 수가 많다. 언어는 보편성이
라는 여울을 따라 흐르기 때문이다. 교통이 발달되고 세계가 좁
아진 오늘날 외래어를 아무리 배격한다고 해도 그것은 막을 수
없는 파도처럼 밀려 들어온다.

바나나, 침팬지, 고릴라 같은 아프리카어가 이제는 세계의 공
통어가 되어버렸다. 요트, 스케이트와 같은 세계적 공통어는 네
덜란드에서 온 말이며, 오아시스는 이집트어, 피아노는 이탈리아
어이다. 인간은 고립할 수 없기 때문에 교통이 있고 무역이 있고
이렇게 언어의 교대가 있는 법이다. 그래서 외래어를 남의 말이
라 하여 백안시할 것이 아니라 도리어 자국어로 길들여가는 태도
가 합리적일 것 같다.

'넥타이'를 '목댕기'라고 부르자는 슬픈 국수주의자가 있다. 그런가 하면 한자에서 온 말도 일종의 외래어라 해서 전화를 '번갯불 딱따구리', 공처가를 '아내 무섬쟁이'로 뜯어고친 국어학자가 있다. 이들의 애국심에는 절로 고개가 수그러지지만 가끔 폭소가 터져나올 때도 없지 않아 송구스럽다.

'수프', '피크닉', '폴리스(경찰)', '파운틴[泉]'과 같은 영어의 일상어는 모두 프랑스어에서 온 것이다. 셰익스피어를 낳은 훌륭한 영국, 웰링턴이나 처칠 같은 애국자를 낳은 그 영국에 애국심이 모자랐던가? 토마토를 다시 '러브 애플'이라고 부르자는 영국의 언어학자가 없는 걸 보면 아무래도 영국인들은 우리보다 제 나라 언어를 사랑할 줄 모르는 모양인가?

'우리말심의회'란 것이 생겼다. 일상용어나 전문용어 등을 연구하여 우리말을 가꾸어가자는 정신엔 이의가 없다. 다만 한마디 하고 싶은 것은 식물도감에도 없는 이름씨, 움직씨, 같은 씨[種] 만 만들어 도리어 국어를 혼란케 하는 그 장난만은 그만두었으면 싶다.

언어의 폭군들

"당신은 영어가 장차 세계의 공통어가 되리라 믿습니까?"라는 질문에, 영국의 유명한 소설가 서머셋 몸William Somerset Maugham

은 다음과 같이 말했다.

"그렇게 될는지도 모릅니다. 만약 미국 사람들이 제대로 영어를 말할 수 있게 된다면……."

몸 씨의 이 유머는 미국 사람이 얼마나 조잡하고 부정확한 영어를 사용하고 있는가를 은근히 꼬집은 말이다.

최근 런던의 어느 영화관에 '새롭고 센세이셔널한 미국의 서부영화, 영어의 자막이 붙어 있음'이라는 광고까지 나붙은 일이 있었다니, 몸 씨의 유머뿐 아니라, 현실적으로 영어와 미어는 아주 다른 나라 말이라고 해도 과언이 아니다.

물론 나라와 문화와 생활 양식이 다른 이상 미국 사람들이 꼭 전통적인 영어를 쓰지 않는다 해서 흉 될 것은 없다. 그러므로 미국 영어라 할지라도 언어를 사용하는 미국인의 그 태도가 문제인 것이다.

그런데 미국인들은 '간편 제일주의'를 좋아하고 있기 때문에 일반적으로 언어를 너무 자의적으로 다루고 있다. 또 언어 그 자체에 대해서 무관심한 모양이다. 미국의 평론가들도 그런 약점을 많이 지적하고 있다. 헤밍웨이나 포크너William Faulkner 같은 대작가들이 '웰'이라고 쓸 때에 '굿'이라고 한다거나 또 리스먼David Riesman이라는 유명한 사회학자가 조어법에 어긋나는 '이너디렉션Inner-direction', '오더디렉션Order-direction'이란 조잡한 술어를 써서 비난을 받고 있는 것이 그 일례다.

문화의 전통이란 곧 언어의 세련을 의미하는 것이기도 하다. '아름다운 언어', '정확한 언어'를 사용하는 것이 문화 국민의 프라이드이기도 하다.

　　그런데 요즘 우리나라에서 쓰는 한국어를 보면 저것도 우리나라 말이었던가 의심스러운 생각이 들 지경이다. '일체'를 '일절'이라고 발음하는 것은 그만두더라도 권위 있는 교수나 정치가들의 방송 연설을 들어보면 말의 강약, 장단이 트위스트 식이고 아무 의심도 없이 '포착捕捉'을 '포촉'이라고 발음하는 등의 무식이 절정이다. 그러나 그건 그렇다 치더라도 언젠가 내무부에서 작성중인 '반공 단속법'이란 명칭엔 정말 혼비백산할 지경이다. '깡패단속'은 깡패를 단속하는 것이며 '밀수 단속'은 밀수 행위를 단속하는 것이다. 그렇다면 '반공 단속'이란 그 말은 정반대로 반공 행위를 단속한다는 뜻이 될 테니 그야말로 반공 단속법(?)에 걸릴 것이다. 사회에는 질서가 있다. 그 질서를 위해선 법이 있어야 한다. 마찬가지로 언어에도 질서가 있고 그 질서를 위해서 조어법이나 언어의 그 생략법이 엄존하고 있다. 법률을 만들 만한 사람이면 먼저 언어의 그 '법(문법)'에 대해서도 관심을 가져야 할 것이 아닌가? 부정확한 언어, 거기에서 부정확한 정신이 생겨나는 법이다.

한국에도 한국말이 있는가

월폴Horatio Walpole이 편찬한 『일상생활의 백과사전』을 보면 여러 가지 재미있는 이야기가 많이 나온다.

이 세상에서 최초로 신문이 발간된 것은 1566년 이탈리아의 베니스에서 비롯됐다는 것이라든지, 한 가제타(동전 이름)만 내면 그것을 사볼 수 있어 오늘에도 신문명에 '가제타'란 말이 붙게 되었다든지, 혹은 세상에서 제일 큰 보석, 제일 많이 내린 비, 제일 큰 폭풍 등 흥미 있는 이야기와 기록들이 자세하게 적혀 있다. 그러나 우리를 더욱 놀라게 하는 것은 "한국인들은 그들 자신의 언어를 가지고 있는가"라는 항목이다. 그 해답은 이렇게 시작된다.

"한국 아이들이 이야기하는 것을 옆에서 들어보면 중국이나 일본인의 말과 같다고 오해할 것이다. ……그러나 그들에게는 고유한 언어와 문화가 있다. ……물론 한국인 학자들은 한자를 배웠고 천년 동안 그것을 익혀왔기 때문에, 그들이 한자로 쓴 시와 그 문학은 중국과 비교할 수준에 달해 있다. 그러나 그들은 현재 그들의 고유한 언어로써 말하고 고유한 문자로써 글을 쓰고 있다."

가슴이 철렁 내려앉는 이야기다. 대부분의 외국 사람들은 아직도 우리가 우리의 말과 문자를 가지고 있다는 사실을 모르고 있는 모양이다.

달러[$]의 기호가 미국인들이 고안한 것인 줄로만 알고 있었던 우리들이 그 책을 보고 비로소 스페인에서 시작된 것이라는 사실을 발견하고 놀라는 것처럼 그들은 또 한국인이 중국말로 말하고 한자를 쓰는 줄만 알았다가 그 백과사전을 읽고 비로소 한국에도 한글이라는 것이 있다는 것을 알고 놀랐을 것이다.

무리한 일도 아니다. 우리는 한글을 자랑할 줄만 알았지, 그것을 세계에 널리 알릴 기회를 얻지 못했던 것이다. 문자의 힘은 문화의 뒷받침이 있어야 한다.

한글날만 되면 세종대왕의 위업이나 추모하고, 한글의 과학성이 어떻다고 자기 도취에 빠지는 것이 고작이었다. 비판적인 문자의 발전에 대해서 논의된 적은 그리 많지 않은 것이다.

공허한 자랑만 일삼을 것이 아니라, 한글이 알파벳과 같은 힘을 가지고 세계에 널리 위력을 발휘하기 위해서는 우리의 문화가 그만큼 높아져야만 되는 것이다.

문자 자랑만이 아니라 그 문자가 실제 국내외로 힘을 발휘하도록 모든 문화적 수준을 높여야 된다. 그것이 진정한 한글날의 정신이 아닌가 싶다.

국산품에도 '메이드 인 코리아Made in Korea'라는 영자가 붙어야 하는 이 현실을 반성해보는 날, 그것이 한글날이어야 할 것이다.

케이블카와 소리개차

프랑스의 신문에는 '문법란' 같은 것이 있다. 틀리기 쉬운 어법이나 문장법을 친절하게 해설해놓은 칼럼으로 독자도 꽤 많은 모양이다. 그만큼 프랑스인들은 자국의 언어에 관심이 있고 애정이 깊다는 증거다.

'딸을 시집 보낼 때 지참금이 없으면 아름다운 말(회화법)을 가르쳐 보내라'라는 속담만 보더라도 신문에 문법란이 있는 것이 조금도 이상할 게 없다.

우리나라의 언어 가운데는 조잡한 언어들이 많다. 외래어든 무엇이든 손질을 하지 않고 멋대로 사용한 경우가 많기 때문이다. 물론 이러한 현상은 국민 전체가 책임질 문제이지만 지식인들에게 그 결정적인 잘못이 있다. 언어를 가꾸고 손질하는 것이 문필가를 비롯한 지식인들의 한 책무이기도 한 까닭이다.

국어심의회에서는 우리나라 말 가운데 생경하고 어려운 외래어와 한자어들을 추려, 그것을 쉬운 말로 대치하는 정리 작업을 끝냈다. 그분들의 노고를 생각하면 백 번 치하를 해도 부족할 것 같다.

그러나 노고와 업적은 별문제이다. 쉬운 말 고쳐 쓰기의 국어심의회 안을 보고 있으면 이분들이 과연 한국인인지 의심이 될 정도로 괴이한 말들이 많이 나온다. 그런 장난을 하라고 막대한 나랏돈을 낭비했는가 생각하면 더욱 한심스럽다.

대여섯 살 난 꼬마까지 다 아는 '케이블카'를 '소리개차'라고 한 것 등은 아무래도 과잉충성 아닌 과잉개조라고 생각된다. 무정부 상태를 '제각기 왕 노릇'이라 한 것 등은 애교가 지나쳐 어린애들의 전쟁놀이 말처럼 되었다.

도대체 국어심의회의 위원들께서 한번 '여자'를 보고 '계집애'라고 해보아라. 당장 욕설이 나을 것이다. 노인을 보고 '늙은이'라고 해도 마찬가지다. 뜻은 같아도 그것의 크노테이션이 다르다는 그 정도의 의미론 상식은 알아야 한다.

그것은 개선이 아니라 개악인 것이다. 시험 삼아 여기 두 개의 문장을 써둔다.

첫 번째 것은 국어심의회 안대로 쓴 글이고 두 번째 것은 우리가 보통 쓰는 말로 적은 것이다.

A 섬김도 좋고, 예쁨 다투기 모임에도 나갔던 이름 있는 S찻집 안주인이 공먹기나 하고 다니는 글소경의 사랑 청함을 받고 팔자 고침을 한 것이 커다란 이목 끌기를 일으켰다. 어느 나날이 나옴 신문의 배움기자 하나가 그것을 거리 얻기 위하여 실은 것에 대해 따짐글이 들어와 붓죄 일이 생겼기 때문이다.

B 서비스도 좋고 경염대회競艶大會에도 나갔던 유명한 S다방 마담이 무전취식無錢取食이나 하고 다니던 어느 문맹자의 구애를 받고 개가改嫁

를 하여 일대 센세이션을 일으켰다. 일간 신문의 견습기자 하나가 그것을 취재하여 게재한 것에 대해 항의문이 들어와 필화사건이 벌어졌기 때문이다.

언어자본론

"딸이 결혼할 때 지참금을 주지 못하겠거든 언어를 가르쳐줘라." 이것이 프랑스의 속담이다. 사실 정확한 언어를 쓸 줄 아는 것은 때로 지참금 이상의 재산이 된다. 말은 정신의 얼굴이기 때문에 옛날부터 사교 생활에 민감했던 프랑스인들은 언어를 그만큼 중시해왔다. 물론 여기에서 '언어'라고 한 것은 외국어가 아니라 바로 자국어인 프랑스어를 의미한 것이다.

그들은 여간해서 외국어를 쓰지 않는다. 여행자가 어쩌다 영어로 길을 물어도 프랑스어로 가르쳐주는 친구들이 많다. 영어로 말하기가 싫기 때문이다.

심지어는 아주 유창한 영어로 "아이 캔트 스피크 잉글리시(I can't speak English)"라고 시치미를 떼고 대답하는 친구들도 있다. 우리도 프랑스에서와 마찬가지로 언어는 재산이라고 생각해왔다. 다만 그 언어가 제 나라의 말이 아니라 외국어를 의미하고 있다는 데에 비극이 있었던 것이다.

어제오늘의 이야기가 아니다. 자고로 무엇이든 외국어를 하나 알아두면 팔자를 고쳤다. 옛날 중국을 왕래하던 역관譯官들의 세도가 어떠했는지를 생각해보면 알 것이다. 또 해방 직후에 '브로큰 잉글리시Broken English'를 밑천으로 한재산 장만한 사람들의 이야기를 들어봐도 알 것이다.

약소민족의 한 특징이기도 하지만 우리는 제 나라 말보다 남의 나라 말을 배우려다가 한평생을 지내온 민족이다. 50대 이상은 한어 세대, 40·30대는 일어 세대, 지금의 20대는 영어 세대라고 부를 수 있다. 외국어의 보급이 그대로 이 나라의 한 역사를 꾸려갔다는 사실을 우리는 간단히 부정할 수 없을 것이다.

그런데 요즈음엔 다시 일어가 고개를 들기 시작한 모양이다. 길을 걷다 보면 '일어 교습'의 간판이 즐비해 있다.

사실상 대학생들 간에는 일어 붐이 일어났다는 이야기다. 이렇게 일어의 주가가 상승하기 시작한 것은 무엇을 의미하는가? 말하지 않아도 자명하다. 한일회담 반대의 기치를 들고 데모를 하는 현상과는 아주 대조적이다.

일어를 배우는 것이 죄일 수는 없다. 하지만 문제는 시세時勢를 좇아 옮겨가는 그 언어의 유행 현상이다.

젊은 학생들이 서투른 발음으로 "고렝아 이에데스", "아렝아 쓰구에데스" 하고 일어 회화책을 읽고 있는 소리를 들으면 어쩐지 지난날들의 악몽을 되풀이하고 있는 것 같아 슬픈 생각이 든다. 정녕 외국어는 우리의 재산인가? 우리가 남길 유산은 그것뿐인가?

파주로 간다

프랑스어로 '목장에 간다'라고 하면 꽤 낭만적으로 들리지만 실은 결투를 하러 간다는 뜻이다.

옛날 생 제르망 데 프레Saint Germain des Prés 사원 근처엔 커다란 목장 하나가 있었는데 여기에서 연일 결투가 벌어졌다는 것이다. 그래서 그냥 '목장에 간다'라고만 해도 사람들은 곧 결투를 의미하게끔 되었다.

우리에게도 그와 비슷한 은어가 있다. '한강에 간다'고 하면 수영하러 간다는 뜻이 아니라, 실은 자살을 의미하는 말이다.

생에 절망한 사람들은 한강으로 간다. 한이나 외로움을 가슴에 묻어두고 물속으로 뛰어든다. 그렇게 해서 투신 자살자가 연방 꼬리를 물게 되는 것이다.

눈치 빠른 백성들이라 이제는 '한강에 가야겠다'라고만 해도 누구나 그게 무슨 뜻인지를 짐작하게 되었다.

그런데 시절이 바뀌면 풍습도 은어도 달라진다. 아마 앞으로는 '한강에 간다'가 아니고 '파주로 간다'고 할 것이다. 파주! 사람들이 죽어가고 있다. 죄야 누구에게 있든 불쌍한 사람들이 미군의 총격으로 숨을 거두고 있다.

파주란 말만 들어도 이제는 가슴이 철렁 내려앉는다. 죽음을 연상시키기 때문이다. 그러므로 '파주로 간다'고 하면 죽으러 간

다는 소리로 들릴지 모른다.[8]

슬픈 일이다. 총을 쏘아야 하는 사람도 총에 맞아 죽어야 하는 사람도 다 할 말이 없다. 그러나 이 '할 말'을 서로 다 터놓고 할 수 없는 데 우리의 슬픔이 있다.

군수품 절도 사건이 있으면 총격 사건도 있을 법한 일이다. 문제는 사후의 일을 어떻게 처리하느냐에 있는 것이다.

한미행정협정이 맺어져 있지 않기 때문에, 그러한 사고가 필요 이상으로 우리의 마음을 아프게 한다.

파주가 무법천지란 인상을 주는 것은, 자살을 각오하지 않고서는 함부로 접근할 곳이 못 된다는 느낌을 준다는 것은 결국 한미행정협정이 맺어져 있지 않은 데서 오는 것이다. 한미의 오랜 우정에 금이 가지 않도록 조속히 이를 체결해야 되겠다.

'파주로 간다'는 말이 자살을 의미하는 은어가 되어서는 안된다.

---

8) 1962년 미군 장교 데이비드 스완슨 중위와 토머스 와일드 중위가 부대 도처를 돌아다닌다는 이유로, 피해자 이일용 씨를 절도혐의자로 몰고 총기로 위협하여 끌고 다니면서 발가벗기고 구타를 일삼으며 전선줄로 거꾸로 매달아놓는 등 가혹행위를 저지른 사건. 이 사건을 계기로 미국은 한미행정협정 협상에 동의하고 1966년 말 한미SOFA(Status of Forces Agreement) 협정이 체결되었다.

한글 5백 년

이집트의 상형문자를 볼 때마다 새삼스럽게 한글의 고마움을 느낀다. 새끼를 꼰 듯한 몽고문자나 아시리아의 쐐기 같은 설형문자를 볼 때도 마찬가지다.

우리보다 더 부강하고 더 전통 있는 나라라 할지라도 자기 문자를 가지고 있지 못한 경우가 참으로 많다. 그래서 그들은 대개가 로마의 알파벳을 꾸어다가 발음부호 같은 몇 개의 표를 덧붙여 그대로 사용하고 있는 것이다.

그러나 한글이 세상에서 제일 으뜸가는 문자라고 선전하는 국어학자님들의 과잉 찬사에는 눈살이 찌푸려진다. 자기 도취는 항상 게으름과 무비판을 초래하기 쉽기 때문이다.

아직도 고치고 다듬을 데가 많은 것이 한글의 문자가 아닌가 싶다. 어느 나라고 인쇄체와 필기체가 있기 마련이지만 한글엔 그것이 없어 불편하다. 시각적인 미가 없다는 점도 있다. 다른 표음문자보다 쓰는 데 시간이 오래 걸리고 자칫하면 오자가 많이 생길 우려가 있다. 한글을 놓고 횡서냐 종서냐 하는 것을 가지고 싸운 일도 많았다. 풀어쓰기를 주장한 사람도 있어 논쟁이 벌어진 일도 있다.

그러나 금년이 518번째로 맞이하는 한글날이라고 하면서도 여전히 문자는 옛날 모습 그대로이다.

한글의 위대성을 찬양하기보다는, 세종대왕의 슬기를 받들기보다는 그것을 얼마나 훌륭하게 발전시켰는가가 진정으로 우리가 자랑해야 할 문제라고 생각된다.

한때 정부에서는 도시의 간판을 모두 한글로 사용하라고 한 일이 있다. 반대는 있었지만, 그래도 실시하니까 생각한 것보다는 불편이 덜했다. 색채나 디자인의 조정으로 보기 쉬운 한글 간판 문자들이 고안되었기 때문이다.

그런데 요즈음 을지로 상가를 지나다 보면 모두가 한자 간판으로 복귀하고 말았다. 그러고서도 말끝마다 한글이 세상에서 으뜸가는 문자라고 야단들이니 우리는 아무래도 좀 유난스러운 백성인 것 같다.

묵묵히 사랑하고 생활할 줄 아는 슬기가 결여되어 있는 것 같다. 한글의 위대성은 한글날에만 떠드는 것이고 다른 날에는 그냥 무관심 속에서 보내버리는 것으로 되어 있다.

매사가 다 그렇지만 겉으로만 떠들지 말고 마음속으로 한글을 아끼고 가꾸는 진정이 아쉬워진다.

III
잠시 서 있는 시간

잠시 서 있는 시간

달력

오늘날 세계적으로 쓰고 있는 달력은 1582년에 그레고리우스 Gregorius가 정한 것이다. 그동안 달력은 수많은 개정을 거듭해 왔다.

로마 초기의 달력은 1년 10개월로 나누었기 때문에 달수와 계절이 이가 맞지 않았다. 이런 폐단을 없애기 위해서 누마Numa Pompilius 왕이 12개월 355일로 한 해를 정한 신역법新曆法을 만들었지만, 여전히 계절의 차가 있었다.

1년을 355일로 새로 개정한 것은 줄리어스 시저Julius Caesar 때의 일. 오늘날의 '줄라이(7월)'가 바로 그의 이름을 따서 기념한 것이다.

오늘날에도 달력을 개혁하자고 주장하는 측에선 날짜와 요일을 고정시킨 새로운 배열법을 쓰고자 한다.

인간은 완벽을 구한다. 그러나 현재의 달력을 고치자는 안에는 얼른 박수를 칠 수만은 없다. 물론 만년 월력이 생기면 편할지도 모른다. 해마다 새 달력을 찍을 필요가 없으니 경제적으로는 노력이 덜하다. 강철판에 달력을 찍어놓으면 대대손손 문자 그대로 만년이라도 사용할 수가 있겠다.

하지만 한번 상상해보라. 해가 바뀌고 신년이 되어도 지난해와 똑같은 달력을 쳐다보며 살아야 한다는 것은 얼마나 고통스런 일일까?

인간은 동물 가운데 가장 변덕스럽기 때문에 그만큼 변화를 좋아한다. 역시 해가 바뀌면 새 달력이 나오는 게 반가운 법이다.

묵은 달력을 찢는다. 그리고 그 벽 위에 인쇄 잉크 냄새가 풍기는 신력을 걸어둔다. 그때 우리는 정말 새해가 왔다는 실감을 맛볼 것이다.

질식할 것같이 따분한 생활에서 그래도 달력 한 장 바꾼다는 것은 커다란 즐거움이요, 희망이 아닐 수 없다.

이해도 저물었다. 며칠만 있으면 새 달력이 벽 위에 걸리게 될 것이다. 묵은 달력은 찢고 새로운 숫자가 찍힌 달력장 앞에 서면 가슴이 부푼다. 아무리 외롭고 가난하고 슬픈 사람이라도 새 달력은 새 마음을, 그리고 새 생활을 펼쳐준다.

그렇다. 만년력보다는 해마다 바뀌는 캘린더가 좋다. 새 캘린더를 바라보며 설레는 그런 마음이 있는 한 인간은 절망하지 않을 것이다.

3월 1일

우리는 역사를 단순한 기념비로서 추억하는 경향이 많다.

'3·1운동'만 보더라도 그렇다. 1년 내내 망각 속에서 묻혀 있다가 해마다 3월 1일이 되면 추억담처럼 언급되곤 한다. 제삿날과 별로 다를 게 없다.

역사적 사건은 박물관의 진열장 속에 갇혀 있는 것이 아니라 모든 생활의식 속에서 꽃피어야 한다.

프랑스의 시민혁명은 바스티유 감옥을 부순 단순한 기념일이 아니었다. 정치·사회·경제·문화 그 모든 분야에서 프랑스의 혁명의식은 백 년 동안이나 지속되어 내려왔다.

만약 우리가 기미년 독립정신을 생활화하고 있다면 오늘의 역사는 좀 더 달라졌을지도 모른다.

단순한 추억으로서 역사가 있다면 그것은 녹슨 훈장과 마찬가지로 과거의 영예에서 그칠 뿐이다.

3·1운동은 그동안 대개 사건의 전달로서만 회억되었다. 33인의 명단이나, 옥고를 치른 애국자의 영웅적 투쟁이나, 일본 관헌의 만행이나…… 물론 그런 것도 중요한 일이다.

그러나 3·1운동의 근본 정신과 그 본질이 무엇인지를 따지는 일들은 사학자들의 미결서류 안에서 낮잠을 자고 있는 형편이다.

독립선언문이라도 제대로 분석 비평한 적이 있었던가? 그 정신을 오늘의 이 시점에서 재평가한 글들이 몇 편이나 되겠는가?

깃발이나 꽂고, 거리를 행진하고, 노래들만 부르면 그만인 그런 3·1절이라면 가정에서 지내는 제사와 별로 다를 것이 없다.

아이들이 제사 음식을 먹는 것에만 기대를 걸듯, 그게 공휴일이라는 것에만 솔깃해하는 사람이 없지도 않겠다.

형식만 남고 본질이 사라질 때는 그게 종교든, 문화든, 역사적사건이든 매너리즘에 빠져버리게 된다.

3·1절에 대한 재평가와 그 독립정신은 오늘의 시각 속에서 부활되어야 한다. 그것은 끝나버린 것이 아니기 때문이다.

아직도 우리에겐 주권의식이 박약하다. '자유와 자주'를 외쳤던 그 피맺힌 소리가 지금 이 광장에서 울려온다 하더라도 조금도 부자연스러울 것이 없다. 왜냐하면 그것은 국가와 시민의 영구한 과제이기 때문이다.

우리는 3·1절을 하나의 역사적 기념비로만 추억하지 말자. 1919년의 지나간 옛일이 문제가 아니다. 오늘 이 시각에서 그 정신을 어떻게 살려가느냐에 그 뜻을 두어야 할 것이다.

살생유택

불교에서는 무조건 살생殺生을 금한다. 어떠한 경우라도 사람이나 짐승의 생명을 죽이는 것을 죄악시했다. 동양인들이 서양인보다 채식을 많이 하게 된 이유 중의 하나로써 우리는 이 불교의 영향을 손꼽을 수 있다.

그러나 유교는 그렇지가 않다. 살생을 전적으로 금제禁制한 것이 아니라 가려서 하라고 했다. 공자는 잠든 새를 잡지 않았으며 새끼를 밴 짐승을 죽이지 말라고 가르쳤다. 불교가 절대주의라고 한다면 유교는 현실 위에 터전을 둔 중용中庸이다.

옛날 중국의 어느 현자賢者는 짐승 사냥보다 낚시질을 즐겼다. 그 이유를 물은즉 같은 살생이기는 하나 사냥은 달아나는 짐승을 쫓아가 잡는 것이요, 낚시는 자기 스스로 무는 놈을 잡는 것이니 그 성질이 다르기 때문이라 했다.

즉 사냥을 능동적인 살생이라 한다면 낚시질은 수동적인 살생이다. 그러므로 그는 전자보다는 후자를 선택했다는 이야기다.

절대적인 이상을 누구나 다 실현하기는 어려울 것이다. 그러나 중용적인 모럴은 비록 성자聖者가 아닌 범인凡人이라 해도 못지킬 것은 없다. 배가 고픈데, 혹은 사냥에 취미가 있는데 무턱대고 살생이 죄악이라고 해서 금지한다면 별로 지켜질 가능성이 없다.

아사자餓死者가 우글대면서도 피둥피둥 살찐 소가 거리를 활보하는 인도의 경우나, 광견狂犬에 손해를 입으면서도 그것을 잡지 못하는 인도네시아의 종교적 윤리는 아무래도 좀 모순이 있지 않는가 싶다.

최근 사냥꾼들이 천연기념물인 백조, 두루미, 황새 등 보호 조류를 마구 잡아가는 통에 멸종 위기에 놓여 있다고 한다. 그것으로 생계를 이어가는 직업적인 사냥꾼들이라면 또 모른다. 요즈음의 사냥꾼은 대개가 도락에 가까운 스포츠로써 헌팅을 하고 있는 것인데 살생유택의 원칙을 무시한다는 것은 옳지 않다.

옛날에는 사냥 자체가 살생이라는 면에서 비난받았지만 요즈음엔 '천연물 보호'라는 사회·문화적인 면에서 절제를 받고 있다. 멸종을 시킬 정도로 무차별 포획을 한다는 것은 스포츠 정신으로 봐도 규탄되어야 한다.

매사에 중용 정신이 아쉽다. 절대적 윤리라면 그 윤리를 수정할 필요가 있지만 중용의 모럴은 안 지키는 쪽에 책임이 있다.

메이드 인 재팬

세상의 훈장을 다 모으면 하늘의 별만큼 될 것이다. 수만 그런 것이 아니라 생김새나 그 빛깔도 반짝이는 성신星辰과 비슷할 것 같다. 그런데 그중에서도 특히 태극성太極星처럼 빛나는 훈장은 세계적으로 이름 높은 가터 훈장일 것이다.

가터Garter 훈장은 영국 정부가 주는 것이지만 그 권위는 국제적 성질을 띠고 있다. 노벨상과 맞먹는 영광의 상징이다. 이 훈장에는 푸른빛 리본이 달려 있는데 그 연유를 캐어보면 누구나 한 번쯤은 놀라게 될 것이다. 세계적인 이 훈장은 바로 부인의 양말대님으로부터 시작된 것이기 때문이다. 그러니까 번쩍거리는 훈장의 푸른 리본은 부인들의 양말 대님인 셈이다.

궁정에서 무도회가 열렸을 때의 일이라 한다. 춤을 추던 한 귀부인의 양말 대님이 흘러 내려온 것을 왕이 정중히 허리를 구부리고 주워 바쳤다는 것이다. 이 신사도를 기념하기 위해서 만들어진 것이 바로 그 가터 훈장이었다.

이렇게 따지고 보면 부인의 양말 대님을 주워 거룩하게 앞가슴에 달고 다니는 격이라 가터 훈장을 차고 다니는 신사들의 체면이 좀 안됐다. 하지만 훈장의 뜻은 훈장 자체에 있는 것이 아니라 어떤 사람들에게 수여되었느냐로 그 의의와 권위가 형성된다고 할 수 있다.

부인을 존경하던 중세적인 신사도의 상징으로 가터 훈장이 만들어졌든, 혹은 그게 부인의 양말 대님이든, 또 은이든 금이든 그것이 지닌 가치는 훈장을 시상하는 정신 속에서 그 빛을 발휘한다. 가터 훈장이 그처럼 권위가 있는 것도 그게 결코 값비싼 다이아몬드로 만들어졌기 때문이 아니다.

우리나라의 최고 훈장은 '무궁화 대훈장無窮花大勳章'이다. 무궁화는 우리나라의 국화이니만큼 양말 대님보다는 훨씬 점잖고 또 엄숙하다. 수여자를 보더라도 국가 원수급이어야 비로소 꿈을 꾸어볼 만한 것이다. 문자 그대로 한국을 상징하는 훈장이다.

그런데 정부에서는 이 훈장을 일본에 주문하여 만들어 올 생각이라니 그들의 사고방식에 두 손을 들지 않을 수 없다. 훈장의 가치를 외양으로 따지는 무슨 장식품으로 착각하고 있는 모양이다.

한국을 상징하는 무궁화 대훈장이 '메이드 인 재팬'이라면, 가터 훈장이 여자의 양말 대님이라는 것보다도 더욱 놀라운 일이 될 것이다.

일본인의 악수

버트런드 러셀Bertrand Russell은 중국과 일본을 비교하여 다음과 같이 그 특징은 적은 일이 있었다.

중국인들은 무엇보다도 외국인의 애정을 확보하는 힘을 가지고 있다. 거의 모든 유럽 사람들이―관광객으로 온 사람이나 오랜 세월을 두고 중국 땅에 머물러 있는 사람이나―중국을 좋아한다. 영일英日동맹이라는 것이 있는데도 불구하고 극동에 있는 영국인 가운데 일본인을 중국인처럼 좋아하는 사람은 내가 아는 한 한 사람도 없다.

40년 전 글이기는 하다. 그 뒤에 국제 정세도 많이 바뀌었고 또 중국은 모毛의 천하가 되어 이제는 유럽인들의 애정이 아니라 불안감과 불신감을 사고 있다.

그러나 일본인들에게 애정이 가지 않는다는 말은 반세기가 지난 오늘날에도 여전히 실감 있게 들리는 소리다. 러셀 경卿만이 아니다. 일본 『사물지事物誌』에 쓴 체임벌린Joseph Chamberlain도 일본인은 깨끗하고 친절하고 예술적이지만 깊은 신뢰감은 찾아 볼수 없다고 논한 적이 있다.

구원舊怨이야 대수로울 게 없다. 지난날의 상처를 이제 와서 뒤적인다는 것도 의미 없는 일이다. 외교에는 다만 현재, 그 현재의 실리가 앞서는 것인지도 모른다. 그렇게 따져봐도 우리는 여전히 일본과의 외교에서 정신을 바짝 차리지 않으면 안 될 것 같다. 겉다르고 속 다른 일본의 카멜레온적 외교는 동경 유니버시아드대회에서, 그리고 교포 북송 문제에서 여지없이 그 검은 손톱을 드러내놓고 있다.

한일 각료회담에서도 그들의 태도는 어르고 치는 식의 양수겸장兩手兼將을 부르고 있다. 심지어 일본의 각료 중에는 "불편하니 통역보다 일본어로 서로 이야기하자."라고 했다니 도대체 그들은 아직도 서울을 경성 정도로 알고 있는 모양이다.

'대화의 광장'이라는 유행어가 이 각료회담에도 적용되고 있는모양이나, 모든 대화는 애정과 피차의 믿음 없이는 이루어지지 않는 법—그들의 약은 술수에 넘어가지 않는 외교술이 아쉽다.

그리스인과 악수하고 난 뒤에 자기 손가락을 세어보라는 것은 아랍의 속담이지만 우리는 일본인과 악수하고 난 뒤에 자기 손가락이 다 있는지 셈해봐야 할 것이다.

버트런드 러셀 경의 한 구절을 생각해보면 한일 문화교류도 경제 협력도, 일방통행적인 것이 되지 않을까 걱정이다.

　일본도 이젠 살 만큼 되었으니 이웃으로부터 믿음과 애정을 받는 국민이 되도록 노력해주었으면 좋겠다.

팔 수 없는 역사

　콘래드 힐튼Conrad Hilton은 세계의 호텔 왕이다. 어느 나라를 가나 힐튼이라면 최고급 호텔의 대명사처럼 쓰인다. 미국 내에 서른 개, 그리고 세계 각지의 스무 개를 넘는 초현대식의 맘모스 호텔은 힐튼 개인이 아니라 미국의 부富를 실감케 한다.

　그런데 천하의 호텔 왕도 파리의 호텔 리즈Leeds를 매수하는 데는 실패의 고배를 마셨다는 유명한 일화가 있다.

　거의 한 세기의 역사를 지니고 있는 호텔 리즈의 방 수는 2백여 개에 지나지 않지만 '전아典雅의 극치'로서 세계의 왕후 귀족이나 수많은 저명인사들의 애환을 묻은 곳이었다. 힐튼이 탐낸 것도 무리는 아니다. 그러나 리즈의 총지배인 오젤로는 매수의 의향이 전해지자, "리즈의 주株를 가지고 있는 것은 일종의 도락道樂입니다. 리즈는 하나의 전통입니다. 역사는 돈으로 사고파는 매물이 아닙니다."라고 그 자리에서 거절을 했다는 것이다.

　조선호텔이 헐린다고 한다. 유서 있는 물품들은 경매하고 또 그 타일들을 기념품으로 나누어 갖는다니, 식민지 시절에 일인日

人들이 세운 호텔이라 해도 하나의 전통을 간직하고 있는 건물임에는 분명하다. 그리고 그 건축 양식도 서울에서는 한두 개 있을까 말까 한 것으로 비록 외국인의 손으로 설계 건축되었다 하더라도 헐기에는 좀 아깝다는 생각이 든다.

전통과 현대는 가끔 충돌을 일으킨다. 일본만 해도 도쿄의 제국 호텔을 허무느냐 마느냐로 논란을 거듭하고 있다.

그러나 또 한편으로는 벽돌 하나 복도 하나의 때에도 과거의 생명이 잠들어 있는 해묵은 호텔에도 또한 부정할 수 없는 매력이 있는 법이다. 조선호텔을 헐고 새로운 양식의 호텔을 세운다는 것은 낡은 터전에 생겨나는 새로운 역사를 상징한다고도 볼 수 있다. 그리고 그것은 기능과 합리를 요구하는 시대의 요청이기도 하다. 다만 섭섭한 것은 우리나라에는 '근대의 전통'이 없다는 그 부재의식이다.

옛날 고궁은 있어도, 그리고 현대식 빌딩은 있어도 개화기에 걸쳐 오늘에 이르는 그 전통은 식민지의 공백 그것이다.

리즈 호텔과 같은 것이 우리에겐 없다. 결국 조선호텔은 외국인이나 특수한 몇 사람만의 출장소 격인 역사밖에 안 된다.

호텔 하나 허무는 데도 한국의 한 비극을 엿볼 수 있다.

천연의 조건

동양의 철학자 한 분이 유럽에 가서 이상스럽게 생각한 몇 가지 사실을 기록한 글이 있다. 그중에서는 그가 독일의 어느 시골에 머물러 있었을 때 벌레 소리를 들을 수 없었다는 소리가 나온다.

가을이었고 그리고 밤이었다. 그러나 여수旅愁에 잠겨 잠 못 드는 그 철학자의 베개 밑에서 고국에서 들던 가을 벌레들의 울음소리가 들려오지 않더라는 것이었다. 그제서야 유럽의 풍토가 토박하다는 것을 새삼 느낄 수가 있었다고 그 철학자는 말하고 있다.

벌레 소리를 듣지 못했다는 것은 그만큼 벌레[生物]가 살기에 어려운 풍토임을 증명한다. 강우량이 적고 토양도 메말라 있다. 그러므로 농사를 짓는 것을 보아도 그들은 되도록 면적을 넓게 해서 씨를 뿌린다. 우리처럼 밀도密度 있는 농사를 지을 수 없기 때문이다.

과연 이탈리아를 여행해보면 분수처럼 논에 인공관개를 하고 있는 광경을 볼 수가 있다. 그러지 않고서는 곡물이 자라지 않는 것이다.

그러나 홍수란 것은 별로 없다. 비가 와도 대개는 부슬비이다. 웬만큼 비가 내려도 우산을 쓰고 다니는 사람들이 많지 않다. 만약 유럽에서 한국과 같은 비닐우산 장사를 하려다가는 파산을 하고 말 것이다.

센 강은 파리 한복판을 흐르지만, 이 강이 범람하였다는 이야기는 거의 들을 수가 없다. 라인 강의 둑도 높지 않다. 한국의 경우라면 라인 강 언저리의 도시는 베니스같이 될 것이다. 물론 숲에 나무가 많은 탓도 있다.

그러나 우리와는 달리 비가 집중적으로 내리는 일이 드물기 때문에 그런 둑이라도 무너지는 일이 없다.

지금 창가로 고대하던 단비가 내린다. 그러나 따지고 보면 가뭄은 겨우 보름이 아닌가?

천연의 조건은 유럽이나 다른 대륙에 비해 윤택한 게 사실이다. 그러면서도 우리가 낙후하였다면 그것은 하느님의 책임이 아니라 바로 우리들 자신이 짊어져야 할 문제이다. 가뭄 걱정이 지나면 또 이제 홍수를 염려해야 된다.

기름진 땅에 태어났으면서도 그 자연을 사막처럼 만들어놓은 우리들의 게으름에 얼굴이 붉어진다.

쇠구두와 스포츠

옛날 왕자들에게는 쇠나막신을 신겼다고 한다. 어째서 귀하신 왕자님들에게 무거운 쇠신을 신겼을까!

거기에는 그만한 이유가 있었다. 옛날 사회에서는 동작이 느리고 점잖고 무거워야 존경을 받았다. 더구나 왕이 되려면 걸음걸이부터 달라야 했다. 그래서 왕자들은 쇠나막신을 신고 다니면서 육중한 걸음걸이 연습을 했던 것이다.

권위주의 사회에서 기능주의 사회로 세상은 옮겨가고 있다. 그래서 이제는 점잖고 육중한 것보다 날쌔고 스피드 있고 활동적인 것을 더 존중하기에 이르렀다. 따라서 현대 사회에서는 경쾌하고 건강한 스포츠화를 신은 운동선수가 황자 구실을 하고 있는 셈이다. 현대인은 건강하고 민첩하며 활동적인 스포츠맨에게서 그 이상을 추구한다.

원래 점잔만 빼고 숭문사상崇文思想에 젖어 있던 우리나라에선 스포츠의 존재가 미미했었다. 대부분의 오락은 병풍을 치고 방 안에 앉아서 노는 것뿐이었다. 바둑, 화투, 윷놀이 등 대개가 그렇다. 들판에서 달리고, 공을 차고, 물속으로 뛰어드는 그런 일들은 상놈들이나 하는 것으로 알았다.

현대에도 여전히 스포츠는 넓은 대중의 광장으로 뻗어나질 못하고 있다. 그것은 특수한 선수들만이 하는 것이라고 알고 있다.

이번 방콕에서 열리는 아시안 게임에 우리는 328명의 대인원이 참가하게 되었다. 이만한 규모의 대선수단을 파견할 수 있다면 가히 우리의 스포츠 문화를 염려할 것도 없겠다.

그러나 알고 보면 진짜 선수들은 182명 정도고 나머지는 모두가 그에 묻어가는 임원들이라니 좀 상스러운 속담을 빌리자면

'배보다 배꼽이 더 큰 격'이다.

매번 해외 경기의 선수단이 구성될 때마다 잡음이 들려오는 것은 섭섭한 일이다. 스포츠 열熱에 외유열外遊熱이 합쳐 스포츠 단인지 관광단인지 모르게 된다면 비난을 받아도 할 말이 없을 것이다.

다만 그동안 방콕으로 가기까지 선수와 코칭스태프의 알력 등 많은 불상사가 있었던 것이 기억나기 때문에 하는 소리다. 쇠나막신을 신고 다니는 왕자님처럼 권위주의의 싸움에 스포츠계가 어지러워서는 안 된다.

바깥에서 따 오는 금메달의 동경보다 우선 이번 아시안 게임을 계기로 국내 스포츠계가 한층 더 단결해주었으면 좋겠다.

공짜 세상

'작곡은 프랑스인이 하고, 연주는 독일인이 하고, 노래는 이탈리아인이 부르고, 감상은 영국인이 하고, 표는 유태인이 팔고, 돈은 미국인이 지불한다'는 유머가 있다. 국민성을 음악의 경우에 비유하여 풍자한 것이다.

과연 프랑스 사람들은 독창력이 있어서 음악만이 아니라 모든 유행을 만들어낸다. 그리고 독일의 국민성엔 실천력이 있다. 그들은 매사를 행동으로 옮긴다. 그리고 열성적인 이탈리아인들이

카루소 식으로 노래를 부를 때, 점잖고 교양이 있는 신사의 나라 영국인들은 감상을 한다. 그만큼 그들의 국민성은 보수적이고 약간은 귀족적이다. 유태인들은 상술의 천재들이라 돈벌이를 하는데, 돈 많은 부자 미국인들은 대체로 바가지를 많이 쓴다.

그런데 한국인은 어떠한가?

예부터 내려오는 속담에 '외상이라면 소도 잡아먹는다'라든지 '공짜라면 양잿물이라도 마신다'라는 게 있는 걸 보면, 아마 작곡도 연주도 돈벌이도 아니라 우리는 공짜 구경을 하는 것쯤으로 풍자될 수도 있겠다. '초대권'은 한국 사람이 들고 들어오는 것이다. 냉철하게 비판해볼 때 자기의 노력으로 살기보다는, 그리고 또 남에게 봉사하는 생활보다는 타인의 덕으로 공짜 인생을 살려고 했던 것이 개조해야 할 우리 국민성의 하나가 아닌가 생각된다.

지금은 좀 뜸해졌지만 한때 ' ~ 해서 남 주나?'라는 유행어가 이 사회를 풍미한 적이 있었다. '먹어서 남 주나', '벌어서 남 주나', '배워서 남 주나' 심지어는 대학 입시장의 격문에도 '붙어서 남 주나'라는 것까지 등장하곤 했다. 자기 속셈만 차리자는 이기적인 세태를 반영한 유행어이다.

올바르고 명랑한 사회가 되려면 거꾸로 무엇인가를 해서 남에게 주는 갸륵한 봉사정신이 있어야 한다. 공짜를 좋아한다는 것은 그만큼 사회와 이웃을 돕는 봉사정신이 희박했다는 반증이기도 하다.

피상적으로 보면 남에게 봉사한다는 것이 어리석게 보일는지도 모른다. 더구나 이기적인 개인주의가 횡행하는 현대에서는 봉사란 말부터가 어쩐지 박물관의 유물처럼 보이기도 한다.

하지만 긴 안목으로 보면 참으로 남에게 봉사할 줄 아는 사람이 참으로 제 자신의 이익을 얻는 사람이라고 할 수 있다.

짐승의 세계를 봐도 서로 물어뜯고 싸우는 버마재미들보다는 서로 같이 봉사할 줄 아는 개미들이 더 번창하게 산다.

우리의 이기적인 '공짜 풍토'에 새로운 국민성의 꽃씨를 심는 파이어니어pioneer(개척자)들이 절실히 요구된다.

꽃과 서정

꽃 이름 하나에서도 우리는 한국 역사의 한 그늘을 찾아볼 수 있다. 모란牡丹, 작약芍藥, 송화松花, 매화梅花……. 쓸 만한 꽃에는 모두 이러한 한자식 이름이 붙어 있다.

그런가 하면 또 한옆에는 튤립, 히아신스, 달리아, 그리고 베고니아처럼 서양 이름으로 불리는 꽃들뿐이다.

하지만 외래 문화가 수천 년 동안 이 나라를 휩쓸었어도 소박한 우리말로 불리는 꽃들이 없는 것은 아니다. 진달래가 그렇고 살구꽃, 개나리, 할미꽃, 도라지꽃이 그런 것이다. 그리고 예외

없이 그 꽃들은 시골 농부의 얼굴처럼 수수하고 질박하고 소탈하다. 빛깔도 여리다. 꽃잎도 결코 장미나 튤립처럼 기하학적인 것이 아니다.

역시 한국인과 함께 살아온 그 꽃들은 화려하기보다는 소박미에 그 특징이 있는 것 같다.

신라 신문왕神文王 때 설총誇聰은 「화왕계花王戒」라는 글을 지었다.

화왕은 모란이라는 뜻인데, 그것은 임금에 비겨 군왕의 도를 설파한 것이다. 즉 화왕을 찾아와 뭇 꽃들이 아첨을 한다. 그중에서도 자태가 미려한 장미가 아양을 떨면서 화왕의 총애를 독점하려 한다. 그때 초라하게 생긴 백두옹白頭翁(할미꽃)이 화왕에게 충고를 한다. 이야기는 결국 아름답지도 않고 향기도 없는 할미꽃이 장미꽃을 꺾어 판정승을 한다는 것으로 끝난다. 신라인의 마음은 모란이나 장미보다도 노변에 피어 있는 초라한 할미꽃을 더 높이 샀다.

우리가 아는 한 서양에는 이러한 이야기가 없다. 장미의 관능미나 백합의 순결미는 알아도 그들은 야화野花의 소박미에는 둔감한 편이다.

중국인들도 모란을 꽃 중의 왕이라 했고, 작약을 정승[花相]이라고 보았다. 그러나 우리는 진달래나 할미꽃이나 개나리 같은 야생화를 즐겨 노래 불러왔다. 지금도 그 꽃들은 어디에선가 피어날 것이고 흙의 향내를 풍기고 있을 것이다.

그런데 어째서 정치는 늘 그렇게 가시만이 돋쳐 있고, 상술은 울긋불긋한 유해색소로 사람들의 눈을 속이는가?

진달래 피는 계절에 다시 한번 소박하고 꾸밈없는 한국인의 서정을 다짐해두고 싶다.

미담이 없는 사회

미담美談이 없는 사회가 좋은 사회라는 역설이 있다. 왜냐하면 미담은 언제나 불행한 사태가 일어날 때 생겨나는 것이기 때문이다.

가령 애가 우물에 빠졌다고 하자. 그때 외롭고 용감한 행인이 있어 그 애를 구제해주었다면 그것은 흐뭇한 사회의 한 미담이 된다. 그러나 그보다는 애가 물에 빠지지 않는 일이 더 좋은 일이요, 우물에 뚜껑을 해 닫았던 편이 더 이상적인 사회 현실이다.

나가마쓰[氷松] 여사는 메마른 이 사회에서 보기 드문 미담의 여주인공이다. 여인으로서 그동안 불행한 사람들을 위해 헌신해 온 눈물겨운 그 사연들은 이 땅의 미니족 여성들을 부끄럽게 했다. 나가마쓰 여사는 반혁명사건에 관련되어 옥고를 치르고 있는 정진鄭震 씨의 다섯 자매를 친모 못지않게 보살피곤 했다. 그들이 정신병에 걸린 아버지의 모습을 보고 비관, 음독자살을 기도하여 세상을 놀라게 한 후 비로소 그 미담은 메아리쳐 울렸다.

때로는 사기사가 손을 뻗치기도 했지만 전화위복 격으로 신병에 걸린 영어囹圄의 정진 씨와 어머니를 잃고 집단 고아처럼 되어 버린 일가와 그 그늘에서 핀 나가마쓰 여사의 온정이 사회에 커다란 파문을 일으키게 한 것이다.

그런 일이 있자 드디어 정진 씨가 형 집행정지로 출감하게 되었다. 병명은 '구금성拘禁性 정신병.' 그 소식을 듣는 사람마다 "다행스러운 일!"이라고 말했다.

비록 딱한 그 여섯 자매의 얼굴도 알아볼 수 없는 몸으로 출감은 되었지만 그가 한 가족과 자리를 같이해 간호를 받게 된 것은 불행 중 다행한 일이며 미담의 꽃이 열매를 거둔 격이다.

그러나 미담이 없는 사회가 도리어 좋은 사회라는 역설이 있다. 한국이기에 반혁명사건 같은 정치적 사건이 일어났고 그 때문에 나가마쓰 여사의 온정극이 생겼다고 볼 수도 있다. 정치적으로 안정된 사회라면 그런 비극이, 그런 미담들이 없어도 되었을 일이다.

더구나 행형行刑 질서가 뚜렷이 잡혀 있는 사회라면 그 어린것들이 음독을 하기 전에 정신질환에 걸린 정진 씨는 법대로 출감할 수 있었을 게 아닌가?

나가마쓰 여사의 온정과 미담이 정진 씨의 출감 계기가 되었다면 그것은 다행한 일이라기보다 슬픈 일이라 할 수 있다.

일본 과잉

소설부 베스트셀러의 집계를 보면 우리가 살고 있는 땅이 한국인지 일본인지 어리둥절해진다. 시간의 감각마저도 마비되어 꼭 일제 치하의 시절 같다. 베스트셀러 10위까지가 거의 싸구려 일본 번역 소설책이 독점하고 있기 때문이다. 눈에 띄는 것이 '미우라[三浦]'니 '시바다[柴田]'니 하는 낯선 두 자 성을 가진 이름들이다. 국산품 애용처럼 소설도 꼭 한국 것만 읽자는 주장은 아니다. 이왕 일본 것을 읽더라도 똑똑한 것을 선택해 읽으라는 것이고 책 선택을 하는 데에도 좀 제 나라 체면도 생각할 줄 알아야겠다는 것이다.

일본 소설이 반드시 우수해서 출판계에서 풍미한다고 믿는다면 큰 잘못이다. 우선 국내 필자의 것이 아니기 때문에 인세를 지불하지 않아도 된다. 그 점에서, 선전을 충분히 할 수 있다는 강점이 있다. 번역도 영어와는 달리 손쉽게 싸구려로 할 수 있어 출판사의 이윤도 높다. 그러나 무엇보다도 일본 소설이 팔리는 가장 큰 이유는 '일본병'을 전염시키고 다니는 파리떼들이 난무하고 있는 까닭이다.

대중사회의 인간 심리는 유행에 약하다. 남들이 미니스커트를 입으면 아무리 얌전한 색시라도 그것을 따르지 않고는 소외된 느낌을 받는다. 그리고 이러한 소외 심리를 이용해서 유행을 만들어내는 것은 언제나 몇몇 사람들의 손에 의해서 조작되는 수가 많다.

일본 문화에 관심이 없던 사람들도 일단 그것이 유행의 선풍을 일으키게 되면 감기에 걸리듯 자기도 모르는 새 그런 기침을 하게 된다.

문제는 누가 이 '일본병'을 뿌리고 다니는 파리떼 구실을 하느냐에 있다. 만지기만 하면 모든 것이 황금이 되기를 희망하는 마이더스 왕 같은 장사치들이 바로 그런 유행심리를 만들어내는 장본인들인 것이다.

최근 모 영화 광고를 봐도 인위적인 일본 붐을 불러일으키려는 가증스러운 선정煽情 문구가 쏟아져 나오고 있다.

"'도리馬居'도 좋고 기모노를 입은 '게이샤'의 춤도 좋고 '왜식 우산'과 '부채'도 다 좋다. 그러나 분격하지 않을 수 없는 것은 8·15 해방 후 최초로 일본 일류 스타······." 운운하는 글귀이며, '한국 은막 사상 일대 전환점'이라는 표현이다.

어째서 일본 배우 몇 명의 얼굴이 나오는 영화에 '해방 후'란 말과 '한국 은막 사상'이라는 말로 제 나라 역사를 걸고넘어지느냐는 것이다. 이렇게도 제 나라 역사가 헐값으로 팔려야 하느냐?

일본 배우 얼굴을 보지 않고도 여태까지 아무 탈 없이 살아온 백성들이다. 그래. 기시 게이코[岸惠子] 얼굴 하나 구경하자고 해방 후 20년이 흘렀고, 그 때문에 또 한국의 은막사까지 바뀐단 말인가?

딱하고 딱한 일이다. 돈만 아는 마이더스 왕도 자기 딸을 만지자 황금이 될 때만은 슬피 울었다. 과잉 일본 선전에 반성 있기를 바란다.

약에도 못 쓰는 일본

"신이 호랑이를 만들었을 때에는 비록 살생만 하고 표독스러우나 가죽이라도 쓰이도록 했고, 뱀은 잔악하나 약제로서 인간에게 이利를 주도록 했다. 그런데 대체 저놈의 표독하고 간악하기만 한 왜인倭人들은 무엇에 쓰자고 만들어냈을까?"

이 말은 옛날 우리 『표해록漂海錄』이라는 문헌에 나오는 구절이다. 무인도에 표류한 한국인들이 배 한 척이 지나가자 구조를 청했을 때의 일이었다. 그런데 불행하게도 그것은 왜인들의 해적선이었으며, 구조해주기는커녕 도리어 그들의 옷을 벗겨 가고 애써 잡은 전복과 진주마저 몽땅 약탈해 갔다고 했다. 그래서 그들은 그렇게 한탄했던 것이다.

일본 친구들은 지금 세월이 좋아서 제법 문화인 행세를 하고 다닌다. 일본은 근년에 눈이 멀도록 30년간 공을 들여 『대한화사전大漢和辭典』을 만들었는데 그것을 대만臺灣에서 해적판을 내어 팔아먹는다고 항의를 한 적이 있었다고 한다.

그때 중국인들 대답이 "너희들은 그 책에서 우리[中國] 4천 년

문화를 몽땅 도둑질(?)해내고도 무슨 잔소리냐?"고 응수했다는 것이다. 그 사전은 실상 중국 문헌을 몽땅 베껴온 것이었다.

물론 그런 논법으로 해적판 행위가 합리화될 수는 없으나, 일본인들이 그에 못지않은 얌체 행위로 오늘날과 같은 부흥을 이룬 것은 부정 못한다.

일본인 스스로가 말하듯이 일본 문명은 원숭이의 모방 문명이다. 서구에서 수십 년 동안 애써 연구해낸 물건들을, 이를테면 트랜지스터라디오, 텔레비전, 냉장고, 그리고 자동차 등등이 나오기가 무섭게 재빨리 모방해서 거꾸로 외국에 팔고 있지 않은가? 일본인들이 독창적으로 무엇인가 연구해낸 것이 있다면 극히 원시적인 인력거 정도라는 것은 세상이 다 아는 일이다.

그런데 누구에게 큰소리치게 되었는가? 강자에게 약하고 약자에게 강한 것이 일본인 근성이다. 언젠가 일본 항공사가 펴낸 관광 책자 속에서 한국을 악선전한 것도 그 일면이다.

"서울은 도둑의 위험이 많고 상품의 품질은 보장할 수 없으며 자동차는 중고차뿐이고 오락시설도 미비하여 워커힐은 한국인도 잘 가지 않는 곳"이라고 소개했다는 것이다. 그러면서도 한옆에서 JAL 비행기는 한국을 방문하는 관광객을 실어다 주고 돈을 벌고 있다. 애써 우리가 막대한 외화를 들여 관광 선전을 하고 있는 판에 어째서 재를 뿌려, 오려는 손님까지 내쫓으려 드는가!

결국 극동 관광의 노른자위를 일본만 독차지하겠다는 뱃심인 모양이다. 우리는 이 같은 나쁜 이웃을 만나 고생한 게 한두 번이 아니다. 정말 신은 무엇에 쓰자고 이런 일본인들을 만들어냈을까?

경찰과 시민

차를 타고 가다가 곤잘 목격하는 일이다. 교통법규를 어긴 운전사와 교통순경 사이에 승강이가 붙는 일이 많다. 한쪽에서는 면허장을 내라고 하고 또 한쪽에서는 잘 봐달라고 미소 전술로 나온다. 그렇지 않으면 한쪽에서는 법규를 어겼다고 하고, 또 한편에서는 어긴 일이 없다고 언쟁을 벌인다. 언제 어느 때고 볼 수 있는 광경이기 때문에 특기할 만한 일은 못 된다.

다만 한 가지 중대한 문제가 있다면 그것은 승객들의 판정이나 그 태도인 것이다. 우선 "갑시다!"라고 소리를 지르는 성급파가 있다. 법이나 질서보다는 개인의 볼일이 더 급하고 소중하다고 생각하는 친구들이다.

둘째는 단속하고 있는 경찰을 마땅치 않게 노려보는 인상파들이다.

"또 김장철이 되었나 보군!"

"연말 대목을 보자는 건가?"

이렇게 노골적으로 불평하는 사람들도 모두 그런 축에 속한다.

그런데 교통질서를 문란케 하는 운전사의 범법을 나무라는 사람들은 별로 볼 수가 없다. 더구나 시민의 공공생활을 지키기 위해서 주야로 수고하는 그 순경들을 고맙게 여기는 사람은 더욱 드물다는 것이다.

이것은 작은 문제가 아니다. 법은 경찰만이 지키는 거라고 생각하는 사고방식, 그리고 자기에게 이로우면 공공의 법규쯤 어기는 것을 대수롭게 여기지 않는 사고방식, 그리고 더욱 나쁜 것은 관官을 적대시하는 시민적 기질이다. 거기엔 물론 국민에게 신임을 받지 못하는 관의 책임도 있다. 그러나 제 나라의 관리를 마치 타국에서 온 식민지 통치자처럼 생각한다는 것은 일제 치하의 잔재라고도 볼 수 있다.

관에 협조하는 시민의식을 육성하려면 앞으로 쌍방이 서로 노력해야 할 일이라고 생각된다.

크리스마스에 여학생들이 교통순경에게 선물을 나누어주었다는 것은 분명 반가운 일이다. 외국에서는 으레 축제일이 되면 경찰들은 시민으로부터 사랑과 감사를 받는다.

크리스마스 한때만이 아니라 시민은 경찰에 '감사'하고 경찰은 시민에게 '믿음'을 주는 그 따스한 분위기를 생활화해야겠다.

졸업식의 의미

누구나 다 알고 있지만 실은 그 뜻을 오해하고 있는 유명한 금언 하나가 있다. '예술은 길고 인생을 짧다'라는 말이 바로 그것이다.

사람들은 이 말을 마치 '호랑이는 죽어서 가죽을 남기고 사람은 죽어서 이름을 남긴다' 와 같은 의미로 사용하고 있다.

아무리 노력해도 인간은 백 년을 살지 못한다. 그러나 그가 남긴 예술은 호머Homer나 이태백李太白이나 셰익스피어처럼 생명을 갖고 산다는 것이다.

그러나 그 금언은 원래 그런 뜻이 아니었다. 예술이란 말도 실은 기술, 그중에서도 의술을 가리킨 것이다. 그리스 말로는 예술도 기술도 다 같이 '아르스Ars'였기 때문이다. 더구나 그 뜻은 인생은 짧은데 배워야 할 기술은 무궁무진하다는 것이었다. 즉 평생 걸려도 기술(의술)을 다 터득하기 어려우니 열심히 공부하라는 게 그 금언의 원의原意였다. 그러니까 예술의 영구한 가치를 말한 것이 아니라 '소년이로학난성少年易老學難成'이라는 말처럼 면학의 교훈이다.

현실적으로 봐도 원의대로 해석하는 편이 보다 교훈적 가치가 있다. 인생은 짧아도 예술은 길이 남는다는 미신 때문에 제대로 공부도 하지 않으면서 예술가 냄새를 풍기고 다니는 친구들이 얼마나 많은가?

내 작품은 몇 백 년 뒤에나 알아줄 것이라는 오만도 다 그런 데서 비롯한다. 그보다는, 이 세상엔 평생을 두고 공부를 해도 다 배우지 못할 많은 진리가 있다는 것을 알 때 인간은 겸손해진다. 시간을 낭비하지도 않고 또 자기 지식을 과신하지도 않는다.

대학가의 졸업 시즌에 만학晩學의 뉴스가 전해지고 있다. 60세의 박사가 나오고 40세의 중년 주부가 석사학위를 받았다고 한다. 조로早老의 풍토에서는 드물게 보는 흐뭇한 일. 연령을 초월한 배움의 유현幽玄한 길이 얼마나 향기로운가를 몸으로 느낄 수 있다.

그런데 우리는 이런 형식적인 만학보다도 더 중시해야 할 일이 있다. 입학할 때는 머리를 싸매고 공부를 하던 학생들도 일단 학교를 졸업하면 배움과는 손을 끊는 일이 많다. 공부는 학교에서만 하는 것이고 사회에 나오면 책방보다는 술집 출입을 많이 해야 관록이 붙는 것쯤으로 되어 있다. 이것이 한국 교육의 커다란 맹점이다.

정말 공부는 학교를 졸업하고 하는 것이다. 학창 생활이란 어디까지나 준비기에 지나지 않는다. 졸업장을 받으면 책장을 덮어두는 이 그릇된 태도를 벗어날 때 진정 학사들의 졸업식은 의미가 있을 것이다.

3막 4장

프랑스의 유머에 이런 것이 있다.

"결혼이란 무엇인가?"라는 물음에 배우 왈 "희비극." 상인 왈 "위험한 투기." 군인 왈 "30년 전쟁." 의사 왈 "열병. 고열이지만 곧 내려간다." 음악가 왈 "합창. 소프라노, 알토가 강하다." 일기예보관 왈 "갠 후 흐림, 때때로 뇌성雷聲." 철학자 왈 "말하자면 의문사." 복덕방 주인 왈 "장기 계약."

직업에 따라 보는 관점이 다 다르지만 결혼을 비관적인 눈초리로 내다보고 있다는 데에는 공통점이 있다. 특히 삶을 즐기는 자유주의자들의 나라 프랑스에선 결혼이 항상 말썽인 모양이다. '아내가 죽으면 새 모자를 산다'라는 꽤 부도덕한 속담이 있는 것을 봐도 짐작이 간다. 못 했던 연애를 실컷 하기 위해서 몸치장부터 하는 프랑스의 댄디들에겐 그게 30년 전쟁일 수도 있고 위험한 투기일 수도 있다.

한국에서는 품행 방정한 군자들만 있어서 그런지 '결혼'은 별로 대수로운 사회문제가 아니다. 검은 머리 파뿌리 될 때까지 이혼도 하지 않고 원앙새처럼 사는 부부가 많다. 덕분에 미국풍이 휩쓸어도 이혼율은 갓 쓰고 다니던 시절과 다를 게 없다.

한국에서 궁금한 것은 학교 입학 문제이다. 고교 입시, 대학 입시를 고비로 바야흐로 이제는 등록금 시대의 지옥문이 열렸다. "학교란 무엇인가?"라고 묻는다면 프랑스식 유머 같은 다채로운 정의가 나올 법하다.

배우 왈 "3막 4장의 희비극(초등학교, 중학교, 대학교 3막, 여기에 고교 입시까지 4장)." 상인 왈 "위험한 투기(졸업을 해봐도 취직이 잘 안 된다)." 군인 왈 "18년 전쟁." 의사 왈 "한국 풍토병의 일종인 열병. 일류병 고열은 죽을 때까지 내리지 않음." 음악가 왈 "미완성 교향곡. 소프라노는 높고 알토는 약하다(치맛바람)." 일기예보관 왈 "흐렸다 갰다 다시 흐림(입시 준비, 합격의 기쁨, 그러나 졸업 후의 저기압)." 철학자 왈 "말하자면 내용 없는 감탄사." 복덕방 주인 왈 "값비싼 사글셋방."

작년 11월부터 시작한 입시 소동이 오늘날까지 줄곧 계속되어 온 셈이다. 울고 웃고…… 그야말로 3막 4장의 희비극 속에서 지내온 셈이다.

거리를 지나다 보면 졸업장을 들고 지나가는 10대의 청소년들이 눈에 띈다. 어쩐지 대견해 보이지 않고 한숨이 나온다.

당분간 등록금 시즌만 지나면 학원 문제는 한시름 놓으려나 보다. 언제까지 풍토병에 계절병인 양수겸장의 그 고열 속에서 헤매야 할까?

삽화 많은 풍경

월요금육일

"요즈음 내 식욕이 얼마나 떨어졌는지 아십니까? 이젠 의사가 먹어서는 안 된다는 음식조차도 구미에 당기지 않는답니다."

이것은 어느 유머 소설에 나오는 한 대화이다.

그런데 그냥 우습지만은 않다. 기묘한 인간 심리의 한 측면이 리얼하게 반영되어 있다.

의사가 만약 "이 병에는 매운 것을 먹으면 안 됩니다."라고 지시하면 평소에는 먹지 않던 고추장을 보아도 군침을 흘리는 게 인간인 것이다. 의사와 환자의 관계만이 그런 것은 아니다. 인간의 모든 일이 그렇다.

금지를 당하면 더 하고 싶어지는 '청개구리' 근성이 인간에겐 누구에게나 있다. 아무것도 아닌데 중학교에 다닐 때에는 머리를 기르려고 애를 쓴다. 몰래 극장엘 가고 싶어한다. 기숙사 생활을 하고 있다면 볼일도 없는데 무슨 수를 써서라도 외박을 하려 든다.

모두가 다 하지 말라니까 더 하고 싶어지는 역심리逆心理이다. 도가道家의 말에도 그와 비슷한 것이 있다. "법이 많으면 도리어 도둑도 많아진다."는 것이다.

인위적인 구속을 없애는 것이 악의 발생을 제거하는 길이라고 믿었기 때문에 그런 주장을 했던 것이다.

국가 정책도 그럴 것 같다.

금지보다는 장려가, 그리고 구속보다는 의욕을 돋워주는 편이 사회를 발전시킨다.

당국에서 월요일을 쇠고기의 금식일禁食日로 만드는 안을 구상 중이라고 한다. 그리고 혼식과 분식을 국민운동화할 계획인 모양이다.

나랏일을 잘해보자는 데에 이의가 있을 리 없다. 다만 그렇게 된다면 평소에는 고기를 먹지 않던 사람도 월요일이 되면 갑자기 쇠고기 생각이 나지 않을까 기우杞憂되는 것이다.

하던 짓도 멍석을 펴놓으면 하지 않는 국민성이라 그런지 지금껏 이와 비슷한 일을 수없이 되풀이해서 해봤지만 성공한 예는 없었다.

쇠고기값이 오르고 쌀값이 오르는 이런 상황에 그래 기껏 생각해냈다는 것이 '월요금육일月曜禁肉日'이라는 안이었는가?

정책 입안자들의 낡고 안이하고 또 통제 위주의 사고방식이 딱하기만 하다.

'월요일이면 누구나 육식을 해서 건강해지자'는 팔자 좋은 운동은 바라지 않는다 해도 이제 실현성이 없는 절제 운동엔 관심이 없다.

과거의 신생활운동이 왜 용두사미龍頭蛇尾로 끝났는지 그 원인부터 분석해주길 바란다.

창조하는 기적

이발을 해보면 그 나라의 국민소득 수준을 알 수 있다. 더 쉽게 말하면 인간 노력의 값을 측정해낼 수 있는 것이다. 아무리 기계화되어도 이발만은 인간의 손으로 할 수밖에 없다. 포드 공장에서 자동차를 찍어내듯이 사람의 머리를 대량으로 깎아 치울 수는 없는 노릇이다.

어디를 가나 이발 방식은 마찬가지지만 국민의 소득 수준에 따라 그 요금과 서비스는 엄청나게 다르다.

잘사는 나라엘 갈수록 이발 요금이 비싸다. 그만큼 사람값이 비싸다는 이야기다. 대표적인 예가 미국. 최하가 2달러(600원)인데 깎는 시간은 불과 10분에 세발洗髮도 화장도 면도질도 없다. 양털을 깎듯이 가위질만 하고 이발 요금을 받아낸다.

특히 괘씸한 것은 이발사는 제자리에 가만히 서 있는 채로 손님이 앉은 의자를 빙빙 돌려가면서 깎는다는 점이다. 오만불손

하다.

만약 영어를 잘 못하는 친구가 묻는 말에 "예스", "예스"만을 기분 좋게 남발하다가는 호텔 숙박료보다 비싼 이발료를 지불해야 한다.

세발, 기름칠, 화장, 손톱 등 특수한 서비스를 받게 되면 그때마다 특별요금이 따라붙기 때문이다.

외국인뿐만 아니라 미국인 자신들도 이발료가 비싼 데에 어지간히 신경을 쓰고 있다. 유머 책을 보면, 어느 대머리 신사가 이발료를 깎자고 덤비다가 망신을 당하는 이야기가 나온다.

"대머리를 깎는데도 그래 요금이 똑같단 말이오?"

그러자 이발사가 그 신사에게, "손님, 댁의 이발 요금은 머리를 깎는 값이 아니라 머리카락을 찾아내는 값이랍니다."라고 했다나 어쨌다나.

이와 반대로 한국의 이발소는 에덴동산이다.

공짜로 흘러나오는 라디오를 들으며 한 시간쯤 의자에 앉아 있으면 귓속을 후벼준다, 안마를 해준다, 코털도 깎아주고, 여드름도 짜주고, 기름을 발라주고, 심지어는 벗어놓은 구두와 코트까지 말끔히 미용(?)을 해주는 것이다. 그러고서도 일금 100원이면 족하다.

그러나 최근 우리나라의 이발소도 점점 근대화(?)하여가고 있는 눈치다. 우선 요금이 뛰어올랐다. 미국식을 본떠 세발, 화장의 서비스엔 따로 특가를 붙이자고 업자들이 합의를 보았다는 것이다. 그래서 웬만한 이발소에서는 협정가의 울타리 너머에서 200원 가까이 받아내고 있다.

그만큼 우리의 국민소득 수준이 올랐다는 증거일까? 사람의 수공비가 오른 것을 보면 사람값이 올랐는가? 그러나 소시민의 가계부에는 적자만 늘어가니 웬일일까?

어찌 이발료뿐이겠는가!

물가만 오르고 소득은 제자리걸음을 하는 이 신비한 기적을 우리는 늘 창조하고 사는 것이다.

뺨을 치는 인사

시대가 바뀌면 그리고 나라가 다르면 사람들의 인사법도 달라지는 법이다.

심지어 아프리카의 어느 부족들은 서로 뺨을 때리는 것이 반갑다는 인사 표시라고 한다. 그런 나라에서는 뺨을 세차게 갈겨 코피라도 터지게 해야 최고 환대가 될 것 같다.

새삼 우리가 동방예의지국東方禮儀之國에 태어난 것이 고맙다.

그러나 너무 안심해서는 안 된다. 악수라는 인사도 별로 탐탁한 것은 아니다.

원래 악수는 호전적인 서양 오랑캐님들께서 창안한 것인데 따지고 보면 점잖은 예법이 못 된다. 즉 상대편의 손을 잡음으로써 불의의 공격을 피하자는 것이다. 손을 잡아야 서로 안심할 수 있다는 그 동기 자체가 불순하다.

임어당林語當도 일찍이 갈파한 바 있지만 땀에 밴 불결한 손을 서로 잡는다는 것은 위생적으로도 좋지 않다.

그래서 자기 손끼리 잡고 "셰셰"를 연발하는 중국의 공수식拱手式 인사나 불교의 합장이 그보다는 한결 깨끗하다는 이야기다.

더구나 정열적으로 인사한답시고 남의 손을 으스러지게 악수하는 사람이 있는데, 그것은 뺨을 치는 인사와 오십보백보다. 자기 힘을 과시하는 은근한 협박이라 하겠다.

신년 인사들을 많이 했겠지만 그중에는 예의에 어긋난 일들이 종종 눈에 띈다.

우선 "복 많이 받으라"는 덕담이 있는데 따지고 보면 노력보다 운수나 믿고 한 해를 살아가라는 악담으로도 해석된다. 차라리 "새해에는 일 많이 하라"고 격려를 하는 편이 뜻있는 인사다.

심한 경우 "정초에 돼지꿈이라도 꾸었느냐?"라고 말하는 사람들이 있는데, 새해가 아니라 그것은 근대화에 역류되는 '낡은 해'의 인사법이다. 시대가 바뀌면 복이란 개념도 달라지니 더욱 그렇다.

옛날에는 아이들을 많이 낳는 게 복 중의 복이었는데 가족계획이 한창인 현재에는 욕이 될 수도 있다.

세배 자체가 비례非禮일 수도 있다.

행세깨나 하는 사람들은 정초부터 몰려드는 세배꾼들 때문에 몸살이 날 지경이라고 한다.

그건 그래도 즐거운 고생으로 돌려야겠지만, 동네 녀석들이 세 뱃돈을 받자고 가난한 샐러리맨의 호주머니 공세를 벌이는 것은 확실히 즐거운 신년 인사라고만은 할 수 없다.

요즈음은 세배값도 올라서 적어도 100원 한 장씩은 주어야 하는데 10원짜리를 내놓았다가 망신을 당하는 일이 많기 때문이다. 뺨을 때리는 아프리카식 인사법이 바로 우리 주변에도 있는 것이다.

소크라테스의 악처

소크라테스라고 하면 철인哲人으로도 유명하지만, 그에 못지않게 악처에게 시달린 추남으로도 또한 이름이 높다.

보통 위인의 이름은 널리 알려져 있어도 그의 조강지처의 이름은 기억하기 어려운 법인데 소크라테스의 경우만은 그렇지 않다.

크산티페Xanthipe라고 하면 영어사전에도 어엿하게 나와 있는 역사적인 저명인사(?)다. 그가 바로 소크라테스 씨의 부인인 것이다. 그 정도라면 바가지도 긁을 만하다.

그녀보다 아름답고 그녀보다 재능이 많았던 뭇 여성들을 다 물리치고 수천 년이 지난 오늘날에까지 그 이름을 남긴 크산티페.

비록 악명일망정 남편의 그늘 밑에서 이름조차 갖지 못하고 시들어버렸던 여성들 앞에서 큰소리칠 만도 하다.

더구나 악처 크산티페의 재판도 끝나지 않았다.

독일의 어느 시인은 소크라테스가 위대한 철인이었으면서도 저서 한 권 변변히 쓰지 못했던 것은 오로지 그의 아내가 악처였기 때문이라고 말한 적이 있었다. 매일같이 부부싸움을 하면서 어떻게 글을 쓸 수 있겠는가? 농담에 가까운 말이기는 하나, 옛날에는 모두 인류 문화를 해친 크산티페에게 유죄 판결을 내렸었다.

그러나 여권이 신장된 오늘날엔 크산티페를 옹호하는 목소리가 높다. 소크라테스는 추남이었고 생활 능력이 없었고 아내에게 무관심했다. 대체 집을 버릴 학문을 하려면 무엇 때문에 결혼했느냐는 것이다. 즉 크산티페가 나빴던 것이 아니고 소크라테스에게 죄가 있다는 판결이다.

여인은 남편과 사는 것이지 철인과 사는 것이 아니며, 가장으로서 믿고 지내는 것이지 그의 사상에 몸을 맡기고 사는 게 아니라는 것이다.

그런 점에서 소크라테스는 '남편'으로서는 무자격이며 아내를 저버린 벌로 두 번 독배를 마셔야 할 죄인이라는 게 여권론자女權論者들의 주장이다.

선거철에도 크산티페의 이러한 '치맛바람'은 불고 있다. 가정에 충실한 사람을 국회의원으로 뽑자는 여성단체의 움직임이 있는가 하면, 정치는 가정에 충실한 샌님이 하는 게 아니라 오히려 울타리에 얽매이지 않는, 즉 가정에서 초연해질 수 있는 사람만이 하는 일이라고 반론을 펴는 사람도 있다. 누구의 말이 옳든 그르든 선거에 있어서 여성들의 여론과 그 지위가 높아져가고 있는 것만은 분명하다.

시에스타

외국을 돌아다니다 보면 한국인처럼 부지런한 백성도 없다는 생각이 든다. 우선 겉으로 보기에 한국인들은 구미의 여러 나라 사람들에 비해 배나 더 일하는 것 같다.

우리나라 같으면 대낮에 가게문을 닫는다는 것은 거의 상상할 수 없는 일이다. 그러나 구미 각국의 상점들은 점심시간이나 바캉스 철이 되면 으레 문을 닫아걸고 쪽지 하나만을 붙여놓는다.

'지금은 티타임 중'이라든지 '바캉스 중'이라는 그 쪽지를 쳐다보고 있으면 참으로 여유만만한 상도商道도 다 있다 싶다.

더욱 이상한 것은 레스토랑—우리나라의 설렁탕 집처럼 아무 때나 청하기만 하면 음식이 나오는 줄만 알았다가는 밥을 굶기 십상이다. 식사시간이 꼭 정해져 있어서 그 시간을 넘기면 무쪽 하나 얻어먹을 수가 없게 된다.

병원도 시간제로 되어 있고, 심지어 은행마저도 요일에 따라 오후 휴무로 되어 있는 곳이 있다.

아침 일찍 문을 열고 통금 시간까지 1초 1분도 쉬지 못하는 한국의 상점은 어느 나라에서도 찾아보기가 힘들다.

점심식사 시간을 보더라도 스페인은 3시간, 프랑스는 2시간 또 그리스나 동남아 같은 더운 지방에서는 낮잠 자는 시간까지 합쳐 3, 4시간씩이다.

소위 말하는 시에스타Siesta — 말만 들으면 무슨 아름다운 꽃 이름 같지만 우리의 '낮잠'과 조금도 다를 게 없다. 다만 다른 것이 있다면 우리의 낮잠은 대개 몰래 자는 도둑잠인데, 그쪽은 문을 전부 닫아걸고 관청에서고 상점에서고 정식으로 코를 골며 자는 본격적 낮잠이라는 것이다.

시에스타가 되면 태양이 빛나는데도 한밤과 다름이 없다. 거리를 돌아다니는 것은 문명한 인간이 못 된 고양이와 관광객 정도. 그래서 그리스의 옛날 역사를 보면 시에스타를 틈타 아테네를 공격했다는 일화가 있다.

육군 제2훈련소에서 시에스타 제도가 생겼다고 한다.

'낮잠 자는 군인'이라는 게 어쩐지 우리의 전래 세속적 안목으로는 어색해 보이지만 처칠이 군대생활(인도)에서 익힌 가장 큰 소득이 바로 이 시에스타였다고 술회한 것을 보더라도 '낮잠'은 오히려 강군强軍을 만든다고도 할 수 있다.

한마디로 말하면 우리는 부지런했다기보다는 일을 하는 데에 요령과 계획성이 부족했다고 할 수 있다.

일반 관청이나 상점에서도 시에스타를 두었으면 좋겠다. 능률 없이 동분서주하기보다 힘을 집중적으로 안배按配 사용하는 것이 그 효과도 크리라 본다.

남성 수난시대

여름의 수난이라고 하면 금세 가뭄이나 장마를 연상할지 모른다. 그렇지 않으면 뇌염 같은 전염병, 익사, 불경기, 무더위의 불쾌지수 등을 손꼽는 사람도 있을 것이다.

그러나 그것은 예부터 있어 온 일, 새삼스런 화제가 못 된다.

다른 게 아니라 하절 수난의 신종목은 아름다운 여성 제양諸讓들의 여름옷 유행에서 비롯된다.

미니 색 드레스라고 하던가? 어쨌든 이름도 잘 모르는 옷이지만 서울 거리를 지나다 보면 가끔 눈을 의심케 하는 의상을 걸치고 거리를 활보하는 여성들과 만나게 된다.

잠자리 날개처럼 환히 들이비치는 옷감인데, 잠옷과 다를 것이 없다. 이런 여성을 길에서 만나면 꼭 남의 집 침실에 뛰어든 것 같아 잠시 당황하게 된다.

그러나 잠옷과 외출복의 개념을 없앤 신식 유행복 차림은 그래도 견딜 수가 있다. 20세기의 현대를 누리며 살고 있는 모든 남성으로서 그 정도의 망측한 일쯤은 이미 각오가 돼 있어야 한다.

문제는 이런 여성들과 버스나 택시 혹은 다방에서 우연히 자리를 같이 했을 경우에 벌어진다.

인간은 개가 아니기 때문에 먼 산만 바라볼 수가 없다. 어쩌다 시선이 아래로 수그러지면 본의 아니게 무릎 위까지나 노출된 미니 양의 각선미와 부딪힌다. 바로 이때가 수난을 당하는 찰나인 것이다.

열이면 열, 미니 양들은 짧은 스커트를 열심히 끌어내려 무릎을 감추면서 흰 눈으로 흘긴다.

아무리 점잖은 신사도 별수 없이 치한의 혐의를 받게 된다. 모르는 여성이라면 또 괜찮다. 체면쯤은 차려야 할 그런 자리, 그런 여성 앞에서 시선 관리를 잘못하여 그런 꼴을 당하면, "당신의 무릎을 훔쳐보려고 한 게 아니었는데!"라고 변명할 수도 없는 일, 망신스럽기 짝이 없다.

생각할수록 남성들은 억울하다. 그토록 남성 앞에 무릎을 보이기 싫어하면서도 어째서 여성들은 짧은 미니스커트에 잠옷 차림으로 다니는 것일까?

남성들은 한여름에도 영국 근위병같이 무더운 정장을 하고 다녀야 신사가 되는데, 어째서 여성들의 여름옷은 수영복을 닮아갈

수록 현대식이 되는 것일까?

미니나 잠옷을 반대할 생각은 없다. 다만 미니스커트를 입고 남성들 앞에서 열심히 치맛자락을 끌어내리는 우스꽝스런 버릇만은 사라졌으면 싶다.

여름철에도 넥타이까지 매고 신사가 되려는 남성들의 측은한 체면을 생각해서라도 아예 긴치마를 입든지 그렇지 않으면 상대방을 치한으로 모는 한국적 미니 풍속을 없애든지 이자택일二者擇一을 해야겠다.

의사의 무표정

세상엔 상식과 거꾸로 된 일이 많다. 의사라고 하면 병을 고치는 사람이니까 적어도 보통 사람보다는 오래 살 수 있는 것이 순리일 것 같은데 그렇지 않은 모양이다.

남보다 위생에 밝은 지식을 갖고, 또 매일같이 소독약으로 목욕을 하다시피 하는데도 의사의 평균 수명은 보통 사람들보다 짧다는 이야기다.

재미난 것은 외국의 어느 의학박사가 의사의 그 단명短命의 원인이 무표정 때문이라는 보고서를 내어 화제를 모았던 일이다.

어느 나라나 하얀 가운에 마스크를 쓰고 수술도나 청진기를 들고 있는 의사의 표정은 딱딱하다. 의사를 주제로 한 〈벤 케이시

Ben Casey〉라는 텔레비전 영화에서도 보았지만 일반적으로 의사
는 잘 웃지 않는다.

특히 동양과 같은 문화권에서는 명랑한 사람을 경輕하다고 평
가하기 때문에 의사가 환자로부터 신뢰를 받으려면 일부러 근엄
한 표정의 연기술을 체득해야 한다. 이러한 무표정이 의사의 건
강을 해친다는 것이다.

이유야 어찌되었든 '의사의 무표정'은 본인을 위해서나 환자를
위해서나 한번쯤 깊이 생각해볼 만한 일이다.

믿음직스러운 표정은 딱딱한 무표정과는 근본적으로 다르다.
감정을 쑥 빼낸 차가운 의사들의 표정은 데스마스크를 보는 것
같은 인상을 준다. 도리어 환자에게 이상한 불안감과 병원 기피
증(과연 그러한 병명이 있는지 모르지만)이라는 새로운 또 하나의 병까지 얻
어 오게 하는 결과를 낳는다.

해마다 여름이 되면 폭염으로 환자수가 격증하여 병원마다 만
원을 이루고 있는 모양이다. 식중독, 피부병, 거기에 또 뇌염이나
장티푸스와 같은 하절 유행병들이 만연되고 있기 때문이다.

그런데 환자들의 이야기를 들어보면 개인병원은 몰라도 주로
돈 없는 서민층이 드나드는 공공병원이나 종합병원은 의사들이
너무 불친절하다고 불평을 한다.

환자가 많이 모이면 일손이 바빠진다. 더구나 불쾌지수는 높
고 남들처럼 바캉스다 뭐다 기분전환도 못한다. 의사들도 감정을

지닌 인간이기에 자연히 짜증도 날 것이다. 그러나 병원을 찾아가는 환자는 심리적으로 부모 앞의 어린아이들처럼 의사에게 의지하려 한다.

딱딱하고 무표정한 목석파 의사는 환자의 심리에 좋지 않은 영향을 끼친다. 환자들이 급증해가고 있는 때일수록 의사들의 친절이 더욱 아쉬워진다.

'무표정'은 의사 자신에게도 해롭다고 하니 인술仁術과 함께 부드러운 표정 연기도 습득해주기를 부탁한다.

뚱뚱이와 홀쭉이

뚱뚱이와 홀쭉이는 우리나라에서뿐만 아니라 희극의 소재로 곧잘 쓰인다.

희극이 아니라 해도 인도 국회에는 뚱뚱이 클럽과 홀쭉이 클럽이란 게 있다.

국회의원들이 정치적으로 여與와 야野로 갈리기보다는 이렇게 육체적 특질로 대립을 이루는 편이 애교도 있고 재미도 있을 법하다.

단순한 우스개 이야기가 아니라 뚱뚱이와 홀쭉이의 대전對戰은 역사적으로 깊은 내력을 지니고 있다. 뚱뚱한 사람 쪽에서는 홀쭉이의 몸맵시를 '골체미骨體美'라고 비웃고, 또 홀쭉이 편에서는 비만파를 '지방미脂肪美'라고 역습한다. 미美만이 문제가 아니라 성격까지도 양분된다.

뚱뚱이는 팔스타프Falstaff 형으로 낙천적이며, 반대로 홀쭉이는 신경질적이다. 그런데 이러한 가치관은 시대에 따라 다르다.

양귀비가 판치던 시절에는 '비만형'이 미인 구실을 했다.

당나라의 미인도美人圖를 보면 한결같이 달덩이처럼 탐욕스럽고 지방기가 많다. 시대가 바뀌어 청나라 시대에 이르면, 불면 날아갈 듯 빼빼한 여인들이 미녀의 왕좌를 찬탈篡奪하게 된다.

동양뿐 아니라 구미에서도 항상 먼로 형의 비만형 미인과 헵번 형의 수척한 미인이 시대적 취향에 따라 그 인기가 교체되어 왔다고 할 수 있다.

그뿐 아니라 계절에 있어서도 그 반응이 다르다.

피하지방질이 많은 사람은 추위를 잘 이겨내는 대신 더위에는 약하다. 거꾸로 야윈 사람들은 추위는 잘 타나 더위는 뚱뚱한 사람에 비해 견디기 쉽다.

그 증거로 차가운 바닷물 속에서 작업하는 해녀들은 열이면 열 피하지방질이 발달하여 뚱뚱하다.

그런데 적하赤下의 뜨거운 인도인들은 간디처럼 마른 사람들이 보통이다.

34도의 혹서酷暑는 그야말로 살인적. 어디에서는 삼륜차 운전사가 더위에 정신을 잃고 여섯 아이를 역사상轢死傷시켰는가 하면, 또 어디에서는 철도를 베고 잠자던 두 부녀자가 역사했다.

하루에 수십 명씩 익사자가 나오는 것을 보아도 요즘의 더위는 살인적이다. 그런데 여기서 우리가 생각할 점은 한국인의 체질이 구미인들과는 달리 병적으로 비대한 사람이 많지 않다는 것이다.

그리고 34도의 더위라도 별 게 아니다. 그런데도 모든 사람들이 이번 더위에 정신을 못 차리는 것을 보면 아무래도 우리는 열에의 적응력이 약하지 않나 싶다.

13일 미신

서양 사람들이 숫자 13을 싫어하는 것은 널리 알려진 미신이다. 그리고 그것은 예수의 최후의 만찬에 참석한 인원이 모두 13명이었다는 데서 유래된 것이라고 믿고들 있다.

그러나 13을 싫어했던 것은 예수와는 관계없는 뿌리 깊은 미신이다. 오늘날에도 13개를 '마의 한 다스'라고 부르고 있듯이 고대인들은 12를 단위로 하여 수를 계산했었다. 그래서 13이란 수는 여러모로 까다롭고 불편한 수로 보였던 것이다.

우주인들이 하늘 위에서 산책을 하고 있는 이 시대에도 13─흉일의 미신은 여전히 현대인의 화제를 부산하게 만들고 있다. 1966년 11월 13일에 공교롭게도 국내외에 끔찍한 사고들이 연이어 돌발했었다. 미국에서는 미용학원의 여인 다섯 명이 흉한에게 집단 살해되었고, 일본에서는 밀월 여객기가 추락하여 신혼부부 열한 쌍이 몰사하였다.

중동 지방에서는 이스라엘과 요르단 양군의 충돌로 60여 명이 사망하였으며, 국내에서는 남제주도 앞바다에서 화객선貨客船들이 침몰하여 10여 명이 실종되었다. 미신을 좋아하는 신비가들이 무릎을 칠 만도 한 사건들이다.

"마의 13일……. 역시 13이란 숫자는 불길하단 말이야!" 누군가가 신문을 펴들고 이렇게 말할지 모르지만 그러나 섭섭하게도 우리에게는 13-흉일이라는 서구적인 미신에도 참여할 자격이 없는 것이다.

좋은 일도 있고 궂은 일도 있어야 13-흉일의 미신도 생겨나지, 1년 열두 달 우리처럼 길일吉日이랄 게 없는 이 사회에서는 유독 13일만 점찍어둘 수가 없는 일이다. 한국 고유의 미신에는 음력으로 5일, 14일, 23일이 각각 흉일로 되어 있다. 속설로는 조조曹操의 큰아들이 5일에 죽고, 둘째 아들이 14일, 그리고 셋째 아들이 23일에 죽었기 때문이라는 것이다.

그러나 이 흉일을 깍듯이 지켰던 우리 선조들이었지만 항상 고생스러운 날 속에서 지내지 않았던가! 양식이든 재래식이든 좋은 일보다 불길한 일이 더 많은 이런 사회에서는 흉일 미신이 성립될 수가 없을 것이다. 흉일 미신이 성립될 수가 없을 것이다.

흉사는 13일에만 일어나지 않는다.

투시 안경

여자의 스커트 길이가 자꾸 짧아지는 것은 여성 자신이 책임질 문제일까, 혹은 남성에게 그 책임이 있는가?

"여성이 몸을 노출시키는 것은 여성이 점잖지 못해서 그런 것은 아니다. 남성들이 그런 모습을 원하기 때문에 여성들은 드디어 미니스커트까지 입게 된 것이다."

여성들은 남성 편에 그들의 노출증을 전가시킨다. 그러나 남성들도 이에 지지 않는다. 여권이 노예와 별다를 게 없었던 중세기 여성들의 의상을 보라는 것이다.

"남자들은 무엇이든 할 수 있었고 여자에겐 오직 복종만이 있었던 시대였다. 정말 남자들이 원해서 여성들이 몸을 노출시키게 되었다면 중세 사회의 여성들이야말로 비키니 스타일의 옷을 입었을 게 아닌가? 그런데 어째서 그때는 온몸을 페티코트로 감싸고 다녔으며, 어째서 여권이 남자의 콧대를 쥐고 올라선 오늘에는 또 미니 풍조가 생겼겠는가?"라고…….

그러나 해외의 토막 소식에 보면 아무래도 이 논쟁은 남자 편이 불리할 것 같다.

말레이시아 경찰은 여자의 스커트 안이 들여다보이는 엑스레이 투시 안경을 압수했다고 전한다. 경찰은 이 안경이 광고된 그대로의 작용을 하는 것을 보고, 판매 금지를 강구하고 있다는 이야기다.

과학의 기술도 이젠 동화의 환상적 경지까지 발달했는데, 그 것을 사용하는 신사들은 거꾸로 야만인이 되어간다. '엑스레이 안경'은 정말 하나의 아이러니가 아닐 수 없다.

한편 우리도 은근히 이런 엑스레이 안경이 갖고 싶다는 생각이 든다. 여인의 스커트가 아니라 사람들의 마음속을 들여다볼 수 있는 그런 엑스레이 안경 말이다.

만일 그런 안경만 있다면 우리는 남에게 속지 않고 편안히 살 수 있을 것 같다. 양심이 깨끗한 사람만이 행세할 수 있는 세상이 올지도 모른다. 위선과 음모와 교언巧言의 옷을 몇 꺼풀씩 걸치고 다녀도 엑스레이 안경만 있으면 그놈의 속을 속 시원하게 환히 들여다볼 수 있을 게 아닌가?

아니 선거 때만이라도 그런 안경을 써봤으면 좋겠다. 유세장 을 쫓아다니며 고생할 것 없이 입후보자의 속을 들여다볼 수 있 으면 투표는 제대로 될 게 아닌가?

그러나 그런 안경을 발견해낸다 하더라도 정치가들은 금세 압 수하려고 들 것이다. 그리고 사람의 마음을 들여다보는 투시 안 경을 압수하는 데는 반대할 정치인이 없을 것이다. 다들 두려워 할 테니 말이다.

어느 대화

첫째 장면—다리 밑. 거지 부자가 근처에서 일어난 화재 구경을 하고 있다.

깡통을 든 아들이 아버지에게 말한다.

"아버지, 사람이 타죽었대. 집을 잃고 울고 있는 저 사람들 좀 봐!"

그때 그 거지는 아들에게 자랑스럽게 말한다.

"그것 봐라! 우리도 집이 있었으면 누가 아니? 저 사람들처럼 됐을는지. 우린 집이 없으니 절대로 불 날 염려가 없단 말이야. 그게 다 아비덕인 줄 알아라."

둘째 장면—가난한 어느 셋방. 가정부가 일하고 있는 부엌 쪽을 훔쳐보면서 부부가 귀엣말로 이야기를 주고받는다.

"여보, 글쎄 가정부가 1천만 원이나 훔쳐냈다지 뭐예요. 주인이 나간 틈에 금고를 따고 수표니 현찰이니 몽땅 털어 쥐고 달아났다가 오빠에게 잡혔다는구료. 그 주민도 우리처럼 셋방살이를 하는가 본데 돈도 꽤 많지, 글쎄!"

이때 남편은 큰기침을 하며 얼른 아내의 말을 가로챘다.

"그거 보라구! 우리 같은 셋방살이라도 금고도 없고 10원 한 장도 없으니 좀 편하우? 도둑맞을 염려가 없단 말이야. 당신이 가정부에게 신경을 쓰지 않고 편안히 사는 것도 다 이 남편 덕이란 말이야."

셋째 장면—어느 가정 응접실. 머리에 반질반질 기름칠을 한 플레이보이 형의 아들이 신문을 읽다가 어머니에게 말한다.

"또 북괴공작단 사건이 발표되었어요. 이번에도 서독 유학생이니 박사들이 많이 끼어 있는데요!"

그 말을 듣자 노모는 대견한 듯이 말한다.

"얘야, 유학 보내달라고 그렇게 졸라대더니 그때 만약 갔었어 봐라. 누가 아니, 그 사람들처럼 평생 신세를 망쳤을는지. 너를 유학도 안 보내고, 네가 박사도 안 된 게 다 누구 덕인 줄 알아. 어미 덕이다, 어미 덕."

넷째 장면—부정선거에 관련된 화순 등지의 행정 책임자들이 구속되었다는 보도가 있었던 날의 어느 시골 기관장실.

이번에 낙선된 여당 출마자와 기관장이 담화를 나누고 있다. "여러 군데서 지서장이니 면장이니 구속되고 있는 모양이죠." 기관장이 불안한 말투로 이야기를 하자, 낙선 의원, 수염을 쓸면서 자못 유쾌한 듯 답변을 한다.

"내가 당선되었더라면 누가 아나, 지금쯤 자네도 교도소에 갔을는지? 자네는 내가 낙선했으니 마음놓고 살 수 있단 말일세. 그게 다 내 덕인 줄 알게."

무더운 장마철, 불쾌지수가 높다. 세상일은 요지경 속 같다는

유행가도 있다. 그것은 모두 생각할 탓. 궂은 일 좋은 일 모두 다
자기 덕이라고 생각하면서 웃고 살 수도 있는 일이 아닌가!

낙타와 바늘귀

10월이에요

"10월이에요."라고 말한다.

그렇게 말하는 사람들의 입가에서도 풋밤이 터지는 신선한 냄새가 떠돈다. 이제는 가난한 사람들도 배고프지 않을 것이다.

어찌 추석의 식탁만이 풍성하랴. 들에도 산에도 기름진 잔칫상이 펼쳐진다. 그리고 마지막 가을꽃들이 지난날의 많은 계절들의 추억까지를 거둬들인다.

"10월이에요."라고 말한다.

그렇게 말하는 사람들의 눈가에도 평온한 휴식의 고요가 흐른다.

많은 행사가 있다. 공휴일도 많아 연휴의 하얀 백지가 가슴을 설레게 한다. 단풍으로 물든 산과, 갈대가 우거진 파란 늪…….
분주해도 피로하지 않은 것이 10월이다.

"10월이에요."라고 말한다.

그렇게 말하는 사람들의 얼굴에서도 맑고 환한 달이 뜬다. 많은 곳에서 문화제의 막이 오른다. 옛날을 생각하며 그 예술과 전통의 지성이 숨쉬는 달이다. 배만 부른 계절이 아니라 정신의 기갈도 채우는 달이다. 강강술래의 옛날의 그 가락은 재즈만을 듣던 우리의 청각엔 고향의 부름 소리처럼 들린다.

"10월이에요."라고 말한다.

그러나 그렇게 말하는 사람들의 눈썹에는 웬일인가? 일말의 우수와 서글픈 고뇌의 그림자가 어리고 있다.

날이 추워질 것이다. 낙엽이 지고 나목裸木의 앙상한 가지 위에 찬바람이 불 것이다. 서리가 내리고 국화잎이 시들고…….

그러면 사람들은 생활의 차가운 술잔으로 입술을 적셔야 한다. 빈자의 10월은 나뭇잎처럼 자꾸 떨어지고 의지할 온정의 불꽃을 아쉬워한다.

얼어가는 몸을 덥힐 만한 불이 있는가? 바람을 막을 창문이 있는가!

"10월이에요."라고 사람들은 말한다.

그 말의 여운은 쓸쓸하게 사라진다. 공허한 바람처럼 황량한 들판으로 꺼져간다.

10월의 역설이다. 가장 높은 계절의 정상에서의 희비를 한꺼번에 체험한다.

"10월이에요."라고 사람들은 말하지만…….

무지개를 쫓는다

11월. 11월이면 국화도 시드는 달. 그윽한 그 잔향 속에서 후회와도 같은 것이, 아쉽고 허전하고 환멸과도 같은 것이 빗장을 잠그는 그러한 달이다.

퇴색한 달력장이 마지막 잎새와도 같이 벽에 매달려 있다.

'그래도 이 해에는 무슨 기적 같은 것이 있겠지.'

이렇게 생각하며 달력장을 넘기던 그 많은 날들이 이젠 정말 마지막 종지부를 찍으려 하고 있다.

욕심이 많은 인간들이라 언제나 이상에 만족하고 사는 사람들은 없다. 좀 더 많은 재산을, 좀 더 멋있는 사랑을, 좀 더 흐뭇한 즐거움을……. 이렇게 무지개를 쫓아가듯이 환상의 열매를 찾아다니다 11월이면 지친 표정을 하고 돌아온다. 그것이 바로 연말로 접어드는 소시민의 야릇한 페이소스이기도 하다. 그렇기 때문에 11월의 포도鋪道, 낙엽에 묻힌 11월의 그 포도에는 서릿발같이 싸늘한 우수가 깔려 있다.

이달 중에 첫눈이 내릴 것이고, 겨울은 가난한 자의 남루한 옷소매로 먼저 기어들 것이다. 김장, 연탄, 겨울 의복들—해마다 월동 준비의 숙제들이 생활의 의자를 더욱 무겁게 하는 철이다.

빈처貧妻들은 벌써부터 벌겋게 얼어붙은 손바닥을 비비며 한숨을 쉴 것이다. 벌어도, 아무리 벌어도 빚밖에 남지 않는 봉급 생활자들은 눈치만 자꾸 늘어간다. 보너스를 기다린다. 날이 추워질수록 화롯불보다 더 아쉬워지는 것이 바로 그 보너스다.

이래저래 11월은 초조와 불안 속에서 시간이 흐른다.

겨울에 행복한 사람은 1년 내내 행복한 사람이다. 먹을 것, 입을 것, 땔 것…… . 이러한 생활의 품목들을 미리 여축해둔 사람들은 『이솝 우화』의 개미처럼 포근한 겨울 잠자리에서 쉴 수가 있다.

그러나 추운 겨울에도 열리지 않는 문 앞에서 구걸해야 하는 베짱이들에게 겨울은 휴식이 아니라 고난의 언 땅을 방황하는지옥의 계절이다. 여름내 노래만 부르고 지내던 베짱이에겐 그런 고통을 당해도 억울할 게 없지만 여름도 겨울도 땀을 흘려 일하지만 휴식이랄 게 없는 이 땅의 소시민들―그들이 겪는 11월의 우수는 과연 누구의 죄인가!

낙타와 바늘귀

'부자가 천국에 들어가기보다 낙타가 바늘귀로 나가는 것이 더 쉽다'라는 것은 『성서』의 말. 그러나 꽤 말썽이 많은 말이다. 지금도 학자들 간에는 이 말이 와전된 것이냐 아니냐로 시비를 벌인 채 해결을 짓지 못하고 있다. 예수가 말한 원래의 그 비유는 낙타가 아니라 '밧줄'이었다고 주장하는 설이 바로 그것이다.

그리스어로 낙타는 '카메로스cameros'다. 그리고 밧줄은 '카미로스camiros'다. 음이 서로 비슷했기 때문에 밧줄(카미로스)을 낙타 (카메로스)로 착각했다는 것이다.

그렇게 봐야 비유의 뜻도 명확해진다. 서커스도 아닌데 난데 없이 왜 낙타가 바늘구멍으로 들어가는가? 바늘귀로 들어가는 것은 '실'이어야 하기 때문에 비유를 한다면 밧줄로 대비시키는 것이 순리에 맞다는 이야기다.

그러나 그게 낙타이든 밧줄이든 부자가 천국에 들어갈 수 없다 는 그 본뜻에는 변함이 없다. 정말 심각한 논쟁점이 있다면 과연 '부자는 천국에 들어갈 수 없을 것인가?' 하는 데에 있는 것 같다. 이 논쟁을 증명하려면 자기가 직접 죽어보는 수밖에 없기 때문에 누구도 그만한 열성까진 없다.

그러나 요령 좋고 수단 좋은 후안무치厚顔無恥한 배짱으로 돈벌 이를 한 사람이라면 죽었다 해서 만만히 지옥으로 갈 것 같지 않 다. 마이더스 왕처럼 황금을 긁어모으던 그 방식으로 한다면 천 국쯤 들어가는 것은 족제비가 개구멍으로 빠지는 것보다 더 쉬울 것 같다.

역사적으로 봐도 재벌의 지능과 처세는 언제나 정치가보다 항 렬이 한 수 높다. 그래서 남들이 다 지옥에서 헤매는 전쟁이나 국 난이 생겨도 그들은 도리어 베개를 높이 베고 돈까지 번다.

2차 대전 후에 나치스는 망했지만 그 정치세력을 업고 돈벌이 하던 재벌은 여전히 불사조처럼 살아났고, 또 독일 점령하에서 대독對獨 협력을 했던 프랑스의 재벌들 역시 해방되고 난 뒤에도 '기체후일향만강' 했었다. 모두가 다 그들의 비상한 처세술 때문이었던 것은 물론이다.

상술이 정치술보다 앞선다는 것을 실제로 증명해 보인 사람이 바로 증권업자 로스차일드Rothchild. 그는 워털루 전쟁에서 영국군이 승전한 정보를 정부보다 하루 빨리 입수했다. 그리고 나폴레옹이 대륙 봉쇄령을 내렸을 때 모든 사람은 로스차일드가 망한 줄로 알았지만 그 정세를 역용하여 밀수로써 또 거액을 벌어들였다.

아무래도 예수님의 말씀은 그분이 기른 수염처럼 구식인 것 같다. 낙타인지 밧줄인지 그리스어를 모르는 우리로서는 어떤 것이 옳은지 판가름하기 어렵지만, 분명히 말할 수 있는 것은 '부자는 천국에 들어갈 수 없다'라는 잠언의 뜻이 잘못된 것 같다는 생각이다.

누울 자리

'누울 자리를 보고 다리를 뻗어라'라는 속담을 어떻게 볼 것인가? 안전 제일주의의 면에서는 매우 슬기로운 조언이 될 것이다. 매사는 덤빌 것이 아니다. 분수를 지키고 신중하게 그 기회를 얻어 행동할 일이다.

그러나 만약 누울 자리가 없을 때는 어떻게 할 것인가? 다리를 영원히 뻗지 말라는 이야기인가?

한마디로 이 속담에는 지나친 소극주의가 도사리고 있다. 우리의 참된 이상은 "다리를 뻗고 누울 자리를 보라"고 충고하는 데에 있다.

우리의 목적은 다리를 뻗는 데에, 즉 행동하는 데에 있다. 이것이 앞서고 안전한 자리가 따라야지, 안전한 자리가 우선하고 그 전제 밑에서 행동한다면 문명의 발전이란 기대하기 어렵다.

북양 어선의 조난[9]은 우리의 가슴을 아프게 하는 사건임이 분명하다. 얼른 생각하면 별 자신도 없이 그것도 나쁜 계절에 먼 알류샨Aleutian 근해에까지 출어한 것이 그런 비극을 낳은 것이라고 생각하기 쉽다.

유족들이나 그 이웃들은 북양어업의 안전도에 회의를 품고 "풍파에 놀란 사공 배 팔아 말을 산다"는 옛 시조의 한 구절처럼 뱃사람으로 태어난 것을 후회할지도 모른다. 하지만 인생과 그 문명은 언제나 위험의 대가 속에서 개화되어 갔다.

좌절—그러나 우리는 이 좌절을, 운명을, 위험을 극복하고 넘어서려 하는 데에서 인간다운 긍지를 발견하고 생활의 의미를 터

---

9) 1967년 9월 15일 알류샨 열도(알래스카)에서 조업 중이던 한국 북양 어선 두 척이 태풍 제25호에 휩쓸려 조난당한 사고이다. 이 사고로 29명이 실종되었다.

득한다.

북양어업 참사가 원양어업 진출의 웅대한 꿈을 꺼지게 하느냐, 도리어 부풀게 하느냐에 문제의 초점이 있다.

통곡은 오늘의 위안밖에 되지 않는다. 서른 명 가까운 귀중한 인명을 헛되지 않게 하는 길은 더 큰 배를 만드는 길이요, 더 많은 배를 북양으로 띄우는 것이요, 다른 나라의 어업보다 더 풍성한 고기를 잡아오는 것이다.

안방에서 백 년을 죽은 듯 산 듯 살아가기보다는 하루라도 대양의 폭풍과 투쟁하다 사라지는 것이 보다 뜨겁고 값있게 사는 길이다.

우리는 너무 좁은 땅에서 어깨를 웅숭그리고 살아왔다. 그런 의미에서 비록 이번 춘사椿事가 서글프기는 하나 유족들은, 그리고 우리는 잠시 슬픔을 거두고 북양어업의 비극적인 개척자들의 이름을 자랑스럽게 기억해두어야 할 것이다.

행복의 비결

"하루 행복해지려면 이발소에 가서 머리를 깎아라. 일주일 행복해지고 싶거든 결혼을 하라. 1개월 정도라면 말을 사고, 1년이라면 새집을 지어라. 그런데 평생토록 행복하기를 원한다면 정직한 인간이 되어라."

이것은 영국의 격언이다. 대개 격언이라고 하면 너무 이상주의적인 교훈을 앞세우는 것이 많아서 곰팡이 냄새부터 난다. 대체 요즘 세상에도 격언 같은 것을 믿고 사는 사람이 있는지 의심스럽다.

그러나 이 격언만은 정직을 권장하고 있으면서도 현실감각이 있다. 특히 결혼생활의 즐거움이 일주일밖에 못 간다는 암시는 지나치도록 적나라하게 인간 현실을 풍자한 것이다. 아무리 승마를 좋아하는 영국 친구들이라 하더라도 새 말을 사는 것보다 신부 재미가 오래 못 간다는 것은 비유치고 걸작이다. 그런 격언인데도 정직을 평생의 행복이라고 하여 제일 급수를 높이 매긴 것을 보면 거짓 없이 산다는 게 과연 도학자의 잠꼬대만은 아닌 성싶다.

정직은 이상적인 도덕이라기보다 차라리 현실적인 처세술이라고 하는 편이 좋겠다. 정치가도, 상인도, 관리도, 정직한 사람은 일시 손해를 보는 것 같지만 결과적으로는 그 때문에 늘 이득을 본다.

하루의 기쁨만을 추구하려고 하는 탓일까? 정직과 솔직은 한글사전에서 사어화死語化되어 가고 있는 느낌마저 든다. 당장 눈앞의 일만 속이려 드는 재주가 일생을 행복하게 만든다는 정직보다 단연 인기가 높은 편이다.

실수나 과실이 있을 때 사람은 며칠을 속이고 은폐할 수는 있다. 그러나 수십 년 수백 년이 지나도 변하지 않는 것은 정직이라는 금金뿐이다.

데모의 재연再燃으로 정국은 여전히 소란하다. 거기에 또 생필품값은 뛰고 뇌염이 퍼지고 무장간첩이 출몰한다. 한 정권이 문제가 아니라 이러다가는 나라 살림 꼴이 말이 아닐 것 같다. 협심해서 이 고비를 아무 탈 없이 넘겨야 한다는 게 온 국민의 소망인데도 아직 그 노력이 보이지 않는다.

미련한 얘기 같지만 여야與野 할 것 없이 정국을 안정시키는 데 선행할 여건은 '정략'이 아닌 '정직한 마음'이다.

데모 방지책과 정국 안정을 영국식으로 말한다면 이렇게 되는 것이다.

"하루의 안정을 원하거든 최루탄을 쏘아라. 일주일 만의 안정이라면 휴업을 시키고, 1개월 정도라면 방학을 시키면 된다. 그러나 평생토록 정국을 안정시키려면 정치인들이 정직해져야 한다."

더도 덜도 말고

시대가 변하면 속담도 바꾸어야 하는가? 뜻도 뜻이지만 도무지 그 표현법이 시대감각에 맞지 않는 것들이 한둘이 아니다. 미니스커트 시대에 '같은 값이면 다홍치마'라니 웃기는 일이다. 순이와 복순이가 갑사댕기를 늘어뜨리고 다니던 때면 몰라도 파리모드가 가정부 아가씨들에게까지 유행되고 있는 오늘날엔 실감이 없다.

'같은 값이면 다홍치마'를 피해야만 되는 세상인 것이다. 만약 다홍치마를 입고 종로 거리를 지나다가는 산골 색시가 아니면, 사극 영화를 찍는 엑스트라 정도로 오해될 가능성이 많다. 미니 시대의 속담은 슬프게도 '같은 값이면 짧은 치마'로 바뀌어야 한다.

'눈치만 있으면 절간에 가도 새우젓을 먹을 수 있다'라는 멋들어진 속담 역시 예외일 수 없다.

얼마 안 있어 관광 시즌이 올 것이고 그러면 꽃피는 절간마다 트위스트곡에 기름진 고기 냄새가 풍겨나올 것이다. 유흥지로 변한 듯싶은 초현대식 절간에서는 눈치가 없어도 새우젓 이상의 것을 얼마든지 먹을 수 있게 된 까닭이다. 이젠 IQ 80의 눈치 없는 둔재라 할지라도 절간에서 새우젓쯤 얻어먹을 수 있다는 것은 상식 중의 상식이 되어버렸다.

그런데 여기 정말 서글프게 변화해가는 속담 하나가 있다. '더도 덜도 말고 한가위만 같아라'라는 속담이 바로 그것이다.

한국인들은 운치가 있어 좋다. 그렇기에 1년 중에서 가장 밝은 달이 뜨는 추석, 그리고 땀으로 얻은 그 햇곡식을 먹는 그 8월 한가위를 가장 이상적인 시즌으로 삼고 있었다.

그런데 이젠 이것도 거짓말인 것이다. '더도 덜도 말고 한가위만 같아라'라는 소박한 시골 농민들의 소원은 '더도 덜도 말고 선거철만 같아라'는 속담으로 바뀌어가고 있기 때문이다.

선거 때만 되면 공짜로 고무신을 나누어주었다는 소식이 있고, 또 어디에서는 돈까지 붙여 책을 나누어주는 푸짐한 선심이 원하지 않아도 굴러떨어지는 것이 선거철이다. 어찌 추석의 호사가 그것을 당할까 보냐……

'더도 덜도 말고 선거철만 같아라'—이것이 민주주의 현대의 속담이다.

그러나 궁금한 것은 대체 그 선심 쓰는 돈은 누구의 호주머니에서 나온 것일까? 따지고 보면 갈치가 제 꼬리를 베어먹는 것 같은 일에 지나지 않는다. 그래도 '더도 덜도 말고 선거철만 같아라'라고 말할 것인가?

역사는 퀴즈 문제

『만국사萬國史』를 집필하고 있던 옛날 어느 학자가 이웃집에서 벌어진 싸움 때문에 붓을 꺾고 말았다는 일화 하나가 있다.

옆에서 보기에는 분명 A가 옳고 B가 잘못인 줄 알았다는데 나중에 진상을 알고 보니 실은 그 반대였다는 것이다. 그 역사학자는 "직접 자기 눈앞에서 벌어진 사건 하나도 제대로 판단하기 어려운데 하물며 지나간 옛날의 역사를 어떻게 적을 수 있으랴!"고 장탄식을 했다는 것이다. 그렇기에 역사는 수수께끼라고들 한다.

케네디 대통령의 암살 사건만 해도 수십 년이 지난 오늘날에도 여전히 의혹의 검은 화제들이 오가고 있다. 오스왈드Lee Harvey Oswald가 암살범이라는 워렌 보고서Warren report는 여러 가지 점에서 구멍이 드러나고 있다. 최근엔 케네디를 쏜 총격범이 따로 있다는 설이 나돌고 있고 그 사건에 증인이 될 만한 사람 열네 명 모두가 오스왈드처럼 차례차례로 의문의 죽음을 당했다는 이야기도 있다. "현대의 추리소설은 바로 현대의 역사 그것이다"라는 말을 실감케 하는 일들이다. 케네디뿐만 아니다. 100년 전 링컨 대통령의 암살 사건도 여전히 수수께끼의 베일을 쓰고 있는 중의 하나이다.

'그를 쏜 부스는 과연 단독범인가?'

'농가의 헛간에 숨어 저항하다가 총격의 화재로 타 죽었다고 하지만 그때 소사燒死한 것이 암살범 부스였나?'

'링컨 대통령은 그날 미리 예약해두었던 클로버 극장을 무슨 이유로 갑자기 취소하고 퍼드 극장으로 갔는가?'

'어째서 그날 초대를 받았던 그랜트 장군은 관극을 거절했던가?'

이러한 의혹들은 현상금 없는 역사의 퀴즈 문제로 남아 있다.

사필귀정事必歸正이라는 달콤한 말을 믿고 역사를 대해서는 안 되겠다는 생각이 든다. 진상을 알고 보면 정正이 부정不正으로 묻히고 불의가 의로 바뀐 일들이 많을 것 같다. 영원히 그 베일이 벗겨지지 않는 정치적 흑막, 그 변조된 역사의 증거물들이 어찌 한둘뿐이겠는가.

모범적인 개방주의의 나라 미국에서도 그런데, 조선조 이래 "쉬, 쉬!" 하며 정치를 해왔던 우리나라는 어떤가?

백범 김구의 암살 사건은 옛날 일로 치더라도 언론인 테러범, 재벌 밀수, 롱갈리트 사건[10], 모든 것이 왈가왈부 속에 제대로 그 진상이 밝혀지지 않고 있다는 것을 우리는 목격하고 있다. 또 복잡하기가 호두 속 같은 우리의 정치 이면사에 흐르는 그 수수께끼들은 어떻게 할 것인가?

그렇다고 우리의 역사를 후일의 추리소설 작가에게 맡길 수만은 없는 일이다. 단순한 호기심이나 가십거리로써 역사를 흘려보내서는 안 된다. 국민들 하나하나가 주변에서 벌어지는 모든 사건들을 냉철하게 감시하고 판단하여 고발하는 역사의 증인이 된다면 역사는 결코 수수께끼 퀴즈 문제집으로 남지는 않을 것이다.

---

10) 1966년 어린이들이 많이 먹는 과자류에서 유독성 화학물질인 롱갈리트가 검출된 사건.

오늘의 달걀

'돈을 물 쓰듯 한다'는 옛 속담이 있다. 물을 그렇게 흔하게 생각한 것이다. 그러나 요즘 같아서는 아무래도 이 표현을 수정해야만 될 것 같다. 돈을 물 쓰듯 하는 게 아니라 '물을 돈 쓰듯이' 하는 세상이다.

더위에 샤워 한번 못해본다고 불평하는 것은 도리어 사치다. 식수조차 어려운 것이다. 어디에선가는 수돗물이 안 나와 시민들이 데모를 했다고 전한다.

공공요금이 뛰고 세금이 오르고 거둬가는 것은 많으나 도시 돌아오는 것은 별게 없다. 위정자들은 페인트공들처럼 겉만 번지르르하게 치장해서 생색만 내려는가? 실질적인 국민생활은 동혈시대洞穴時代의 그것과 오십보백보다.

쓰레기 하나 치우는 데도 이권이 따라다닌단다. 오예물汚穢物에는 파리만 꾀는 게 아닌 모양이다. 어느새 쓰레기나 인분 치는 사람의 세도까지 그렇게 당당해졌는지 모른다.

생각할수록 괘씸한 것은 도대체 관官이 누구를 위해서 있는지 자기의 신분을 착각한 그 고자세다.

전화 고장계에다 한번 전화를 걸어보라. 구청이나 시청에 들어가보라. 국민의 세금으로 녹을 받는 입장인데도 오만불손한 그 태도에 아연해질 수밖에 없다.

세금이 오르는 것이 억울한 것이 아니다. 그게 다 국민의 3대의무 중의 하나요, 내 살림을 위해 바치는 돈이다. 다만 그 세금이 어떻게 쓰이느냐, 또 세금을 맡아 쓰는 사람들의 태도와 양심이 어떠냐에 따라 불평이 생긴다.

수도에서 시작하여 오물 처리에 이르기까지 무엇 하나 변변하게 되는 것이 없다.

'나라가 가난하니까, 워낙 없는 살림이니까!' 하고 불평을 참아 보기도 한다. 그러나 함께 고생을 하려면 서로 이해를 하고 아끼는 태도라도 보여야겠는데 버젓이 시민들에게서는 오예물 수거료로 최고 600원을 따로 받아가고 뒷전에서는 이권놀음을 하고 앉았다. 이러니 '집에는 쥐, 국가에는 도둑'이라는 말이 안 생겨날 리 없다.

우직한 백성이 어찌 고매한 정치이론을 알까 보냐마는 모든 생활의 기본이 되는 물과 불과 먹는 음식만은 우선적으로 해결해 주고 그다음에 원산遠山을 논할 것이다.

어느 민족보다도 미래의 행복을 위해 끈기 있게 참는다는 영국인도 '내일의 암탉보다는 오늘의 달걀'이라는 격언을 만들어 냈다.

모든 건설은 국민의 기본 생활에서부터 쌓아 올려야 한다.

정치적 제스처

"국민을 위한, 국민에 의한, 국민의 정부"라는 말은 새빨간 거짓말이다. 우선 이 말을 링컨 대통령이 만들어냈다는 것부터가 거짓말이다. 교과서에까지도 이 민주주의의 상표 제작자는 링컨이라고 등록되어 있다. 그러나 실은 14세기 때 존 위클리프John-Wycliffe가 영문판『구약 성서』의 서문에서 한 소리고 그 뒤로도 시어도어 파커Theodore Parker나 대니얼 웹스터Daniel Webster가 재탕 삼탕한 말이다.

그 뜻은 또 어떤가? 아무리 이상적인 민주주의 국가에서도 일찍이 민중이 지배한 정부란 없었다. 결국은 몇 사람의 강자가 어떻게 대의명분을 세우고 집권하느냐 하는 제스처의 방식만이 변화되었을 뿐이다. 어떤 외국 학자는 선량選良의 모임이라는 국회를 숫제 범법자의 집단이라고 말해서 물의를 일으킨 적이 있는데, 그 이유는 적어도 치열한 선거전에서 이기고 국회의원이 되려면 한두 가지씩 범법을 저지르지 않을 수 없기 때문이라는 것이다.

그러나 세상엔 옷을 입는 것처럼 위장이란 게 필요할 때도 있다. 그것을 정치적 제스처라 한다. 설사 현실은 그렇다 하더라도 '국민을 위한, 국민에 의한, 국민의 정부'인 것같이 꾸며 보이는 것만으로도 피차에 이익이 크다.

텔레비전을 보면 가끔 장관들이 나와 시정 연설을 한다. 그런데 국민들을 향해서 말하는 장관들의 태도가 도시 안하무인이다. 안락의자에 도사리고 앉아서 큰기침을 하는 모습이 꼭 옛날 정청에 올라앉은 사또 같다.

대통령 앞에서도 그런 식으로 브리핑을 하는가? 민주주의 국가에선 국민들이 상전이라고 한다. 제스처만이라도 그렇게 보여 줘야 할 게 아닌가! 외국의 경우처럼 일어서서 공손하게 시정 연설을 하는 게 예의다. 텔레비전을 볼 때마다 정치적인 제스처도 모르는 민주주의 유치원 관리들이 딱하기만 하다.

명칭을 모르면 형용사가 발달할 수밖에 없다. 다이애거널diagonal(대각선) 무늬의 외투를 입고―해도 될 것을 그 명칭을 모르면 손짓 발짓부터 나온다. "아! 왜 이렇게 생긴 것 있잖아. 옆으로 얼룩말처럼 줄이 비스듬하게 굵게 죽죽 쳐져 있는 무늬, 왜 그거 있잖아. 언젠가 왜 길거리에서 만난 그 여자가 입고 있었던 것 말야, 아 글쎄 그런 옷 입고 말야."

얼마나 정력의 낭비며 시간의 허비인가? '왜'란 표현에 '처럼', '듯이'가 많아지고 '그거 있잖아' 식의 망아지 가슴앓이 언어만이 풍성해진다.

그 대화는 이 '명칭의 창조'부터 이루어져야 한다는 생각이 든다. 어휘와 이름이 빈약했다는 것은 그동안 우리가 얼마나 불합리한 불모의 사고 속에서 살아왔는가를 의미한다.

애매하고 모호한 사막에서 벗어나 존재의 푸른 평원으로 나가기 위해선 많은 '이름'들을 발견해야만 할 것이다.

산타클로스

67년 전 일이다. 버지니아란 여덟 살짜리 소녀가 《뉴욕 선New York Sun》지에 투고를 했다. "산타클로스가 우리에게 선물을 갖다 준다는 게 거짓부렁이라고 말하는 친구들이 있는데 그게 사실입니까?"라고.

그 편지를 받은 《뉴욕 선》 지의 논설위원 처치 씨는 사설로써 그 물음에 답하여 커다란 센세이션을 일으켰었다.

"이 세상에 산타클로스가 없다면 곧 이 세상에는 버지니아와 같은 아이들이 없다는 것이다. 그리고 산타클로스가 없다면 시詩나 로맨스가 없는 세상처럼 얼마나 쓸쓸할 것인가?"라고 그는 적었다.

결국 그 사설의 결론은 우리 주변에 사랑이, 관용이나 헌심獻心이 존재하고 있는 것처럼 산타클로스도 실재하는 것이며, 그는 영원히 아이들의 마음속에 살면서 그들을 즐겁게 해준다는 것이다.

우리는 어떻게 대답할 것인가?

"정말 산타클로스 할아버지는 착한 아이에게 더 많은 선물을 주느냐? 모든 사람이 잠들어 있을 때 하얀 머리, 하얀 수염을 바람에 날리며 굴뚝을 타고 내려오는가?"라고 애들이 물었을 때 우리는《뉴욕 선》지의 사설처럼 대답해주는 것이 옳을까?

아니다. 도리어 그들의 순결한 꿈을 위해서도 교육을 위해서도 산타클로스의 신화는 거짓말이라고 답변해주어야 한다. 만화를 보고 동화를 읽듯이 멀고 먼 옛날에 그런 이야기가 있었을 뿐이고 선물은 굴뚝이 아니라 부모의 지갑 속에서 나오는 것이라고 말이다.

만약에 산타클로스를 정말 믿게 둔다면 아이들은 더 큰 불신을 갖게 될 것이다. 하느님까지도 사립학교에 다니는 아이들을 더 잘 봐준다고 할 것이다. 착한 아이가 아니라 돈 많은 부잣집 아이들에게만 더 많은 선물을 갖다 주더라고 할 것이다.

욕심 사납고 심술꾸러기 아이가 크리스마스 날 아침에 산타클로스의 선물을 자랑할 때, 만약 선물을 받지 못한 착하고 어진 아이가 있다면, 그는 속으로 무엇이라고 말할 것인가?

선악의 가치 기준이 어릴 때부터 흔들릴 것이다. 차라리 부모가 사주는 선물이라고 말하자. 그러면 비록 초라한 선물일망정 그 애는 가난한 호주머니를 생각하면서 감사할 것이다. 그리고 차별 없는 하느님의 그 사랑을 의심하려 들지도 않을 것이다.

미국의 치맛바람

'치맛바람'은 우리나라에만 부는 것이 아니다. 성질의 차이는 있으나 미국에서도 마찬가지다. PTA(Parents Teaching Association, 師親會)에 출석하는 것은 대부분이 여성이고 또 학교 수업 참관일에도 스커트 일색이다. 그래서 최근에는 '아버지 참관일'이라는 것을 따로 두어 자녀 교육의 여성 독점(?)을 막고 있다. 이러한 '치맛바람'을 그들은 '마미즘momism'이라고 부른다.

같은 부모인데도 자녀 교육의 열쇠를 쥐고 있는 것은 어머니이며 그 결과로 애들은 아버지보다도 어머니의 영향을 더 많이 받고 자란다.

마미(엄마)란 말 밑에서 성장한 아이들은 어른이 된 뒤에도 어머니의 사고방식에서 벗어나질 못한다. 그래서 사회는 점점 여성화하고 나약해지고 남성적인 모험심이 위축되어간다는 이야기다.

요즘도 미국의 고등학교 학생들 간에는 수염을 기르고 다니는 것이 유행인데 심리학자의 설명을 들으면 마미즘에 대한 반발심 때문이라는 것이다. 이렇게 마미즘은 한 나라의 문화를 위협한다.

물론 남의 나라 일을 걱정할 만큼 우리는 한가롭지 않다. 문제는 동병상련同病相憐, 마미즘을 고치는 그들의 처방을 우리도 빌려오자는 데에 있다. 우선 '아버지를 다시 가정으로 돌려보내자'는 미국의 그 사회운동을 우리도 본받았으면 싶다는 이야기다.

아버지들도 자녀 교육의 일익—翼을 담당하려면 집 안에서 애들과 함께 있는 시간이 많아야 한다. 그래서 미국에서는 '아버지의 가정복귀운동'의 하나로 근무시간의 단축과 주 5일제 근무안 등이 논의되고 있다.

우리 형편에는 근무시간의 단축보다는 '술집, 다방 등에서 보내는 시간'의 단축이 우선 논의되어야겠다.

여성들이 들으면 기분이 좋지 않겠지만 '여자란 여우 목도리를 두르면 그 마음도 여우가 되고, 악어 핸드백을 들면 그 얼굴도 악어 가죽같이 두꺼워지는 법'이란 경구가 있다. 환경에 그만큼 동화되기 쉽고 그만큼 또 허욕이 많다는 것이다.

이 여성 특유의 '허영의 올림픽'이 바로 자녀의 입학경쟁인데 그 치열한 바람에서 귀여운 자녀를 구제하는 데는 역시 '아버지'의 역할이 클 것 같다.

입시 시즌이 코앞에 닥친 요즈음, 점쟁이 집까지도 치맛바람이 불고 있다는 소식이다.

자녀 입학금이나 마련하는 것이 아버지의 역할이라고 팔짱을 끼고 있을 때가 아니다. 아버지들, 분발하라! 자녀의 입시가 어머니들의 허영 시험이 되지 않도록 이성의 눈을 뜨고 길잡이를 하라.

미키마우스의 교훈

지금으로부터 40여 년 전 캔자스시티 《스타》 신문사의 편집국장실에 낯선 청년 하나가 나타났다. 때문은 화첩畵帖 하나를 끼고 들어선 남루한 그 무명 청년은 화공 지망생이었던 것이다. 편집장은 그의 그림 몇 장을 펴보고는 간단하게 거절해버리고 말았다. "대성할 싹이 전연 보이질 않는다."라고……

불과 십수 년이 지난 뒤에 그가 산타클로스보다도 더 아이들의 사랑을 받고, 실론 섬에서 에스키모 부락에까지 그의 그림이 널리 퍼져가리라는 것은 아무도 몰랐을 일이다.

그 청년은 다름 아닌 월트 디즈니Walt Disney! 수억 달러를 벌어들인, 그리고 세계에서 가장 귀염받는 생쥐……. 미키마우스의 창작자였던 것이다. 그의 탄생은 아무도 축복해주지 않았으나, 오늘날 65세로 숨진 그의 죽음은 전 세계의 애도를 받고 있다.

월트 디즈니의 한 생애는 그의 만화나 영화보다도 우리에게 많은 교훈을 남겼다.

첫째, 가난 속에서도 창의를 갖는 자는 신이 버리지 않는다는 것이다. 교회의 전단, 포스터를 그리며 겨우 생계를 유지해갔던 그는 자동차 차고의 한구석에서 침식을 해야만 했다. 하지만 그것이 도리어 행운의 열쇠를 가져다 준 것이다. 디즈니는 그 차고에서 생쥐 한 마리와 친하게 되었고, 그 생쥐를 모델로 하여 만화를 그린 것이 바로 그를 유명하게 만든 '미키마우스'였다. 만약 그가 고급 주택의 방 안에서 생활했다면 그 생쥐는 만날 수 없었을 것이고 '미키마우스'를 창작해낼 수도 없었으리라.

둘째는 동물애이다. 그는 매주 한 번도 거르지 않고 동물원을 구경다니며, 그것들의 모습과 울음소리를 연구했다. 초기에 제작한 미키마우스 영화의 생쥐 울음소리는 디즈니 자신이 녹음한 것이다.

책이나 성자나 학식 높은 교수만이 우리에게 지식을 가르쳐주는 것은 아니다. 하찮은 동물에서도 우리는 디즈니처럼 평화와 삶의 신비를 배울 수가 있다.

마지막으로 돈은 어떻게 쓰는 것이냐 하는 점이다. 디즈니는 돈을 얻기 위해서 일을 한다는 것은 가장 비참한 일이라 했다. 그는 일 자체에 대한 열정을 더 높이 쌓았으며, 그렇게 해서 번 돈으로 '디즈니랜드' 같은 것을 만들어 인류의 사랑과 평화에 공헌했다.

그렇기에 우리는 그를 단순한 영화 제작자나 만화가로서만 기억하지 않는다. 남을 해친 영웅이 아니라 만인에게 웃음과 사랑을 준 참된 영웅, 그는 이 세기의 산타클로스였다. 미키마우스를 보며 자라난 세계의 모든 팬들과 함께 그의 명복을 빈다.

유해색소

인간이 고등동물이란 것은 색채 감각을 보아도 알 수 있다. 원숭이와 개를 제외하면 동물은 거의가 다 색맹이라고 한다. 그들이 식별하는 색깔은 겨우 회색 정도.

흔히 소가 붉은색을 보면 흥분한다고 해서 투우사들이 홍포를 휘두르고 있지만, 과학적으로 보면 난센스에 지나지 않는다. 홍포를 보고 덤벼드는 것은, 그것이 흔들리기 때문이지 색채감 때문이 아니다. 오히려 붉은 색채에 자극을 받는 것은 소가 아니라 다름 아닌 관객 자신이라고 한다.

인간은 갓난아이라 해도 색채에 예민하다. 어린이들의 옷이나 책에 유난히 원색을 많이 사용하는 까닭도 그렇다. 색채는 인간의 정서를 좌우하는 가장 원초적인 힘이기 때문에 유아교육에 많이 이용된다.

악보를 읽지 못하는 아이들에게 피아노를 가르칠 때도 색채를 사용한다. 손가락과 건반에 각각 여러 빛깔로 채색을 해놓고 음정을 가르친다. 그뿐 아니라 위험한 물건에 붉은빛을, 그리고 안전한 것에 녹색을 칠하면 문자를 모르는 아이들도 쉽사리 그 의미를 터득하게 된다. 고스톱의 신호등도 그 원리를 따른 것이다.

그런데 색채감이 발달한 이 고등동물(인간)이 과연 고등동물답게 그것을 잘 선용하고 있는가 하는 문제에 대해선 대단히 회의적이다. 아름답고 다양한 색채를 써서 아이들의 마음을 유혹하는 그 상술치고 지금 온전한 것이라곤 거의 한 가지도 손꼽을 만한 게 없다.

해동기解凍期가 되면 으레 거리에 나타나는 고무 주스의 물감 들인 음료수에 대장균이 우글거린다. 거기에 또 한창 말썽거리가 되었던 롱갈리트의 눈깔사탕이 그렇다. 유해색소는 아니라 하더 라도 오색으로 요란하게 찍어 파는 만화책이란 것도 예외는 아 니다.

뿐만 아니라 갓난아이들이 가지고 노는 장난감에까지 유해색 소를 발라 말썽거리가 되어 있다. 살인 완구를 빨고 자라나는 한 국의 어린이들을 생각하면 등골에 소름이 끼친다.

차라리 인간이 고등동물이 못 될지언정 색맹으로 태어났더라 면 좋았을 것이라고 한탄할 수밖에 없다. 아니, 유해색소를 쓰고 있는 인간들은 하등동물의 서열에 끼어야 마땅하다.

'빛 좋은 개살구'라더니 모두가 그 격이다. 유해색소—어쩌면 그것이 사회 풍조를 상징하고 있는 현상인지도 모른다.

오십보백보

내가 제일 싫어하는 말은 '오십보백보'란 말이다. 이 말은 비판 정신을 잠들게 하는 수면제 같은 구실을 하고 있기 때문이다. 따 지고 보면 이 세상에서 일어나는 일체의 것들을 '오십보백보'라는 연막으로 은폐할 수도 있다.

인간은 어차피 죽어야 할 존재이다. 어느 작가 말대로 "사람은 태어나는 순간에 이미 사형선고를 받은 것이나 다름없다." —그러니까 한 세상 사는 데에 10년쯤 더 살거나 못 사는 사람도 어차피 죽기는 매한가지니 '오십보백보'다.

칼로 사람을 찔러 죽인 사람이 있다 치자. 그 사용한 것이 독약이었든 45구경 권총이었든 살인이란 점에선 오십보백보다.

『춘향전』을 읽어보자. 변사또가 권력을 남용해서 춘향이를 옥에 가둔 것이나, 마패를 데이트용으로 남용하여 백성보다도 자기 애인부터 구제하는 이도령이나 관도官道를 사사로운 데에 이용했던 것은 오십보백보다.

우주의 모든 것이 다 그렇다. 벌레도 인간도 중생의 운명을 앞에 놓고 보면 똑같지 않은가?

결국 오십보백보란 말은 '무엇이 다른가'보다 '무엇이 같은가'를 따져가는 거시적 렌즈 속의 풍경이다.

하지만 오십보백보의 작은 차이를 따지는 데에 인간의 역사가, 그 비판과 창조의 정신이 있다는 것을 우리는 알고 있다. 이를테면 '같되 같지 않은' 작은 차이의 박테리아를 찾아내는 현미경이 필요하다.

2, 30년 전에 어느 마을에 노름 잘하는 술도갓집 영감 하나가 있었다. 이 영감은 노름을 하다가 돈을 잃으면 그 액수에 해당할

만큼 술에다 물을 탔다는 것이다. 그래서 으레 탁주의 맛이 밍밍해지면 "흥, 그 영감 또 어젯밤 노름에 털린 모양이로군!"이라고 말하는 것이 그 고을의 유행어였다.

옛날이나 지금이나 술장수가 속임수를 쓰는 것은 오십보백보다. 그러나 정말 오십보백보라고 할 수 있는가? 같은 속임수라고 해도 메틸알코올을 넣는 현대식 사기술과는 비교가 되지 않는다. 물을 타는 것과 사람을 실명케 하는 메틸알코올의 그 소주와는 절대로 '악惡'이라는 동류항에 넣을 수 없다.

첫째 술도갓집 영감은 노름에 지지 않는 한 절대로 물을 타지 않았고, 둘째 노름에 진다 하더라도 잃은 돈 이상의 물로 바꿔치지는 않았던 것이다. 속임수라도 그만한 양심과 질서는 가지고 있었다.

바람직한 일은 물론 속임수를 써서 술을 만들지 않는 것이다. 그러나 에덴동산에서 살고 있는 것이 아닌 한 같은 악이라도 무엇이 더 나쁘고 무엇이 덜 나쁜가를 똑똑히 자질할 줄 아는 판단력이 중요하다. 단 1밀리미터의 차이를 명백히 가늠하는 일이 아닐까 싶다.

'오십보백보'의 신화 속에서 사는 사람들이 많은 것 같다. 흔히들 말한다.

"여당이나 야당이나 하는 꼴을 보면 마찬가지다."

"그놈이나 저놈이나 똑같은 놈들이다."

평범한 시정인의 발언만 그런 것은 아니다. 대학자들도 "이럴 수도 저럴 수도 있고, 그게 그것 아니냐"는 논평을 할 때가 많다. 논리학에서 말하는 '배중률排中律'의 그물에 걸리는 사고방식을 가진 사람들이 너무나 많이 눈에 띈다.

학생들의 작문을 봐도 사고력이 분화되어 있지 않는 '오십보백보'식이다. 너무 뜻이 넓은 말을 많이 쓴다. '배를 탔다'라고 말한다. '과일을 먹었다'라고 표현한다. 그냥 '옛날'이라고 말하고 그냥 '현대'라고 말한다.

대체 그게 무슨 배냐? 요트냐, 기선이냐, 보트냐? 과일이라니, 사과인가 감인가 복숭아인가? 옛날이라면 대체 예수님이 탄생하실 때이냐, 사도세자가 뒤주에 갇히던 그 옛날이냐?

사람이 죽으면 천국과 지옥으로 간다 하지만, 하느님이 정말 슬기로우시다면 이렇게 양분법으로 인간을 심판하지는 않을 것이다. 기차에도 3등급이 있는데 천국이나 지옥이 그와 같아서는 공평하지가 않다.

세상 사람들의 행실을 보면 악인들 중에도 천차만별이요, 선인이라 해도 천태만상이다. 천 등급, 만 등급쯤으로 분류되어야 마땅할 것 같다. 우선 '오십보백보'의 사고방식만이라도 사라졌으면 좋겠다.

작은 차이, 인간은 이것을 사는 것이다. 인간은 어차피 죽은 몸이지만, 어떻게 죽어갔느냐? 어떻게 1초라도 더 사느냐에 그 값어치의 테이프가 걸려 있다.

이름을 압시다

지금도 미개한 토인들은 악마를 제어하기 위해선 그 이름을 알아야 한다고 믿는다. 옛날의 이집트 신화를 봐도 자기 이름을 남에게 들켜 그 불사의 힘을 상실한 채 쫓겨나는 이야기가 나온다.

이름을 안다는 것은 곧 그 대상을 파악하는 인식의 힘이다. 언어예술이라는 것도 따지고 보면 어떠한 감정, 어떠한 행동, 어떠한 현상에 하나의 이름을 부여하는 작업이라고 말할 수 있다.

어렴풋한 베일 속에 감춰진 온갖 사물들에 일단 그 이름이 붙으면 밝은 존재의 햇볕 속으로 나타나게 된다. 그래서 소월은 "그립다 말을 할까 하니 그리워"라는 명구를 남겼다. 그리움이란 이름으로 자기 감정을 표현하려 하니까 정말 그리운 생각이 들더라는 뜻이다. 이름 붙이기 이전의 그리움과 이름을 붙인 뒤의 그리움은 결코 같은 것일 수가 없다.

미개한 토인들과 마찬가지로 우리는 사물의 이름을 통해서 그것들을 제어할 수 있는 힘을 소유하게 된다.

실상 고상한 예술론을 끌어낼 필요까진 없다. 경찰관들이 명찰을 붙이고 다니는 것이 비민주적이라 하여 일제히 그것을 떼기로 했었다. 그랬더니 비행이 부쩍 잦아지더라는 이야기가 있다.

나 자신도 가끔 그러한 것을 경험한다. 대학 교단에 서보면 학생들의 태도가 둘로 구분된다. 물론 그것은 모범생과 열등생의 수업 태도를 의미하는 것은 아니다. 자기 이름을 교수가 알고 있다고 생각하는 학생과 그렇지 않다고 생각하는 학생들의 수업태도가 완연히 다르다.

처세학 제1장을 봐도 남을 지배하려면 남의 이름을 기억하라는 대목이 나온다. 나폴레옹은 졸병들의 이름까지 일일이 다 외는 방법으로 그들을 통솔했고 케네디 대통령의 부인 재키는 만나는 사람마다 그 이름을 메모해두는 것으로 남편의 정치 생활을 보필했다.

사람의 이름만이 그런 것이 아니다. 저기 꽃이 피어 있고 저기 아름다운 수목이 있다. 그리고 온갖 새소리가 들려온다. 만약 우리가 그것들의 이름을 알지 못한다면 그 꽃, 그 수목, 그 새소리는 안개 속에 감춰진 것처럼 몽롱하기만 할 것이다. 피리새라든지, 휘파람새라든지, 개똥지빠귀나 꺅도요라든지 이러한 이름들은 그 이름 소리에 하나의 몸짓과 색깔과 날갯짓의 음영을 던져준다.

꽃도 나무도 마찬가지다. 우리의 그 이름을 통해서 그것들을 존재의 밝음 속으로 끌어낸다. 이름은 어둠을 비추는 탐조등과도 같고, 흙을 파헤쳐 묻힌 광맥을 캐내는 곡괭이와도 같은 것이다.

나는 요즘 『문장사전』을 만들고 있다. 대작가들도 언제나 '이름 모를 새들이 울고 있었다', '이름 모를 꽃들이 피어 있다'고 표현한다. 얼마나 한국의 작가들이 이름에 대해 둔감한가를 알 수 있다.

투르게네프Ivan Turgenev가 말 이름을 전문가보다도 많이 알고 있다든지, 빅토르 위고가 천문학자보다도 기상어氣象語에 밝았다는 것은 널리 알려져 있는 유명한 얘기다. 우리나라 작가가 외국 작가에 비해 가장 뒤떨어진 것이 있다면, 바로 어휘의 빈곤이다.

『문장사전』을 만들려고 한 의도도 바로 거기에 있었다. 그런데 사전을 만들면서 느낀 것은 이 어휘의 빈곤이 작가만이 아니라 한국인 공통의 특징이라는 것을 알게 되었다.

전문가들을 찾아가 일일이 그 이름을 물어봐도 "모른다"는 대답이 대부분이다. 도리어 그런 것을 묻는 이쪽을 이상하게 생각하는 것이다.

"그런 것도 다 이름이 있나 봐"가 아니면 "곰살스럽게 그런 것을 알아서 무엇하느냐?"고 노골적으로 핀잔을 주는 사람도 있다.

용두를 그냥 '시계 밥 주는 것', 바스켓 의자를 그냥 '왜 둥그렇게 생긴 그 의자 말이군'이라고들 한다. '한집에 살아도 시어머니 성도 모른다'는 속담격으로 매일같이 팔고 사는 물건을, 매일같이 먹고 쓰는 그 도구를 '이름 모를 것'으로 프리패스 시키고 있다.

기껏 이름이 있다 싶으면 일본 것 아니면 외국명이다. 조금 전문적이고 근대적인 것은 숫제 외국의 조차지라고 할 수 있다.

전기구명名 가운데 '다루마 스위치'식으로 일본명과 영어명이 다정히 어깨동무를 하여 국어를 발길로 걷어차내고 있다. 이름을 모르면서도, 뜻도 모르는 사투리 외국어를 부르면서도 불편이나 수치를 조금도 느끼지 않는 모양이다. 이심전심으로 다 통하긴 통하는 모양이니 신기하다.

어쩌다 독창력을 발휘해서 창작해낸다는 국산 명칭을 보면 '배꼽 단추', 베트콩 모자 같다고 해서 '베트콩 단추', 절구 같다 해서 '절구 단추'다. 예쁜 단추의 이미지가 빠진다.

역사를 보는 눈

여기에 동사체凍死體가 있다고 가정하자. 하나는 얼어죽은 참새이며, 또 하나는 어느 굶주린 실직자의 주검이다. 분명한 것은 참새나 인간은 다 같이 추위 때문에 죽은 것이다.

그러나 그 죽음의 의미는 결코 같을 수가 없다. 참새를 죽인 것은 '겨울'이라는 자연, 그 비정적인 계절의 질서이다. 그러나 똑같은 추위에 얼어죽었다 하더라도, 인간은 바로 자연이 아니라 인간의 계절인 역사 속에서의 사망이다. 그것은 한 역사다. 그에게 일터가 있었다면, 좀 더 유복한 사회였다면, 그리고 그를 얼어죽게 한 실직의 이유, 가난의 이유를 묻는다면 그것은 참새에게 작용한 것과는 좀 더 다른 문명이라든지, 정치라든지, 사회의 존재 양식이라든지, 모럴이라든지 하는 별개의 추위라는 힘을 찾아낼 수 있다.

동사체가 아니라 그게 전사자였다면, 감방에서의 죽음이었다면, 한층 더 인간 생존에 작용하는 힘이 무엇인가 하는 것을 쉽사리 느낄 수 있을 것이다.

동물이나 식물의 생존을 결정짓는 것은 자연환경이다. 그러나 인간에게 있어서는 그보다는 역사적인 조건이 더 큰 영향을 끼치고 있다. 평범한 말이지만 인간은 역사적 현실 속에서 살고 죽는다.

현대에는 이미 자연사自然死란 존재하지 않는다. 어떠한 죽음도 직접 간접으로 한 역사와 관계지어져 있다는 것을 알 수 있다. 이 말을 거꾸로 하자면 인간의 생존의식은 곧 역사의 의식과 밀착되어 있다고 할 수 있다. 여기에 역사를 보는 우리의 한 눈초리가 있는 것이다.

동사한 참새는 누구를 원망할 것인가? 자연으로 향한 눈초리는 숙명적이다. 애걸을 해도, 눈물을 흘려도, 자연의 질서를 변화시킨다는 것은 어려운 일이다.

그러나 동사한 실직자의 눈초리는 인간의 사회를 향해 있는 것이고, 그 질서는 인간 스스로가 바꿀 수 있는 기능을 지니고 있다. 왜냐하면 역사의 주체자는 인간이기 때문이다. 역사는 주어진 것이 아니라 만들어가는 것이고, 결정적인 것이 아니라 선택하는 것이다.

그런데 우리는 오랫동안 역사를 주어진 것, 계절처럼 나오는 관계없이 인간 밖에서 변화해가고 있는 것으로만 인식해왔다. 그렇기 때문에 일제의 압박도, 해방도, 6·25전쟁도 궁극적으로는 폭풍이나, 벼락이나, 꽃이나, 구름의 변화처럼 향수享受해왔다.

이것은 절대군주 밑에서 살아왔고 남의 손에 의해서 근대화의 문이 열렸고 바다 건너에서 불어오는 정치적 기후에 의해서 감기를 항상 앓아왔기 때문이다. 근대 시민이 없는 곳에서는 역사 의식도 또한 부재한다는 사실을 우리는 몸소 체험했다.

이러한 역사를 이렇게 숙명적으로 바라볼 때 우리가 행동할 수 있는 유일한 길은 체념과 도피밖에는 나오지 않는다. 역사의 주체가 되기를 포기하고, 그 역사 속에서 도주하는 은둔 속에서만 자신의 생명을 보존하는 수단이다. 이것이 마치 후조들처럼 살기 어려운 계절을 피해 먼 땅을 찾아가는 동물의 생존 수단과 다를 게 없는 것이다.

도연명陶淵明은 백미 다섯 말에 고개를 숙이기가 싫어 정치의 힘이 미치지 않는 자연 속으로 귀거래사歸去來辭를 불렀다. 하지만 도연명이 그 굴욕의 역사적 현실을 피했다 해서 역사적 현실 자체가 바뀐 것은 아니다.

현대가 요구하는 도연명은 백미 다섯 말에 피하는 것이 아니고, 고개를 숙이지 않고도 떳떳이 백미 다섯 말을 탈 수 있는 이도吏道의 개혁에 있다. 말하자면 사회제도나 그 노사勞使관계는 인간이 만든 것이기에, 또한 인간이 새롭게 고쳐나갈 수가 있는 것이기 때문이다.

굴욕을 피해서 있기보다는 굴욕을 고쳐서 대치하는 태도가 진정 역사 속에서 사는 한 인간의 양식이라고 할 수 있다. 또 그러한 노력이 있었기에 인간의 역사는 폐쇄에서 개방으로, 소수자의 부당한 압제에서 공평한 민중의 시대로 옮겨왔다고 할 수 있다.

노예가 해방되었고 여성이 해방되었고 약한 민중이 힘을 얻었다. 한 국가 안에서와 마찬가지로 국가와 국가 간의 국제사회에서도 소수의 힘 있는 국가가 약소한 국가를 침략하던 식민지 시대를 허용치 않게 되었다.

긴 안목으로 볼 때 역사는 사필귀정의 방향으로 이행되어가고 있고 폭력은 대중의 순리의 힘 앞에 굴복해가고 있다.

그러나 역사의 사필귀정은 정의의 하느님이 봄에 꽃을 피워주시듯 내려주는 복이 아니라 인간 스스로의 노력, 역사에 참여하는 그 행동 속에서만 얻어질 수 있다는 것을 명심해야 된다.

가만히 앉아 있어도 옳기만 하면 으레 역사는 자기의 편이 되어줄 거라고 믿는 것은 가장 위험한 낙관론이다.

결국 역사를 단순한 기념비나 추억으로 보는 것이 아니라 불의에 투쟁하는 창조력으로써 현실로 끌어들여야 한다. 그럴 때만이 한 사람 한 사람이 역사의 주체자가 되어 역사 그것의 방향을 결정지을 수 있다.

자연은 신의 의사 속에 던져져 있다. 그리고 이러한 역사의 변화와 방향은 근시안적으로 전망해선 안 된다.

짧은 시간에서 보면 도리어 역사는 역설적인 것이다. 외세를 배격하자는 동학운동이 도리어 외세를 끌어들이게 한 결과를 낳은 것처럼……. 프랑스의 대혁명이 도리어 더 무서운 독재자를 등장하게 한 것처럼…….

그러나 일시는 역설적으로 보이지만 종국에는 선택의 큰 의사를 향해 역사의 키key는 돌려진다.

역사에 참여한 우리의 행동이 그 반대의 결과를 가져왔다 해서, 혹은 많은 노력의 대가가 금세 열매를 맺지 않는다 해서 '역사 앞에서 무력'을 느껴서는 안 된다.

결과적으로 말하자면 첫째 우리의 생존의식을 역사의식과 결부시켜야 한다는 점, 둘째 오랫동안 우리를 지배해온 결정적 역사관을 씻어야 한다는 점, 셋째 역사의 조류도 소수자의 특권과 폭력에서 다수자의 행복을 위한 순리의 세계를 향해 움직여가고 있다는 점(만들어진 게 아니라 만들어져가고 있는 창조력), 넷째 역사는 밖에 있는 것이 아니라 내 안에 있는 것이고 내가 들어가는 것이며 그 참여는 내일 찾아올 수 있는 예금이 아니라 어쩌면 수백 년, 수천 년 뒤에 찾을 수 있는 거의 허무에 가까운 투자라는 것이다.

IV

인간의 춘하추동

대지가 눈을 뜨는 아침

대지가 눈을 뜨는 아침

아침이 왔습니다.

악운은 모두 사라지고 여백처럼 순수한 아침이 왔습니다.

가난이나 슬픈 이야기는 말하지 맙시다. 한 해를 설계하는 이영의 시점에서는 오직 내일에의 푸른 꿈을 초대하기로 합시다. 미운 사람들도 괴로운 일들도 다 사라지게 하고 근하신년 따뜻한 손을 주십시오. 아침이 왔습니다.

초라한 집일망정 문을 열어두시고 새 손님을 영접하십시오.

희망과 행운과 복된 일들이 깃들도록 활짝 그렇게 마음의 문을 열어둡시다.

맑은 새날의 공기로 묵은 폐벽肺壁 그을음들을 씻어내야겠습니다. 기를 향해 뛰어가는 챔피언처럼 가슴을 펴고 출발의 신호를 기다려야 할 때입니다.

아침이 왔습니다.

저 신비한 용이 구름을 헤치고 하늘로 치솟아 올라가는 용의 해입니다.

용은 절망을 모릅니다. 용은 역경을 모릅니다. 용은 슬픔을 모릅니다. 오직 기약氣躍과 등천登天의 줄기찬 기상이 있을 뿐입니다. 용처럼 슬기롭고, 용처럼 상서로운 힘을 지니고 이 아침을 삽시다.

아침이 왔습니다.

어둠과 작별하는 아침이 왔습니다. 튤립처럼 환한 웃음이 가득히 피어오르는 거리를 보십시오. 안개 걷힌 골짜기처럼 우울도 불안도 말끔히 씻긴 거리. 1년 내내 이 새로움으로 살아가야 할 우리입니다. 이 미소가 채 가시기 전에, 이 바람이 다하기 전에 1년의 행운을 살아야겠습니다.

모두들 아침 인사를 합시다. 분노도, 증오도 다 용서하시고 새 인사들을 합시다.

묵은 이야기들은 제야의 종소리와 함께 묻어버리고 처음 만났을 때처럼 그렇게 손을 잡기로 합시다.

다시는 가난이 없기를, 다시는 싸움과 슬픔이 없기를 조용히 빌어봅시다.

아침입니다. 태양이 소생하고 잠자던 대지가 눈을 뜨는 아침입니다.

근하신년, 모두들 축복받는 손길로 인사를 나눕시다.

근하신년.

용꿈 꾸셨습니까

"용꿈 꾸셨습니까……."

서양식으로 악수하면서도 새해의 인사는 여전히 전통적이다. 설날 용꿈을 꾸면 운수대통이라는 고래의 통념이 아직도 우리 사회를 지배하고 있기 때문이다.

그러나 용꿈 꾸었느냐고 묻는 사람은 많아도 정말 그런 동화같은 꿈을 꾸었다는 사람은 별로 없다. 하기야 그 인사말부터가 예외적인 것이지만…….

한 사람의 꿈 같은 것이야 별로 대수로울 것이 없다. 벼락부자나 벼락감투를 쓰기 원하는 것부터가 도둑놈의 심보다. 크게 떠들 필요가 없다.

곰곰이 따져보면 "용꿈을 꾸었느냐?"라는 말이 도리어 모욕으로 들릴 때도 있다. 피와 땀으로 출세하라는 말이 아니라 요행지수를 따서 행운을 잡으라는 이야기이기 때문이다.

그런 세속적인 야망을 채우기 위해서 삼백예순 날 허송세월하는 일도 없지 않다. 용꿈을 좇다가 눈앞의 쌀 한 톨도 줍지 못하는 일이 한두 가지가 아니다. 착실하게, 누구의 시 구절처럼 나의 노동으로 세상을 살아가는 것이 차라리 이상적일 것 같다.

용꿈을 꾸다가 미꾸라지도 못 얻는 격이 되었을 때는 그 환멸과 절망감만이 사람들을 괴롭히게 마련이다.

그러나 한 사람의 용꿈이 아니라 이 민족 전체가 꾸어야 할 용꿈만은 가지고 싶다. 꿈 중에서도 가장 현실성이 없는 것이지만 그 용꿈마저도 사라진다면 이 민족은 죽은 백성과 다를 것이 없다. 남북통일의 꿈, 그리고 가난과 병이 없는 복지국가의 꿈…….

이러한 용꿈은 비록 꿈 그 자체에서 끝난다 하더라도 보람이 있는 일이다. 금강산으로 신혼여행을 떠나고, 김일성이 살던 집이 평안남도지사 관저가 되고, 통일호가 신의주역까지 달리는 꿈은 곧잘 만화의 소재가 되고 있지만, 그런 공상만으로도 우리는 가슴이 울렁거린다.

현실이 냉혹하면 꿈도 졸아드는 법이라, 이제는 그런 가상마저도 해볼 기회가 없다. 남북통일은 잃어버린 신화처럼 되어가고 있다. 새해 꿈마저도 그런 것 같다.

그러나 우리는 잊지 말아야 되겠다. 호랑이를 그리려는 자는 고양이밖에 그리지 못하고, 고양이를 그리려는 사람은 쥐새끼밖에는 못 그린다는, 꿈이 높아야 현실도 높다는 소박한 진리를 잊지 말자.

오늘만은

설빔을 한 아이들이 놀고 있다. 싸구려 인견이지만 제법 환하고 아름답다. 세뱃돈도 제법 모은 모양이다. 행복한 표정들이다.

헐벗고 굶주리는 살림이지만 그래도 구정이 되면 입을 것이 있고 먹을 것이 있다. 처음으로 한번 아이들은 크게 웃어본다. 기를 펴고 놀아본다. 설날만은 어른들도 함부로 야단을 치지 못하는 것이다.

웬일인지 우리나라의 사람들은 전통적으로 아이들을 업신여기는 버릇이 있다. 아이들은 어른들의 잔심부름이나 하는 것 정도밖에는 인식되어 있지 않다.

"아이야 박주산채薄酒山菜일망정 없다 말고 내어라"가 아니면 "아이야 재 너머 사래 긴 밭을 언제 갈려 하느냐"이다.

그러나 설날만은 어른들보다 아이들이 기를 펴는 날로 되어 있다. 어른들이 아이들에게 관심을 기울이고 두어 푼의 돈을 던져주는 것도 바로 그날이 아니면 없는 일이다. 그래서 그런지 설날 설빔을 하고 노는 한국의 아이들을 보면 어쩐지 즐겁다기보다는 측은해 보인다.

연탄재가 널려 있는 판잣집 빈촌이나 혹은 해마다 절량 농가의 소식이 그치지 않는 저 시골 두메산골의 아이들을 생각하면 가슴이 뭉클해지는 것이다. 가난한 나라에 그나마도 부모를 잘못 타고 태어난 그 아이들에겐 실상 아무런 죄도 없는 것이다.

깡통을 줍다가 미군의 엽총에 맞아 죽기도 하고 때로는 길바닥에 나체를 드러내며 구걸을 하지 않으면 안 되는 아이들이다. 미래에 대한 보증도 약속도 없이 그들은 어두운 연륜을 그려가고 있는 것이다. 시름없이 자라나는 이방異邦의 아이들과 견주어 볼 때 더욱 마음에 걸린다.

그러나 명절의 아이들에게는 웃음이 있다. 이중과세의 시비도 오늘만은 하지 말기로 하자. 내핍이니 뭐니 하는 소리도 오늘만은 덮어두기로 하자. 새 옷을 버리고 들어와도, 울고 보채는 일이 있어도 오늘만은 저 아이들을 꾸짖지 말자.

단 하루라도 좋으니 가난한 나라에 태어난 저들에게도 기쁨과 즐거움을 맛보게 해야겠다.

두 개의 설

서골에서는 크리스마스를 서양 설날이라고 하고 양력 정초를 일본 설이라고 한다. 그냥 '설'이라고 할 때는 물론 음력 정월 초하루를 뜻하는 것이다. 설에 대한 개념만 보더라도 한국 사회에는 여러 가지 단층이 있다.

'도시와 농촌', '노인과 청년' 이렇게 그 지역과 세대의 차이가 혹심한 갭을 이루고 있는 나라도 그리 많지 않을 것 같다.

이중과세를 없애자는 구호도 이젠 맥이 풀렸다. '가난한 집에 제삿날 돌아오듯 한다'는 속담처럼 빈곤한 이 사회에 웬놈의 명절은 그리도 많은지 생각하면 그 불합리성에 새삼 놀라지 않을 수 없다.

우리 정부가 과세過歲를 단일화하자고 핏대를 올리며 떠들어대는 것도 무리는 아니다. 문화적으로나 경제적으로, '두 개의 설'이 있다는 것은 안 될 말이다. 남들은 지금 '두 개의 중국' 문제를 갖고 야단인데 물론 두 개의 설 정도를 놓고 심각한 구론口論을 벌일 베짱은 없다. 그러나 그것을 단순한 형식상의 문제라고만 보아 넘길 수 있을 것인가?

우리는 두 개의 설 속에서 두 개로 분단된 한국을 보는 것이다. 하나는 전통적인 고래의 한국이요, 하나는 근대화한 또는 서구화한 한국이다. 정치적으로만 두 개의 한국이 말썽을 일으키고 있는 것이 아니라 문화적인 면에서도 이렇게 두 개의 한국이 여러 가지 딜레마를 자아내고 있는 것이다.

풍속에서만 그치는 일이 아니다. 그 사고방식이나 생활양식이나 그리고 윤리에서 생활감각에 이르기까지 그 모든 생활이 두 개의 설로 갈라져 있다는 사실을 우리는 알 수 있다.

양력설을 쇠는 주민과 음력설을 쇠는 주민이 서로 이방인처럼 동상이몽 속에서 세상을 살아가고 있다. 결국 전통적인 한국과 근대화한 한국을 어떻게 잘 융합시키느냐 하는 것이 우리의 과제라고 생각한다.

색동옷으로 설빔을 한 아이들 옆에 카우보이 옷차림으로 권총을 차고 노는 아이들이 있다. 다 같이 얼굴색이 누런 한국의 아이들이지만 이들도 두 개의 한국이라는 이질적인 생활풍습 속에서 자라나고 있다.

'하나의 설' 속에서 미래를 축복하게 될 그날은 언제인가? 그때야말로 정말 설다운 설을 쇠는 것이다.

인간입춘

춘설부, 그리고……

춘설春雪은 꽃보다 오히려 다감하다. 부드러운 깃털처럼 따스한 눈발, 흰 설경 속에서도 우리는 봄을 본다. 그것은 겨울의 마지막 잔치, 그것은 겨울의 마지막 추억! 춘설은 땅이 아니라 사람들 마음속에서 녹는다. 애들은 봄눈을 뭉쳐 눈사람을 만든다. 긴겨울밤과 황량한 들판에 작별을 고하는 기념비 같다.

"아! 이제는 다시 눈사람을 만들 수 없는 거야. 봄이 오고 있는 거다. 추운 겨울바람은 기침과 감기를 들게 했었지. 그러나 얼어붙은 강물은 즐거웠어. 그리고 겨울철의 방학과 썰매와 눈들은……"

애들은 봄눈을 보며 이렇게 중얼거리고 있는 것이다.

겨우내 연탄으로 그을린 빌딩의 창변에는 얼굴들이 보인다. 그들은 지금 내리는 춘설을 바라보고 있는 것이다. 휘둥그레 눈을 뜨고 먼 데를 쳐다보는 시선이 눈발 속에 얽혀 있다.

"또 하나의 겨울은 간다. 대지는 초록빛으로 변하고 잠자던 가로수는 깨어날 거야. 봄이 오는 것이지. 우리들의 젊음도 다시 하품을 하고 저 거리로 나가는 거야. 겨울은 우울했지만 많은 것을 우리에게 가르쳐주었어. 죽음과 긴 잠 속에서 뜨거운 체온을, 그리고 사랑해야 한다는 것을 배운 거야. 이것이 마지막 눈인 거야……."

오피스걸과 가난한 샐러리맨들은 창 너머로 춘설의 독백을 하고 있을 것이다.

노인들은 아직도 따스한 구들장이 좋아서 아랫목 벽에 기대어 영창을 연다. 폐허와 같은 뜰에 시든 화초나무가 잠든 정원에 쌓이고 쌓이는 흰 눈발을 보며 노인들은 입속말로 중얼거린다.

"이게 마지막 보는, 정말 마지막 보는 눈인지도 모르지. 졸음처럼 죽음은 나를 먼 데로 아무것도 기억할 수 없는 먼 망각의 지대로 데리고 갈 테니까. 많은 봄들이 스치고 지나갈 때마다 이렇게 한번씩 푸진 춘설이 내렸었고……. 그러나 다 녹아버리는 걸세. 흔적도 없이 땅 위에 녹아 사라져버리는 것일세……."

노인들은 희미한 안광 너머로 눈과 봄을 생각한다.

사라져가는 모든 것들은 하나씩 비장미를 갖고 있다. 미운 사람도 헤어질 때의 악수는 따스하다. 계절은, 그리고 겨울은 늘 그렇게 손짓을 하며 우리들 곁을 떠난다.

춘설은 꽃보다 오히려 다감하다. 부드러운 깃털처럼 따스한 눈발, 흰 설경 속에서도 우리는 봄을 본다. 그것은 겨울의 마지막 잔치. 그것은 겨울의 마지막 추억!

춘설은 땅이 아니라 나무들 가지에서 그대로 꽃이 된다. 매화처럼 꽃으로 화신한다.

입춘부

봄이 온다는 것이었다. 강물은 아직도 풀리지 않고 나목의 가지들은 북풍 속에서 떨고 있었다. 그런데도 봄이 온다는 것이었다.

서당 아이들은 으레 그날이 되면 신명이 났다. 수묵水墨의 향내를 맡으며 그들은 잘 다듬은 창호지에 먹글씨를 쓴다. '입춘대길 건양다경立春大吉 建陽多慶'

숨을 죽이고 한 자 한 자에 있는 힘을 다 쏟는다. 비록 서투른 솜씨지만 힘차고 자랑스럽다. 입춘의 방榜은 아이들의 글씨라야 된다고 했다. 새봄을 맞기 위해서는 역시 그 글씨도 젊고 앳된 것이어야 된다고 믿었던 모양이다. 고사리 같은 손으로 써진 그 입춘 문자를 어른들은 아주 대견스러운 표정으로 들여다보았다.

봄! 봄이 온다는 것이었다.

입춘 날 아침은 어른이고 아이들이고 그렇게 마음이 설레곤 하였다.

참으로 아름다운 풍속이다. 고난의 겨울 속에서 살아온 이 민족이었기에 봄을 기다리고 아쉬워하는 마음도 색다른 데가 있다.

죽었던 나뭇가지에 파란 잎들이 돋아나듯이, 얼어붙은 강물이 다시 소리를 내고 흘러가듯이, 검은 숲 속에서 잠자던 짐승들과 그리고 서릿발이 돋은 흙 속에 갇혀 있던 벌레들이 기지개를 켜며 일어나듯이……. 우리도 저 가난과 불행의 잠자리에서 일어나 행복의 햇빛을 마시고자 한다. 그러한 환상 속에서 살고 싶었던 것이다.

우리들의 겨울은 얼마나 지리한 것이었던가? 폭력, 압제, 굶주림, 반목, 편협, 이간, 비정, 살육……. 이 모든 부정의 문자에 의해서 기록되어간 우리들의 겨울은 얼마나 슬프고 우울한 것이었던가? 그러나 한겨울 속에서도 이 민족은 봄의 환상을 그려볼 줄 안다. 그렇기에 절망도 자멸도 하지 않고 내일을 생각하며 천년을 살아온 것이다.

삭풍 속에서도 봄을 노래하는 새소리를 듣는다. 눈 덮인 검은 대지에서도 녹색의 풀잎들이 합창하는 봄의 숨결을 듣는다. 납덩이처럼 가라앉은 저 회색의 태양을 보면서도 언젠가는 다시 떠오를 찬란한 광명을 그려보는 것이다.

그것이 입춘의 풍속이다. 입춘을 맞으면서 우리도 또한 먼 옛날의 조상들처럼 새봄을 약속해보아야겠다.

펜글씨밖에는 쓸 줄 모르는 아이들이지만, 한자라고는 제 성밖에 쓸 줄 모르는 아이들이지만, 그 미래의 생명들에게 봄날을 약속하는 글씨를 쓰도록 하자. '입춘대길 건양다경'이라고.

인간후조

크레타 섬에는 참 묘한 촌락이 하나 있다. '프시크레'라는 마을 인데 이곳에는 1년 중 9개월밖에는 사람이 살 수 없다는 것이다. 봄에서 가을까지는 푸른 숲이 우거진 평화로운 마을이다. 다른 촌락과 마찬가지로 마을 사람들은 농목에 바쁘지만 그러나 겨울이 되면 모두 집 세간을 들고 다른 고장으로 옮겨간다. 호수의 물이 불어서 드디어는 마을 전체를 삼키고 말기 때문이다. 그러다가 다시 봄이 되면 호수의 물이 빠지고 마치 꽃이 피어나듯 물속에 파묻혔던 마을은 수면 위에 떠오른다.

마을 사람들은 철새처럼 돌아와 집과 땅을 손질하여 다시 평화롭게 산다. 프시크레 촌의 강물은 바위틈으로 빠져나가고 있는데 겨울에는 그 틈새기가 얼어붙어 그와 같은 물바다를 이룬다는 것이다.

먼 나라의 이야기에 한눈을 팔 것은 없다. 바로 우리의 마을들도 프시크레와 별다를 것이 없다는 것이다. 물론 겨울에 홍수 때문에 프시크레의 촌민들처럼 피난을 갈 필요는 없다.

하지만 그에 못지않은 위험들이 벌어지게 마련이다. 겨울만 되면 우선 연탄가스에 일가족이 몰살하는 사건이 생긴다. 아이들의 옷을 벗겨 가는 도둑이 설친다. 같은 가난이지만 겨울에는 한결 견디기 어렵다. 그리고 화재와 노름과 긴 겨울밤을 노리는 강도, 절도의 무리가 온 도시를 삼키고 마는 것이다. 계절적으로 불어나는 범죄의 홍수라고나 할까? 어쨌든 겨울은 위험하다.

예부터 봄은 행운의 상징이었던지 집집마다 문 앞에는 '입춘대길'이라고 방을 써 붙였다. 봄에는 또 봄의 걱정이 따르게 마련이지만 그래도 춥고 배고프고 음산하던 겨울이 가면 별 하나만으로 살 수 있을 것 같은 생각이 드는 것이다. 그렇기에 입춘은 누구에게나 대길大吉이다. 마치 프시크레 촌에 봄이 오는 것처럼 그렇게 즐거운 것이다.

그러나 아직도 춥다. 하늘도 땅도 꽁꽁 얼었다. 신문을 펴보아도 여전히 화재와 범죄와 추위에 관한 이야기뿐이다. 그럴수록 사실은 입춘답게 느껴진다. 그만큼 봄이 그립기 때문이다.

회색의 대지에 푸른 생명을 불러일으키는 봄……. 아니, 얼어붙은 마음까지를 녹여주는 그 봄이 아쉬운 까닭이다.

밤의 종말

춘분春分. 이날을 경계선으로 하여 낮이 밤보다 조금씩 길어져 간다. 말하자면 '밤의 계절'이 '태양의 계절'로 바뀌기 시작하는 것이다.

박쥐나 부엉이와 같은 이례적인 존재가 있기는 하나 모든 생물은 어둠을 싫어하고 광명을 좋아한다. 그리하여 죽음을 밤이라고 한다면 생명은 대낮이며, 악을 어둠이라고 한다면 진리는 광명이다.

악마의 별명처럼 되어 있는 메피스토펠레스란 이름은 '밝음을 싫어하는 자'란 뜻이다. 즉 파우스트를 타락시킨 악마는 암흑 속에서 사는 존재이다.

떳떳하지 못한 짓은 남의 눈을 피해서 하게 마련이고 남의 눈을 피하려면 또한 어둠이 필요한 것이다. 그렇기에 밤의 풍속은 음모와 비밀과 의혹 속에서 시작하여 폭력과 억압과 죽음으로 끝을 맺게 된다. 이것을 우리들은 암흑기라고 부르기도 한다.

어둠의 벽을 헐고 새로운 햇살이 소생해가는 자연의 춘분은 달력의 날짜가 바뀌면 으레 찾아오게 되는 것이지만, 인간 역사의 그 정신적인 춘분은 오직 우리의 노력으로써만 얻을 수 있다.

자연의 계절과 한가지로 한 나라의 역사와 그 정치적 현실도 겨울과 여름, 밤과 낮의 양극을 반복하고 있는 것 같다. 자유와 진리가 지배하는 평화로운 시절이 있는가 하면 독재와 허위가 백성을 괴롭히는 암흑 시대도 있다.

지금 계절은 겨울을 지난 봄이고 어둠이 짧아지는 춘분이다. 아름다운 햇살 밑에 묵었던 봄눈이 녹아 흐른다. 신선한 아침의 바람 속에서 그을음[煤]처럼 앉았던 어둠이 사라져가고 있다. 그런데 우리들의 마음에도, 이 어두운 역사에도 정녕 봄은 오고 있는 것일까? 우울한 밤의 풍속이 깨지고 태양이 웃음 짓는 평화가 회복되고 있는 것일까?

짓궂게 내리퍼붓던 진눈깨비와 추위도 완연히 풀이 꺾였다. 지저분한 도시의 골목길에도 아지랑이가 피어오르고 엿장수의 가위 소리가 평화롭게 들린다. 누구도 오는 봄은 막을 수 없었던 것이다.

인간의 역사도 마찬가지다. 밤은 결코 오래가는 것이 아니다. 사랑과 자유와 진리를 그리워하는 파우스트는 방황하는 일은 있으되 종국에 가서는 메피스토펠레스를 이기고 만다.

지금은 춘분이다.

경칩에 우리 뜰의 입도

오늘은 경칩. 개구리의 입이 떨어진다는 날이다. 개구리뿐만 아니라 어두운 흙 속에 갇혀 있던 동면족들이 모두 기지개를 켜며 땅 밖으로 기어 나온다는 날이다. 이렇게 해서 다시 만물은 소생하고 봄의 입김은 대지를 덮는다.

인간은 온혈동물이라 동면을 하지 않는다. 겨울이나 봄이나 다름없이 활동한다. 그렇지만 계절을 느끼는 인간의 감정은 동면도 하고 경칩을 겪기도 한다. 겨우내 얼어붙었던 마음도 대동강 물처럼 경칩이 되면 따사로운 봄기운에 녹는다.

예부터 봄은 사랑을 상징한다. '춘春' 자가 붙은 어구는 대개가 젊음이나 애욕을 나타낸다. '사춘기'란 말도 그렇고 '봄바람'이란 것도 그렇다. 아무리 고등동물을 자처하는 인간이라 할지라도 역시 다른 동물과 마찬가지로 계절의 영향을 받지 않을 수 없는 것이다. 봄이 되면 마음이 들뜨고 이성에의 감정이 예민해지게 마련이다.

경칩과 함께 들려오는 소식도 대개 그런 것들이다. 대학 조교가 애인 때문에 도둑질까지 하고 끝내는 정사情死를 기도한 사건만 해도 그렇다. 사랑의 신神 에로스는 눈을 가리고 다니는 것으로 되어 있는데 과연 애욕은 맹목인 것 같다.

아무리 현명한 사람도 사랑에 탐닉하면 눈먼 소경이나 다름없이 되는 법이다. 대학 조교까지 지내고 있는 사람이 연애자금을 마련하기 위해 학교 창고를 털게 되는 것을 보면 새삼스럽게 애욕의 맹목성을 느끼게 된다.

봄철엔 자살이 유행한다. 마음이 해이되고 애욕이 눈을 가리기 때문이다. 따라서 그와 얽힌 범죄도 많아진다. 춘몽春夢이 어수선한 까닭도 아마 그런 데에 있는지 모른다. 날로 세상이 광기를 띠어가고 있는 때인지라 올봄엔 또 무슨 망측한 일들이 벌어질까 근심스럽다.

그러나 개구리의 입이 떨어지듯이 우리도 무엇인가 위축되었던 마음을 풀어헤쳐야겠다. 다만 언제나 필요한 것은 싸늘한 이성의 눈을 뜨고 세상을 살아가자는 것이다.

특혜 없는 계절

봄이 시작되고 끝나는 시간을 사제司祭의 권한으로 결정하던 때가 있었다. 옛날 로마 때의 일이다. 그런데 서기 68년의 봄은 다른 해보다 1분간이 길었다고 전한다. 로마 황제 비텔리우스Aulus Vitellius가 돈을 주고 그 시간을 샀기 때문이다. 즉 봄의 기한을 결정하는 고을 지방의 사제 프라맹에게 지금 돈으로 환산하여 2억 5천만 달러를 주고 1분간 봄을 더 연장토록 한 것이다. 비텔리우스 황제는 그 후부터 두고두고 그것을 자랑했다고 한다. 자기는 돈을 내고 봄과 그 시간을 샀노라고……

그러나 정말 돈을 주고 우리는 계절과 시간을 살 수 있는 것일까?

비텔리우스가 1분간의 봄을 사기 위해 지불한 금액은 막대한 것이었지만 그러나 그것은 어디까지나 인간의 규정을 변화시켰을 뿐이지, 시간 그 자체를 산 것은 아니었다. 누구도 묵묵히 움직이는 대자연의 시각을 1초라도 늘릴 수도 줄일 수도 없다.

톨스토이의 말대로 수십만 명이 한 곳에 모여 돋아나는 풀을 뽑고 피어나는 꽃을 꺾어버린다 하더라도 오는 봄은 막을 수가 없다. 폭군도 재벌도 영웅도……. 계절이나 시간 앞에서는 무력하다.

지금 창밖에는 때 아닌 춘설이 내려 마치 한겨울 같은 풍경을 자아내고 있지만, 그러나 정녕 봄은 이 땅에 와 있는 것이다. 싸늘한 눈송이도 움트는 저 나무의 푸른 빛깔을 지울 수 없고 훈훈한 대지의 입김을 막을 수 없는 것이다. 그렇기에 저토록 눈은 내려도 금세 녹아 자취 없이 사라지고 마는 것이다. 봄눈은 와도 쌓이지 못하는 것. 모든 것은 그렇기에 때가 있게 마련이다.

자연의 계절만이 아니다. 인간의 계절—역사도 또한 그러하다. 시대의 물결은 몇 사람의 힘으로 거역할 수 없는 법이다. 아무리 폭력을 쓰고 돈을 뿌리고 부정을 일삼는다 하더라도 꽃피어가는 대중의 힘을 꺾을 수는 없다. 국민을 속이고 짓밟던 독재의 횡포나, 소수자가 특권을 누리던 우울한 봉건의 겨울은 가고 있다. 위정자는 변해가는 이 계절의 의미를 알아야 한다.

봄눈을 보면서 생각해본다. 요즈음 횡행하는 철 아닌 폭력이나, 철 아닌 독선들도 결국은 저 봄눈 같은 것. 봄눈이 오면 오겠는가? 누구도 시간을 살 수 없다. 그리고 계절에는 시의時意란 것이 없는 것. 국민은 깨어가고 시대는 특권을 허락지 않는데 아직도 겨울 꿈에서 살고 있는 이 땅의 정치 생리가 딱하기만 하다.

봄의 노크

3월도 기운다. 완연한 봄빛이 간지러울 지경이다. 머지않아 벚꽃이 피겠고 가로수에 새잎이 돋아나겠다. 꽃집 온실에 갇혔던 봄이 거리로 퍼지기 시작한 것이다. 평화로운 고궁의 용머리에 아지랑이가 오른다. 귀를 기울이면 물을 빨아올리는 수액樹液의 흐름 소리와 그 호흡을 들을 수 있을 것도 같다.

신문은 한 두어 달 전부터 봄타령을 늘어놓고 있다. 성급한 봄맞이에 오히려 시민들은 어리둥절한 느낌이었을 것이다. 왜냐하면 활자는 '봄이 온다'고 떠들고 있는데 몇 차례나 푸진 춘설이 내렸기 때문이다. 계절에 예민한 것은 저널리스트만도 아닌 것 같다. 식당 메뉴에도 봄은 한결 일러서 '상추쌈 백반'이 등장한 지 오래다.

남자보다도 여인들은 계절을 빠르게 감득한다. 어느새 헤어스타일이 바뀌고 장갑과 네커치프의 색채가 달라졌다.

작가 이상李箱은 「지주회시」라는 작품에서 이렇게 말한 적이 있었다.

"나는 아내의 양말빛이 달라지는 데에서 계절의 변화를 보았다……. 계절에 민감한 여인의 옷치장은 달력보다 정확한 것이 사실이다."

대개 월간지는 한 달 빨리 다가서 내는 것이 공식처럼 되어 있다. 달력은 아직 3월인데 서점에선 4월호, 심하면 5월 신록 특집

호를 팔고 있다. 한국만 그런 것이 아니고 세계의 어느 나라 월간 지도 계절보다 앞서는 것이 상례로 되어 있다.

식민지가 많은 영국은 7, 8월에 크리스마스 특집호를 낸다는 이야기가 있다. 선편船便으로 구석진 먼 식민지까지 잡지를 보내 자면 이미 한 계절이 바뀌어 크리스마스 철이 되기 때문이다. 물론 교통이 불편했던 옛날 이야기지만…….

봄을 선불로 하여 미리 당겨쓰는 사람들은 이 밖에도 많다. 어 쨌든 계절을 느끼고 즐기는 데에도 여러 층이 있다는 것은 재미 있는 일이다.

사실 봄을 본격적으로 맛보려면 아직도 한 보름이 남아 있는 셈이다. 창경원의 밤 벚꽃놀이가 시작되어야 비로소 봄은 고비에 이르는 것이다.

사람은 24시간 긴장해서 살 수는 없다. 개미나 벌처럼 밥벌이 만 하다가 죽을 수도 없는 것이다. 봄을 즐길 수 있는 한가로운 시간, 한가로운 터전이 아쉽다. 지금부터 고궁을 단장하고 공원 의 벤치에 칠이라도 바꿔놓는 당사자의 배려가 있어야겠다. 봄을 막상 서둘러야 할 사람은 유원지대를 가꾸는 사람들이어야 한다.

아름다운 봄의 설계

북구北歐를 휩쓴 폭풍우는 106명의 사망자를 냈다. 집을 잃은 자는 수만 명, 묻히고 떠내려간 농토는 수백 제곱킬로미터—그 피해액은 수억 달러에 달할 것이라는 소식이 전해지고 있다.

비단 이번 폭풍우만이 아니라 북구의 기후는 언제나 음산하고 거칠다. 겨울은 눈보라의 연속이고 여름은 폭풍우다. 카프카의 작품에도 그런 것이 있지만 온화한 봄은 며칠 사이에 지나가버린다. 그래서 북구의 문화는 폐쇄적이고 명상적이며 암울한 분위기가 감돈다.

풍토의 악조건은 북구민들의 고민만이 아니다. 알래스카의 겨울은 13개월이나 계속한다는 유머가 있다. 밤인지 낮인지 분간할 수 없는 극지의 백야白夜, 열대지방이지만 해마다 눈벼락을 맞는 페루, 풍차와 제방으로 육지를 지탱해내고 있는 네덜란드—뿌연 흙바람의 계절풍 속에서 빨래도 널지 못하는 만주 벌판, 그리고 진흙과 독충의 대지인 인도, 돌산과 사막 속의 이스라엘…….

그러나 이러한 풍토와 자연의 악조건 속에서도 훌륭한 문화와 놀랄 만한 문명을 쌓아 올린 민족이 많다. 영국만 해도 그런 것이다. 오스카 와일드Oscar Wilde가 "영국에서 개조하고 싶은 것은 기후뿐이다"라고 익살을 피운 것을 보아도 능히 그것을 짐작할 만하다.

무엇보다도 짙은 안개 때문에 그들은 태양을 볼 수 있는 날이 드물다. 더구나 이 안개와 연기가 뒤범벅이 되어 런던 시가의 건물에는 새까만 그을음이 앉는다. 그리하여 smoke(연기)와 fog(안개)

를 합쳐 smog(연무)란 새로운 말이 생겨나기도 했다.

그런데도 런던의 봄은 아름답다고 한다. 연무와 싸우는 런던 시민들은 창변에 목재상자를 늘어놓아 제라늄꽃을 가꾸고 있기 때문이다. 연기에 그을린 회색의 고도古都도 봄만 되면 일제히 제라늄꽃으로 덮인다. 소녀의 입술처럼 붉고 앙증스러운 화판花瓣이 은행 창구에도 아파트에도 주택에도…… '라인 댄스'를 하듯이 밀집해 있다.

한국은 기후가 좋다. 하늘이 내리신 우리의 재산이다. 알맞은 춘하추동, 언제나 볼 수 있는 푸른 하늘, 산과 들이 고르고 철마다 새로운 꽃들이 핀다.

그러나 우리는 이 아름다운 기후로 천혜의 보물을 가꾸어갈 줄 모르는 것 같다. 오늘은 우수雨水, 아름다운 한국의 봄이 올 것이다. 앉아서 봄 노래만 부를 것이 아니라 화초 한 포기라도 심고 가꾸는 그 정성이 있어야 한다.

만우절론

4월 초하루는 만우절. 거짓말들이 활개를 쳤다. 112로 들어온 가짜 신고만 해도 10여 건, 조선호텔에서 외국인 부부가 음독자살을 했다느니 일가족이 집단자살을 했다느니 이러한 장난들이 백차白車를 울렸다.

해마다 당하는 일이라 속아 넘어가지는 않았지만 소방서도 꽤 부산스러웠던 모양이다. 화재 신고에 접하면 우선 그 진부를 확인한 다음에 출동 여부를 결정지었다는 이야기다.

한편 만우절에는 거짓말뿐 아니라, 참말도 말썽이 되는 수가 있다. 상대편에서 으레 만우절이라 장난을 치는 줄 알고 믿어주지 않기 때문이다.

'거짓말을 하는 사람'과 '믿어주지 않는 사람'들로 만우절에는 여러 가지 웃지 못할 난센스들이 벌어진다. 그러나 4월 초하루가 아니라 1년 내내 그러한 거짓 속에서 살아가는 사람들이 있다. 바로 한국, 우리의 현실 말이다.

'에이프릴 풀April fool'이 조금도 신기할 게 없다. 어디에 가나 거짓말로 남을 속이려고 드는 사람과 남에게 속지 않으려고 눈을 부릅뜨고 사는 사람의 쟁투극이 벌어지고 있기 때문이다. 하지만 거짓말은 그리 무서울 것이 없다. 정말로 두려운 것은 참말 같은 거짓말보다 거짓말 같은 참말인 것이다. 우리의 주변에는 비합리적이고 부조리한 것들이 엄연한 사실로 통하고 있는 것이 많다.

시험 삼아 에이프릴 풀에 있었던 신문 보도 가운데 몇 개만을 따서 남에게 전해보아라(아직 신문을 읽지 못한 사람들에게 말이다).

'김金·대평大平 메모'를 학생 대표들에게 공개했다"고 하면 아무도 곧이듣지 않을 것이다.

"천만에, 국회의원들한테도 보이지 않는 것을 누가 속을 줄 알고? 오늘이 에이프릴 풀인걸."

사람들은 헤헤거리며 웃을 것이다. 참말로 그렇다. 그런데 일부에서는 그것이 정말이라고 하고 또 일부에서는 거짓말이라고 한다. 당국의 발표도 일관되어 있지 않다. 어느 쪽이 사실이고 어느 쪽이 거짓인지 어둠 속에 어둠이 겹친 셈이다.

그러고 보면 이 세상에서 제일 무서운 것은 거짓말 같은 참말도 아니다. 어느 것이 거짓말이고 어느 것이 참말인지 분간할 수 없는 의혹이 제일 두려운 것이다. "밤안개가 소리 없이……." 이런 유행가는 낭만적이지만 의혹의 밤안개는 달갑지 않다.

4월이 오면

누가 울고 있는 것이냐…….

지금 질척한 회색의 거리에 흐느끼듯 비가 뿌리는 것은 4월을 배신한 무리들이 오욕의 향연을 베풀고 있는 것이다. 폭력과 부패와 사탄의 웃음을 위해서 축배를 드는 자들이 있어 4월이 와도 여기는 언제나 소돔의 성이다.

자유를 달라고 외쳤던 그들은 어디에 있는 것일까. 피 묻은 손수건을 흔들며 우리도 사람처럼 살게 해달라고 몸부림치던 그 젊음들은 어디에 누워 있는 것일까?

그날의 약속은 남루한 깃발처럼 찢겨가고 바이킹 같은 탐욕한 무리들이 이 거리를 행진하고 있다.

기억은 나날이 퇴색해가고 다만 그날에 쳐졌던 저 바리케이트와 최루탄과 곤봉과, 그리고 검은 총구만이 변함이 없다.

우리들의 사랑과 자유를 위해서 그대들은 젊은 나이로 여기 묻혀 있지만 우리들은 그대들에게 바칠 묘비명의 문자도 가지고 있지 않다.

행렬 밖에서 산 사람들은 이렇게 부끄러운 모습으로 4월은 하나의 씨앗처럼 어둠의 흙 속에서 싹트는 것이고, 그 나무는 회한의 눈물 속에서 자라나는 것이다.

어려운 시절이 올 때마다 4월은 불사조처럼 소생한다.

그날 그대들이 남기고 간 말들은 군화 소리보다 높고 총탄보다도 강한 것이다. 영웅이 될 필요는 없지만 비겁자가 되어서는 안 된다던 그대들의 얼굴은 석상처럼 영원할 것이다.

그런데 대체 누가 울고 있는 것이냐? 회색의 거리에 흐느끼듯 비가 뿌리는 것은……. 4월을 외면한 자들이 지금 부패한 향연을 베풀고 있는 것이다.

미래를 심는 마음

"내일 지구가 멸망한다 하더라도 나는 오늘 한 그루의 사과나무를 심겠다."

이것은 스피노자의 말로서 사람들이 흔히 인용하는 금언이다. 피상적인 논리만으로 따져볼 때 이 말엔 적지 않은 모순이 있다. 세상이 망하는 줄 알면서도 어떻게 나무를 심는다는 것일까? 그것이 대체 무슨 의미가 되는 것일까?

그러나 바로 거기에 인간의 문제가 있다. 보람 없는 일인 줄 알면서도, 절망적인 것인 줄 알면서도 내일을 포기하지 않는 의지, 미래를 설계하지 않고서는 견딜 수 없는 마음, 그것이 인간의 역사를 만들어온 힘이라 할 수 있다. 말하자면 절망 속에서도 희망을 버리지 않고 위기 속에서도 자기 의무를 단념하지 않는 성실성을 스피노자는 그렇게 표현했던 것이다.

그런데 왜 하필 나무를 심는다고 했을까? 해석하기에 따라서 매우 흥미 있는 이야깃거리를 얻을 수 있다.

나무란 것은 심어서 당장 이利를 보는 것이 아니다. 오븐에 넣기만 하면 빵이 되어 나오는 것과는 다른 작업이다. 몇 년이고 몇십 년이고 기다려야 한다.

그렇기 때문에 나무를 심는다는 것은 수십 년의 미래를 내다본다는 뜻이 된다. 당장 눈앞의 실리만 생각하며 세상을 사는 근시안자들은 나무를 심지 않으려고 한다. 오직 미래를 믿는 자만이 나무를 심고 기다리는 것이다. 자기가 아니라 자식과 손주를 위해서 나무를 심는 것이다.

그러니까 한국의 산야에 나무가 없다는 것은 곧 한국 민족에게 미래를 위한 의지가 없었다는 것을 의미할 수도 있다. 끝없는 전화戰火와 관리의 횡포 그리고 겹치는 빈곤 때문에 우리는 내일을 믿을 수가 없었고 미래를 기획할 수도 없었던 탓이다. 발등에 떨어진 불을 끄기 위해서 발버둥치던 백성들이다. 우선 먹고 보자는 찰나주의였다.

산에 나무가 없는 까닭도 알 만하다. 몇 십 년 후의 일을 어떻게 믿고 나무를 심을 수 있었던가? 그런 여유 있는 일에 대해서는 흥미를 갖지 못했다.

어찌 산림뿐이겠는가? 모든 사회풍조가, 그리고 그 생활태도가 미래를 전당잡혀 오늘의 향락을 사는 격이었다. 그러고 보면 우리처럼 스피노자의 격언을 절실하게 들어야 할 사람도 아마 없을 것 같다.

5일은 식목일. 비단 산에만 나무를 심는 날이 아니라 내일 없는 우리의 헐벗은 마음에도 나무를 심는 날이다. 식목을 한다는 것은 곧 미래를 심는다는 것이다.

봄과 가이거기

우라늄광을 발견하면 벼락부자가 된다. 홍당무나 캐고 다니던 인디언 패디가 하루아침에 백만장자가 된 것도 우라늄광을 발견한 그 우연 때문이었다. 그는 래틀스네데이크Rattlesnake 시장으로 담배를 사러 갔다가 이른바 백인들이 찾고 있는 '누런 광석'을 주운 것이다.

애리조나에 살고 있던 한 연공鉛工도 마찬가지였다. 그는 저수지에서 낚시질을 하고 있었다. 고기가 잡히지 않아 홧김에 '가이거(우라늄 검측관)'에 스위치를 넣었다. 그때 그는 빠른 기계 소리를 들을 수 있었다. '당신은 벼락부자가 되었소!' 우라늄의 신호 소리였다. 과연 그는 행운의 낚시터에서 굉장한 우라늄 광맥을 발견한 것이다.

드디어 우라늄의 꿈에 얽매인 사람들이 등장하기 시작했다. 45달러 50센트만 내면 손쉽게 구할 수 있는 가이거를 들고 사람들은 산골짜기를 방황하기 시작한다. 아름다운 계곡도 벌판의 야생미도 눈부신 사장沙場도 그들에겐 오직 우라늄으로 보일 뿐이다. 그들의 시청視聽은 가이거의 등화나 바늘이나 신호음의 움직임에만 집중되어 있다.

미국의 서부 가정에서는 한 시간만 있으면 가이거를 메고 산중으로 들어간다. 소풍의 의미, 관광의 즐거움은 사라지고 만 것이다. 그들의 신경은 가이거의 신호에만 쏠려 있는 것이다. 그래서 우라늄광의 요행 때문에 자연의 시정을 상실했다고 한탄하는 사람도 있다.

그런데 미국 사람들은 우라늄의 꿈 때문에 자연을 즐길 수 없게 되었다고 하지만 우리나라에선 각종 범죄 때문에 봄을 즐길 수 없다. 봄은 꽃과 나뭇잎만을 피우게 한 것이 아니라 숨었던 범죄까지도 싹트게 한 것이다. 상춘객을 울리는 폭력배가 다시 고개를 들었다. 날치기와 소매치기들이 이 봄을 즐기는 한가로운 시민의 마음을 노리고 있다. 봄철의 범죄 때문에 마음놓고 자연을 즐길 수 없는 한국의 춘심春心.

가이거에 정신이 팔려 탐승探勝의 낭만을 잃은 것은 미국의 경우이지만 범죄의 난무를 경계하다가 봄꿈을 잃은 것은 우리의 경우다.

어찌되었든 잠시도 방심하고 살 수 없는 것이 현대 생활의 긴장이다. 화신花信과 함께 자살, 살인, 폭력, 유괴, 날치기 교통사고 등등의 어두운 뉴스가 전해지고 있다. 이 봄의 어둠에 우리는 잠시 고독하다. 봄철의 범죄를 미연에 찾아내는 가이거 같은 기구는 없는지? 도리어 우리에겐 그것이 아쉽다. 악의 철맥을 찾아내는 가이거가…….

여름의 감촉

가로수의 부재

도시는 봄보다 초여름이 좋다. 더구나 유럽의 도시에는 초여름이라야 꽃들이 만개한다. 그중에서도 시가의 창구마다 나무상자에 심어놓은 제라늄이 유별나게 아름답다. 소녀의 입술처럼 앙증맞고 붉은 꽃이다. 수백, 수만의 붉은 꽃잎들이 은행의 창에도 관청의 창에도 주택의 테라스에도 놀처럼 피어서 흩날린다.

그래서 겨우내 연무煙霧로 그을린 고도의 침울한 회색 시가는 그 젊음과 활기를 회복하고 싱싱해진다.

그리고 또 제라늄과 함께 도시의 초여름엔 가로수가 유명하다. 파리 같으면 마로니에가, 베를린 같으면 보리가, 그리고 미국의 도시 같으면 목련이 말할 수 없는 신선감을 돋우어준다. 이 신록의 가로수 밑에서 그들은 인생을 말하고 정치를 말하고 사랑을 이야기한다. 또 그렇게 푸른 도시의 사색을······.

그런데 금수강산이라고 불리는 한국, 우리의 서울은, 그 도시는 어떠한가? 봄이 오고 또 여름이 오려는데 이 고도는 사뭇 살벌하기만 하다. 봄은 와도 그것은 창경원의 울타리 안에서만 감금되어 있다. 낡은 포도에는 그저 먼지만이 일 뿐이다. 더구나 시에서는 전선에 장애가 된다고 그랬는지 가로수의 가지를 지나치게 쳐버렸기 때문에 신록의 계절인데도 도시 푸른빛이 아쉽기만 하다.

작년만 해도 녹색 플라타너스로 뒤덮였던 이 거리다. 숨 막힐 것 같은 도시의 생활에서도 푸른 가로수 밑을 지나치려면 촌분寸分의 위안은 되었던 것이다. 비록 제라늄이나 마로니에의 사치는 아닐지라도 우리에겐 그런대로 플라타너스의 녹음이 고마웠다.

그것도 자를 테면 차라리 다 잘라버릴 일이지 여론 때문인지는 몰라도 몇 군데의 가로수는 가지가 뻗은 채로 그대로이다. 그래서 한옆의 시가는 불구자 같은 가로수가 사뭇 애잔한데, 또 한옆의 포도에는 초하初夏를 구가하는 녹음의 대열이 한창이다. 그래서 한편은 겨울이요, 또 한편은 초여름이다. 한쪽 수염만 깎고 나온 희극배우인들 이처럼 코믹할 수가 있겠는가.

이 불구의 가로수 밑을 지나며 우리는 또한 그렇게 불구화된 우리의 현실을 생각해본다. 불균형의 문화—녹색을 상실한 인생의 가두, 결국 불구의 가로수, 그 계절이 없는 도시가 우리 현실의 상징인지도 모를 일이다.

신록의 자살

심리학에서는 곧잘 '컬러 다이내믹스color dynamics'란 말을 쓴다. 인간심리에 끼치는 색채감각의 영향이 그만큼 중요하기 때문이다. 위험 표시와 불자동차에 붉은색을 칠한다거나 공장 기계에 흑색 칠을 해놓는 것도 모두 '컬러 다이내믹스'의 한 예라고 볼 수 있다.

옛날 황제들은 황색 옷을 입었다. 번쩍거리는 황색은 금을 연상시키기 때문에 부귀와 권위의 감정을 불러일으킨다. 그리하여 신하들은 임금의 옷만 봐도 절로 머리가 수그러졌을 것이다. 또한 흑색은 밤과 통하는 것이기에 신부들의 검은 법의는 경건하고 침착된 내세의 영상을 준다. 그것은 죽음과 우수의 빛이다.

그런가 하면 도색桃色은 동서 할 것 없이 에로틱한 기분을 돋우어주므로 숙녀들이 즐겨 사용하는 빛깔이다.

색채야말로 본능의 언어이며 국경이 없는 만인의 문자다.

생명감을 상징하는 빛깔은 무엇일까? 그것은 두말할 것 없이 녹색이다. 녹색에는 신선한 생기의 율동과 희망의 함성 같은 것이 숨어 있다. 그렇기에 신록의 5월이 되면 삶에 대한 강렬한 충동을 받게 된다. 회색의 대지에서 용솟음치는 생의 희열……

5월을 노래한 시 가운데 일찍이 절망을 다룬 것은 없었다. 물기가 흐르는 신록의 나뭇잎을 보고 있으면 우리가 살아 있다는 것이, 아직도 뜨거운 피가 흐르고 있다는 것이, 가난하고 괴로울

망정 오늘을 숨쉬고 있다는 것이……. 그냥 사랑스럽다.

생의 축복이란 반드시 기름진 향연에만 있는 것이 아니다. 신록이 펼치는 저 무상의 잔치야말로 복된 축제가 아니고 무엇일까!

그런데 신문을 펴보면 모란이 피었다는 신록의 소식과 함께 자살자의 회색 뉴스가 마음을 어둡게 한다.

생명의 계절 속에서 생명을 저버리는 사람들의 이야기다. 누구는 특정 대학에 입학할 자신을 잃어 죽었다고 했다. 누구는 시부모와의 분란으로 목숨을 끊었다고 했다. 또 누구는 생활고에 몰려 유서와 혈서를 남기고 음독자살했다고 했다. 녹색의 컬러 다이내믹스도 공식대로는 되지 않는가 보다. 생명의 응원기 같은 나뭇잎이 5월의 미풍 속에서 나부껴도 마음은 무명無明 속에서 통곡하는 사람들이 많다.

이상의 시처럼 녹색은 차라리 권태만을 돋우어주는 몰취미한 빛깔이라고 하는 것이 옳을 것인가. 색채감각마저도 불신되어버린 세상인가? 때에 따라선 신록도 자살한다.

5월의 감각

제우스 대신大神에게 끝끝내 반항하다가 양손으로 하늘을 떠받치라는 천벌을 받은 아틀라스—그러나 그에게는 어여쁜 딸 일곱 자매가 있었다. 그들은 짓궂은 거구의 엽인신獵人神 오리온에게 5년 동안이나 쫓겨다녔는데 제우스 신은 그를 동정하여 아름다운 성좌가 되게 하였다. 그것이 바로 오리온 성좌 곁에 있는 플레이아데스Pleiades 성단이다.

일곱 자매 가운데서도 가장 아름답고 가장 나이가 많은 마이아Maiar 여신은 불카누스Vulcanus와 결혼을 했다. 불카누스는 '금속을 녹이는 자'라는 별명이 붙어 있는 대장간 신이다. 그 열로 과실을 익히고 자연을 따뜻하게 만드는 선신善神이다. 그러니까 마이아는 봄의 여신이며 그녀의 남편 불카누스는 봄의 자연을 무르녹게 하는 기특한 대장장이다.

5월을 뜻하는 영어의 '메이May'란 말도 바로 이 마이아 여신의 이름에서 나온 말이다. 마이아의 푸른 옷자락인 신록의 5월, 불카누스의 대장간은 한창 바쁘다. 눈부신 5월의 햇살 속에서 꽃은 열매를 맺기 시작하고 대지는 기지개를 켜며 파란 눈을 뜬다. 아름다운 계절, 감꽃이 떨어지는 계절, 5월의 강과 하늘은 우울한 표정을 모른다. 5월은 부푼 희망 속에서 일하기 때문이다.

자연만이 아니다. 성숙한 내일을 위하여 푸른 잎을 피워가는 수풀의 나무들만이 아니다. 사람들도 5월이 되면 새로운 일을 향하여 움직이기 시작한다. 겨울의 게으름과 3, 4월의 들뜬 열정에서 벗어나 열매를 가꾼다. 봄의 환락도 색채도 향내마저도 이제 내부로 잦아들기 시작한다.

노동자들은 즐거운 메이데이May Day의 축제 속에서 그들의 건 강과 피로할 줄 모르는 노동의 기쁨을 맹세한다. 그리고 낭만적 인 독일 사람들은 태양의 귀래歸來를 상징하는 화구火球를 굴리면 서 5월제를 노래한다. 술과 춤과 노래……

킹 프로스트[霜王]의 인형을 불사르고 새로운 생명을 맞아들이 는 악대가 5월의 광장을 지나간다. 목초와 들꽃이 향기로운데 아 침 이슬을 빨아먹는 '마이토링겐' 잔치가 벌어진다. 숲의 주인이 라는 마이리트 향초를 찾아내어 그것을 술에 타 마시는 아름다운 풍속이다.

우리들의 5월 또한 아름답다. 찌푸렸던 표정을 펴고 살벌한 눈 초리를 부드럽게 하라. 5월의 의미를 아는 사람들은 절망과 분노 와 우울을 모른다. 푸른 심장, 마이아의 고동이 들리지 않는가? 오랫동안 잘못 살아온 우리들이지만 불카누스의 대장간 풍경처 럼 녹슨 과거의 철편을 녹이는 건강한 즐거움이 있는 5월인 것이 다.

비의 낭만과 현실

비의 감촉과도 같았다. 그녀는……

살결에, 머리칼에, 눈에 방울지는 비의 그것도 이러한

모습으로 걸어가는 즐거움을

문득 알게 되었던 그때의

저 비의 감촉에도

앞의 시는 F. 토머스Thomas의 시다. 비의 감촉은 시인이 아니더라도 매우 감각적인 데가 있다.

우산도 없이 비를 맞으며 끝없이 걸어가는 문학 청년의 취미가 속된 낭만이라고 비웃을 수만은 없다. 장독대 위에 떨어지는 빗소리라도 좋다. 혹은 황진이처럼 넓고 푸른 오동잎 위에 떨어지는 빗방울 소리면 더욱 좋다. 침묵하는 회색의 공간으로 빗발이 칠 때, 우리는 문득 고독한 생과 대면하게 된다. 사랑한다는 것과, 혼자 있다는 것과, 그리고 그리운 것들이 많이 스쳐 지나가고 있다는 것을 느끼게 된다.

그러나 비는 시의 소재보다도 더욱 고마운 존재이다. 채소밭과 못자리판이 가뭄을 만나 타고 있을 때 한줄기 내리퍼붓는 비는 문자 그대로 생명의 비다.

농부는, 그리고 비를 기다리는 모든 생활인들은 시인보다도 더 '비의 감촉'을 예민하게 느낀 것이다. 사치스러운 낭만이 아니라 그것은 바로 현실이며 생활 그 자체이다.

웬일일까? 50일 동안이나 긴 가뭄이 계속되고 있는데 비가 내리지 않는다. 도시 사람들은 식수로 갈증을 느끼고, 농촌에서는 농작물이 탈까 봐 조바심을 친다. 자연만 메말라 있는 것이 아니라 사람들의 마음까지도 불이 타오른다.

주초에 비가 내리긴 했으나 1밀리미터 정도, 그것도 일부 지역에만 겨우 선을 뵌 셈이다. '감질 난다'는 표현은 아마 이럴 때 쓰는 말일 것이다. 비의 감촉이 그리워진다. 메마른 땅, 메마른 피부, 메마른 마음을 후련히 적시는 그 비의 감촉이 아쉽다. 미신이고 뭐고 기우제라도 드리고 싶은 심정. 비가 어서 내렸으면 좋겠다.

자연만은 인간의 힘으로는 어찌할 수 없는 것. 달에다 로켓을 보내는 세상이지만, 인공강우는 아직 미해결의 장이다. 조용히, 그리고 경건한 마음으로 빌어본다.

비야, 어서 오너라. 그리고 너의 부드러운 감촉으로 이 대지를 적시거라. 반가운 님의 발자국처럼 어서 우리 창가로 오거라.

땀과 여름

중국 사람들은 과장을 좋아한다. '백발 삼천 척'과 마찬가지로 '냉한삼곡冷汗三斛'이란 표현도 여간한 과장이 아니다. 10곡은 열 말, 그러니까 식은땀을 30되나 흘렸다는 이야기다. 매우 난처한 경우를 수식 표현하고자 한 뜻은 짐작할 수 있지만 허풍이 지나쳐 실감이 없다.

과학적인 계산에 의하면 한 사람이 하루 흘리는 땀의 양은 1리터 정도이며 용광로 근처에서 일하는 사람일지라도 10리터를 넘지 않는다. 열대지방에서 사는 사람일수록 한선汗線이 발달했다고 하는데 그중에서는 필리핀 사람들이 최고인 모양이다.

땀을 많이 흘린다는 것은 여러모로 명예스러운 일이다. 우선 생물학적인 견지에서 보더라도 땀은 고등동물만이 흘릴 수 있는 특권이기 때문이다. 그리고 사회적 견지에서 보면 일하는 사람일수록 많은 땀을 흘리기 마련이다. 그것은 노동하는 이의 특권이다.

결국 우리가 남보다 땀을 많이 흘린다는 것은 고등동물임을 증명하는 것이며 나아가서는 사회에 대한 봉사의 노동을 하고 있다는 증거다.

처칠의 유명한 그 연설 가운데 피와 눈물과 함께 땀의 존귀성이 강조되어 있는 터이다.

여름은 땀의 계절, 게으른 사람이라 할지라도 유감없이 땀을 흘리게 되는 계절이다. 더위 때문에 흘리는 땀만이 아니라 예의 그 '냉한'이란 것도 여름철에 많다.

감정에서 솟는 식은땀 말이다. 민망스러운 경우나 송구하기 짝이 없을 때 흐르게 되는 이 냉한이야말로 사람이라는 최고 동물만이 누리는 특이한 땀, 그러나 반갑지 않은 것이 탈이다.

첫째 숙녀들의 파라솔을 보면 냉한이 돈다. 여름이면 누구나가 다 한 번쯤은 파라솔의 수난을 겪게 마련이다. 비좁은 거리를 여왕처럼 걸어다니시는 숙녀들의 파라솔 때문에 눈을 찔리는 경우가 많지만 미안하다는 소리를 들어본 기억은 별로 없다.

신사들은 어떤가? 파자마 바람으로 자기 집 앞뜰을 소요하듯이 메인스트리트까지 진출하시는 분도 있고, 악취가 자못 높은 발을 테이블 위에 얹고 미국식으로 낮잠 자는 높으신 분네도 많다.

그것뿐이겠는가? 여인들의 아슬아슬한 노출과 합승이나 버스 안에서 염치불구하고 부채질을 하는 시민들⋯⋯. 실로 과장 없는 냉한삼곡의 풍경이 많이 벌어진다. 땀에도 명예로운 것에서 불명예로운 것이 있는 법, '땀의 위생'에 조심할 때다.

가을의 인생론

국화와 플래카드

K교수의 문병을 갔다. 폐암이었다. 살풍경한 입원실, 베드에서 K교수는 아무 말도 하지 않고 눈물만 흘리고 있었다. 처음에는 그 눈물이 삶에 대한 애착 때문이었는 줄로 알았다.

그러나 K교수는 담담한 목소리로 스스로 자기의 눈물에 대해서 이렇게 해명을 하는 것이었다. 죽기가 서러워서 그러는 것이 아니라 했다. 처음엔 자기 병이 폐암인 줄도 몰랐다는 것이었다.

그런데 문병을 온 제자들이 찾아와서는 으레 한마디씩 하더라는 것이었다. 선생님이 맡으신 강의를 자기에게 맡겨달라는 것이었다. 그러면 선생님의 뜻을 받들어 그 학문을 이어가겠다는 것이었다. K교수는 그때 자기가 불치의 병에 걸렸다는 사실을 알게 되었지만, 서러운 것은 죽음이 아니라 도리어 각박한 세상 인심이라 했다. 사랑하던 옛 제자들이 꼭 자기 눈에는 난파선을 쫓아오는 상어떼처럼 보였다는 것이다.

눈물이 번진 K교수의 얼굴에는 싸늘한 미소가 어렸다. 이젠 기적이 일어나도 살고 싶은 생각이 없다면서 눈물이 번진 눈으로 머리맡의 국화를 더듬고 있었다. 그것은 백국白菊이었다. 서리가 내리는 철에 도리어 향기 속에서 피어오른 한 송이 백국이었다. K교수에게는 문병객보다도 그 국화가 반가운 듯싶었다. 변하지 않는 것은 국화의 고절孤節뿐이라고 생각했는지 모른다. 이런 세상에 아직도 국화꽃이 피어난다는 것이 기특하고 대견하게 느껴졌는지 모른다.

병원 뜰에도 국화꽃들이 피어 있었다. 머지않아 서리가 내리고 추운 겨울이 올 것이다. 마지막 계절을 위해서 꽃술을 드리운 국화만이 생명의 따스함을 느끼게 한다. 병원 밖을 나서자 거리를 장식하고 있는 것은 국화가 아니라 때아닌 보궐선거를 위한 현수막이었다. 자퇴한 의원 자리를 차지할 작정으로 이름 석자를 내건 현수막의 문자들은 어쩐지 서리처럼 가슴에 못을 박는다.

만추의 인상은 한층 더 착잡하다. 국화와 플래카드 때문에 우리들의 만추는 더욱 더 썰렁하다. 변절의 계절, 거리에 다니는 사람들까지 난파선을 쫓는 상어떼처럼 보이는 우울한 계절이다.

달을 보는 마을

명절날이 되어야 한 번 사는 사람들이 있다. 배불리 먹고 새 옷을 입는다. 그리고 마음을 풀고 하루를 쉬는 것이다. 그중에서도 추석이 첫째 손가락으로 꼽힌다.

'더도 덜도 말고 8월 한가위만 같아라'라는 속담처럼, 가난한 농민들에게 행복이라는 말이 허락되는 날이 있다면 오직 추석뿐이 아닌가 싶다.

저녁이면 거짓말같이 둥근 달이 뜰 게다. 보통 날이라고 달이 뜨지 않는 것은 아니다. 그러나 굶주림과 노동으로 허덕이는 그들에겐 달의 아름다움을 완상할 겨를이 없다. 가을달이 아름답다는 것은 다분히 심리적인 원인도 있는 것 같다. 먹을 것이 있어야 달도 커 보이고 그 빛깔도 밝게 보인다. 그렇기에 아무 시름 없이 쳐다보는 추석 달은 유별나게 아름답고 시원하기만 하다. 〈강강술래〉의 노래가 절로 흘러나오지 않을 수 없다.

한국인들은 원래 좋은 일이 있으면 홀로 즐기는 것이 아니라 반드시 남과 함께 즐기는 법이다. 산 사람들끼리는 물론 이미 고인이 되어버린 옛 조상들과 함께 즐긴다. 그래서 추석에 성묘하는 광경은 보는 이의 마음을 흐뭇하게 한다.

추억 속의 인간과 더불어 가을철 좋은 때를 보낸다는 것은 따스한 체온이 흐르는 아름다운 풍속이다. 받은 정은 잊지 않고, 나눈 사랑은 끊지 않는 것이 바로 한국인의 마음인 것이다.

그런데 세상이 자꾸 거칠어져가고 있다. 추석 명절의 분위기는 옛날의 그것이 아니다. 그날에 돋는 달은 예와 다름이 없지만 그것을 바라보는 인간의 마음은 세월과 더불어 변해가고 있다. 모든 것이 공리적으로 상업화해가는 시대에 있어서 추석만이 예외일 수는 없다. 택시는 돈을 주고도 탈 수 없이 바쁘고 각종 유흥장에는 사람의 먼지만이 나부끼고 있다. 그만큼 산문적이다.

그러나 오늘만은 조용히 뜨는 가을달을 보았으면 좋겠다. 마음은 병들고 몸은 헐뜯기어 시름에 싸였어도 티 없이 환한 달빛에 서면 모든 것을 잊을 수도 있으리라.

비록 남루한 생활, 가난한 살림이라 하더라도 달빛만은 누구에게나 공평히 주어지는 것, 돈이 필요 없고 신분이 따로 없다.

무상으로 즐길 수 있는 추석의 정취이다. 비단옷이나, 기름진 음식이 없다 해서 너무 서러워할 것은 없다. 추석의 달빛 아래서 영원을 보라.

추석날의 뒷골목

골목길에서 어린 계집아이 하나가 울고 있었다. 먹다 만 송편 조각을 들고 있는 손도 눈물로 얼룩이 져 있었다. 다홍치마였지만 그것은 진솔이 아니었다. 어른들의 헌 옷을 뜯어서 만든 것 같았다. 저고리도 색이 바래져 있었다. 곱게 추석빔을 한 아이들은 저만큼 떨어져서 저희들끼리 놀고 있었다.

울고 있는 계집아이는 어머니한테 매를 맞은 것 같았다. 추석빔을 해주지 않았다고 투정을 부리다가 쫓겨난 것 같았다. 때리는 어머니는 화풀이를 했을 것이다. 쌓이고 쌓인 가난에 대한, 혹은 남편에 대한 그 불만이 추석날 아침에 폭발했을 것이다. 남의 집 아이처럼 예쁜 옷을 못 입은 계집아이나 그 어머니의 마음은 다 같이 서운하고 슬펐을 것이다.

사람이 살아간다는 것은 참으로 어려운 일이다. 자기 혼자 살아가는 것이 아니라 늘 남과 비교를 하면서 혹은 경쟁을 하면서 생활해야 된다. 어린아이들은 어린아이들끼리, 어른들은 어른들끼리 이 비교의식 때문에 더욱 산다는 것은 괴롭기만 하다. 아래는 보지 않고 위만 보면서 살아간다. 그러므로 현재의 자기에 만족하는 사람은 아무도 없는 것 같다.

추석빔을 한 아이들이라 하더라도 아무네 집처럼 자가용을 타고 산소에 가지 않는다고 불평이다. 사실 추석날 아침은 택시를 잡기가 하늘의 별 따기였다. 허세를 좋아하는 아버지는 모욕을 당한 것 같아 아이의 머리통을 쥐어박는다. 그 집에 가서 딸 노릇을 하고 살라는 것이다. 아이의 말이라도 가슴에 못질을 하는 것 같았기 때문이다.

아내는 아내대로 불만이 많다. 오죽 남자가 못생겼으면 추석이 돼도 선물 하나 가져오는 사람이 없느냐는 것이다. 이웃집 영이네 아버지를 좀 보라는 것이다. 설탕이 몇 근, 술이 몇 병, 사과가 몇 상자……. 그 집 사람보다도 더 상세히 잘 알고 있는 것이다. 이것이 아마 추석날의 뒷풍경이었을지 모른다.

명절은 남자들에게 있어서 가장 괴로운 날이다. 그래서 술들을 마신다. 자기만이 현실에서 낙오된 것 같아 홧술을 마신다. 그래서 그런지 길에는 유난히 술주정꾼들이 많다.

그러나 너무 괴로워하지 말자. 어차피 인생은 그렇게 훌쩍거리다 끝나는 것. 있으면 있는 대로, 없으면 없는 대로 조용히 사랑하며 살아가는 길도 있는 것이다.

낙엽의 두 가지 소리

소설가 스콧이 그의 부인을 동반하여 목장지대를 유람했을 때의 일이다. 푸른 초원에 하얀 양떼가 흰 구름처럼 무리를 이루며 한가롭게 풀을 뜯고 있다. 이 평화롭고 성스럽기까지 한 풍경을 말없이 바라보고 있던 스콧은 그의 부인을 향해 이렇게 감탄했다.

"사람들이 그처럼 양을 찬양하는 것이 결코 과장이 아니었군."

그런데 그 부인도 그 말에 동감하면서 이렇게 대답했다.

"그렇고말고요. 연회석상에 나오는 요리 가운데 양고기보다 맛있는 것이 어디 있을라고요."

스콧이 심장으로 생각한 것을 그 부인은 위胃로써 이해했던 것이다. 그러나 따지고 보면 스콧 부처뿐만 아니라 세상만사는 다

보는 사람의 입장에 따라, 혹은 그 직업이나 교양이나 환경에 따라 서로 다른 의미로 나타나게 마련이다. 저 굽이쳐 흐르는 강물도 어느 사람에겐 자연의 음악이 될 수도 있고 어느 사람에겐 몇만 킬로와트의 전력을 얻을 수 있는 자원으로 생각될 수도 있다. 지금 도시의 포도에는 낙엽이 지고 있다. 물론 그 낙엽은 뉴턴의 만유인력을 증명하기 위해서 지는 것도 아니며 어느 감상적인 소녀의 시제를 위해서 떨어지고 있는 것도 아니다.

그러나 지금 싸늘한 바람 속에서 지고 있는 저 낙엽은 보는 사람에 따라 여러 가지 심정을 자아내게 할 것이다. 그것은 "관 뚜껑에 못을 치는 소리 같다."라고 한 보들레르의 말처럼 음산한 기분을 자아내기도 할 것이며, 베를렌Paul Verlaine처럼 정처없이 떠돌아다니는 보헤미안의 서글픔을 상징해주기도 할 것이다. 혹은 고향을 잃어버린 연인을, 혹은 몰락해가는 운명을 고요히 생각해보는 사람도 있을 것이다.

하지만 황량한 포도 위의 저 낙엽을 밟고나가는 시민들의 심정은 결코 시적인 것은 아닐 것 같다. 오히려 그들은 스콧이 아니라 스콧 부인과 가까워서 위와 관련된 현실적인 문제를 생각하고 있는 것일 게다. 말하자면 낭만적인 감상이 아니라 김장 걱정, 의복에 대한 것들, 그리고 춥고 긴 겨울을 견딜 월동 준비물이다. 늦가을의 날씨처럼 썰렁한 근심이 텅 빈 가슴속을 맴돌고 있는 것이다.

그러기에 부유한 나라의 시민들은 낙엽을 보고 시정詩情을 느
낄지 모르나, 생활에 시달리는 이 나라의 백성들은 의식주의 어
두운 그늘을 먼저 느낀다.

우수수 나뭇잎이 진다. 두려운 한숨처럼 혹은 빚쟁이가 문을
노크하는 것처럼 그렇게 지금 나뭇잎이 진다. 한국인에게 있어선
낙엽은 시가 아니라 공포다─여기에서도 결국 우리 현실의 한
단면이 드러나는 셈이다.

낙하의 계절

가을은 낙하落下의 계절이다. 나뭇잎도 열매도 모두가 묵묵히
떨어져가고 있다. 그래서 영어로 '폴Fall'이라고 하면 '낙하'를 의
미하기도 하고 '가을'을 뜻하기도 한다. 더구나 미국에서는 '오텀
Autumn'이란 말보다 '폴'이란 말이 더 널리 쓰이고 있다. 그리고
옛날의 시인들은 대개 가을을 '오텀'이라 하지 않고 '폴'이라고
했다.

가을은 또한 '우수의 계절'이다. 우수의 '수愁'자는 가을 '추秋'
에 마음 '심心'을 합한 것이다. 그러니까 '가을의 마음'이 곧 우수
의 상징이 되는 셈이다.

특히 프랑스의 가을은 한국의 그것과는 달리 언제나 침울한 날
씨가 계속되는 모양이다. 그래서 가을을 노래 부른 프랑스의 시

나 샹송은 유별나게 침통한 음조를 띠고 있다. 그레코Juliette Greco가 부르는 샹송 〈레 모드 드피유Les modes de fille〉나 '지는 나뭇잎 소리'를 "관 뚜껑에 못을 치는 음향"이라고 표현한 보들레르의 그 음산한 시나…….

그러나 가을은 조락과 우수만으로 상징되는 계절일까? 사실 마음으로 사색하는 가을의 의미와 육체로 생활하는 가을의 그 의미는 서로 판이한 대조를 이루는 것 같다. 먹을 것이 많은 가을, 건강을 증진시키는 가을—더구나 보릿고개의 굶주림을 지나서, 그리고 여름철의 땀을 지나서 오곡 풍성한 가을은 생활하는 시골 농부에겐 더없이 행복한 계절이다. 그리고 가을은 그들에게 있어선 휴식의 계절, 가장 한가롭고 가장 유쾌한 황금의 계절인 것이다.

더구나 금년엔 모든 것이 풍작으로서 쌀 걱정, 김장 걱정이 없는 가을이다. 이제 단풍이 들고 나뭇잎이 지고 머지않아 겨울이 올 것이다. 도시의 센티멘털리스트들은 만추의 황량한 풍경 속에서 릴케의 시 한 줄로 마음을 달래겠지만, 시골의 농부들은 과실과 떡과 술의 미각으로 만추의 정을 맛볼 것이다.

그러나 시골에서는 길고 지루한 겨울의 휴식을 선용하지 않고 밀주와 노름으로 소일하는 습관이 있다. 할 일은 없고 먹을 것은 있고……. 그리하여 나태한 나날이 노름판을 벌리고 술판을 마련한다. 올해는 그런 일이 없도록 독서나 건전한 오락이나 가마

니 짜기 같은 것으로 그들의 유일하고도 행복한 계절을 뜻깊게
보낼 수 있도록 했으면 좋겠다.

만추의 우화

추분도 지났다. 옛말대로 이제부터 밤이 노루 꼬리만큼씩 길어
져갈 게다. 밤만 길어져가는 것이 아니라 바람의 방향도 따라서
변한다. 서풍이 불어오고 있다. 과실과 곡물을 익히던 그 성숙의
바람이 머지않아 조락과 우수의 바람으로 바뀌고 말 것이다. 그
러다가 춥고 어두운 겨울철이 온다.

이 무렵이 되면 으레 향수처럼 머리에 떠오르는 문구가 있다.
옛날 마을 서당에서 회초리를 맞으며 "일월영측日月盈仄하고 추
수동장秋收冬藏"이라고 소리 높이 외어대던 천자문의 한 토막이
다. 무슨 뜻인지도 모르면서 자못 심각하게 가락을 맞춰 불렀던
그 '추수동장'이 이제서야 실감 있게 가슴을 적신다. 그것이 신식
말로 해마다 소시민의 가슴을 울리는 그 '월동 준비'였음을 알았
을 때 쓰디쓴 미소가 어린다.

그리고 또 천자문과 함께 자란 서당 아이들이 아니면, 초등학
교 교과서에 나오는 『이솝 우화』를 생각할 것이다. 다가올 겨울
철을 위해서 개미가 여름내 땀을 흘리고 일을 한다. 그러나 매미
는 노래만 부르며 놀기에 정신을 판다. 눈이 오고 찬바람이 불어

올 때 헐벗은 매미는 개미의 문을 노크한다. 구걸하러 온 매미를 보고 개미는 한바탕 교훈을 늘어놓는다.

"매미님, 당신은 내가 일을 할 때 비웃으셨지요……."

이 우화를 들으며 자란 아이들이 다음날 커서 생물학을 배우게 되면, 그리고 또 현실의 부조리를 알게 되면 역시 입가에 쓰디 쓴 미소를 띤다. 그 우화는 거짓이었다고……. 매미는 동면을 하기 때문에 겨울을 위해 아무것도 저장하지 않아도 된다는 것을, 그리고 사실은 매미가 개미에게 구걸하는 것이 아니라 거꾸로 개미란 놈이 매미나 베짱이의 노동력을 훔친다는 것을 깨닫게 된다. 『이솝 우화』가 아니라 『파브르의 곤충기』를 읽은 어른들이면 매미가 수액을 빨려고 뚫어놓은 구멍을 약삭빠른 개미란 놈이 점령해버린다는 사실을 알고 있기 때문이다.

그러나 가을이 깊어갈수록 사람들은 추수동장이나 『이솝 우화』의 한 대목을 다시 한 번 생각해본다. 겨울을 위해서 준비해두지 않으면 안 된다는 사실은 천자책의 까다로운 문자도 아니고 또 재미난 우화의 가공적인 이야기도 아니다. 그것은 가혹한 목적인 것이다. 연탄은? 김장거리는? 아이들의 의복은? 어느덧 그 한숨은 가을바람처럼 싸늘해져간다.

서풍이 불고 있다. 겨울이 성큼 다가선다. 소시민들의 주름살이 짙어간다. 해마다 겪는 우울한 소시민의 그 감정은 언제 깰는지 모르겠다. "일월영측하고 추수동장이라", 그냥 천자문만 욀 것인지?

겨울, 그리고 눈과 축제

겨울이 오면

낙엽처럼 10월이 졌다. 11월은 가을과 겨울의 건널목……. 달력장 위에는 벌써 하얗게 얼어붙은 설경이 펼쳐진다. 이제 날이 춥다. 정말 머지않아 첫눈이 내릴 것이다. 나목들의 앙상한 가지들이 떨고 있다. 형틀이 삐걱거리는 것 같은 그 음산한 북풍은 굳게 닫힌 우리들의 창문을 두드릴 것이다. 비정의 겨울은 푸른 초원과 소조小鳥가 울던 평화의 그 수풀을 덮을 것이다.

사람들의 걸음걸이도 조급해졌다. 거리에서 파는 군밤의 따스한 촉감으로도 이제는 썰렁한 마음을 달랠 수는 없다. 마지막 국화들이 의연한 자세로 가는 계절을 붙잡고 있지만, 그것도 결국 시들고 마는 것. 모든 색채, 모든 향기, 그리고 모든 생의 윤기는 눈을 감고 동면 속에 잠길 것이다.

언제나 북쪽에서 침입해 오는 겨울의 폭군은 남국의 꽃과 푸른 생명의 씨앗을 위협하였다.

그러나 우리는 알고 있다. 그 북풍을 이기고 그 추위를 극복하였기에 더욱더 꽃나무의 뿌리는 깊이 자라고 그 생명의 꽃은 짙은 색채를 발산할 수 있음을 우리는 알고 있다. 앙드레 지드도 그렇게 말했다. "겨울을 겪지 않은 장미는 진실로 아름다운 꽃을 피울 수 없다."라고……

모든 것이 그런 것 같다. 겨울의 시련이 있기에 우리들의 생은 개화할 수 있다. 고난의 터널을 지나서, 절망적인 그 운명의 겨울을 넘어서 우리는 사상과 행복의 초원에 이를 수 있다.

지금 북쪽에서 휘몰아치는 것은 겨울바람만이 아니다. 우리의 평화를 위협하는 침략자의 손톱이 양구의 마을과 함박도咸朴島 앞바다를 할퀴고 있다. 불길하고 암울한 평화의 교란자가 우리들의 조용한 마을로 만행의 북풍을 몰고 온다.

우리들의 월동준비는 이중으로 급박해졌다. 겨울을 이기는 의지, 그 고난의 계절을 넘어서는 슬기가 필요하다. 겨울과 투쟁해서 이긴 장미만이 정말 아름다운 꽃을 피울 수 있다는 것을 우리는 11월의 환절기 속에서 다짐해본다. 추운 계절일수록 따스한 인간의 체온은 아쉽다.

눈에 대하여

은빛 장옷을 길게 끌어,
왼 마을을 희게 덮으며
나의 신부가
이 아침에 왔습니다
사뿐사뿐 걸어
내 비위에 맞게 조용히 들어왔습니다
오래간만에 내 마음은
노래를 부릅니다
잊어버렸던 노래를 부릅니다
자, 잔들을 높이 드시오
포도주를 내가 철철 넘게 바치겠소
이 좋은 아침
우리들은 다 같이 아름다운 생각을 합시다.
꾸짖지도 맙시다
애기들도 울리지 맙시다

이것은 작고한 여류 시인 노천명 씨의 시이다. 눈 내린 아침을 두고 읊은 노래이지만 '눈'이란 말이 한 군데도 나오지 않는 묘미가 있다.

다만 '은빛 장옷'이라는 암시에 의해서 백설의 아침 풍경을 나타내주고 있을 뿐이다.

그러나 표현보다도 눈 온 날 아침의 그 은근한 감상이 인상적이다.

어째서 눈은 우리에게 사랑과 평화를 회억回憶하게 하는 것일까? 정말 하얀 설경을 보고 있으면 무엇인가를 사랑하고 싶고 원수를 위해서도 축배를 들고 싶어진다.

"애기들을 울리지 마라"라는 그 시인의 권고대로 눈 오는 날에는 남을 괴롭혀서는 안 된다는 생각이 든다. 때 묻고 남루한 도시를 동화의 성처럼 하얗게 덮어주는 눈! 문득 현실의 추악함을 잊게 한다.

눈이 또 많이 내렸다. 설날부터 눈이 내리더니 요즈음엔 자주 눈이 내린다.

그러나 이제는 눈을 보고 함성을 지르던 그 낭만이 별로 남아 있지 않은 것 같다. 눈 오는 거리를 보아도 몰취미하게 우산을 받고 다니는 사람이 있다.

펑펑 쏟아지는 눈발을 맞으며 끝없이 걸어간다는 것은 대중소 설의 한 장면들 아니면 극영화의 라스트신 정도에만 남아 있는 것일까? 생활이 각박해진 탓인지, 눈이 왔다고 손을 비비며 인사를 나누는 사람도 볼 수 없다. 눈이 내린 날에는 길이 미끄럽기 마련이고 길 가던 사람들이 곧잘 쓰러지는 일이 많다.

그런데도 사람이 쓰러지는 것을 보고 손 하나 잡아주려는 사람은 없다. 그리고 자기 집 문 앞에 연탄재 정도를 뿌려 놓아주는 친절도 별로 볼 수가 없다. 눈은 동심으로 돌아가게 하고 무엇인가 아름다운 일을 생각하게 해준다지만 그것도 다 옛날의 이야기인 것이다.

도리어 눈 때문에 옷을 버리고 길 걷기가 어려워졌다고 불평하는 사람이 많은 것 같다. 세상은 자꾸 쓸쓸해져만 간다.

초설

서울에 눈이 내렸다. 눈이라야 진눈깨비고 포도에 떨어지자마자 녹아버리는 것이었지만 그래도 초설初雪의 정감이 감돈다.

한심한 사회의 변화 때문일까? 한층 더 그 눈발이 쓸쓸하고 울적하다. 헛기침이 나오고 으스스 어깨가 떨린다. 이제는 겨울인 것이다.

연탄값이 올랐다는 소식과 첫눈이 내렸다는 뉴스가 소시민의 가슴을 싸늘하게 얼린다. 겨울의 낭만을 잊은 지가 참 오래된 것 같다.

눈이 쌓인 초가지붕의 추녀 끝을 누비며 참새를 잡던 어린 날의 겨울밤 추억이 있다. 밖에서는 눈보라가 치는데 뜨뜻한 구들장에 몸을 녹이며 정담을 나누던 시골 사랑방의 온기도 아직 가

습에 남아 있다. 춥고 울적한 겨울이지만 동면하는 개구리처럼 포근히 휴식하는 평화가 있었던 것이다.

그러나 시대는 동면의 평화를 허용하지 않는다. 고달픈 도시의 생활엔 봄도 여름도 없다. 도리어 겨울엔 한층 더 견디기 어려운 가난이 있을 따름이다.

길을 걷는 사람들의 표정도 한층 꺼칠해졌고 불기 없는 사무실의 공기도 냉랭해진 것 같다. 마음만 헐벗은 겨울이 아니라 계절마저도 그렇게 된 것이다. 앙상한 나목처럼 서서 어디를 향해 갈 것인지 막막하다.

가두에는 '참새집'이라고 써 붙인 포장을 둘러친 주점이 늘었다. 옛날만 해도 별로 없었던 풍경이다. 날이 추워지니까 노점에 음식을 벌일 수 없게 된 탓이다. 그래서 생각해낸 것이 포목으로 막을 쳐놓은 그 이동식 참새집인가 보다. 운치가 있기보다는 옹색하게 보인다. 도시인들의 고독한 겨울철을 위해 포로가 된 털 뽑힌 참새들의 앙상한 앞가슴이 연상되어 한층 더 비정적이다.

초설이 내린 서울 거리를 걷노라면 자꾸 오스틴Alfred Austin의 시구가 생각나는 것이다.

아직 나뭇잎이 다 지지도 않았는데…… 벌써, 내리는가 흰눈이여.
어두운 구름에서 흩어져 내려오는 오! 흰 눈송이.
어제만 해도 자랑스럽던 정원에 향기 그윽하던 꽃들 또한 국화를 베어들이지 않았는데…….

'죽음'은 우리를 손짓하며 떠나자고 하지만 정들여 온 삶의 땅과 헤어지기 어려워 마음 가운데 슬픔의 첫 눈송이가 조용히 떨어질 때.

은은한 웃음이 얼굴 위에서 가시지 않는구나.[11]

초설을 보고 느끼는 감정도 아마 가지가지였을 것이다. 한숨으로도 녹지 않는 겨울의 추위 속에서…….

눈 2제

하늘에서 흰 눈이 내린다. 그러면 독일의 어린이들은 이렇게 말한다.

"야! 흘레 할멈이 방 청소를 하는구나!"

동심은 문득 흰 눈송이를 타고 아득한 신화의 나라를 더듬는다. 흘레 할멈은 천상에서 살고 있는 어린아이들의 수호신이다. 그런데 이 할멈이 침대를 털며 방 청소를 하면 하얀 먼지가 일어난다. 이것들이 지상으로 떨어져서 눈이 된다고 한다. 이런 전설을 믿고 있는 어린아이들은 눈만 내리면 으레 신비한 흘레 할멈을 생각해낸다.

11) 알프레드 오스틴(1835~1913) 작. 「계절을 잊은 눈Unseasonable Snow」의 일부이다.

눈은 동심의 신학만이 아니다. 어른들도 눈이 내리는 날이면 마음이 고요해진다. 잠시 꿈에 젖기도 한다. 눈은 순결의 상징이다. 겨울의 설경은 더러운 속세를 성스럽게 화장해주는 까닭이다. 「백설공주」니 「백설과 홍장미」니 하는 동화가 비정의 어른들 사회에서도 한 가닥 낭만의 향훈을 풍기는 까닭도 여기에 있다.

"먼 데서 여인의 옷 벗는 소리 사락사락 밤눈이 내려!"

어른들의 세계에서 눈의 신화는 어느덧 육감적이고 현실적인 이미지로 바뀐다. 허공의 한가운데서 또한 "그 구름의 옷자락이 흔들리는 곳에서 조용하게, 부드럽게 천천히 눈이 내린다. 낙엽 진 수풀 위에도 곡물을 거둬들인 허전한 들판 위에도 눈은 내린다"—혹은 롱펠로Henry Wadsworth Longfellow의 이 시처럼 적막과 고독의 감흥으로 변하기도 한다.

그러나 부드러운 눈도 많이 오면 홍수 이상으로 무섭다. 페루에서는 눈사태가 일어나 와라스Huaraz 시 근교의 수개 부락이 덮이고 약 4천 명이 행방불명이 된 끔찍한 사고가 벌어졌다. 확실히 눈은 순결의 상징만은 아닌 것 같다. 설붕雪崩, 적설積雪 등으로 집이 무너지고 교통이 차단되기도 하는 폭력의 상징일 수도 있는 것이다. 무엇이든 도가 지나치면 화를 가져오게 마련이다.

그러나 페루에선 살인적인 눈 소동이 있었지만 우리에겐 눈이 너무 내리지 않아 걱정이다. 겨울방학이라 아이들이 눈을 기다리는데도 도무지 눈이 내려주질 않는다. 어느 곳엔 눈이 너무 많이 내려 걱정이고 또 어느 곳엔 눈이 내리지 않아 심심해하는 것을 보면 하늘도 공평하지가 않다. 흘레 할멈이 너무 늙어 이젠 망령이 든 모양인가?

원래 눈이라고 하는 것은 끝없는 벌판에 내려야 멋이 있다. 루진이 애인을 찾아 헤매던 곳도 그런 눈이 덮인 벌판이며 히스클리프의 영혼이 방황하던 그곳도 역시 눈벌판이다. 혹은 숲길이라든가 혹은 해안이든가 아무래도 눈은 대자연 속에 내려야 아름답다.

물론 모든 것이 인공화된 불모의 도시에도 눈은 내린다. 비록 체인을 두른 자동차의 소음이 시끄러울지라도, 즐비한 간판이 살벌할지라도 함박눈만은 태초의 소박한 모습 그대로 내리고 있다.

그러나 도시와 눈은 아무리 해도 어울리지 않는다. 그것은 마치 먼 곳에서 온 에트랑제(étranger, 이방인)와도 같고 시니컬한 신의 아이러니와도 같고, 성장한 불청객과도 같은 인상이다. 더구나 도시의 길은 눈이 오면 미끄럽다. 물론 미국같이 물자가 풍부한 나라에서는 트럭이 포도마다 물처럼 소금을 뿌리고 다닌다. 그리하여 눈은 용해되고 아무리 눈이 내린 후라도 시민은 안심하고 거리를 다닐 수 있다. 그러나 가난한 한국 도시인 서울에선 눈이 내리기만 하면 길마다 미끄러운 빙판이 생긴다. 이 공포의 길을 걸어가려면 입술이 타고 가슴이 뛴다.

점잖은 신사가, 아름다운 숙녀가 일시에 그 체면과 권위를 상실하게 되는 곳도 바로 이 도시의 눈길 위에서다. 이 골목 저 골목에서 나가 뒹구는 신사 숙녀가 하나둘이 아니다. 안경을 깨뜨리고 부엉이처럼 서 있는 사람, 하이힐의 뒷굽이 달아나서 마네킹처럼 얼굴이 붉어져 맨발로 서 있는 숙녀―모든 것이 바로 코믹한 도시의 설경이다. 누가 감히 설경을 선경仙境이라고 노래했던가?

하기야 미국 같은 큰 나라에서도 이 설화雪禍를 방지하기 위한 소금 구입 때문에 겨울마다 시청에선 골머리를 앓는다고 한다. 그런데 하물며 우리가 서울 시청에서 소금을 뿌려주지 않는다고 불평할 수는 없는 일이다. 그러나 자기 점포, 자기 청사 앞길이라도 눈을 치워줄 만한 정성이 우리에겐 없단 말인가? 비록 소금을 뿌리지는 못한다 할지라도 쓰러진 사람들을 보고 웃고만 지나갈 것이 아니라 친절하게 손을 잡아 일으켜줄 만한 행인들의 그 온정조차 없단 말인가? 아니, 그런 친절조차 고맙게 받아주는 사람도 없다.

조그만 마음씨 하나로도 세상은 좀더 아름다워질 수 있고 따뜻해질 수도 있다. 눈길처럼 위태로운 거리를 걸으며 역시 눈길 그것처럼 위태로운 우리의 현실을 생각해본다.

겨울의 스포츠 2제

겨울의 스포츠 가운데 가장 대중화된 것은 스케이팅이다. 스키와는 달리 특별한 장소가 아니더라도 웬만한 빙판이면 누구나 다 손쉽게 탈 수 있기 때문이다. 시골의 논바닥이나 개천 정도만 돼도 스케이트를 지치는 데에 별반 불편이 없다. 또 스케이팅의 용구가 그리 비싼 편도 아니어서 1천 원 안팎이면 아이들 선물로 적당한 것이다.

스케이트의 기원은 확실치 않으나 철기가 발견되기 이전에 이미 발명된 것이라는 설이 있다. 즉 파닌Nikolai Kolomenkin Panin의 저서를 보면 "수골獸骨로 만든 스케이트가 석기 시대의 유물 속에 나타났다."라고 기록되어 있다. 뿐만 아니라 고대 스칸디나비아의 주민이 일종의 수골제답빙구獸骨製踏氷具를 가지고 있었다는 전설이라든가, 미국에서 발견된 고화古畵 속에 아이들이 뼈로 만든 스케이트를 신고 얼음을 지치고 있는 장면이 있다는 것은 널리 알려진 이야기다.

1774년 영국에선 '에딘버러 스케이트 클럽'이 생겼고, 1790년경 프랑스의 나폴레옹 1세가 스케이트의 열렬한 애호가였던 것으로 미루어 아무리 스케이트의 역사를 낮춰 잡아도 2백 년이 넘는다. 이제는 동계 올림픽 대회까지 생겨났고 각 도시에는 실내 스케이트장이 마련되어 계절 없는 은반을 즐기게끔 되었다.

덕수궁 담이 헐리고 아담한 철책이 생겨나자 겨울의 고궁일망정 밖에서 관람할 수 있게 되었다. 그런데 요즈음 철책 바로 옆의 연못에 얼음이 덮인 조그만 스케이트장이 생겨났다. 그리하여 겨울방학을 즐기는 꼬마 스케이터들이 이른 아침부터 모여들어 옹색한 은반의 축전을 벌이고 있다. 지나가던 사람들도 철책가에 머물러 그들의 곡예를 무료로 감상한다. 신사, 노파, 반찬거리를 사든 가정부, 지게꾼…… 이리하여 뜻하지 않게 시청 광장의 메인스트리트에는 한 떼의 군중이 무허가 집회(?)를 이루고 있다.

사랑스러운 풍경인지, 번거로운 풍경인지 얼른 판단이 가지 않는다. 교통 방해가 되겠지만 한편 무상으로 구경하는 아이스쇼라 시민 위안의 구실도 되겠다. 그러나 문제는 아이들이 겨울을 즐길 수 있게 좀 더 젊고 자유로운 스케이트 링크를 만들어주었으면 싶은 생각이 든다.

중세기의 사람들은 산을 '악마의 집'이라고 불렀다. 그래서 14세기경 르네상스 그 이전에는 인간이 높은 산정에 올라갔다는 기록이 거의 없다. 산에 오르기만 하면 곧 악마의 제물이 된다고 굳게 믿은 탓이다. 그런데 현대인은 산을 '녹색의 화원'이라고 부른다. 속진俗塵을 털고 높은 산에 오르는 것이 현대인의 유일한 수양처럼 되어 있다. 문학작품만 해도 그렇다. 고전주의 작가들은 산을 '지구의 종기'라고 악평하였다. 산에서 자연의 정기를 발견하고 그 미덕을 예찬하기 시작한 것은 낭만주의 이후의 일이다.

현대에는 영웅이 없다고 한다. 원폭의 시대—미사일의 계절

속에는 시저도 없고 나폴레옹도 없다. 개인의 의지와 행동이 세계를 지배하던 낭만의 시대는 갔다. 그런 의미에서 현대에도 아직 영웅이 존재한다면 그것은 아마 등산가일지도 모를 일이다. 험준한 암벽을 트래버스하는 사람들이나 태고의 빙설이 급사면을 이룬 산정을 가는 자일에 생명을 걸고 기어오르는 등산가의 의지는 초인의 것이다. "산을 정복할 수 있으면 인생을 정복할 수 있다"는 경구는 과연 하나의 진리인 것 같다.

자만심, 고집, 경쟁의식, 이러한 정신의 약점은 언제나 조난의 원인이 된다고 한다. 능숙한 알피니스트는 깔보지 않으며 잠시도 침착성을 버리지 않는다는 이야기다. 불패의 의지와 타오르는 정열 속에서도 알피니스트의 표정은 겸허하고 냉정하며 분별이 있다. 등산가의 인격과 그러한 정신은 곧 인생을 살아가는 처세법과도 맞먹는다.

겨울의 등산은 한층 위태롭다. 해마다 동계 방학이 되면 등산가의 조난이 전해지고 있다. 벌써 무등산에서 세 명의 대학생이 산 속에서 조난을 당하여 혹한에 한 명이 동사한 사고가 벌어졌다. 조난 원인은 전례와 마찬가지로 산을 깔보고 준비 없는 등산을 감행하였기 때문이다. 부질없는 영웅 심리와 산에 대한 무지가 있는 한, 이런 사고는 그칠 날이 없을 것이다. 산은 악마의 집도 녹색의 장원도 아니다. 산에 오르는 사람의 태도 여하로 그것은 악마일 수도 있고, 복된 장원이 될 수도 있는 것이다.

행복의 산타클로스

눈을 떠보면 창밖엔 흰 눈이 쌓여 있었다. 뜰에 서 있는 상록수의 푸른 이파리들도 그날만은 하얗게 눈에 묻혀 있었다.

어슴푸레한 잿빛 속에서 새벽은 축복의 날개를 펴고 있었다.

따스한 이불 속에서 기어 나와 머리맡을 더듬는다. 기대에 떨고 있는 손끝에 문득 향기로운 귤과 만화책과 장난감 곰이 긴 양말목과 함께 잡힌다. 아! 산타클로스 할아버지가 다녀간 것이다. 굴뚝 속으로 그는 다녀갔을 것이다.

'화이트 크리스마스', 어린 시절의 전설 같은 풍경이다.

축복을 받는다는 것은 어린아이나 어른들이나 한결같이 즐거운 것이다. 같은 선물이라도 그런 날 밤에 받는 것은 더욱 즐겁다.

빨간 망토와 하얀 방울이 달린 어린애 같은 모자와 가죽장화를 신은 산타할아버지의 환상은 멀고 먼 나라의 소식을 안고 온다. 도둑처럼 몰래 들어와서 뜻하지 않은 행복을 놓고 가는 산타클로스는 어쩌면 기적을 바라고 사는 고달픈 인간들의 꿈인지도 모른다. 종교적인 의미를 들추지 않아도 크리스마스이브는 아름다운 것이다. 꿈이 없고 전설이 없는 메마른 현실에서도 천국의 입구에 들어선 것 같은 그 축제 기분은 순결하다.

상처와 고독 속에서 한숨짓는 저 거리에 크리스마스 캐럴의 물결은 흐른다.

정다운 사람에게 축복의 선물을 보내고, 가장 가까운 사람들끼리 하룻밤을 지새우는 크리스마스이브의 따사로움엔 겨울이 없다.

그러나 어느 지하도 입구에서, 어느 판잣집에서, 그렇지 않으면 어느 외로운 하숙방에서 가난과 고독 속에 홀로 잠들어야 하는 사람들에게는 크리스마스가 없다. 사랑의 아쉬움과 실의와 절망 가운데 밤을 보내야 하는 그들에게는 크리스마스이브가 없다.

꿈에 천사들의 행렬을 보고 산타클로스의 미소를 더듬다가 아침이 되면 눈물로 얼굴을 적시는 고아들에겐 크리스마스 캐럴이 없다.

정말로 크리스마스를 아쉬워하는 사람들은 바로 그러한 사람들이다. 위안과 축복의 밤을 갈증처럼 기다리는 그들에게 산타할아버지는 영영 찾아오지 않는 것일까?

저 부산한 거리, 노래와 성性과 술과 방탕으로 뒤범벅이 된 밤을 위해서 천년 전 마구간의 그 기적이 있었던가?

오욕과 탐욕 속에서 잃어버린 크리스마스를 나직한 음성으로 불러본다. 정녕 가난하고 슬픈 자에게 한 아름의 선물을 가져다주는 산타클로스는 어디에 있을까 하고……

동화와 현실의 밤

드디어 그 '고요한 밤', '거룩한 밤'이 왔다. 〈징글벨〉의 노래와 산타클로스 할아버지의 환상과 혹은 그 크리스마스의 카드에 그려진 대로 흰 눈이 내릴지 모른다. 메마른 현실 속에서 살기 때문에 신화 없는 현대에서 살기 때문에 신도가 아니라도 이 꿈의 밤을 그렇게도 아쉬워했는지 모를 일이다.

그러나 이 밤은 예수님의 생일날이지만 이제는 아무도 몇 천 년 전의 그 축복과 베들레헴의 그 음산한 마구간을 생각하려 들지는 않는다. 언제부터인지 모른다. 그것은 그저 기계화한 풍습으로 먹고 마시고 노래하는 환락의 밤이며 억압된 감정을 풀어 헤치는 해방의 밤이 되었다.

특히 한국의 크리스마스이브는 예수가 두 번 다시 십자가에 못 박혀도 구제하기 어려울 정도로 음탕하고 시끄럽고 타락되어 버린 밤인 것이다.

동방박사가 어린 예수에게 바치던 그런 거룩한 선물이 아니라 이른바 '와이로'[12]라고 불리는 상품이 전달되는 밤이기도 하다. 가난한 공무원들이 호주머니를 털리는 밤, 가난한 시민들이 어린 아이들의 눈치를 보는 밤, 홀로 거리에 서서 크리스마스트리와 촛불의 불꽃을 바라보아야 하는 서글프고 외로운 밤.

---

12) わいろ, 뇌물을 뜻하는 일본 비속어.

그런데 시골 사람들은 크리스마스를 '서양 설'이라고 한다. 양력설을 '일본 설'이라고 하는 것과 마찬가지로……. 그리고 또 철없는 중학교 학생들은 엑스마스라고 한다. 십자가를 뜻하는 'X'를 그들은 수학책에 곧잘 나오는 미지수 '엑스'라고 읽는 것이다.

그러나 서양 설이고 엑스마스고 다 옳은 말인 것 같다. 양풍에 젖은 사람일수록 즐기는 밤이고 보면 서양 설이라는 말이 오히려 구체적이다. 또 그 어둠 속에선 남모를 일들이 은밀하게 벌어지고 있기 때문에 미지수 '엑스'의 밤으로 보는 것이 도리어 상징적이다.

그러나 이 밤은 아무리 시끄러워도, 아무리 음탕해도 역시 거룩하고 고요한 밤이라는 것이다. 이 아이러니컬한 크리스마스 이브―어디선가 사람들이 춤을 추고 있을 것이다. 어디선가 밤을 새워 술을 마시는 사람들이 있을 것이다. 어디선가 비대한 정객들이 값진 선물상자를 끄르며 회심의 미소를 머금고 있을 것이다.

그러나 또 어디에선가 안데르센의 「성냥팔이 소녀」 동화처럼 남의 집 창문을 기웃거리며 추위에 떨고 있는 가난한 고아들도 있을 것이다. 이들에겐 크리스마스도 없다.

'메리 크리스마스'―몰래 입속으로 혼자 외워보다가도 어쩐지 죄스러운 생각이 들어 쓰디쓴 웃음을 삼킨다. 아! 메리 크리스마스, 화이트 크리스마스.

크리스마스, 현대의 산타클로스

설마 하니 예수 그리스도가 백화점 경기를 위해 마구간에서 태어난 것은 아닐 것이다. 더구나 학자, 나그네, 그리고 어린아이들을 보호하고 도둑의 피해로부터 착한 사람들을 지켜준다는 산타클로스가 상인들의 수호신이었을 리는 만무하다.

그러나 크리스마스 시즌의 상가를 구경하고 있자면 예수님도 산타 할아버지도 모두 상업주의의 세일즈맨으로 타락한 것 같은 슬픈 생각이 든다. 고요한 크리스마스도 좋지만 그보다 더 아쉬운 것은 돈 뿌리는 크리스마스의 소비 성향을 추방하는 운동이 벌어졌으면 싶다. 우리나라의 명절은 모두가 '선물의 명절'로 바뀌었다. 더 극단적으로 표현하면 선물의 명절로서 부패의 선도자 구실을 하고 있다.

그래서 연말 경기는 비단 상가에서만 통하는 술어가 아니다. 연말에 얼마만큼 굵직한 선물을 받았는가 하는 것으로 정계나 관계에도 이른바 '연말 경기'란 것이 있다. 본시 선물의 정신은 있는 자가 없는 자에게, 그리고 강자가 약자에게 베푸는 선심이다. 그것이 이제는 거꾸로 되어 약자가 강자에게 바치는 조공처럼 되어버렸다.

크리스마스 선물은 일종의 '포장된 세금'이라고도 할 수 있다. 세법에도 없는 청탁세라고나 해둘까. 예쁜 사슴이 썰매를 끌며 전나무 숲의 눈길을 달리는 동화는 끝난 것이다. 그 대신 자가용

자동차가 고관집을 찾아 아스팔트 길을 누비는 광경이 전개되고 있다. 선물의 풍습을 욕하자는 것이 아니다. 메마른 사회에서 서로 정을 나누는 그런 선물이라면 도리어 박수를 치고 응원을 할 형편이다.

종교적 의미가 아니라도 좋다. 크리스마스 하루만이라도 우리가 같은 언어를 쓰고 같은 역사와 같은 땅 위에서 살고 있는 한민족이라는 그 증거를 위해서라도 선물은 차라리 모르는 사람들끼리 주고받는 풍조가 일어나야겠다. 자기 집 식구나 이권이 개재된 사람들에게만 보낼 것이 아니다. 불쌍한 사람들, 가난한 사람들, 그리고 외로운 이웃들에게 인정의 표시를 하는 크리스마스가 되어야겠다.

그렇지 않다면 대체 저 전나무 가지에서 빛나는 별과 그 종소리는 누구를 위한 것이 되겠는가?

크리스마스 2제

화려한 야회복은 삽시간에 누더기옷으로 변하였다. 으리으리한 황금의 마차는 쭈그러진 호박으로 바뀌었다. 손에 남아 있는 것은 한 짝의 유리구두—신데렐라는 환멸 속에서 다시 꿈을 더듬는다. 오래전부터 우리는 이러한 이야기를 들어왔다. 서양 같으면 「신데렐라」, 한국 같으면 「콩쥐 팥쥐」에 속하는 설화다.

어느 외국 작가는 「유리구두」란 소설을 썼다. 꿈도 이상도 현실 앞에서 깨지고 마치 신데렐라처럼 외짝의 유리구두에서 잔몽 殘夢을 더듬는 그것이 바로 현대인의 생활풍습이라고 생각했기 때문이다.

사람은 누구나가 행복의 왕자를 찾는다. 누더기옷을 걸치고 좁쌀을 주우면서도 수정의 무도회장과 궁정 악사의 아름다운 음악이 자기를 기다리고 있을 것이라고 착각한다. 그러나 현대의 신데렐라에겐 좀처럼 잃어버린 한 짝의 유리구두는 돌아오지 않는다.

짝 잃은 외짝 유리구두의 꿈만 갖고 무엇인가 기적을 생각하고 있다. 그렇기 때문에 현대인들은 도리어 큰 환멸을 맛보기가 일쑤다. 크리스마스이브가 시끄러운 밤이 되고 환멸의 아침을 가져오는 것도 바로 그 유리구두의 유혹 때문이다.

미국에서는 거룩한 밤이 아니라 피의 밤—455명이 교통사고로 죽었다. 우리 한국에서는 폭행, 취한醉漢, 댄스 등의 탈선행위로 즉심에 걸려든 풍속 사범이 평일의 수배로 늘었다. 개중에는 교외의 으슥한 곳에서 댄스로 밤을 지내던 단발머리 소녀도 섞여 있었다니 그야말로 슬픈 신데렐라가 아닐 수 없다.

초라한 그들은 간밤의 광희狂喜가 한 쪽의 가랑잎으로, 한 덩어리의 호박으로 변모해가는 허망을 느꼈을 것이다. 사실 행복은 밖에 있는 것이 아니다. 기다려줄 왕자도 없고 돌아올 한 짝의 유리구두도 오늘엔 없다.

현대인의 기적은 차라리 평범하고 보잘것없는 일상생활 속에 감춰져 있는 것인지도 모른다. 그런데 현대인은 향락을 추구하고 있는 것이 아니라 향락을 복수하고 있는 것 같다. 비트 제너레이션beat generation의 저 이지러진 표정처럼……. 그렇다고 퀘이커교도처럼 언제나 엄숙해야 할 필요는 없지만 조용하게 참고 기다리는 신데렐라에겐 언젠가 왕자의 사자使者가 잃어버린 한 짝의 유리구두를 갖고 뜻밖에 찾아올는지도 모를 일이 아닌가.

오늘은 크리스마스이브, 내일은 크리스마스─막상 좋은 일도 없지만 기다려지던 그날이다.

크리스마스 없는 연말, 크리스마스 없는 겨울은 이제 상상하기 어려울 정도로 우리의 생활 풍속 깊이 젖어들었다. 이대로 가다가는 산중의 스님들도 불상 옆에 크리스마스트리를 장식해놓거나 절간에도 카드 몇 장쯤은 날아들 판이다.

물론 크리스마스는 기독교의 제일祭日─구세주가 탄생한 날이다. 그리고 보면 기독교 전통에 뿌리를 박은 서양 사람들의 공통된 축제일이라, 세칭 '서양 설'이란 말도 나옴직하다.

서양에선 크리스마스보다 즐거운 행사는 없다. 물론 남구南歐에선 카니발[謝肉祭]이 한층 더 인기가 있지만 스코틀랜드를 제외하면 12월 25일이 황금의 날이라는 데에는 예외가 없다. 그들은 비단 크리스마스의 하루만 즐기는 것이 아니라 '크리스마스 시즌'이니 '크리스마스 타이드', '크리스마스 홀리데이'라 하여 1월 6일까지 12일 동안을 연일 축제로 지낸다.

율 로그(Yule log, 크리스마스 장작) 크리스마스카드, 크리스마스트리, 복싱 데이Boxing Day……. 여러 가지 다채로운 풍습으로 눈이 부시다.

우리나라에서도 크리스마스는 꽤 호경기다. 그 증거로 이날 하루를 바라보고 각종 출판물이 점두를 장식하기도 하고, 택시, 호텔은 만원으로 불야성을 이룬다. 그리하여 주로 '거룩한 밤'이 아니라 '시끄러운 밤'이라는 것이 정평이다. 개중에는 한국의 크리스마스를 '양풍洋風 숙녀의 매니큐어' 같은 것이라고 비웃는 인텔리도 있다. 언제 크리스천이 되었길래 카드를 보내고 파티를 열고 부산을 떠느냐고 비웃는 사람도 있다.

하지만 까다롭게 따질 것 없이 이날의 이브를 마음껏 즐겨보는 것도 해롭지 않다. 원래 『성서』를 보아도 12월 25일에 그리스도가 탄생하였다는 기록은 없다. 12월의 유태 지방은 우계雨季라 화이트 크리스마스는 더더구나 아니다. 그보다도 12월 25일은 동지冬至와 관련하여 이런 축제일이 생겨났던 것 같다. 새 생활의 기분을 살리기 위하여…….

1년 내내 고생하던 가난한 살림이다. 기분 전환을 위해서 크리스마스이브쯤은 마음놓고 즐겨보는 것도 의미 없는 일은 아니다.

호텔 크리스마스

한국의 크리스마스는 '호텔 크리스마스'다. 해마다 이날이 되면, 호텔이란 호텔은 선남선녀들로 대만원을 이룬다. 그것도 며칠 전에 예약해두지 않고서는 여간해서 한자리 차지할 수가 없다.

아마 예수님이 서울에서 다시 태어나면 2천 년 전 베들레헴에서와 마찬가지로 마구간 신세를 지지 않을 수 없을 것 같다. 호텔이나 여관을 잡을 수 없기 때문에…….

한국의 크리스마스는 '주먹 크리스마스'다. 술주정꾼이 기분을 내는 것은 주먹밖에 없는 모양이다. 성스러운 밤이라고 하지만 곳곳에서 싸움질이 벌어진다. 교통사고의 통계 숫자와 폭력사건의 숫자가 이날 밤만 되면 갑작스레 상승하게 되는 것이다.

분명히 예수는 평화와 사랑과, 그리고 죄악으로부터 인간을 구제하기 위해서 이 세상에 태어나셨다. 그런데 웬일일까, 밤늦게 고함 소리와 치고받는 시끄러운 저 기성奇聲은…….

한국의 크리스마스는 '택시 크리스마스'다. 통행금지 없는 밤거리에 택시의 경기만이 열을 올린다. 하릴없이 밤늦게 서성대는 사람들 때문에 택시는 기다려도 탈 수가 없다. 이날만은 '택시미터'의 효력이 정지된다. 부르는 것이 바로 값일 경우도 없지 않다. 밤이 새도록 자동차 소리가 거리를 폭주한다.

한국의 크리스마스는 '미친 크리스마스'다. 모든 것이 정상이 아니다. 살기를 띤 광란, 군중들은 방향도 절제도 없이 원무圓舞한다. 그냥 마시고 떠들고 돌아다니고 미친 사람들처럼 들떠 있다.

아! 웬일일까? 그들은 미치고 싶은 것이다. 억울하고 슬프고 심심하고 절망적이었던 한 해를 저렇게 미치지 않고서는 잊을 수 없는 것이다. 울분을 터뜨리는 돌파구가 곧 크리스마스이브의 해방된 가두街頭이다.

아무리 생각해도 메리 크리스마스는 아니다. 크리스마스카드에는 그렇게 씌어 있지만 분명 그것은 메리 크리스마스가 아니다. 성야聖夜가 아니라 성야性夜이며 '크리스마스'가 아니라 '글렀으마스'다.

원래 '마스'라고 하는 것은 '미사'와 같은 뜻이다. 기도하고 참회하고 이웃을 돕는 미사의 날이다. 그러나 현대의 기도는 저렇게 떠들썩거리는 소란 속에 있는가 보다.

다시 인사를 한다.

'호텔 크리스마스', '주먹 크리스마스', '택시 크리스마스', '미친 크리스마스'……. 그러나 '메리 크리스마스'는 어디에 있는가?

축제는 고독의 가면이다

퇴근시간 전부터 사람들은 서두르고 있다. 누구는 공작公爵 집 파티에 초대를 받았다고 했다. 또 누구는 애인과 만나기로 했고, 또 누구는 고관과 함께 하루 저녁을 즐기기로 했다고 수선을 피웠다. 그날은 크리스마스이브였다.

그러나 잭은 아무 약속도 없었다. 평범하고 권태로운 그 일상시日常時와 조금도 다를 것이 없었다. 그렇다고 남들이 다 떠들썩한데 혼자서만 바보처럼 듣고 있을 수만 없었다. 잭은 장차 약혼을 하게 될 여인과 어느 굉장한 파티에 나가기로 했다고 거짓말을 했다.

거리는 축제 기분에 들떠 있었다. 어디를 가나 들어앉을 곳이 없었다. 카페도, 클럽도, 도박장도 대만원이었다.

보통날 같으면 혼자 아무 데나 앉아 술을 마실 수 있는 그런 시각이었지만, 크리스마스이브의 거리는 그렇질 못했다. 혼자 돌아다닌다는 것이 멋쩍고 서글펐다. 친구들은 모두 제각기 재미난 일들이 있기 때문에 그나마 함께 어울릴 사람조차 없었다.

피엘은 지금쯤 화려한 S공작의 연회석상에서 춤을 추고 있을 것이다. 인어 같은 여인들과 간장을 녹이는 요한 스트라우스의 무도곡이 한창일 것이었다. 그리고 칼은 여인과 단둘이서 보랏빛 꿈을 꾸고 있을 것이고, 맥은 어느 클럽에서 그의 동창생들과 술을 마시고 있으리라. 아침부터 그날 저녁에 있을 일들을 자랑스럽게 떠벌리고 있었던 것처럼.

잭만이 홀로 외롭다. 말로는 자기도 한몫 끼어들었지만 약혼할 여인도, 초대받은 연회도 그에게는 없는 것이다.

눈이 내리고 있었다. 그냥 일찍 집으로 돌아가기에는 너무도 아까운 밤이었다.

잭은 호젓한 공원을 찾아갔다. 거기에는 아무도 없을 것이기에 마음 놓고 산책이라도 하자는 것이다.

공원의 외등은 쓸쓸하다. 잭은 고독에 잠겨 눈이 쌓이는 오솔길을 거닐었다. '화이트 크리스마스!' 묵묵히 공원에 들어선 그는 갑자기 발소리가 들려오는 것을 듣고 머리를 쳐들었다. 공원에는 의외로 많은 사람들이 산책을 하고 있었던 것이다. 혼자서 자기처럼 그냥 서성거리는 사람들이 많았던 것이다.

잭은 여러 번 짤막한 탄성을 질렀다. 웬일일까? 공작 집에서 춤을 추고 있을 피엘이, 애인과 하룻밤을 지낸다던 칼이, 그리고 맥이 모두 그 공원에서 자기처럼 외롭게 걷고 있지 않는가? 서로들 못 본 체하고 그냥 지나쳤지만 그들은 말하지 않아도 모든 것을 알고 있었다.

한 편의 소설은 이렇게 끝난다. 우리의 크리스마스이브도 소문과는 달리 대개는 이렇게 끝났을 것이다. 원래 축제는 고독의 가면이다.

한 해의 마지막은……

생은 율동 속에서 전진한다. 썰물과 밀물의 파도처럼 시간도 율동의 호흡을 지니고 있다. 밤이 지나면 낮이 오고 낮이 가면 밤이 온다. 그러다가 다시 계절은 바람과 함께 변하여가고 한 해가 바뀌는 것이다. 뜰 아래 핀 한 송이 꽃이 어느덧 그 색채를 잃고 시들어버리는가 하면, 삭풍 속에서 메말랐던 나뭇가지에 파란 움이 트기도 한다. 잃고 얻고 보내고 맞이하다가 세월은 하나의 연륜을 그린다.

세모歲暮의 거리에 나서면 많은 기억들이 얼음장처럼 깨지는 소리가 들린다. 크고 작은 꿈들이 무너진 자리에서 우리는 또 한 번 내일을 생각해보는 것이다.

시시포스, 생활이라는 무거운 돌을 굴려가면서 살아가는 인간들. 매년 같은 것의 되풀이지만 그래도 묵은 해를 보내고 새해를 맞이하려는 은근한 기대가 마음속에 찾아든다.

실망과 희망은 가장 가까운 이웃인 것이다. 실망이 있기에 희망이 있고, 희망이 있었기에 실망이 있는 것. 어린아이들처럼 모래성을 쌓고 허물고, 허물고 쌓는 것이 인간의 생인지도 모른다. 사실 인간의 길엔 진행형만이 있을 뿐이지 결론은 없는 것이라고 할 수도 있다.

누구는 망년회란 말이 너무 소비적이라 해서 싫다고 한다. 지난해를 잊기보다는 새로운 해를 맞는 모임이 더 건실하다는 생각

이다. 그러므로 더러는 망년회가 아니라 '영신회迎新會'라고 부르
는 사람도 있다.

그러나 어찌되었거나 친한 벗들과 함께 한잔 술을 나누며 잊고
맞이하는 시간에의 정을 나눈다는 것은 따뜻한 일이다.

잠시들 모였다가 흩어지는 것. 미운 사람이 있거든 용서해야겠
다. 그리고 불행한 인간들끼리 피부를 맞대고 살아가려는 새 정
이 아쉬운 것이다.

한 해가 기우는 거리에서 우리는 모든 부채를 청산해야 할 것
이다. 술집 외상값의 부채만이 아니라 이웃들끼리 주고받은 한
해의 정을 결산하자는 것이다.

'정부와 국민', '아버지와 아들', '이웃과 이웃' 서로가 용서하
고 사랑해야 될 계기를 가져야 된다. 덧없이 흘러가는 세월을 생
각하면 천년도 석화石火에 지나지 않는 것. 생의 율동 속에서 다시
한번 우리는 내일을 설계해야겠다. 슬프고도 즐겁고 답답하면서
도 들떠 있는 세모의 거리에서 우리는 내일을 설계한다.

작품 해설
발화점을 찾아서

류철균 | 문학평론가·소설가

1. 서론

이어령이라는 이름은 한국 현대 문예비평사에서 지울 수 없는 한자리를 차지하고 있다. 그 자리는 1950년대 비평의 문학사적 이해와 관련된다. 말하자면 이어령은 「우상의 파괴」라는 평론으로 혜성과 같이 나타나 구세대 문학을 비판하고 전후 문학의 정체성을 확립한 1950년대 문학의 기수旗手라는 이해이다. 이와 같은 '구세대 문학 비판자'로서 이어령의 이미지는 1950년대 후반 백철에게서부터 최근의 연구들에 이르기까지 일관되게 이어지고 있다.[13]

13) 백철 「반항과 공동의 의식, 친애하는 이어령 군에게」, 《자유문학》 3권 12호 1958년 12월호(한국자유문학자협회).

  방민호, 「이어령의 구세대 비판 및 장용학의 한자사용론의 의미」, 『한국전후문학의 분석적 연구』(서울 : 도서출판 월인, 1997).

  강경화, 「이어령 : 저항의 맥락과 비평의 문화주의」, 『한국문학비평의 인식과 담론의 실

1960년대 이후 이어령은 단순한 문학평론가에 그치지 않고 소설가, 극작가, 국문학자, 하이쿠 연구자, 에세이스트, 언론인, 일본문화 연구자, 문예지 편집인, 출판인, 문화부장관, 올림픽 기획자, 대학 교수 등 13개 분야에 걸쳐 활동 영역을 확대한다. 이동하에 의해 '영광의 정점과 고독의 정점이 함께 존재하는 삶'이라 표현된 이 같은 활동 영역의 확대는[14] 그를 대중적인 지식인 스타로 부각시켰고 외국에서 한국을 대표하는 인문학적 지성으로 평가되게 했다. 동시대인들의 범속한 동질성에 뼈저린 자괴감을 안겨주는 이어령의 이 같은 인간적 에너지를 1950년대 평론에서 보여준 조숙성과 연결시킬 때 '천재'라는 이미지가 나타난다. 일찍이 김윤식은 이어령의 문학 활동을 『저항의 문학』(1959), 『축소지향의 일본인』(1982), 88올림픽 기획으로 나누면서 다음과 같이 말했다.

6·25의 폐허 더미에서 출발되는 화전민 의식이 우리와 우리 문학계를 놀라게 했다면, 그다음 단계로 이웃 일본을 놀라게 했으며, 마침내 손에 손을 잡고 남북·동서 갈등을 초극하는 88올림픽의 이미지로 확산

현화연구』(서울 : 태학사, 1999).
   한수영, 「새로운 세대의 등장과 비평의 좌초」, 『한국현대예술사대계 Ⅱ』(서울 : 시공사, 2000).
14)   이동하, 「이어령론」, 『한국문학을 보는 새로운 시각』(서울 : 새미, 2001), 176쪽.

되어 세계를 놀라게 하여 마지않았다.[15]

'이어령은 남을 놀래키는 사람'이라는 인식을 확대 반복하는 이러한 논의는 분명한 문제점을 내장하고 있다. 무엇보다 먼저 '세상을 놀라게 한 재사才士'라는 낭만주의적 천재 관념이 학문적인 분석과 이해 모델을 거부한다는 점이다. 문인들은 어휘 구사력과 사고력에서 일반인들과 다른 일정한 특이성을 가질 수 있고 또 가지고 있다. 그러나 이러한 생래적 특질을 그 자체만으로 분리시켜 강조한다면 연구자의 논의는 문학작품과 문학 행위에 대한 비판적 거리를 잃어버리게 될 것이다.

당겨 말하자면 1950년대의 구세대 문학 비판자라는 이미지는 비단 이어령 비평에만 적용될 수 있는 특징이 아니다. 그것은 '전통단절론傳統斷絶論'을 중심으로 한 50년대 비평 전체에 걸쳐지는 현상으로서 일정한 시대의식의 소산인 것이다. 이어령의 전방위적 문학 활동 역시 한국사회의 급격한 현대화Modernization 과정 속에서 '당돌한 개인'의 존재가 출현함으로써 자기 보존, 자기 고양, 자기 각성, 자기 해방이라는 근대적 자기의식의 자립화와 개체화가 장려되고 유도되는 사회 발전의 특수한 국면을 반영하는

---

15) 김윤식, 「배꼽언어와 공적 언어의 양가성」, 『나를 찾는 술래잡기』(서울 : 문학사상사, 1994), 3쪽.

것이다. 이 같은 사상사적 관점은 그때그때의 문학 활동으로 분절되어 이해된 이어령 문학의 정체성을 한층 일관된 논리로 파악할 수 있게 해준다.

본고는 이러한 문제의식 아래 1950년대 후반에서 1960년대 초반에 이르는 이어령 문학 초기의 소설 창작과 창작론들에 주목하고자 한다. 이 같은 초기작의 세계는 『흙 속에 저 바람 속에』(1963)를 통해 농경사회에서 산업사회로의 변화를 설명하고 『그래도 바람개비는 돈다』(1992)를 통해 다시 산업사회에서 정보사회로의 변화를 선도하기 이전에 나타났던 이어령 문학의 출발점이다. 본고는 최초의 출발점으로서 유소년기의 모태 공간에 내재했던 가능성들로부터 이어령 문학사상의 형성과 전개를 연역적으로 분석할 것이다. 이러한 분석을 통해 우리는 이어령을 동시대의 풍문 속에 존재하는 특이한 천재로부터 한국 현대 문학사의 필연적인 사건으로, 나아가 현대 문학사에 잠재했던 어떤 사상적 원리의 구현으로 재인식하게 될 것이다.

2. 서울로 열린 재지사족의 세계, 이어령 문학의 모태 공간

이어령은 1933년 12월 29일 충남 아산군 온양읍 좌부리에서 태어났다. 그의 출생일은 호적에 1934년 1월 15일로 등기되는데 호적 생일과 실제 생일의 이 같은 불일치는 이어령에게 문학 행위의 원초적 의미를 말해주는 에피소드가 되기도 한다. 출생을 회상하면서 이어령은 자신의 글쓰기를 가짜 날짜가 적혀 있는 호적, 즉 공적 문서라는 위조된 세계의 부조리 앞에서 진짜 자기를 찾아가는 '사문서私文書 짓기'라고 인식한다.[16]

이어령은 좌부리에서 출생했지만 우봉牛峰 이씨李氏 집안은 특기할 만한 요소를 가지고 있다. 이 집안은 대대로 경기도 용인에서 살았다. 그러므로 재지사족在地士族이지만 토착의 지주적 기반 확대와 지역적 명망 확대를 추구하는 전형적인 재지사족은 아니었다. 류기룡의 연구가 보여주듯이 이 집안은 내용적으로 경화사족京華士族에 가깝다.[17]

그의 가계는 대대로 잠깐씩 서울 정계에 진출했다가 회귀하는 양상을 보여주는데 이어령의 증조부 이보용李普用은 내각 참서관參書官을, 조부 이정구李鼎九는 중추원 의관議官을 지냈다.

이어령은 「우상의 파괴」(1956. 5)에서 문단의 중진들을 논리적으

---

16) 이어령, 「나의 문학적 자서전」, 『나를 찾는 술래잡기』(서울 : 문학사상사 1994), 179쪽.

17) 1850년 『윤상공선정록尹相公善政錄』 등을 남긴 구한말의 전기문학 작가이며 제2공화국 윤보선 대통령의 왕고모가 되는 해평 윤씨(1835~1920)가 친정인 아산군 둔포로부터 아산군 온양 좌부리 용인龍仁 이씨 이원시李源始에게 출가했다. 그녀는 여기서 2남 2녀를 낳았는데 그 가운데 차녀인 용인 이씨가 같은 마을의 우봉 이씨 이정구李鼎九에게 출가하여 이병욱李丙旭과 이병승李丙昇 등 6남매를 낳았다. 그 뒤 이병승에게 7남매가 태어났는데 그 가운데 5남이 이어령이다.

  류기룡, 『윤상공선정록고攷』(대구 : 형설출판사, 1983), 49~50쪽.

로 철저하게 유린한 뒤 이렇게 말한 바 있다.

내가 이 순간 우상들의 분노를 생각하지 않은 것은 아니다. 또한 이 거룩한 우상들에 의해 프로메테우스와 같은 모진 형벌을 받을 것도 잘 알고 있다.

그러나 나는 소학교 시절부터 수신修身 점수에 59점의 낙제점을 받은 천재적인 악동이며 겸양의 동양 미덕을 모르는 배덕아다. 그러니 그만 한 정도의 것은 이미 각오한 지 오래다.[18]

기성세대를 야유하기 위해 언급한 이 대목에서 이어령은 무의 식중에 자신의 성장 환경을 고백한다. 악동이란 어느 선까지 악 동의 못된 짓과 장난질을 허용해주는 부모와 집안의 배경 없이는 존재 근거를 얻을 수 없다. 스스로 악동, 배덕아라 자처하는 이어 령의 이 싱싱한 자신감은 제도 교육 자체를 대수롭게 여기지 않 을 수 있었던 가정교육 존재를 암시하는 것이다. 이어령은 고교 를 졸업할 때까지 읍 소재지를 벗어나지 못한 시골 소년이었지만 그 유년의 자의식은 일반적인 시골 소년의 그것과는 다를 수밖에 없었다. 어릴 때부터 자녀를 독서인讀書人으로 기르면서 자녀 교 육에 가문의 운명을 거는 사족 집안의 법도가 그의 유년을 통어

18) 이어령, 「우상의 파괴」, 『지성의 오솔길』(서울 : 현암사, 1966), 187~188쪽.

하고 있었던 것이다.

후일 이어령의 비유 체계에서 농촌의 유소년기 에피소드들이 문학하는 자의 실존적 고독과 연결되는 특이성도 이 같은 성장기 체험에서 기인한다. 예컨대 이어령은 "나의 문학은 남폿불이었고 '어서 불 끄고 자라'는 말끝에 묻어오는 그을음 냄새였고, 어디에선가 밤새도록 새어 나오는 물소리였다."라는 농촌의 밤의 이미지를 통해 창작에 임하는 작가 내면의 심연을 이야기한다. 또 농촌 소년들이 심심한 날에 하는 땅파기 놀이의 이미지에서 심층적인 무의식의 세계를 파고 들어가는 문학비평의 의미를 읽어내기도 한다.[19]

이처럼 실존주의라는 극단화된 개인주의의 감각을 지극히 공동체주의적인 농촌 유소년기의 세계와 연결한 이어령의 수사학은 감탄을 자아낸다. 그러나 이것은 수사학으로 나타나는 천재성이 아니라 이어령의 성장 환경에 내재한 잠재성의 발현이었던 것이다.

출생과 성장의 모태 공간이라는 관점에서 조망할 때 이어령은 같은 문학평론가인 최재서와 여러모로 대비된다. "겨울밤 헐벗은 가지 끝에 매달려 있는 차디찬 별떨기"를 보면서 고독을 견디곤 했다는 황해도 해주 교외의 과수원집 아이, 비평가 최재서崔載

---

19) 이어령, 앞의 책, 182~187쪽.

瑞의 유년 시절 역시 이어령과 마찬가지로 다른 시골 소년들로부터 분리된 일정한 고독을 안고 있었다.[20]

최재서와 이어령은 모두 이러한 고독 속에서 도회지가 주는 현대적인 문화의 레퍼런스들이 거의 없이 책만을 보고 문명을 사유한 시골 수재 특유의 자존심과 관념의 날카로움을 자기 비평 세계의 원형질로 형성해나갔다고 말할 수 있다.

이 같은 원형질은 후일 두 사람이 갖는 주지주의 모더니즘에 대한 깊은 관심과도 연관될 수 있다. 사상이란 자기 내부의 결핍 부분을 메우기 위한 '이럴 수밖에 없음(Es muss sein)'의 표정이기 때문에 도시적인 사상, 모던한 사상에서 해방의 계기를 느끼는 정신들 가운데는 어떤 시골스러움, 프리모더니티premodernity를 자기 내부의 콤플렉스로 내장한 경우가 있다.[21]

그런 의미에서 이어령 문학의 모태 공간은 평론의 최재서, 시의 백석, 소설의 이효석의 예로 드러나는 1930년대 한국 모더니즘 문학을 상기시킨다.

그러나 발전적으로 자기 문학 세계를 축조해나가는 정서적 안정감과 사고의 유연함이라는 점에서 이어령과 최재서는 크게 다르다. 다나카 히데미쓰의 소설이 증언하듯 정치(친일)와 여자 문

---

20) 최재서, 『인상과 사색』(서울 : 연세대출판부, 1977), 54쪽.
21) 류철균, 「고향과 근대」,《현대시세계》 6호 1990년 봄호(청하), 24~25쪽.

제 모두를 극한까지 밀고 나갔다가[22] 해방과 더불어 파탄을 맞고 사라지는 최재서와 같은 문학적 이력을 이어령에게서는 상상도 할 수 없다. 이어령 문학의 모태 공간은 대대로 서울로 열려 있는 재지사족의 세계였으며 그러한 열림 속에 난세를 어떻게 합리적으로 살아가는가를 체득한 지식인들의 세계였다. 수많은 논쟁을 시연하며 포화와 같은 기세로 적에게 덤벼들던 이어령 비평의 열정 뒤에는 이 같은 합리주의자의 균형감각이 숨어 있었다. 그리고 이것은 '당돌한 촌놈'을 자처하던 그의 내밀한 자신감이기도 했다.

이 같은 이어령의 유소년기 세계는 물론 그 어떤 사회경제사적 의미로도 환원될 수 없는 고독의 원초적 선택을 거느린다. 그의 다양한 산문시적 에세이에서 형상화된 이것은 동요가 아닌 군가를 부르며 자라난 식민지 시대 말기에 문학의 매혹에 혼을 빼앗겨버린 다감한 소년의 고독이다. 그러나 시대의식의 관점에서 볼 때 이어령으로 하여금 현재의 자신과 미래의 자신을 스스로 선택하게 만든, 보다 본질적 균열은 유소년기와 청년기 사이에 나타나는 현실의 낙차落差가 될 것이다.

이어령의 청년기는 학식과 권위를 가진 가부장이 중심에 존재하는 질서의 세계로부터 전쟁으로 아수라장이 된 서울의 근대적

---

22) 中英光, 유은경 옮김, 『취한 배』(서울 : 소화, 1999), 262쪽.

세계로 나아가면서 시작된다. 고향에 비해 너무도 혼란스럽고 비루한 근대적 세계의 혼란은 이어령에게 현실에 대한 극도의 환멸감과 함께 일종의 오만傲慢을, 따지고 보면 별로 현세적인 근거가 없지만 하나의 절대적 사건으로서 선택되는 형이상학적 오만을 가져다준다. 순수한 만큼 인간을 불행하게 하는 이 같은 오만을 촉발하는 것은 무엇보다 먼저 1952년 입학과 더불어 경험한 서울대 문리대 국문학과의 현실이었다. 이 시기 서울대학교 문리대는 이어령의 동기생 최일남의 술회에서 나타나듯이 '폐허의 현실'과 '상아탑의 환상'이라는 양의적인 성격을 안고 있었다.

　　부산 대신동 산비탈에 웅크리고 있던 학교가 비로소 제자리에 돌아온 것이 그 무렵(1953년 가을-인용자)이다. 부산에서 신입생 등록만 마친 동기생들이 1년 남짓 뿔뿔이 헤어져 있다가 얼굴을 맞댄 것도 그때였다.
　　아니다. 헤어진다는 것은 한동안의 사귐을 전제한 이별의 개념이다. 혹은 부산의 피난 교사에서, 혹은 자기 고향의 도청 소재지에 있던 전시 연합대학에서 더부살이 공부를 따로따로 하던 처지에 '재회'라니 사치스럽다. '이름도 몰라요, 성도 몰라'로 아까운 세월을 뭉갠 끝에 서로 뜨악하게 만났을 따름이다.
　　더구나 벌써 2학년이 된 동기생과 수인사를 나누기 전에, 말로만 듣던 붉은 벽돌 교사와 먼저 대면했다. 상아탑이 이런 곳인가 싶은 반가움과 항상 외포畏怖의 대상이던 그림 같은 선교사집 벽돌에 대한 두려

운 연상 작용이 반반씩 거들어 어떻든 가슴이 뛰었다.[23]

최일남의 회상은 1953년 당시 문리대 학생들의 현실과 경성제국대학京城帝國大學이 물려준 상아탑의 환상을 대비적으로 보여준다. 이어령 또래의 문리대 학생들은 외견상 거지와 구별될 수 없었다. 미군부대 구호물자를 얻어 걸치고 꿀꿀이죽으로 끼니를 때우며 판잣집 피난 교사에서 책도 없이 엉터리 강의를 듣다가 찢어진 워커를 끌고 상경한 이 불쌍한 청년들의 눈앞에, 흠칫 경외심을 일으키는 '말로만 듣던 붉은 벽돌 교사'가 우뚝 서 있었다.

'상아탑이 이런 곳인가'하고 자문하는 이어령 또래의 머릿속에는 식민지 시대 경성제대가 만들어놓은 아카데미즘의 이미지가 존재하고 있다. 경성제대는 식민지에 있다는 한계에도 불구하고 그 학과목의 구성과 학문적 수준에서 본국의 제국대학에 필적하는 명문대학으로 대북제대臺北帝大 같은 다른 식민지 대학과는 격을 달리하는 것이었다.[24]

경성제대는 설립 초기부터 다이쇼[大正] 데모크라시가 안겨준 자유로운 분위기에 힘입어 '대학University'의 이념, 즉 지역적, 민

23) 최일남, 「라일락이나 마로니에」, 『64가지 만남의 방식』(서울 : 김영사, 1993), 25~26쪽.
24) 泉靖一, 김윤식 옮김, 「舊植民地帝國大學考」, 『한일문학의 관련양상』(서울 : 일지사,1974), 318쪽.

족적 특수성으로부터의 탈피와 아카데미즘을 향한 보편성을 구현했다. 경성제대에는 도자와[戶澤鐵彥] 교수 같은 극단적인 자유주의자도 있었고 미야케[三宅之助] 교수처럼 "조선총독부는 조선인들의 피를 빨아먹는 착취기관"이라고 공언하는 철저한 마르크스주의자도 있었다. 그러나 그것은 '대학'이었기에 대학 안에서는 어떤 사상적 논의도 가능했다.[25)]

그러나 1953년의 서울대에서 이 같은 상아탑은 흘러간 과거의 전설에 불과했다. 조선어문학과의 다카하시[高橋亨] 교수, 오쿠라[小倉進] 교수, 영문과의 사토[佐藤淸] 교수, 사학과의 이마니시[今西龍] 교수, 철학과의 후지오카[藤塚隣] 교수 등 상아탑을 만들었던 기라성 같은 학자들은 모두 본국으로 돌아갔다. 조윤제와 최재서의 예에서 알 수 있듯이 그들이 키워낸 인재들의 상당수는 이런저런 정치적 이유로 제거되어 서울대에 남지 못했다. 전쟁은 잘 정비되어 있던 경성제대의 도서관과 기반시설까지 아수라장으로 만들었고 대학 운동장에는 아직도 미군 부대가 주둔하고 있었다.

한국 문학이 '전후 세대'라 부르는 이어령 또래의 문학청년들은 이런 초라한 대학을 배회하면서 복잡한 비평적 자의식을 형성하게 된다. 그들은 비록 생활은 가난하고 비참할망정 일찍이 식민지 시대와 해방 공간에서는 찾기 힘들었던 순수하고 탈정치적

---

25) 이충우, 『경성제국대학』(서울 : 다락원, 1980), 210쪽.

이며 이상주의적인 눈으로 정신적인 문화와 교양과 예술에 골몰했다.[26]

그들은 잉크병의 잉크가 얼 정도로 추운 자취방에서 새우잠을 자고 나날의 끼니를 굶주리면서도 무엇이든 인쇄된 것이라면 휴지에 가까운 조잡한 종이도 좋다고 게걸스럽게 읽어대던, '마음이 가난한 세대'였다. 대학에서 문학개론이나 원론, 심지어 작품조차 배우지 못했던 이들은 미군 부대에서 버리는 헌책을 주워 뉴크리티시즘을 공부했고 '빈 항아리에 물을 채우듯 군소리 없이' 사르트르로 대표되는 프랑스 실존주의를 수용했다.[27]

이 같은 학구열과 이상주의의 다른 쪽에 압도적인 공포감이 있었다. 첫째는 이어령의 소설 「전쟁 데카메론」(1966)에서 형상화되는 전쟁에 대한 공포였다. 전후 세대의 젊은 지식인들은 현재의 생활 터전에 안심하지 못하고 그것을 최전방 바로 뒤편의 '비무장지대'로 인식한다. 전쟁이 갖는 물리적 폭력의 무자비성과 개인의 의지를 고려하지 않는 국가 권력의 잔혹성은 '윤군', '김소위', '박교수' 등으로 형상화된 지식인들의 의식에 '노아의 대홍수' 같은 원초적인 자연의 재앙처럼 느껴진다.[28]

26) 유혁인, 「부산 양산박 시절의 추억」, 『정명의 만남』(서울 : 새미, 1998), 68~69쪽.
27) 김윤식, 「사르트르와 우리 세대」, 『황홀경의 사상』(서울 : 홍성사, 1984), 240쪽.
28) 이어령, 「전쟁 데카메론」, 이어령 대표작품선집(서울 : 책세상, 1995), 213쪽.

둘째는 경제적 전략에 대한 공포였다. 「전쟁 데카메론」에는 강제로 머리를 깎인 모습으로 김소위에게 몸을 팔러 왔던 창녀의 이야기가 등장한다. 서기원, 장용학, 손창섭 등 다른 1950년대 작가들의 소설에도 강렬한 형상으로 등장하는 창녀娼女 모티프는 전쟁과 인플레이션의 모든 물질적 재생산의 기반을 파괴해버린 상황에서 개인의 존엄이 해체되어 '의식 없는 몸뚱이 하나'로 환원될 수 있다는 공포감의 반영이다.

바로 이 같은 상황, 학문과 예술에 대한 강한 열정과 전쟁과 사회적 추락에 대한 강한 공포의 교착상태, 영웅적인 것과 노예적인 것의 공존이 이어령의 비평적 자의식을 낳는 세대적 원형질이다. 실존주의는 이 우수에 젖은 반항자들의 자의식을 누구에게나 친숙한 그림으로 바꾸어주었고 서울대 문리대는 그것을 전시할 발표 공간을 만들어주었다. 그리하여《문리대학보文理大學報》가 나타나자 막혀 있던 강물이 터진 둑을 통해 흘러내리듯이 말들이 그들에게서 흘러나왔다.

3.《문리대학보》그룹의 세계관과 시대 인식

이 시기 이어령의 의식은《문리대학보》그룹이라 부를 수 있는 지식인 집단의 집단적 세계관에 정확히 포회된다. 이어령이 원고를 발표하고 편집도 거들었던《문리대학보》는 서울대 문리대 학

예부가 주관하는 교수와 재학생들의 발표 공간이었다. 학부 4학
년생 이어령이 「이상론」을 발표하던 통권 6호에 실린 '권두언卷頭
言'은 8개월 후 《한국일보》 지상에 발표되어 문단과 사회에 충격
을 주었던 이어령의 명문장 「우상의 파괴」(1956. 5. 6)와 똑같은 메
시지를 내장하고 있다. 「우상의 파괴」는 이 권두언의 논지에 예
증例證과 수사修辭가 더해졌을 뿐이다.

인간성에 대한 기대와 신임을 근본적으로 방기할 수밖에 없는 것 같
은 역사의 이 지점에서, 그리고 근대 역사의 고귀한 유산인 자유가 위
협을 당하고 있는 바로 이 오늘날, 우리 젊은 지성은 생을 향유하고 있
다.
전통과 인습이 붕괴되어가는 진통의 소리는 탁한 공기를 배설하여
예민한 우리들의 신경을 마비시킬 것 같은데, 희망을 상징할 수 있는
창조의 예증豫證은 아직 아무 데도 나타나지 않고 있다. 그러나 아직도
안일 속에서 태평가를 부르는 낡고 무딘 지성도 있으니, 그들은 아직도
낡은 사고방식에서 탈피하지 못하고 있는 것이다. 과거는 아무리 아름
다운 시대였을지라도 역사는 불가역성의 법칙과 더불어 다만 전진이
있을 따름이다. 과거의 우상들은 물러가야만 하는 것이다. (……)
우리 젊은 지성은 혼미와 허탈과 절망의 깊은 근저根底에 오히려 창
조와 희망에의 벅찬 감격을 가져올 역사의 필연과 섭리가 있음을 통찰
한다.

독재와 무질서의 이 위기에서 우리는 다시 한 번 인간의 존엄과 지성에 대한 기대를 절규한다.[29]

문학사의 모든 세대는 선배 세대에 대한 반발과 거부를 통해 자기 문학의 정체성을 형성해간다. 그러나 《문리대학보》 그룹이 보여주는 한국의 전후 세대 문학은 기성의 선배 세대를 우상으로, 스스로를 지성으로 규정한 점에서 매우 독특한 양상을 띤다. 그들이 이 같은 극단적인 격하를 감행하는 것은 기성 세대의 문학이 전후 현실을 외면하고 "영원·도주·자연·도취·춘향·신라 그리고 순수라는 이름 밑에서 학을 부르고 꽃을 말하는 패배주의자의 문학"이기 때문이다.[30]

이러한 기성 세대에 반해 그들 전후 세대는 전쟁 체험을 매개로 엄혹한 '현대現代'를 자각했다는 것이 무한한 자기 긍정의 근거가 된다.

이들 《문리대학보》 그룹의 시대 인식은 크게 두 가지 계기로 이루어진다. "인간성에 대한 기대와 신임을 근본적으로 방기할 수밖에 없는 것 같은 역사의 이 지점에서"라는 말에서 암시되는

---

29) 필자 미상, 「현대의 불안과 지성의 권리」, 《문리대학보》 통권 6호(서울대학교 문리과대 학 학예부, 1955. 9. 1), 12~13쪽.

30) 이어령, 「풍란의 문학」, 『지성의 오솔길』(서울 : 현암사, 1966), 166쪽.

핵 시대Nuclear Age의 불안, "근대 역사의 고귀한 유산인 자유가 위협을 당하고 있는"이란 말에서 암시되는 전체주의Totalitarian- ism에 대한 불안이 그것이다. 이러한 인식에 따르면 1945년 8월6일 아침 히로시마에 원자폭탄이 떨어지면서 세계는 근본적으로 변한 것이었다. 순식간에 반경 13킬로미터를 평평한 폐허로 만들고 7만 8천여 명을 죽여버린 그 폭탄은 인류에게 나를 포함한 모든 이웃이 언제라도 절멸될 수 있다는 심원한 공포를 안겨주었다. 이어 1947년 6월 유혈 사태 끝에 인도와 파키스탄이 분단되었고 1948년 5월 중동 지역에 끝없는 전쟁을 불러올 이스라엘이 건국되었으며, 1949년 9월 소련이 원자탄을 개발하고 10월에는 중국에 공산정권이 들어섰다. 그리고 그 연장선상에 1950년 6월의 한국전쟁이 있었다.

이 같은 《문리대학보》 그룹의 시대 인식은 이어령이 1958년 4월에 발표한 「현대 작가의 책임」에 옮겨져 격정적인 문장으로 부활한다.

방사능을 품은 빗발과 사회 섞인 토우 속에서 언젠가는 나의 사랑하는 것, 그리운 것, 생명 있는 모든 것들이 죽어갈 것이다. 살아 있다는 자신도 변변히 가져보지 못한 채로 오늘의 인간들은 끊임없는 위협과 굶주림과 학대 속에서 죽어갈 것이다. 여기에서 오늘의 작가들은 무엇을 할 것인가? 무엇을 쓸 것인가? (……) 죄 없는 짐승들이 도살되어 가는 것처럼 옆에서 많은 사람들이 죽어가는 것을, 선량한 이웃과 유약한 여인들이 사슬에 묶여 끌려가는 행렬을, 오늘도 먹을 것을 위하여 값싼 향수와 웃음을 뿌리는 창부의 창백한 육체를, 군화 밑에 짓밟힌 장미를, 어린이들의 학살을! 그런데도 지금 상인들의 그 홍수같이 거만한 웃음을, 어린 곡예사들의 가냘픈 목과 위태한 몸짓으로 아슬한 천공에서 그네를 뛰는 소녀의 그 해진 치마폭을, 우랄 산맥 밑에 잠들어버린 인간의 슬픈 생명을! 그러나 그러한 모든 것을 외면하는 작가들이 있다. 그들은 우리의 고독과 사회의 소용돌이를 보지 않으려는 사람들이요, 작가의 책임을 저버린 사람들이다. 그는 벌써 작가가 아니다.[31]

이 현란한 열거의 수사법이 지시하는 것은 히로시마와 나가사키의 원폭 체험, 스페인의 프랑코 독재와 스탈린 대숙청의 전체주의 체험이다. 이어령과 《문리대학보》 그룹의 청년들은 이처럼 당대 세계의 시사적인 문제를 자신의 삶과 깊숙하게 연결시켜 내면화하면서 이를 다시 문학의 문제로 변용한다. 이 같은 시대 인식의 역학 속에서 《문리대학보》 그룹은 일종의 세계시민적이고 보편주의적인 세계관을 표출하게 된다.

이러한 세계관은 《문리대학보》에 실린 실존주의의 연구에서 나타난다. 당시 실존주의는 《문리대학보》 그룹만의 이념적 특징

---

31)　이어령, 「현대 작가의 책임」, 『저항의 문학』(서울 : 경지사, 1959), 74~79쪽.

이 아니라 모든 지식인 집단들의 관심사였으며, 문학과 철학 등 1950년대 한국 문화의 전반에 걸쳐 대두된 의제agenda였다. 그러나 이처럼 실존주의를 거론했던 50년대의 담론들은 그 수용태도와 접근방식에 있어서 커다란 편차를 보인다.

예컨대 백철·정태용·최일수 등에게 실존주의는 그 탈역사적이고 주관적인 속성 때문에 한국문학에 끼칠 영향이 상당히 부정적인 사조로 인식되었다.[32]

김동리·서정주·조연현 등 소위 '문협정통파'의《현대문학》그룹 역시 전통의 주체성을 통해 현대를 인식할 것을 강조하면서 이러한 비판적 수용태도를 공유한다. 한편 소위 참여론을 통해《현대문학》그룹과 대립했던《사상계》그룹에게 실존주의는 그들 특유의 문화적 민족주의에 의해 굴절되어 "실존주의적 참여＝근대화를 위한 정신의 계몽"이라는 한국적 변용을 보인다.[33]

이러한 여타 지식인 집단에 비해 가장 후배 세대에 속하는《문리대학보》그룹은 실존주의를 서구에서 발생한 맥락 그대로 굴절 없이 수용하고자 하는 입장을 보인다. 그들은 사르트르와 카뮈 등을 논하는 경우뿐만이 아니라 릴케 등의 다른 시인들과 작

---

32) 한수영, 앞의 논문, 126쪽.

33) 김건우, 「1950년대 후반 문학과 지식인 담론의 관련 양상 연구〉, 2001년도 박사학위 청구논문 미간행 발표 요지문(2001. 4. 6), 5~6쪽.

가들을 다루면서도 실존주의 이론을 적용하여 해석 비평하려는 경향을 보여준다.

이러한 성향은 국내 연구자들 가운데 가장 강력하게 실존주의 문학의 가치를 옹호했던 김붕구金鵬九가 이 학보에 원고를 기고하면서 불문과 강사로 출강하고 있었던 사실과도 무관하지 않다. 이어령의 초기 문학사상은 이처럼 핵 시대와 전체주의의 위협에 직면한 불안한 현대의 시대 인식을 갖고 그와 같은 시대 상황을 해석할 이론적 준거틀로 실존주의를 가장 적극적으로 받아들이려 했던《문리대학보》그룹의 시대 인식과 세계관에 포회된다. 이들은 어떤 지식인 집단보다도 강한 세계사적 보편주의의 눈으로 자기 시대의 현실을 투명하게 인식하고자 했다. 이어령은 스스로 "프로메테우스의 형벌을 진 배덕아"라고 말하면서[34] 외로

---

34) 《문리대학보》에 실린 논문과 비평 가운데 실존주의와 관련된 글들은 대략 아래와 같다.
「전환의 문학」, 홍사중(1권 1호).
「전환기의 윤리」, 이교상(1권 1호).
「낭만과 실재」, 손우성(1권 2호).
「현대 불란서시의 방향」, 이승동(1권 2호).
「자유의 幽谷」, 김영민(2권 1호).
「Sartre의 철학사상」, 박종홍(2권 1호).
「Sartre의 문학」, 손우성(2권 1호).
「Sartre의 유물론」, 김륭(2권 1호).
「문학의 전통성」, 이홍조(2권 1호).

운 신세대 문학의 기수를 자처했고 본인은 실제로 그렇게 생각했 겠지만 문단과 사회의 다른 지식인 집단들은 그렇게 느끼지 않았 다. 다른 지식인 집단에게 《문리대학보》 그룹은 지금은 미약하지 만 사회적으로 제1급에 속하게 될 엘리트들이었다.[35] 당시 지식

「현대 불문학에 있어서의 니힐리즘」, 박이문(2권 1호).

「kierkegaard 연구(1)」, 이교상(2권 2호).

「지이드와 현대 프랑스 문학(上)」, 김붕구(2권 2호).

「시의 정치적 환경」, 이동주(2권 2호).

「인습과 창조-불란서 시를 중심하여」, 박이문(2권 2호).

「사랑과 죽엄의 완성 릴케의 시」, 송영택(2권 2호).

「허무의 초극과 꽃-서정주의 생명」, 신동욱(2권 2호).

「kierkegaard 연구(2)」, 이교상(3권 1호).

「반항의 비극성」, 이 환 (3권 1호).

「문학의 건강성」, 박이문(3권 1호).

「윤리 일반에 관한-試論」, 이헌조(3권 2호).

「이상론 순수의식의 뇌성과 그 파벽」, 이어령(3권 2호).

「kierkegaard 연구)」, 이교상(3권 2호).

35) 《문리대학보》 그룹의 학보편집위원들과 필자들 가운데 이어령과 동년배에 있었던 사람들의 행족은 다음과 같다. 편집위원 이규일李圭日은 로스엔젤레스 영사, 예맨 대사, 외 교안보연구원 명예교수를 역임했다. 편집위원 유종현柳鍾玄 역시 세네갈 대사, 요코 하마 총영사, 외교안보연구원 명예교수를 역임했다. 편집위원 유혁인柳赫仁은 《동아일보》 정치 부장, 대통령 정무수석, 공보처 장관을 역임했다. 실존주의 윤리를 다루었던 이헌조李憲祖 는 금성사 대표이사, LG전자 대표이사, 한일문화교류기금 이사를 역임했다. 기타 인물들 까지를 분석해보면 《문리대학보》 그룹은 일찍이 요절한 사람들 빼고 모두 한국사회의 지 도층 인사로 성장했다. (http://www.joins.com/인물검색 참조

인 담론을 주도하던 《사상계》 그룹은 이북 출신의 월남지식인들이라는 일정한 한계를 가지고 있었다. 여기에 비해 대부분 이남 출신인 《문리대학보》 그룹의 잠재력은 대단한 것이었고 당분간 이들을 대체할 만한 지식인 집단은 나타나지 않을 것 같았다.

이어령이 「우상의 파괴」를 발표하던 1956년, 《문리대학보》 그룹 가운데 특히 문학에 뜻을 둔 일군의 학부생과 대학원생들이 서울대 문리대 문학회를 결성하고 기관지 《문학》을 발간한다. 《문리대학보》 그룹의 잠재력은 《문학》의 세계에 이르러 일층 구체화된다. 홍사중洪思重이 "신세대문학에 의한 세대교체"를 주장하고[36] 이어령이 한 번도 보지 못한 글쓰기 형식으로 "알레고리에 의한 시대비평"을 시도하는[37] 《문학》의 세계는 무엇보다도 기성 문단에 대한 강한 대타의식對他意識을 전제한 것이다. 이 같은 대타의식은 오상원吳尙源이 전쟁터 한복판에서 시체들을 만나며 아버지를 그리워하는 소년의 슬픔을 묘사하고[38] 정병조鄭炳祖가 양공주의 집에서 기식하는 지식인의 기형적인 생태를 쓰고[39] 박맹호朴孟浩가 일자리를 찾지 못한 청년의 눈으로 제1공화국의 대

---

36) 홍사중, 「새로움의 의미」, 《문학》 제1호(1956. 7), 60쪽.

37) 이어령, 「녹색우화집」, 《문학》 제2호(1957. 7), 40쪽.

38) 오상원, 「視差」, 《문학》 제1호, 106쪽.

39) 정병조, 「梅利의 집」, 《문학》 제2호, 76쪽.

통령 1인 숭배를 통렬하게 조소하는[40] 소설 창작에서의 강렬한
세대 의식과도 연관된 것이다.

이와 같은 일군―群의 엘리트들이 문단으로 쳐들어오고 있었고
그 선두에 이어령이 있었다. 그 반대편에는 경신중학 중퇴의 전
직 양곡조합 서기(김동리), 목포상고 중퇴의 신문기자(최일수), 혜화
전문 중퇴의 잡지편집자(조연현), 혜화전문 출신의 동국대 도서관
직원(정태용) 들이 납북과 월북으로 문학사의 명맥이 단절된 문단
을 지키고 있었다. 4·19혁명은 바로 이러한 전후 세대의 도전을
사회 모든 부분에서 가시화시킨 분수령이었다. 이것이 「우상의
파괴」에서 시작된 이어령의 초기 비평의 문단 안팎에 커다란 파
문을 던지고 약관 27세에 《서울신문》 논설위원으로 취임하면서
이어령이 한국 지식인 사회의 기린아로 떠오르게 되는 시대적 배
경이었다.

4. 창작의 생명 감각과 논리화의 한계

지금까지 우리는 이어령 문학사상의 초기 조건을 이루고 있던
지식인 집단의 성격을 살펴보았다. 그러나 이어령 문학 사상의
형성은 이러한 조건만으로 설명되지 않는다. 이어령 문학에는 똑

---

40) 박맹호, 「破僻」, 《문학》1호, 147~150쪽.

같은 연배에, 똑같은 《문리대학보》 그룹에 있었던 박이문, 신동욱 등과는 비교할 수 없는 독특한 면모가 존재했다. 당겨 말하자면 그것은 비평 충동과 창작 충동의 통일성, 논리로서의 비평을 생명적인 것으로서의 창작과 융합시키는 지적 모험의 독창성이었다.

이어령은 대학 4학년생이던 1955년 6월 대구에서 발행된 문예지 《예술집단》 창간호에 단편소설 「환상곡幻想曲」을 발표하면서 공식적인 문학 활동을 시작한다. 최초의 평론 작품인 「이상론」보다 3개월 먼저 발표되어 사실상 이어령의 처녀작이 되는 이 소설은 1950년대 이어령 문학 사상의 핵심어였던 '저항'이란 말의 비밀을 암시해준다.

「환상곡」이 그리고 있는 것은 판수, 즉 장님 점쟁이인 아버지에 대한 열다섯 살 난 아들의 살부충동殺父衝動이다. 이 같은 살부충동의 형상화는 관념이 서사를 압도하는 1950년대 소설 특유의 에세이즘과 우화적 분위기를 노정하면서도 소설적 긴장과 서스펜스의 조성에 성공하고 있다.

판수인 아버지는 앞을 보지 못할뿐더러 말도 하지 못한다. 아들인 '나'는 아버지를 이끌어 길을 안내하고 아버지가 점을 치면 그 까맣게 탄 입술이 "줏싯줏싯 심줄들의 경련을 일으키는 것"을 보고 점괘를 읽어서 대신 외쳐준다. 그러던 어느 날 나는 어떤 병든 계집애의 방으로 아버지와 함께 점을 치러 가는데 그곳에는

"어두운 그림자 속에서 석류꽃들이 활짝 피어 있다. 녹음 같은 것이 바람처럼 일고 있다". 아들은 알 수 없는 안타까움에 이끌려 아버지의 점괘와는 달리 계집애가 살아날 것이라고 거짓말을 한다. 그러자 아들은 불가항력으로 다가오는 내면의 목소리에 자지러진다.

아버지 그 눈을 감으십시오. 바람이 흔들리는 삭정이 같은 앙상한 손을 감추십시오. 구름이며 바람이며 어쨌든 내 몸은 가벼워져야 될 것입니다. 당신 아닌 것이 알고 싶습니다.
아버지 당신의 말일랑 당신이 하십시오. 가고 싶은 당신의 길은 당신이 걸으십시오. 후텁지근한 내 숨결을 부끄럽지 않게 하여 주십시오. 넝쿨 같은 당신의 손과 싸늘한 핏줄을 걷어주십시오.[41]

이 같은 아들의 독백은 신의 침묵과 인간의 질문이라는 카뮈적 명제를 연상시키면서 눈먼 점쟁이 아버지를 맹목적으로 받아들여야 하는 운명, 내지 신적인 존재로 가정하게 한다. 그런 의미에서 「환상곡」은 사르트르의 『실존주의는 휴머니즘이다Exis- tential-isme est un humanisme』를 소설로 옮겨놓은 관념소설이라고도 말할 수 있다.

41) 이어령, 「환상곡」,《예술집단》제1호(대구현대출판사, 1995).

사르트르에 따르면 우리가 한 자루의 종이칼을 만들 때 우리의 머릿속에는 종이칼의 존재 이전에 종이칼의 본전(개념, 제조법, 성질)이 먼저 들어 있다. 그런 의미에서 종이칼은 본질이 존재에선행한다고 말할 수 있다. 마찬가지로 신이 인간을 만들었을 때도 신의 정신 속에는 사람의 본질이 먼저 들어 있었다고 가정할 수 있다. 사르트르는 실존주의 이전의 철학은 설사 신을 부정했다고 할지라도 '본질이 존재에 선행한다'는 신학의 생각까지 부정한 것은 아니라고 지적한다.

'존재가 본질에 선행한다'고 말하는 실존주의에 따르면 본질 혹은 사물의 의미는 어떤 외부적 힘에 의해 미리 결정되지 않는다. 의미는 어디까지나 인간에 의해서 구축된다. 세계는 그 어떤 초월적 의미도 간직하고 있지 않으며 우리 인간이 언어를 통해 세계 속으로 들어가면서 의미를 만들어낸다. 여기서 우리는 각자가 스스로를 선택한다는 사르트르의 '실존적 자유', '선택' 관념이 나타난다. 미리 정해진 의미란 아무것도 없으므로 우리 인간은 각자가 자유롭게 자신의 행동을 통해서 자기 자신의 의미를 창조하는 것이다.[42]

나중에 사르트르의 이 같은 '실존적 자유' 이론은 여성 문제처

42)   J. P. Sartre, 방곤 옮김, 『실존주의는 휴머니즘이다』, 현대세계사상교양대전집 13권 (서울 : 문암사, 1983), 17~21쪽.

럼 인간의 원초적 자유를 제한하는 사회적 조건을 간과하고 있다
는 시몬 드 보부아르Simone de Beauvoir의 비판을 받고, 또 사회의 객
관적 구조가 개인의 주관적 의지에 선행한다는 구조주의자들의
비판에 직면한다. 나아가 미셸 푸코Michel Foucault에 이르면 사르
트르가 말한 '인간'이라는 관념 자체가 근대의 발명품이며 이제
곧 사라져버릴 것이라는 충격적인 지식의 고고학이 펼쳐지기도
한다.[43]

이렇게 볼 때 이어령의 처녀작 「환상곡」은 가장 사르트르적인
의미의 '실존적 자유'를 소설로 형상화하려 했던 시도이다. 삶과
죽음을 척척 결정적으로 예언하는 눈먼 점쟁이 아버지가 역사와
그것의 폭력을 상징한다면 심약한 나는 실존과 그것의 우연성을
상징한다. 역사를 증오하는 주인공에게는 '반역과 범죄의 쥐가
가슴속을 달린다'. 아들은 눈먼 아버지를 낭떠러지로 유도하여
떨어뜨림으로써 살부의 욕망을 실현하고 잠시 해방감을 느끼지
만 금방 절망한다.

그런데 나는 어디를 향해서 걸어야 할지 모른다. 나 혼자 길을 가본
일이 없다. 물에 비친 하늘을 치어다본다.

43)   Mark Poster, 조광제 옮김, 『푸코와 마르크스주의』 제1장 「푸코와 사르트르」 (서울 :민
맥, 1989) 참조.

이리하여 소설은 사르트르가 『변증법적 이성 비판Critique de la raison dialectique』에서 프랑스 대혁명을 분석하면서 말했던 '역사에 대한 공포'를 재연한다. 사르트르가 알렉산드르 코제브Alexandre Kojève로부터 배운 역사에 대한 공포란 '역사가 이미 존재한다는 사실' 그 자체를 뜻한다. 나는 폭력적이고 맹목적인 역사를 증오하지만 역사는 이미 존재하며 존재하는 것은 그것이 존재하는 한 선하다.

모든 행동은 현존하는 소여所與를 부정하는 한 악이며, 반역이고 범죄인 것이다. 이러한 반역은 그 반역이 성공하여 존재하는 새로운 현실이 됨으로써 용서받을 수 있다. 그런데 이어령은 이러한 성공을 자신할 수 없다. 반역을 시도하기가 무섭게 "나는 어디를 향해서 걸어야 할지 모른다." 이것은 아직 4·19도 5·16도 경험하지 못한 시점에서 지식인의 비전이 가 닿을 수 있는 한계의 정직한 고백일 것이다.

이러한 절망의 순간 환상처럼 참나무 지팡이를 든 아버지가 다시 나의 어깨를 잡아끄는 것으로 소설은 끝난다. 이처럼 「환상곡」은 눈먼 점쟁이 아버지를 죽이려고 하는 아들의 반역을 통해 1950년대의 이어령이 비평을 통해 주장했던 '저항'의 관념을 형상으로 보여준다. 이러한 저항의 형상은 1950년대의 경제적 궁핍과 정치적 압제, 문화적 저열성低劣性이라는 누추한 역사적 현실에서 죽음 그 자체를 느끼며 몸부림치고 있는 젊은이들의 생명의 갈망 바로 그것을 반영하고 있다.

「환상곡」, 「마호가니의 계절」, 「사반나의 풍경」 등으로 대표되는 이어령 초기 소설들은 한결같이 시적인 메타포로 역사적 현실에 대한 절망과 생명에의 갈망을 표현한다. 현실은 "고갈한 하천에 모래만이 빛나는 사반나. 표랑하는 유목민도 없이 그렇게 정적한 지역이다. 흙비가 나리면 갈증에 견디지 못하여 메마른 토층이 균열하고 천식환자의 입김처럼 후텁지근한 바람이 진애塵埃속을 달린다."[44]는 불모지의 이미지로 떠오른다. 이 같은 불모의 현실은 자아에게 생명 감각의 심각한 훼손을 안겨준다.

이어령의 소설과 비평들에 빈번하게 등장하는 병신스러움의 이미지는 이 같은 훼손을 증언하고 극복하려는 정신의 표현이다. 가령 「환상곡」의 아버지는 "유들유들한 개구리의 뱃대기와도 같은 비린 색깔"의 눈과 새카만 입술을 가진 흉측한 모습의 장님이며 나는 열서너 해 동안 아버지를 따라 점치러 다닌 기억밖에 없는 "낮잠을 자고 배설물과 같은 음식을 빠는" 똥개 같은 존재이다. 『저항으로서의 문학』에서 현대의 작가는 에드거 앨런 포Edgar Allan Poe의 단편소설 「홉 프로그Hop Frog」에 나오는 불구의 어릿광대 홉 프로그에 비유된다.[45]

---

44) 이어령, 「사반나의 풍경」, 《문학》 제1호, 107쪽.
45) "그리하여 오늘의 작가들은 눈뜬 홉 프로그(절름발이 개구리-인용자)의 결의를 필요로 한

이처럼 과도한 병신스러움의 이미지는 존재의 끔찍스럽고 역 겨운 면을 억지로 표면으로 끌어냄으로써 죽음의 그림자에 들씌 운 내면의 심리적 갈등을 카타르시스하려는 정신 역동을 함축하 고 있다. 이어령에게 글쓰기는 「현대시의 UMGEBUNG와 UM-WELT」(1956. 10)에서 선언했듯이 "생명의 소용돌이와 현실의 진 구렁" 사이에서 생명을 탐구하고 표현하는 작업이다. 지금 여기 는 "풀 한 포기 없는 황량한 전야戰野"이며 시인들의 노래는 "상 처 입은 포효咆哮, 신음呻吟, 규환叫喚"으로서 "생명 그대로의 울 음"이 되는 것이다.[46]

《문학예술》지 1957년 8월호에서 12월호까지 5회에 걸쳐 연재 된 장편의 논문 「카타르시스 문학론」은 바로 이와 같은 창작의 의미를 다룬 이어령의 본격적인 창작론이다. 이어령은 무엇인가 를 표현함으로써 내적 갈등과 억압으로부터 스스로를 구원한다 는 카타르시스 개념으로 창작 심리의 본질과 창작의 의미를 깊이 있게 논했다. 비록 완결을 맺지 못한 40여 년 전의 논문이지만 창

다. 그의 붓은 홉 프로그가 가졌던 횃불의 구실을 한다. 왕과 일곱 명의 대신에게 오랑우탄 의 옷을 입히는 것, 그리하여 홉 프로그의 이지러진 육체를 벗겨서 아름다운 영혼을 보여 주는 것. 그리하여 고향으로 돌아간 귀향자들의 고요한 합창을 들려주는 것. 이것이 오늘 날의 작가가 글을 써야 하는 사명이다."
46) 이어령, 「현대시의 UMGEBUNG와 UMWELT」, 《문학예술》 1956년 10월호, 171쪽.

작심리학 분야에서는 아직도 이 이상의 논의가 제기되지 않았다고 할 만큼 독창적인 해석을 보여주는 이 논문은 창작 행위와 인간의 생명 작용을 직접적으로 연결시켰다는 점에서 주목을 요한다. 이어령은 이 논문에서 사건–인간–반응이라는 도식을 제시한다.

$$E_{(event)} \rightarrow P_{(Personality)} \rightarrow R_{(response)}$$

외부의 사건(E)으로부터 자극을 받았을 때 작가(P)는 내면의 균형을 상실하고 일정한 반응(R)을 보인다. 이것은 환경과 생명체의 관계라는 의미에서 '생명의 위기'이다. 그러나 작가는 이 같은 자극을 무조건 피하지 않고 자극을 향해 반작용한다. 창작행위를 통해 $E' \rightarrow P \rightarrow R'$이라는 새로운 사건을 일으키는 것이다.[47]
　창작이란 본래 종이 위에 펜으로 글을 쓰는 그 순간에만 발생하는 하나의 사건이다. 작가와 작품, 종이와 펜은 모두 사물로서 사물의 시간을 가지지만 사건은 서로 다른 이 사물의 시간들이 섬광처럼 부딪히는 한순간이다. 창작은 그러한 한순간에 작가가 발견한 생명의 작용을 종이 위에 글로써 이전시켜놓는 작업이

---

47)　이어령, 「카타르시스 문학론·5」, 《문학예술》 1957년 12월호, 199~201쪽.

다.[48] 이어령은 이 같은 창작의 사건성을 외부 세계로부터 주어지는 사건(E)과 그것에 대응하여 작가가 스스로 불러일으키는 사건(E')이라는 생명체의 작용-반작용 모델로 설명한 것이다.

이러한 이어령의 설명 모델은 대단히 명쾌하지만 창작의 중요한 특성 한 가지를 간과하고 있다. 이 같은 작용-반작용의 모델로써 창작을 이해할 때 그것은 굳이 문학작품의 창작에 국한되지 않는다. 이어령의 반작용 행위론은 글쓰기 일반, 표현 행위 일반을 모두 포괄할 수 있다. 오히려 '재능'이라고 하는 날카로운 양심에 의해 인간을 해부하는 논리정연한 비평이야말로 외부 세계에 의해 주어진 정신적 외상Trauma을 치유하는 카타르시스로서, 훨씬 더 명쾌한 반작용이 될 것이다.

생명은 본래 논리적인 반응이 아니다. 작품은 비논리적이기 때문에 공중公衆 앞에서는 말하지 않는 인간의 내적 육성의 표백인 것이다. 작가는 자기 자신의 내면과 마주하여 원천적으로 논리적이지 못한 생명을 오랜 시간 관철하지 않으면 안 된다. 반작용은 이 지루하고 막막한 관찰 이후의 단계인 것이다. 이어령의 「카타르시스 문학론」은 이런 자기 관찰을 간과하고 있다. 그런 의미에서 이 논문은 그가 1957년 이후 10년간 허구적인 소설 작품의 창작을 포기하고 평론과 에세이, 논문에 주력하게 되는 내적 논리

---

48) 류철균, 「한국현대소설 창작론 연구」, 서울대 국문과 박사논문, 2001, 198쪽.

의 이정표가 된다.

류철균(이인화)

서울대 국문과 동 대학원을 졸업하였다. 1988년《문학과 사회》에 평론 「유황불의 경험과 리얼리즘의 깊이」를 발표하여 등단했다. 장편소설로 『내가 누구인지 말할 수 있는 자는 누구인가』, 『영원한 제국』, 『인간의 길』, 『초원의 향기』가 있으며, 평론으로는 『한국문학의 근대성과 유토피아』, 『한국 근대문학의 일반이론 서설』이 있다. 역서로는 『한국과 그 이웃나라들』 등이 있다.

이어령 작품 연보

문단 : 등단 이전 활동

「이상론–순수의식의 뇌성(牢城)과 그 파벽(破壁)」	서울대 《문리대 학보》 3권, 2호	1955.9.
「우상의 파괴」	《한국일보》	1956.5.6.

데뷔작

「현대시의 UMGEBUNG(環圍)와 UMWELT(環界) –시비평방법론서설」	《문학예술》 10월호	1956.10.
「비유법논고」	《문학예술》 11,12월호	1956.11.
* 백철 추천을 받아 평론가로 등단		

논문

평론·논문

1.	「이상론–순수의식의 뇌성(牢城)과 그 파벽(破壁)」	서울대 《문리대 학보》 3권, 2호	1955.9.
2.	「현대시의 UMGEBUNG와 UMWELT–시비평방 법론서설」	《문학예술》 10월호	1956
3.	「비유법논고」	《문학예술》 11,12월호	1956
4.	「카타르시스문학론」	《문학예술》 8~12월호	1957
5.	「소설의 아펠레이션 연구」	《문학예술》 8~12월호	1957

학위논문

단평

국내신문

3. 「화전민지대 – 신세대의 문학을 위한 각서」　　《경향신문》　　　　　　1957.1.11.~12.

4. 「현실초극점으로만 탄생 – 시의 '오부제'에 대하여」《평화신문》　　　　1957.1.18.

5. 「겨울의 축제」　　　　　　　　　　　　　　《서울신문》　　　　　　1957.1.21.

6. 「우리 문화의 반성 – 신화 없는 민족」　　　　《경향신문》　　　　　　1957.3.13.~15.

7. 「묘비 없는 무덤 앞에서 – 추도 이상 20주기」　《경향신문》　　　　　　1957.4.17.

8. 「이상의 문학 – 그의 20주기에」　　　　　　　《연합신문》　　　　　　1957.4.18.~19.

9. 「시인을 위한 아포리즘」　　　　　　　　　　《자유신문》　　　　　　1957.7.1.

10. 「토인과 생맥주 – 전통의 터너미놀로지」　　　《연합신문》　　　　　　1958.1.10.~12.

11. 「금년문단에 바란다 – 장미밭의 전쟁을 지양」　《한국일보》　　　　　　1958.1.21.

12. 「주어 없는 비극 – 이 시대의 어둠을 향하여」　《조선일보》　　　　　　1958.2.10.~11.

13. 「모래의 성을 밟지 마십시오 – 문단후배들에게 말　《서울신문》　　　　　1958.3.13.
　　한다」

14. 「현대의 신라인들 – 외국 문학에 대한 우리 자세」　《경향신문》　　　　1958.4.22.~23.

15. 「새장을 여시오 – 시인 서정주 선생에게」　　　《경향신문》　　　　　　1958.10.15.

16. 「바람과 구름과의 대화 – 왜 문학논평이 불가능한가」《문화시보》　　　　1958.10.

17. 「대화정신의 상실 – 최근의 필전을 보고」　　　《연합신문》　　　　　　1958.12.10.

18. 「새 세계와 문학신념 – 폭발해야 할 우리들의 언어」《국제신보》　　　　1959.1.

19. * 「영원한 모순 – 김동리 씨에게 묻는다」　　　《경향신문》　　　　　　1959.2.9.~10.

20. * 「못 박힌 기독은 대답 없다 – 다시 김동리 씨에게」《경향신문》　　　　1959.2.20.~21.

21. * 「논쟁과 초점 – 다시 김동리 씨에게」　　　　《경향신문》　　　　　　1959.2.25.~28.

22. * 「희극을 원하는가」　　　　　　　　　　　　《경향신문》　　　　　　1959.3.12.~14.

　　　* 김동리와의 논쟁

23. 「자유문학상을 위하여」　　　　　　　　　　《문학논평》　　　　　　1959.3.

24. 「상상문학의 진의 – 펜의 논제를 말한다」　　　《동아일보》　　　　　　1959.8.~9.

25. 「프로이트 이후의 문학 – 그의 20주기에」　　　《조선일보》　　　　　　1959.9.24.~25.

26. 「비평활동과 비교문학의 한계」　　　　　　　《국제신보》　　　　　　1959.11.15.~16.

27. 「20세기의 문학사조 – 현대사조와 동향」　　　《세계일보》　　　　　　1960.3.

28. 「제삼세대(문학) – 새 차원의 음악을 듣자」　　《중앙일보》　　　　　　1966.1.5.

29. 「'에비'가 지배하는 문화 – 한국문화의 반문화성」　《조선일보》　　　　1967.12.28.

56. 「半島性의 상실과 회복의 역사」	《한국일보》 광복50년 신년특집 특별기고	1995.1.4.
57. 「한국언론의 새로운 도전」	《조선일보》 75주년 기념특집	1995.3.5.
58. 「대고려전시회의 의미」	《중앙일보》	1995.7.
59. 「이인화의 역사소설」	《동아일보》	1995.7.
60. 「한국문화 50년」	《조선일보》 광복50년 특집	1995.8.1.
외 다수		

외국신문

1. 「通商から通信へ」	《朝日新聞》 교토포럼 主題論文抄	1992.9.
2. 「亞細亞の歌をうたう時代」	《朝日新聞》	1994.2.13.
외 다수		

국내잡지

1. 「마호가니의 계절」	《예술집단》 2호	1955.2.
2. 「사반나의 풍경」	《문학》 1호	1956.7.
3. 「나르시스의 학살―이상의 시와 그 난해성」	《신세계》	1956.10.
4. 「비평과 푸로파간다」	영남대 《嶺文》 14호	1956.10.
5. 「기초문학함수론―비평문학의 방법과 그 기준」	《사상계》	1957.9.~10.
6. 「무엇에 대하여 저항하는가―오늘의 문학과 그 근거」	《신군상》	1958.1.
7. 「실존주의 문학의 길」	《자유공론》	1958.4.
8. 「현대작가의 책임」	《자유문학》	1958.4.
9. 「한국소설의 현재의 장래―주로 해방후의 세 작가를 중심으로」	《지성》 1호	1958.6.
10. 「시와 속박」	《현대시》 2집	1958.9.
11. 「작가의 현실참여」	《문학평론》 1호	1959.1.
12. 「방황하는 오늘의 작가들에게―작가적 사명」	《문학논평》 2호	1959.2.
13. 「자유문학상을 향하여」	《문학논평》	1959.3.
14. 「고독한 오솔길―소월시를 말한다」	《신문예》	1959.8.~9.

43. 「이상문학의 출발점」	《문학사상》	1975.9.
44. 「분단기의 문학」	《정경문화》	1979.6.
45. 「미와 자유와 희망의 시인 – 일리리스의 문학세계」	《충청문장》 32호	1979.10.
46. 「말 속의 한국문화」	《삶과꿈》 연재	1994.9~1995.6.
외 다수		

외국잡지

| 1. 「亞細亞人の共生」 | 《Forsight》新潮社 | 1992.10. |
| 　외 다수 | | |

대담

1. 「일본인론 – 대담:金容雲」	《경향신문》	1982.8.19.~26.
2. 「가부도 논쟁도 없는 무관심 속의 '방황' – 대담:金環東」	《조선일보》	1983.10.1.
3. 「해방 40년, 한국여성의 삶 – "지금이 한국여성사의 터닝포인트" – 특집대담:정용석」	《여성동아》	1985.8.
4. 「21세기 아시아의 문화 – 신년석학대담:梅原猛」	《문학사상》 1월호, MBC TV 1일 방영	1996.1.
외 다수		

세미나 주제발표

1. 「神奈川 사이언스파크 국제심포지움」	KSP 주최(일본)	1994.2.13.
2. 「新潟 아시아 문화제」	新潟縣 주최(일본)	1994.7.10.
3. 「순수문학과 참여문학」(한국문학인대회)	한국일보사 주최	1994.5.24.
4. 「카오스 이론과 한국 정보문화」(한·중·일 아시아 포럼)	한백연구소 주최	1995.1.29.
5. 「멀티미디어 시대의 출판」	출판협회	1995.6.28.
6. 「21세기의 메디아론」	중앙일보사 주최	1995.7.7.
7. 「도자기와 총의 문화」(한일문화공동심포지움)	한국관광공사 주최(후쿠오카)	1995.7.9.

8. 「역사의 대전환」(한일국제심포지움)	중앙일보 역사연구소	1995.8.10.
9. 「한일의 미래」	동아일보, 아사히신문 공동주 최	1995.9.10.
10. 「'춘향전'과 '忠臣藏'의 비교연구」(한일국제심포지엄)	한림대·일본문화연구소 주최	1995.10.
외 다수		

기조강연

1. 「로스엔젤러스 한미박물관 건립」	(L.A.)	1995.1.28.
2. 「하와이 50년 한국문화」	우먼스클럽 주최(하와이)	1995.7.5.
외 다수		

저서(단행본)

평론·논문

1. 『저항의 문학』	경지사	1959
2. 『지성의 오솔길』	동양출판사	1960
3. 『전후문학의 새 물결』	신구문화사	1962
4. 『통금시대의 문학』	삼중당	1966
* 『축소지향의 일본인』	갑인출판사	1982
* '縮み志向の日本人'의 한국어판		
5. 『縮み志向の日本人』(원문: 일어판)	学生社	1982
6. 『俳句で日本を讀む』(원문: 일어판)	PHP	1983
7. 『고전을 읽는 법』	갑인출판사	1985
8. 『세계문학에의 길』	갑인출판사	1985
9. 『신화속의 한국인』	갑인출판사	1985
10. 『지성채집』	나남	1986
11. 『장미밭의 전쟁』	기린원	1986

| 『다시 한번 날게 하소서』 | 성안당 | 2022 |
| 『눈물 한 방울』 | 김영사 | 2022 |

칼럼집

| 1. 『차 한 잔의 사상』 | 삼중당 | 1967 |
| 2. 『오늘보다 긴 이야기』 | 기린원 | 1986 |

편저

1. 『한국작가전기연구』	동화출판공사	1975
2. 『이상 소설 전작집 1,2』	갑인출판사	1977
3. 『이상 수필 전작집』	갑인출판사	1977
4. 『이상 시 전작집』	갑인출판사	1978
5. 『현대세계수필문학 63선』	문학사상사	1978
6. 『이어령 대표 에세이집 상,하』	고려원	1980
7. 『문장백과대사전』	금성출판사	1988
8. 『뉴에이스 문장사전』	금성출판사	1988
9. 『한국문학연구사전』	우석	1990
10. 『에센스 한국단편문학』	한양출판	1993
11. 『한국 단편 문학 1－9』	모음사	1993
12. 『한국의 명문』	월간조선	2001
13. 『뜻으로 읽는 한국어 사전』	문학사상사	2002
14. 『매화』	생각의나무	2003
15. 『사군자와 세한삼우』	종이나라(전5권)	2006

    1. 매화

    2. 난초

    3. 국화

    4. 대나무

    5. 소나무

| 16. 『십이지신 호랑이』 | 생각의나무 | 2009 |

8. 『느껴야 움직인다』	시공미디어	2013
9. 『지우개 달린 연필』	시공미디어	2013
10. 『길을 묻다』	시공미디어	2013

일본어 저서

*	『縮み志向の日本人』(원문: 일어판)	学生社	1982
*	『俳句で日本を讀む』(원문: 일어판)	PHP	1983
*	『ふろしき文化のポスト·モダン』(원문: 일어판)	中央公論社	1989
*	『蛙はなぜ古池に飛びこんだのか』(원문: 일어판)	学生社	1993
*	『ジャンケン文明論』(원문: 일어판)	新潮社	2005
*	『東と西』(대담집, 공저:司馬遼太郎 編, 원문: 일어판)	朝日新聞社	1994. 9

번역서

『흙 속에 저 바람 속에』의 외국어판

1. *『In This Earth and In That Wind』 (David I. Steinberg 역) 영어판	RAS-KB	1967
2. *『斯土斯風』(陳寧寧 역) 대만판	源成文化圖書供應社	1976
3. *『恨の文化論』(裵康煥 역) 일본어판	学生社	1978
4. *『韓國人的心』중국어판	山倈人民出版社	2007
5. *『В ТЕХ КРАЯХ НА ТЕХ ВЕТРАХ』 (이리나 카사트키나, 정인순 역) 러시아어판	나탈리스출판사	2011

『縮み志向の日本人』의 외국어판

6. *『Smaller is Better』(Robert N. Huey 역) 영어판	Kodansha	1984
7. *『Miniaturisation et Productivité Japonaise』 불어판	Masson	1984
8. *『日本人的縮小意识』중국어판	山倈人民出版社	2003
9. *『환각의 다리』『Blessures D'Avril』불어판	ACTES SUD	1994
10. *「장군의 수염」『The General's Beard』(Brother Anthony of Taizé 역) 영어판	Homa & Sekey Books	2002
11. *『디지로그』『デヅログ』(宮本尙寬 역) 일본어판	サンマーク出版	2007
12. *『우리문화 박물지』『KOREA STYLE』영어판	디자인하우스	2009

공저

1. 『종합국문연구』	선진문화사	1955
2. 『고전의 바다』(정병욱과 공저)	현암사	1977
3. 『멋과 미』	삼성출판사	1992
4. 『김치 천년의 맛』	디자인하우스	1996
5. 『나를 매혹시킨 한 편의 시1』	문학사상사	1999
6. 『당신의 아이는 행복한가요』	디자인하우스	2001
7. 『휴일의 에세이』	문학사상사	2003
8. 『논술만점 GUIDE』	월간조선사	2005
9. 『글로벌 시대의 한국과 한국인』	아카넷	2007

전집

지성의 숲을 걷기 위한 길 안내

34종 24권 5개 컬렉션으로 분류, 10년 만에 완간

이어령이라는 지성의 숲은 넓고 깊어서 그 시작과 끝을 가늠하기 어렵다. 자칫 길을 잃을 수도 있어서 길 안내가 필요한 이유다. '이어령 전집'의 기획과 구성의 과정, 그리고 작품들의 의미 등을 독자들께 간략하게나마 소개하고자 한다. (편집자 주)

북이십일이 이어령 선생님과 전집을 출간하기로 하고 정식으로 계약을 맺은 것은 2014년 3월 17일이었다. 2023년 2월에 '이어령 전집'이 34종 24권으로 완간된 것은 10년 만의 성과였다. 자료조사를 거쳐 1차로 선정한 작품은 50권이었다. 2000년 이전에 출간한 단행본들을 전집으로 묶으며 가려 뽑은 작품들을 5개의 컬렉션으로 분류했고, 내용의 성격이 비슷한 경우에는 한데 묶어서 합본 호를 만든다는 원칙을 세웠다. 이어령 선생님께서 독자들의 부담을 고려하여 직접 최종적으로 압축한 리스트는 34권이었다.

평론집 『저항의 문학』이 베스트셀러 컬렉션(16종 10권)의 출발이다. 이어령 선생님의 첫 책이자 혁명적 언어 혁신과 문학관을 담은 책으로

KI신서 10654
이어령 전집 17

차 한 잔의 사상

1판 1쇄 인쇄 2023년 2월 17일
1판 1쇄 발행 2023년 2월 26일

지은이 이어령
펴낸이 김영곤
펴낸곳 (주)북이십일 21세기북스

TF팀 이사 신승철
TF팀 이종배
출판마케팅영업본부장 민안기
마케팅1팀 배상현 한경화 김신우 강효원
출판영업팀 최명열 김다운
제작팀 이영민 권경민
진행·디자인 다함미디어 | 함성주 유예지 권성희
교정교열 구경미 김도언 김문숙 박은경 송복란 이진규 이충미 임수현 정미용 최아림

출판등록 2000년 5월 6일 제406-2003-061호
주소 (10881) 경기도 파주시 회동길 201(문발동)
대표전화 031-955-2100 **팩스** 031-955-2151 **이메일** book21@book21.co.kr

© 이어령, 2023

ISBN 978-89-509-3920-5 04810

(주)북이십일 경계를 허무는 콘텐츠 리더

21세기북스 채널에서 도서 정보와 다양한 영상자료, 이벤트를 만나세요!
페이스북 facebook.com/jiinpill21 포스트 post.naver.com/21c_editors
인스타그램 instagram.com/jiinpill21 홈페이지 www.book21.com
유튜브 youtube.com/book21pub